LAMER las HERIDAS

LAMER las HERIDAS

LETICIA CASTRO

Editado por HarperCollins Ibérica, S.A.
Núñez de Balboa, 56
28001 Madrid

Lamer las heridas
© 2022, Leticia Castro
© 2022, para esta edición HarperCollins Ibérica, S.A.

© Sucesión Julio Cortázar, 1962
Las citas de la obra *Historias de Cronopios y Famas* se publican por amable autorización de la Sucesión de Julio Cortázar.

© Sucesión de Oliverio Girondo
Las citas de la obra poética de Oliverio Girondo se publican por amable autorización de la Sucesión de Oliverio Girondo.

Diseño de cubierta: CalderónStudio
Imágenes de cubierta: Dreamstime.com y Shutterstock

ISBN: 978-84-18976-15-5
Depósito legal: M-37053-2021

Para mi Tofi,
el perro maloliente, pulgoso, escuálido, cojo y enfermizo,
quien me ha enseñado que la manera en la que me conviene
vivir es siendo feliz por las pequeñas cosas.

1

Tres cortezas de pizza, un trozo de queso con moho y un puñado de cáscaras de patata es la cena que el perro consigue robarle a una bolsa de basura. Para lo que está acostumbrado, es una cena generosa. Esta noche no tendrá que escuchar los chillidos de sus tripas, con lo ingerido lo dejarán dormir. De todos modos, dará una vuelta por el pueblo; aún es temprano, quizá encuentre algo más de comer.

Le lleva muy poco tiempo recorrer el pueblo de una punta a la otra. Sus callejuelas huelen a leña quemándose y a sopa de verduras. Están desiertas, apenas iluminadas por una luz amarillenta. A diferencia del verano, no se escuchan familias charlando mientras cenan, ni el telediario a todo volumen, ni perros ladrar a su paso detrás de las puertas. El único sonido proviene de un carrillón de viento, el tintineo de sus campanillas metálicas suena incansable; la brisa es intensa en esta época del año.

El perro olfatea cada rincón, pero no encuentra ni una miga. Los trocitos de pan que la señora Mercedes tira frente a su puerta para los gorriones se los comió todos al mediodía. Bastante suerte tuvo con lo que ha encontrado, no suele haber bolsas fuera del contenedor que está en el *parking* del pueblo.

Siente frío. Debe dirigirse a su refugio cuanto antes, durante las noches baja mucho la temperatura. Echa a andar a paso rápido por la carretera. No hay vehículos, no hay personas, no hay farol en el cielo. Olisquea la oscuridad y acelera aún más su marcha; los aromas de la noche lo asustan. Al llegar a su refugio lame su herida largo rato. Luego, va a su esquina favorita, donde rasca con sus patas las hojas, da tres vueltas en el sitio, se tumba y se duerme. Si sus tripas están contentas, el sueño no se resiste a visitarlo.

Encontró este refugio hace un mes, al comenzar el otoño: es una casa abandonada en las afueras del pueblo a la que le falta el techo y se le ha caído una pared. En una de sus esquinas hay una montaña de hojas secas; a ese rincón el viento no accede, el frío tampoco, por eso le gusta. Además, en la casa abandonada se siente protegido de los jabalíes, en ella no pasa el miedo que pasaba en el molino, donde todas las noches escuchaba y olía de cerca a esos bichos asquerosos.

Son los golpes de su rabo contra las hojas quienes lo despiertan. Se da cuenta de que ya es de día. Cuando tiene sueños agradables, su rabo se agita con vigor. Soñó que estaba al lado de una caja que da calor royendo un hueso de jamón. No se trataba de un hueso solo de hueso, sino de uno que tenía mucho más jamón que hueso, algo exquisito, que solo se come en sueños.

Sus tripas sienten hambre y están empezando a protestar. Se levanta de un salto. La pata le duele más que al acostarse. Se sacude para quitarse las hojas y lame su herida: está cubierta de un líquido que huele raro y sabe a podrido. Siente mucha sed, por ello, se pone en marcha en cuanto la herida queda limpia. El río está cerca. Levanta su pata sana, deja sus sobras líquidas en la corteza de un castaño, camina unos pocos pasos y se encuentra bebiendo de su orilla. Saca una piedra del agua y comienza a mordisquearla. Le encantan las piedras, correr detrás de ellas cuando se las arroja al aire es su juego favorito. Sus tripas burbujean ahora, no puede continuar ignorándolas. Deja la piedra y se encamina hacia la entrada del pueblo. Va directo al contenedor que está en el *parking*. No hay ninguna bolsa nueva, solo está la del día anterior, y en ella no hay nada más que se pueda comer. Decide recorrer el pueblo, quizá algún vecino haya rellenado los cuencos de los gatos callejeros. Sabe que hay uno grande en la plazoleta cercana al *parking* y varios pequeños entre las plantas de Maripili.

El cuenco de la plazoleta tiene sobras de cocido; al oler que en él hay trozos de chorizo se le llena el morro de líquido. El cuenco está sobre un muro, y por mucho que salta, no llega a volcarlo. Desiste después de varios intentos.

Entre las plantas de Maripili hay cuatro gatos comiendo. En otra época, al escuchar uno solo de sus ladridos habrían salido todos disparados; hoy en día, sus ladridos son tan débiles como su cuerpo y solo consiguen que los gatos se burlen de él.

Por lo menos hay sol, y cuando hay sol el hambre se entibia, y no se siente tanto. Se tumba bajo sus rayos a esperar que los gatos terminen, quizá dejen algo. Mientras aguarda lame su herida, otra vez cubierta de líquido; pasa su lengua despacio, le duele demasiado. Los gatos se toman su tiempo, no tienen prisa. Los cuatro comen por separado, Maripili ha puesto varios cuencos entre sus plantas para que no se peleen, y lo ha conseguido.

Uno a uno los gatos se sacian y se alejan para echarse al sol, donde se lavarán largo y tendido, hasta dejar cada uno de sus pelos impecables.

El perro comienza a acercarse a los cuencos. Olfatea el aire y el corazón le late fuerte: ¡queda comida! Babea y mueve el rabo: ¡son bolas de carne! Hacía tiempo que no encontraba semejante regalo.

Está a dos pasos del cuenco que más comida tiene. Sus tripas suenan como si se las estuvieran hirviendo. Sus babas están dejando un reguero en las baldosas. ¡Qué olor tan exquisito tienen las bolas de carne! Va a abalanzarse sobre ellas cuando escucha un ruido que le eriza el espinazo: se trata del maullido del Chuli. Odia a ese gato más que a los jabalíes, lleva varias cicatrices en su pellejo hechas por sus uñas.

Al Chuli le cuelga la panza y se le bambolea de un lado a otro cuando camina; es el gato que mejor come de todo el pueblo. El pelo que lo cubre es gris y le falta un ojo. El gato maúlla enfurecido mientras se acerca a las bolas de carne, su único ojo amarillo clavado en su hocico, sabe que es donde lo arañará si no se retira. Una vez decidió hacerle frente, y su acto de valentía terminó con sus tripas vacías y su hocico ardiéndole, bañado de un líquido caliente. El gato da otro paso hacia él, y otro más, y otro. Él se queda paralizado, baja las orejas y el rabo: el Chuli acaba de hacerle fffuuu. Los bufidos de gato lo aterran. No es fácil alejarse de las bolas de carne teniéndolas tan cerca; el perro duda. El Chuli le hace otro fffuuu, más amenazador que el anterior, pero el hambre es grande y no va a rendirse.

Inspira, se llena de coraje y saca de su pecho el más feroz de sus ladridos. El Chuli se detiene, su ojo amarillo lo mira confundido. Por fin ha conseguido que un gato lo respete, de ahora en adelante se hará el fiero y comerá antes que ninguno. Fffuuu, escucha y ve al Chuli retomar su camino hacia el cuenco, su cola erizada como una escobilla de baño, sus orejas aplanadas hacia atrás, su lomo arqueado. Los demás gatos, despatarrados al sol, dejan de lamerse y levantan sus cabezas; la pelea es inminente y no se la quieren perder. El perro sabe que para no llevarse un arañazo en el morro tendrá que resignar las bolas de carne. Retrocede, aunque las tripas le duelen tanto como la pata.

Mientras se aleja piensa que, a la noche, en sus sueños, comerá dos bolas de carne, o cuatro, o seis, o puede que coma tantas hasta llegar a no querer ni una sola más.

2

Camila sale de su casa, cámara en mano, como todas las mañanas. Su casa es la última del pueblo y, hace años, allí se encontraba el horno que proveía de pan a todos los vecinos. Después de una reforma y de agregar una habitación y un baño arriba, el horno quedó convertido en la pequeña vivienda que alquila. Camila desciende las escaleritas que atraviesan el jardín, dobla a la izquierda, y a los pocos metros se encuentra con el comienzo del sendero que une su pueblo con el vecino: tres kilómetros de vistas a la sierra, tres kilómetros de cabras y ovejas sueltas, tres kilómetros plagados de robles y castaños. Los últimos son sus árboles favoritos: le gusta la majestuosidad de sus troncos, sus hojas aserradas y sus bolitas de agujas marrones que llevan dentro las castañas que asará en la chimenea.

Llega al molino y, luego de cruzar el río, Camila ve a lo lejos que un perro viene de frente. Al verla, el perro mete el rabo entre sus patas. No se le acercará; mejor así.

Saca varias fotos, es un castaño gigantesco el que ha conseguido llamar su atención. Su tronco retorcido, con su corteza acanalada y cubierta de musgo, le da un aire misterioso. Sus ramas aún albergan una gran cantidad de hojas rojizas; no durarán en ese sitio, el árbol las expulsará en breve para que acompañen a sus hermanas en el suelo. Cuando aparta su vista de la cámara, ve que

13

el perro está a pocos metros. No parece peligroso, aunque estará lleno de pulgas y garrapatas, dos de los bichos que más le repugnan. Se acercan, están casi al lado el uno del otro, él sigue llevando su rabo bajo y, en el momento que se cruzan, Camila nota que el perro tiene una herida de tamaño considerable en una de sus patas traseras. Siente lástima, pero nada puede hacer, es uno más de los muchos perros abandonados en el sur de España, tendrá que buscarse la vida solo, como el resto.

El animal hace un amago de acercarse más de lo que a Camila le parece prudente, por ello, lo echa con un grito. El perro sale corriendo. Ve un nido vacío al que le saca un par de fotos, el sendero gira y llega al punto donde están sus vistas favoritas: su pueblo blanco rodeado de montañas verdes, el techo de la torre de la iglesia es el único punto anaranjado del paisaje y destaca justo en el medio. Piensa en su marido, ojalá estuviera allí, a Luca le encantaría convertir la foto que ella está sacando en pintura al óleo.

Al reemprender su camino se da cuenta de que el perro la sigue. Camila agita sus brazos en el aire varias veces y el animal da un respingo. Eso lo ahuyentará. Continúa su marcha y, al rato, escucha un jadeo. Se gira: el perro está siguiéndola otra vez. Camina veinte metros, cien, un kilómetro, y el perro aún va detrás. «¡No me sigas! ¡No tengo nada que darte!». Al perro no le asustan sus palabras, no se mueve. «¡Te dije que te vayas!», le grita más fuerte y consigue que retroceda. Al ver que la táctica está funcionando, Camila le vuelve a gritar. El perro se mete entre los castaños que están al costado del sendero y desaparece de su vista. Por fin la dejará en paz.

Camila escucha un cencerro, dos, muchos más. Se pone a buscar el rebaño hasta que lo divisa. Prepara su cámara, tiene una buena foto: un gran número de ovejas blancas, tres negras, y de fondo, la sierra cobijando al pueblo vecino. Coloca al rebaño en la esquina izquierda consiguiendo así una composición satisfactoria. La luz es óptima, son las nueve de la mañana, los rayos del sol brotan suaves en el paisaje, y bañan a las casas y ovejas con una luz dorada. Cuando las fotos se agotan, Camila se sienta a descansar. Saca una mandarina de su bolsillo y comienza a pelarla. Se sobresalta: acaba de sentir un lametazo en su mano. «¿Qué estás haciendo? ¡Qué asco!», grita mientras restriega sus cinco dedos con vigor en su pantalón. El perro da varios pasos hacia atrás. «¡Te dije que te fueras! ¡Dejá de seguirme! ¿Cómo te lo tengo que decir?», y le tira una piedra calculando que no le caiga encima, muchas veces vio a su abuela usar este recurso para asustar animales, jamás falla. Entonces, el perro hace algo que ella no espera: salta, agarra la piedra con su boca en el aire, se acerca y se la deja al lado. El animal mueve el rabo en redondo, sus ojos brillan, le cuelga la lengua y parecería que sonríe. «¡No te quiero cerca! ¡Andate!». El perro toca la piedra con su hocico y luego mira fijo a Camila. «Si estás esperando que te la tire, ya te podés olvidar», le grita. Furiosa, se levanta y echa a andar hacia su casa a toda velocidad; el animal le arruinó el paseo, lo mejor es volver, así conseguirá sacarse de encima al perro de una vez por todas.

Él la sigue y la sigue y la sigue hasta la puerta de su casa. Ella se la cierra en los morros. Él se tumba sobre su felpudo. Ella decide no salir hasta que él se vaya. Él no se mueve. Ella lo espía por la ventana; en cuanto el perro se aburra y abandone su puerta, irá a pedirle prestado el coche a Maripili, necesita ir al supermercado.

En su pueblo no hay restaurantes, tampoco hay bares, ni siquiera existe alguna pequeña tienda de alimentación. El panadero pasa con su furgoneta cargada de tortas de azúcar y diferentes tipos de panes los martes y viernes. A las once de la mañana toca la bocina en la plazoleta para que se acerque a comprarle quien no quiera ir al pueblo vecino (a tres kilómetros) o al pueblo grande (a seis kilómetros).

Pasan las horas y el perro sigue tumbado en su felpudo, solo se mueve de vez en cuando para lamerse la herida. Camila cambia las sábanas, limpia el baño, barre toda la casa. El perro, inmóvil. Prepara el almuerzo, come espaguetis con tomate, lava, seca y guarda los platos. El perro, en el felpudo. Le da un repaso al baño,

15

apila la leña cerca de la chimenea, barre los suelos de nuevo. El animal aún allí. Piensa que a Luca le encantaría pintarlo, el perro le recuerda uno que él pintó para ella hace años. Ya no tenía aquel dibujo que su futuro marido le había regalado en quinto grado de la escuela primaria, lo había tirado a la basura.

A las cinco y media de la tarde, Camila decide que no va a seguir relegando su vida por un perro vagabundo. Lo ignorará hasta que se harte, a testaruda no le gana nadie. Al abrir la puerta, el animal se levanta con dificultad. La mira con unos ojos llenos de legañas y mueve el rabo como si ella tuviera un churrasco en la mano. Camila finge no verlo, cierra la puerta y baja las escaleritas del jardín corriendo. El perro ladra. Ella no se gira. El perro aúlla. Ella continúa caminando hasta llegar a la casa de Maripili, quien le presta las llaves de su coche. Callejea, cruza la plazoleta, recorre unos metros más a pie y está en el *parking*. Decide conducir seis kilómetros: irá al pueblo grande a comprar, cuanto más tarde en volver, más posibilidades habrá de que el perro haya abandonado su puerta.

3

Cuando Camila abre la puerta, el perro nota que la tristeza le huele más fuerte que a la mañana. Se dispone a seguirla, pero la pata le duele tanto que no es capaz de hacerlo. Las tripas también le molestan, hace casi un día que no les da nada, están rabiosas de hambre.

Se lame la herida, se levanta y, caminando despacio, consigue llegar hasta las plantas de Maripili. Alza el rabo y lo menea: no hay un solo gato a la vista. Estarán en la parte alta del pueblo, donde todavía hay algunos rayos de sol bajo los cuales lamerse su pelaje. Olfatea el aire varias veces. Baja su cola, ya no la mueve: ha olido que en los cuencos no queda nada, están tan limpios como si se los hubiera fregado. Descubre que si mantiene encogida la pata lastimada le duele menos al caminar. Y así, dando saltitos con sus tres patas útiles, a paso lento, llega al *parking* del pueblo.

Al lado del contenedor está la misma bolsa de siempre, esa que ya no tiene nada que ofrecerle. Alguna vez comió plásticos que olían a embutido. También lamió latas, masticó cartones y chupó baldosas. Las gotitas de grasa de algún chorizo pegadas al suelo llegaron a ser la comida de todo un día para él. Hoy, no hay nada que lamer o masticar para engañar a sus tripas. Debería seguir buscando comida, en cambio, se tumba para descansar, el dolor que siente en la pata es demasiado intenso. Se queda dormido y vuelve a soñar con el hueso que tiene mucho más jamón que hueso: primero, lo lame; luego, lo mordisquea un poquito, y otro poco, y un poquito más; y, por fin, le arranca hasta el último pedacito de jamón. Cuando se despierta ve un charco de baba a su alrededor. Se da cuenta de que el sol ya no está, en breve empezará a bajar la temperatura. Puede soportar el frío con las tripas llenas, puede soportar el hambre si el clima es templado, pero frío y hambre juntos le resultan insoportables.

Decide dirigirse a la casa abandonada, le costará dormir debido a los chillidos de sus tripas, pero por lo menos sobre su colchoncito de hojas no pasará frío. Mañana les robará comida a los gatos, les aullará como Astor, un malamute de Alaska amigo suyo de otras épocas, un perro experto en aterrorizar gatos, aullará como él le enseñó y los espantará, y se comerá un cuenco lleno hasta arriba de bolas de carne. Moviendo el rabo y valiéndose de sus tres patas sanas, empieza a caminar hacia su refugio. Ha dado cuatro pasos cuando una caja de metal ruidosa entra en el *parking*. Una de sus puertas está hundida y un olor asfixiante sale de su parte baja trasera. La caja de metal empieza a chirriar, va lenta, hacia atrás, hasta que se calla. El perro sabe que es ella, reconocería su olor a tristeza en cualquier parte.

Al salir del coche, Camila lo ve. Le parece mucho más delgado de lo que le pareció por la mañana; además, nota que ahora cojea. Abre el baúl, saca tres bolsas y se dirige a la plazoleta. Se gira, está segura de que el perro la vio, pero, por suerte, no la sigue. Asciende por la callejuela que sale de la plazoleta, le devuelve las llaves a Maripili, camina unos pocos metros más y llega a la última casa del pueblo: la suya. Antes de cerrar la puerta, ve al perro, anda lento pero sin detenerse, está empezando a subir las escaleritas que atraviesan su jardín. Camila insulta. Entra, da un portazo y echa el pestillo. Por la ventana lo ve tumbarse en su felpudo.

El perro no sabe por qué la siguió otra vez, lo que sí sabe es que esta noche no dormirá en su refugio. Aunque no está lejos, no tiene fuerzas para levantarse y llegar a él. En el mullidito de la puerta en la que se encuentra no se está mal, pero aún es temprano, el momento en el que el frío lastima es durante la madrugada. Se quedará allí de todos modos. El sonido de un carrillón de viento lo lleva a levantar la mirada, y así lo descubre, colgando de uno de los árboles del jardín. En su antigua casa había uno que sonaba parecido, su dueña olía bien las pocas veces en las que se detenía a escucharlo. Se siente acompañado por la melodía de sus campanillas, es suave, es agradable, le trae recuerdos que le hacen agitar el rabo, recuerdos de barriga llena y de alguna que otra palmada cariñosa en su lomo. Nota que algo se mueve a lo lejos. ¿Es un animal? ¿Es un gato? ¿O un perro pequeño? ¡Es el Chuli! Se encoge todo lo que puede, no quiere que lo descubra, no soportaría que el gato lo eche del mullidito en el que se encuentra. Tiembla, se le paran los pelos del cogote: ¡el Chuli se está acercando! Siente miedo, se hace pequeño. El gato avanza hacia él y, en breve, lo tiene pegado, su ojo amarillo mirándolo fijo, más malo que nunca. El Chuli levanta una pata, todas sus uñas están fuera. Le hace fffuuu y le pega un zarpazo en el hocico. Aúlla. La boca se le llena de un líquido caliente, tiene que salir corriendo si no quiere ver las zarpas del Chuli otra vez. Intenta levantarse, no puede, se siente débil, escucha otro fffuuu, ve la garra, las uñas filosas le recuerdan al alambre que se clavó en la pata, el hocico le arde. Fffuuu. Se despierta.

Tiembla de patas a hocico. Las campanillas ya no suenan suaves, ni agradables; están alborotadas, su música le lastima las orejas. Mira el cielo y se da cuenta de que faltan muchísimas horas aún para ver el sol. Ojalá hubiera ido a su refugio cuando podía, ahora tendrá que pasar toda la noche temblando, aunque el suelo no está frío gracias al mullidito, no hay reparo donde se encuentra, el viento le golpea todo el cuerpo. Y el hambre lo está mordisqueando por dentro. Tirita con más intensidad que al salir de la pesadilla, el carrillón suena agresivo, hojas y hojas le caen encima, el viento frío se le mete por el hocico, con tanta fuerza, que le cuesta respirar. Cierra los ojos y llora.

Camila abre la puerta y ve que el perro tiembla. Bajó mucho la temperatura y el viento está siendo despiadado. Hay hojas por todas partes: en el suelo, en el aire, sobre las plantas, sobre el perro; son del castaño cercano, el viento se las está ganando a sus ramas. «¡Qué testarudo que sos! ¡Estás en el peor lugar para dormir!». Le parece raro que al hablarle el perro no se mueva, ni la mire. Camila entra en la casa, sale, se inclina y pone frente a su hocico un plato hondo. El animal se levanta de un salto y empieza a mover el rabo como si fueran las hélices de un helicóptero.

La felicidad que siente el perro consigue que se olvide por completo del dolor de su herida, del Chuli y del frío: ¡Es arroz con pollo! «Despacio, despacio, te vas a atorar», escucha y, aunque se esfuerza, no puede dejar de engullir, en muy pocos segundos en el cuenco no queda nada. «Hay más», dice Camila pero no se mueve a buscar otra ración como a él le gustaría, se queda quieta, mirándolo. Él ladra varias veces. «Ya voy, ya voy», y Camila entra en su refugio. Quiere seguirla dentro, le gusta el calor que sale por la puerta, pero no se atreve. Ella vuelve con otro cuenco repleto de arroz con pollo. «Cometelo despacito», le susurra, y a continuación, hace algo que no cambiaría ni por montañas de embutidos, ni de huesos de jamón, ni de chuletones: Camila cierra los dedos de su mano alrededor de una de sus orejas, aprieta un poquito y los mueve hacia abajo. La caricia hace que su rabo se vuelva loco de contento. Camila le acaricia del mismo modo la otra oreja. No puede ser más feliz: está por darle a sus tripas un segundo cuenco de arroz con pollo y lo han tocado.

4

Por la mañana, el perro sigue en el felpudo, hecho un rosquito. «¿No te fuiste?», le pregunta Camila. El perro apenas mueve la cola y no levanta la cabeza. «¡Arriba!», le dice, pero el perro sigue en la misma postura. «¡Dale! ¡Arriba! ¡Levantate!», insiste. Parece un animal de cerámica. Algo le pasa, no tiene dudas. «Te voy a revisar, vos quedate así, tranquilito, no te voy a hacer doler», y procede a desenroscarlo para mirar el estado de la pata lastimada.

«¡Lo único que me faltaba!», grita Camila y no es enojo con el perro lo que siente, aunque él cree que sí, es enojo con ella misma; no tendría que haber sido tan débil la noche anterior, si no le hubiera dado de comer quizá el perro se habría ido, quizá alguien lo hubiera ayudado, quizá… No lo puede echar ahora, su herida parece estar infectada, y huele mal; además, si no lo ayuda, Luca no se lo perdonaría, y ella no quiere hacer nada más que su marido no le pueda perdonar.

Se sienta en la entrada de su casa, a la que están llegando los primeros rayos de sol, y baraja posibilidades. Al lado de la puerta hay un pequeño rellano donde Camila colocó una mesita y un banco, allí es donde desayuna cada mañana. Mientras ella muerde una tostada con tomate rallado y él come arroz con pollo, decide que lo curará, por lo menos el perro no se morirá por la herida en su pata. Una vez sano, no le será difícil echarlo.

Camila agarra una manta vieja con la que lo envuelve, va a la casa de Maripili, le pide prestado el coche y conduce hasta la veterinaria del pueblo grande. A la media hora está fuera. «En cuanto te recuperes te vas, eh», le dice al perro mientras lo lleva en brazos hacia el coche. «Te ayudo a que te cures, y luego te arreglás vos solito, que yo no puedo tener perro», y lo acomoda en el asiento del acompañante, sobre la manta. El perro le lame la mano. «¡No me chupes!», le grita. Él agacha la cabeza y echa sus orejas para atrás. «No te asustes. Pasa que no me gusta que me andes chupeteando», le dice mientras le estruja una oreja. El perro convierte su rabo en un helicóptero. «¿Ya me perdonaste?, ¿tan rápido?», y el animal ladra dos veces.

Al regresar a su pueblo va a la casa de Maripili, para devolverle las llaves.

—Ya verás tú, el chucho se te instala —le dice su vecina después de contarle lo que le dijo el veterinario.

—¡Estás loca! Lo último que necesito en mi vida es un perro.

—Si lo metes en casa, luego *pa* echarlo lo vas a tener chungo. —Maripili mira al animal, le sonríe y le rasca la cabeza—. Es la mar de guapo el chuchillo este.

—Es muy lindo, sí. ¿No te lo querés quedar?

¡Cómo no se le ocurrió ofrecérselo antes! ¡A su vecina le encantan los animales!

—No puedo quedármelo, un perro da mucha guerra cuando hay gatos.

—Pero este es muy bueno, y parece tranquilo, no creo que les haga nada.

—Si no es por él… Es que algunos de mis gatos son malos que no veas. El Chuli odia a los perros con locura, y el Jondo…, uf, a este chucho el Jondo se lo papea en un plis.

—¿Quién es el Jondo?

Camila conoce todos los gatos que rondan las plantas de Maripili, y también sabe que solo a dos les permite la entrada en su casa: al Chuli, un gato gordo, tuerto y arisco al que Camila jamás consiguió tocar, y a la Farruca, su favorita, una gata tricolor que siempre está ronroneando.

—Al Jondo tú no le conoces, lo tengo en el jardín de atrás, tiene prohibido salir, aunque el *jodío* gato se me escapa cada dos por tres.

—Pobrecito… ¿Por qué lo tenés ahí?

—Porque es un malaje.

—¿Un qué?

—Un mal ángel. Vamos, que tiene mala sombra, se pelea con *to* lo que se le cruza.

Camila sonríe, le gustan mucho las expresiones andaluzas. El perro empieza a agitarse nervioso, acaba de escuchar que existe un gato peor que el Chuli.

—Uy, mirá cómo tiembla, no sé qué le pasa. Te dejo.

—Está en los huesos, tendrá frío —opina Maripili.

Al llegar a su casa Camila lo baña, lo hace con sumo cuidado de no mojarle la herida. Él se sacude con vigor luego de haberlo enjabonado. Le cubre la cara de champú. Por suerte el perro se tranquiliza y le permite enjuagarlo. En cuanto lo saca de la bañera, el perro sale corriendo a toda velocidad. Ve que está a punto de bajar las escaleras. «¡Esperá!, son muy empinadas, te vas a caer», le grita, lo agarra y lo desciende. Él empieza a restregarse como un poseso en la alfombra del salón. Ella enciende el secador que tiene en su mano y, en el momento en el que se lo acerca a su pelaje, el perro lo ataca. Camila lo apaga y el animal se calma. Lo enciende y el perro intenta morderlo varias veces, le muestra todos sus dientes y le gruñe. «Es un secador de pelo, no te hace nada, ¿ves?», y Camila lo apoya apagado en el suelo. El perro lo olfatea y, al poco, lo ignora, pero, en cuanto Camila lo vuelve a encender, el perro se arroja sobre él como si fuera una presa que no puede dejar viva. Lo apaga. «Te tengo que secar, hace mucho frío, estás empapado», y el aparato empieza a hacer ruido. Una vez más, el perro pasa de dócil y sumiso a despedazador de secadores. «Por lo que veo, no me vas a permitir que te seque. Voy a ver si consigo encender la chimenea y te secás ahí entonces», y escucha que el perro ladra dos veces.

5

Se siente tan mal que no opone la más mínima resistencia cuando Camila lo sube a la caja de metal ruidosa. Él las odia, con todo su pellejo. Pero la pata le duele como jamás le dolió otra parte del cuerpo, y no tiene fuerzas. Por eso, se deja meter en ella sin ladrar, sin aullar, y sin volverse loco, como corresponde.

Llegan a un sitio donde hay un gato dentro de una caja de palos. Le bufa. No siente miedo: el gato es tonto y no sabe abrirla, por eso no puede salir. Se tumba a los pies de Camila. El gato, la caja de palos y su dueño desaparecen detrás de una puerta. Al rato, reaparecen. Un hombre de azul los invita a pasar. No es el primero que ve, el perro conoce bien este tipo de lugares.

El hombre de azul huele a chuche de salmón y a gato castrado. Lo sube a una mesa y le acaricia el lomo. Enseguida le cae bien. Después de toquetearlo, de clavarle un pincho y de ponerle en la pata algo que le aprieta y le tira de los pelos, ya no le cae tan bien. El hombre de azul lo baja de la mesa, se aleja unos pasos y lo llama. Él se siente mejor, pero no se acerca; las órdenes de Camila son las únicas que está dispuesto a cumplir, y ella no le ha pedido que se acerque.

—No responde a mi llamada, no puede caminar debido al dolor que le produce la infección —le dice el hombre de azul a Camila—. Necesita dos o tres días de reposo absoluto.

—¡¿Qué?! ¿Dos o tres días? ¡Pero si no es mi perro! ¡Yo no lo puedo meter en mi casa! —grita Camila—. ¿No se lo podés dar a alguien? Me lo encontré ayer, me siguió como dos kilómetros, parece muy bueno.

El perro contiene el jadeo, él no vivirá con nadie que no sea Camila.

—Ojalá pudiera ayudarte, me encantaría. No sabes la gran cantidad de perros abandonados que hay en esta zona y la poca gente dispuesta a acogerlos. Sin reposo y medicinas, dudo mucho que este animal pueda recuperarse.

El perro suspira aliviado, por un momento temió que ella lo dejara con el hombre de azul.

—¡Qué garrón! —dice Camila—. Bueh… Si lo tengo que meter en casa hasta que mejore, entonces dame algo para quitarle el olor repulsivo que tiene, cada vez que me acerco a él, me dan ganas de vomitar.

—Tienes razón, huele fatal —dice el hombre de azul mostrándole a Camila una sonrisa que ella no le corresponde.

¿Están hablando de él? No puede ser. ¿Cómo va a oler mal si cada mañana se revuelca en el barro del río, sitio favorito también de cabras, vacas y ovejas? Además, siempre que encuentra algún manjar, como un pájaro muerto o una rata despanzurrada, restriega todo su lomo sobre ellos. Hace pocos días, se aromó con la piel de un conejo al que ya no le quedaba nada comestible. No, no pueden estar hablando de él.

Cuando regresan al refugio de Camila no tiene que quedarse en el mullidito de la puerta, ella le dice que puede entrar. ¡Qué calorcito siente dentro! ¡Y qué de olores nuevos! No tiene tiempo de olfatear cada rincón como le gustaría, Camila lo lleva a la parte alta del refugio y lo mete en un cuenco gigante. El agua con la que ella empieza a mojarlo le recuerda al río. Durante el verano nadó en él cada día, pero desde que llegó el otoño sus aguas están demasiado frías y ya no le apetece mojarse más que las patas. Camila le rasca el lomo, con fuerza. ¡Qué felicidad siente!, tanta como cuando ella le acarició las orejas. Y, de repente, un olor repugnante le llega al morro: Camila le está echando en el pellejo un líquido que le irrita el olfato. Se sacude con todas sus fuerzas. Ella grita. Él se detiene y la ve haciendo un movimiento raro con la boca, tiene los labios cubiertos de burbujas, se parecen a las que tantas veces vio en la orilla del río. «¡Quedate quieto!», le ordena, y él le huele el enojo. Se sienta y se deja hacer, sabe que el olor a enojo nunca es bueno para él.

En cuanto Camila le permite abandonar el cuenco gigante, sale corriendo: está desesperado por quitarse el mal olor. En dos segundos alcanza las escaleras. «¡Esperá!, son muy empinadas, te vas a caer», le grita. Él se deja coger y ella lo lleva a la parte baja del refugio. Allí restriega su lomo sobre un mullidito que encuentra, es mucho más grande que el de la entrada. Se frota y se frota, pero el olor no se va. Ella sube y la ve volver con algo en su mano que nunca vio: es un bicho del que sale un viento muy caliente. Camila desenrosca su cola y el bicho se le acerca, lo quiere atacar con su aire. Y se detiene. Y el bicho le vuelve a soplar. Y para. Y le sopla. Él intenta defenderse en cada ataque. Camila le está hablando, pero no es capaz de escucharla, solo puede centrarse en embestir al bicho de viento. Después de lanzarle varios mordiscos, consigue matarlo, o herirlo; ve a Camila llevándoselo, su cola larguísima se aleja arrastrándose por el suelo. Y a los pocos minutos, ¡está al lado de una caja que da calor! Se siente dentro de su sueño, la única diferencia es que en vez de tener frente a él un hueso con más jamón que hueso, Camila le da arroz con pollo. Hace meses que no come así de bien, y tan seguido. Y está calentito. Y hay techo. Se siente protegido, no cree que los jabalíes puedan entrar allí, ni el Chuli.

Al terminar de comer mira a Camila: ¡cuánto la ama! ¡Y qué bien huele! Su olor lo llevó a acercársele, y a seguirla: Camila huele a mandarinas dulces y a castañas asadas. También huele a tristeza acumulada, como su antigua dueña. «¿Querés más?», escucha y él ladra dos veces. Camila lo mira. «¿Querés dormir en la puerta?». Él quiere dormir donde ella duerma, ¿qué pregunta es esa?, ¡claro que no quiere ir a la puerta!, tan lejos de ella, y de la caja que da calor. Ladra una vez. «¿Querés arroz con pollo?». Ladra dos veces, no entiende por qué se lo ha vuelto a preguntar. «¿Dormir en la puerta?». Ladra una vez. «¡Qué increíble! ¡Sabés decir sí y no!». Ladra dos veces, se acerca y le lame la mano.

En vez de gritarle, Camila se ríe. Es la primera vez que le ve ese gesto. A él le gustaría lamerla mucho más, ojalá pudiera chuparle toda la cara largo rato. Se contiene, a ella le molestan sus lengüetazos; él sabe que los humanos son así de raros.

6

Camila no lo puede creer: ¡el perro acaba de hacerla reír! Lo consiguió con algo tan estúpido como un lametazo en su mano.

Once meses y cinco días pasaron desde su última risa, la recuerda perfecta, jamás la olvidará.

Va a la cocina a buscar un trapo viejo, no quiere que el perro le llene la alfombra de pelos. Mientras abre cajones piensa en el primer día que salió de la cama, luego de pasar una eternidad sepultada en ella, y se sintió asqueada de los sedantes, de su desconsuelo, de su madre y hermanas tratándola con cautela, como si fuera una reina enfermiza.

Su familia la había presionado en varias ocasiones para que hablara de lo sucedido con Luca, la habían presionado de una manera sutil, por supuesto. Incluso, le habían dicho que si no lo quería hablar con ellos, podía hacerlo con un psicólogo. Camila se había negado a muerte, no iba a contarle a nadie lo que había sucedido con su marido. Lo mejor era irse, bien lejos. No fuera a confesar un día la verdad y todos descubrieran el tipo de persona que era.

Encuentra un trapo viejo en el último cajón del mueble que está en la cocina, lo coloca en el suelo, cerca de la chimenea. Busca al perro con la vista, lo encuentra durmiendo sobre sus pantuflas. «Vení, acostate acá», le dice y el perro le hace caso.

Aunque su madre y hermanas pusieron el grito en el cielo,

abandonó Buenos Aires. Se decidió por Madrid porque en esa capital vivía un primo que podía alojarla un tiempo, hasta que ella decidiera qué rumbo tomar. Lo único que sabía era que no quería vivir en una gran ciudad, rodeada de gente y de diversiones. Deseaba estar sola.

Fue su primo quien le comentó que el sur de España podría gustarle: alquileres baratos, vida tranquila, naturaleza abundante. Le habló de los alrededores de Granada, de la zona de La Alpujarra, plagada de pintorescos pueblitos blancos. Siguiendo la sugerencia de su familiar, Camila se tomó un tren a Granada y, desde allí, un autobús a un pueblo que eligió al azar y que resultó ser demasiado grande para ella, aunque a mucha gente le habría parecido minúsculo. Ella quería vivir en un lugar desierto, si un lugar así existiera.

Después de recorrer varios pueblos llegó a uno que le pareció ser lo que buscaba: era pequeño y la mayoría de sus casas estaban deshabitadas. Fue en el *parking* de este pueblo donde vio a Maripili por primera vez: bajaba varias bolsas de supermercado de su coche, por ello, dedujo que sería una de las pocas personas que allí vivirían. Las bolsas eran transparentes y a Camila le llamó la atención la cantidad de latas para gatos que contenían.

—Nunca te he visto por aquí, ¿estás de vacaciones? —le preguntó Maripili mientras cerraba la puerta abollada de un coche viejísimo.

Camila, antaño abierta y sociable, no tenía ningún interés en hablar con desconocidos, rehuía de todo aquel que le preguntara algo, no le importaba quedar como una maleducada.

—No. Estoy buscando alguna casita que alquilar. ¿Vos por casualidad conocés alguna?

—Tú no eres española —afirmó Maripili sonriendo—. ¿De dónde eres?

—De Argentina —le respondió Camila sin mirarla. Maripili no pareció notar su sequedad porque no perdió la sonrisa.

—¡Anda! Mi hermana estuvo por tu tierra en su luna de miel y lo flipó, me dijo que…

—Perdoname, estoy apurada, ¿conocés alguna casa que se alquile en este pueblo o no? —la interrumpió, no estaba dispuesta a entablar una conversación que no le interesaba en lo más mínimo.

—Fíjate tú que sí, guapa, conozco una… —le dijo Maripili de buena gana. A Camila le sorprendió que continuara siendo amable cuando ella estaba siendo tan antipática—. Justo el otro día, en el mercadillo del pueblo grande, me encontré a la Evelyne y me contó que la casita de su hijo está vacía. Si la alquilas, vamos a ser vecinas, mi casa está al *lao*. Y, si vas a vivir aquí, te vendrá bien saber que *to* los sábados montan un mercadillo en…

—¿Y sabés cómo puedo hacer para hablar con esa señora? —la interrumpió Camila una vez más mientras pensaba que no veía la hora de que se callara, ¡qué le importaba el mercadillo ese!

—Llama a su puerta, seguro que está en casa, solo sale para ir a la compra, pobrecita mía… —Hizo una pausa y agregó—: Coge la cuesta esa, al poco vas a ver unas escaleras, subes *pa* arriba, a la derecha hay una calle de tierra, y otras escaleras, y la casa de la Evelyne está al final. ¿*Tasenterao*?

—¿Qué?

—Que si te has *enterao* de cómo llegar.

—No mucho, no.

—Ven que te acompaño. Vive allí. —Y Maripili le señaló una casa a lo lejos, en la parte más alta del pueblo. A continuación, metió todas las bolsas en el coche. A Camila le llamó la atención que no lo cerrara con llave—. La Evelyne es francesa, aunque vive aquí hace más años que yo, como veinte —empezó a contarle Maripili mientras ascendían la cuesta—. Su hijo vivía en la última casa del pueblo, pero hace un mes se fue. Se enamoró de un gabacho que vino de vacaciones y se piró, sin pensar en su madre.

Camila no tenía ni idea de qué significaba «gabacho» pero no pensaba preguntárselo, demasiado le parecía ya el que su acompañante le estuviera contando tantas intimidades sin conocerla.

—La Evelyne está mala, sufre de la ciática y casi no puede caminar. *Pa* esto una tiene hijos, *pa* que cuando se los necesite no te hagan ni puñetero caso… —dijo entre resoplidos. La cuesta era empinada. Camila la miró, parecía que le costaba trabajo caminar, Maripili tenía unos cuantos kilos de más—. ¿De qué parte de Argentina eres?

—De Buenos Aires —le respondió, aunque lo que realmente le hubiera gustado contestarle era: «¿qué carajo te importa?». Pero necesitaba de esta mujer que le caía mal por metiche, porque hablaba demasiado, y porque no quería que nadie fuese amigable con ella.

—Mi hermana me ha dicho que Buenos Aires es enorme, casi como toda España. A mí lo único que me suena es el obelisco, ¿tú vivías cerca? —le preguntó Maripili con la respiración todavía entrecortada.

—No, nada que ver. Yo soy de Quilmes, de una ciudad que está más o menos a veinte kilómetros del obelisco.

—¡Madre mía de mi vida! ¡Esta cuesta me va a *matá*! —Maripili golpeó una puerta—. Ya hemos *llegao*.

Evelyne las hizo pasar en su casa y les preparó una infusión a cada una. Se sentaron las tres en su gran salón, desde el que había unas vistas espléndidas a la sierra. Evelyne llevaría veinte años viviendo en Andalucía, pero hablaba un español de recién llegada, se le entendía menos de la mitad de lo que decía. Camila podría haber facilitado la comunicación; su abuela era francesa y le había enseñado su lengua materna a la perfección, sin embargo, no lo mencionó.

Mientras duró la infusión, las dos mujeres no pararon de hacerle preguntas sobre Buenos Aires, estaban fascinadas con su ciudad natal, parecía que ella venía del mejor sitio del mundo. Respondió a todas las preguntas con monosílabos y, en cuanto vio la oportunidad, le preguntó a Evelyne a cuánto alquilaba la casa de su hijo. Tenía que cuidar el dinero con el que había llegado, los ahorros de toda su vida sumaban cinco mil euros y no sabía cuándo tendría fuerzas para volver a trabajar. La francesa le pidió un precio ridículo, por ser ella, y porque venía de tan lejos. Camila no entendía por qué motivo estas mujeres eran encantadoras, ni por qué la estaban ayudando; ¿sería el resto de gente de esa zona también así?

Ese mismo día fue a ver la casa. Maripili la acompañó, Evelyne no podía hacerlo debido a sus problemas de ciática. A Camila enseguida le gustó el antiguo horno de pan convertido en vivienda, tenía dos puntos fuertes: una gran chimenea de leña y una terraza desde la que cada tarde podría contemplar a una bola roja, gigantesca, adentrándose en todos los verdes de la sierra hasta ser tragada por ellos. Jamás había visto atardeceres tan espectaculares. Otra estampa que a Luca le encantaría convertir en óleo que colgar en la pared.

Un mes y medio había pasado desde el día en el que alquiló la última casa del pueblo. Maripili ya no le caía mal. Seguía hablando demasiado para su gusto, pero era un ser de una generosidad como pocas veces había conocido.

Un mes y medio sin sentirse tan mal como en Buenos Aires, pero aún a miles de kilómetros de la mujer feliz que una vez fue. Siempre segura de una sola cosa: de que ella no volvería a reír. Y el perro lo había conseguido.

¡Pobre animal! Aunque en Buenos Aires había visto miles de perros malviviendo en las calles, no recordaba que se le hubiera cruzado uno tan flaco. No solo estaba escuálido, también estaba sucio, lastimado y tenía varias garrapatas, de tamaño considerable; no había intentado quitárselas, esas arañas le daban un asco infinito.

Quizá el perro esté peor que ella… Eso es imposible, nadie puede estar peor que ella…

Aunque el perro le da lástima, no se lo puede quedar. Una sola cosa tiene en claro en esta etapa de su vida: no quiere tener ninguna atadura. «No te sientas muy a gusto que te vas a ir en breve», le dice cada vez que le da de comer. Y el perro ladra una vez. «Ya sé que vos decís que no, pero yo te digo que sí. En cuanto te recuperes, te tenés que ir». Y se escucha un ladrido.

Durante tres días Camila le cura la herida, le prepara la comida y le permite que la acompañe a sacar fotos por las mañanas, ella no lo ve necesitado de reposo como dijo el veterinario. Al salir no tiene que estar pendiente, el perro no se aleja de sus piernas. Cuando paran a descansar, Camila le da varios gajos de su mandarina; al perro le encanta la fruta, algo más de él que a ella le hace gracia. Si Luca lo viera, querría quedárselo y lo pintaría hasta el hartazgo.

Al tercer día, Camila ve que el animal tiene la herida en perfecto estado, le asombra la rapidez con la que cicatrizó. Decide no esperar más, es imperioso que cada uno vuelva a su antigua vida. Abre la puerta de su casa y, en cuanto el perro sale, la cierra.

7

Poco tiempo después de que el hombre de azul lo pinche y le ponga algo que le aprieta y le tira de los pelos, deja de sentir dolor. Al día siguiente ya no necesita encoger la pata lastimada para caminar, hasta puede correr si lo hace despacio. No le hubiera importado que Camila continuara llevándolo en brazos, para él no hay nada más agradable que olerle tan de cerca las mandarinas dulces y las castañas asadas. La tristeza acumulada también le huele, pero es un aroma que a él no le molesta, está acostumbrado.

Lo que más le gusta es salir a pasear por las mañanas; acompañarla, esperar a su lado mientras ella mira el paisaje a través de la cajita que lleva colgando del cuello. El mejor momento del paseo llega cuando se sientan a descansar y Camila le convida mandarina: un pedazo para él, uno para ella, uno para él, y así, hasta acabarla. ¡Qué diferentes son las mañanas y las tardes y las noches si se tiene un humano cerca!

Cuando era cachorro, su mamá les ladró a él y a sus hermanitos que la vida de un perro solo tiene sentido si se encuentra un humano al que amar. Eso es lo que hay que buscar, eso importa más que tener un cajón en el que dormir para no pasar frío, más que estar sano, incluso, importa más que el hecho de que la barriga esté llena. Su mamá lo sabía bien, ella había tenido dueño y lo había amado con todo su pellejo. Muchas veces no había tenido nada que darle a sus tripas, su amo vivía en la calle y no siempre podía alimentarla; muchas veces su mamá se había enfermado, y había pasado frío, y el agua que cae del cielo la había empapado, sin embargo, mientras su dueño la acariciara y la dejara enroscarse contra su cuerpo, ella vivía feliz.

En otra época, había tenido una familia humana a la que amar. Pero la había perdido.

Al principio buscó con desesperación a sus dueños, olfateó y olfateó el aire durante días ilusionado con encontrar en él un mínimo rastro que lo llevara hasta ellos. Sintió miedo por las noches. Pasó frío. Sufrió hambre. Y siguió buscando. Y continuó. Y unos días más… Nada, ni una pista… Y siguió. Y se dio por vencido.

Las noches eran lo peor, sobre todo, aquellas en las que las nubes se rompían, haciendo un ruido tremendo y, de repente, aparecían unas chispas alargadas que lo dejaban ciego y temblando desde las uñas hasta las orejas.

Sin humanos cerca, nada tenía sentido, ¿para qué seguir?

Se enroscó bajo una gran piedra cercana al molino, metió su hocico bajo sus patas y cerró los ojos convencido de que ya no se levantaría.

Al segundo día, su mamá se le apareció en un sueño, y le ladró que se levantara: si ella había podido seguir viviendo después de perder a su amo, él también. Tenía que buscar, no parar de buscar a quien amar, él era un buen perro, encontraría a alguien.

Su mamá le ladró tanto en el sueño que lo convenció, y se levantó. ¡Y por fin había aparecido esa persona a quien amar!

En el sendero que recorre con Camila cada mañana está su antiguo refugio: el molino. Hasta encontrar la casa abandonada, más cercana al pueblo, pasó allí muchas noches, aterrado no solo cuando las nubes se rompían, sino también cuando los jabalíes le pasaban cerca, temiendo que, si lo encontraban, se lo comieran. Y él no quería ser devorado por esos seres odiosos que chillan y huelen a tierra empapada. ¡Cuánto odia a los jabalíes! Más que a las máquinas de metal ruidosas, aunque menos que a los gatos. ¡Pero ya no tendrá que dormir en el molino! ¡Ni sobre el colchoncito de hojas de la casa abandonada! A partir de ahora dormirá siempre en el mismo refugio que Camila. ¡Es tan feliz!

Pasan uno, dos, tres días. Consigue que su dueña se vuelva a reír, varias veces, hasta le parece que su olor a tristeza acumulada ya no es tan intenso. Cuando ella ríe, él siente algo hermoso, como si un rayito de sol le estuviera rascando la barriga.

La tercera mañana, Camila abre la puerta, él sale creyendo que se van de paseo y ella no le permite volver a entrar en su refugio. Ya no lo deja dormir cerca de la caja que da calor, ¡hasta quita el mullidito de la entrada! Él llora. Ella no le abre. Rasca la puerta, salta en el metal que sobresale, aúlla, llora más fuerte. Camila lo ignora.

Él no se moverá, y la acompañará a todas partes, y aguantará lo que sea hasta que ella lo ame como él la ama a ella.

8

—¿Pero qué esperabas, alma de cántaro? —le pregunta Maripili a Camila.

—¡Esperaba no encariñarme! ¡Si a mí nunca me gustaron los perros! —responde con amargura—. No sabés lo inteligente que es, entiende todo… —Las dos lo miran. Al encontrar los ojos de Camila, el perro empieza a hacer círculos con su cola.

—¡Cómo mueve el rabo! —grita Maripili muerta de risa.

—¿A que es simpatiquísimo?

—Es *mu* guapo —dice su vecina mientras le rasca la cabeza—. Que sepas que no lo vas a poder echar.

—Sí, sí, ya lo eché: desde ayer no lo dejo entrar más en casa. Hasta quité el felpudo para que no tenga dónde acostarse. Pero no se va. Llora, gimotea, salta en el picaporte, y también…

—¡Calla, calla! No me cuentes *ma* que se me cae el alma a los pies.

—Dije que lo iba a curar y lo curé: la herida la tiene perfecta, hasta ganó un poco de peso. Ahora, que se arregle solo. Yo no me lo puedo quedar.

—¿Por qué no?

—¡Porque no!

Camila no tiene confianza con Maripili para contarle sus porqués. Y, aunque la tuviera, se ha jurado a sí misma no hablar de su pasado. La poca gente que vive en el pueblo sabe que es argentina porque no le es posible disimular su acento, si no, ni eso sabrían de ella.

Al abandonar Buenos Aires se prometió renacer en España, ser otra persona completamente diferente. Se lo prometió a tal punto, que al día siguiente de haber aterrizado en Madrid, se tatuó un ave fénix en el antebrazo izquierdo, por si se le olvidaba.

—Los chuchillos callejeros son más listos que el hambre, y este sabe dónde vives, ya verás tú, de tu puerta no se va.

—¿Te parece? Al no darle de comer, en algún momento se va a cansar, se va a ir a buscar comida a otra parte.

—¡Ay, madre mía de mi vida! ¡Qué penita me da!

—¡No me lo digas más! —le pide Camila y ve que su vecina tiene los ojos llenos de lágrimas—. ¡Qué pelotuda que fui! No le tendría que haber dado de comer, mucho menos debería haberlo metido dentro. ¡No sé en qué estaba pensando! ¿Y ahora cómo hago para sacármelo de encima?

—Llévalo con el coche a otro pueblo y lo dejas ahí.

—¿Cómo voy a hacer eso? ¿Estás loca?

—Es lo que hace la gente cuando abandona un perro.

—Pero yo no lo estoy abandonando, ¡porque nunca fue mío! —grita Camila.

—Al chucho no te lo despegas, ya verás.

Y Maripili tiene razón. Aunque Camila le prohíbe la entrada en su casa y deja de darle de comer, el perro no se mueve de su puerta. Cada vez que ella sale, el perro hace el helicóptero con su cola, intenta lamerle la mano (ella ya no se lo permite) y la sigue a todas partes: en el paseo matutino no se aleja más de treinta centímetros de sus pies, camina a su lado hasta el coche cuando se va a la compra, y lo encuentra en el *parking* al volver, sentado en el mismo sitio. Muchas veces le pide que por favor la deje, le asegura que, si es así de simpático con otra gente, encontrará un buen hogar. Camila le grita, le ruega, hasta lo insulta. No hay manera, el perro no se va. Si su marido estuviera allí, todo sería diferente; Luca no dudaría en darle un hogar, desde luego el perro lo necesita más que nadie. Pero su marido no está. ¿Qué otra cosa puede hacer? Ella no se puede ocupar de él. Ella no se puede ocupar de nadie.

—¿Me prestás el coche? —le pide a Maripili.

Camila está pálida, le tiemblan las manos, le costó mucho tomar la decisión.

—¿*Pa* qué lo quieres? ¿Qué vas a hacer? ¿Es *pa* llevar al chuchillo a algún pueblo?

—Sí.

—¿Estás segura?

—No.

—Vente, entra que nos tomamos algo. Tienes *mu* mala cara —dice Maripili y empuja la puerta que había entornado al salir a charlar con Camila. En cuanto la abre, aparece el Chuli.

Al ver al perro, el gato eriza la cola y le bufa. Al ver al gato, el perro se mete entre las piernas de Camila y empieza a temblequear.

—Parece que no se caen muy bien —dice Camila y su vecina coge al Chuli en brazos. Se escucha otro bufido. El perro se refugia más aún en las piernas de Camila y agacha la cabeza como si un arañazo le fuera a llegar de un momento a otro.

—¿Qué es eso de bufarle a un invitado? —le pregunta Maripili al gato poniendo un tono de enojo poco creíble—. Pasa, pasa, y dile al chuchillo que pase también.

Camila entra, el perro está pegado a ella. Maripili pone al Chuli en el felpudo de fuera y le cierra la puerta en los bigotes. Se escucha un bufido enardecido del otro lado.

—Va a estar *to mosqueao* un buen rato —dice su vecina riéndose—. Mucho larala y poco lerele. Si le hacen frente, se caga por la pata abajo, que yo lo he visto.

Camila sonríe y piensa que luego tiene que apuntar esas frases en su libretita de expresiones andaluzas. Desde que es pequeña tiene la costumbre de anotar las palabras que le gustan.

—¿Te preparo una manzanilla? ¿O prefieres algo *ma* fuerte?

—Una manzanilla. Nunca manejo si bebí alcohol —miente. No sabe por qué acaba de hacerlo, no tiene ninguna necesidad, la mentira le salió sola.

Maripili desaparece en la cocina. Es la primera vez que Camila entra en su casa. Los muebles son antiguos, de madera oscura; las paredes están cubiertas con cuadros de flores y paisajes. Se acerca a una mesa baja que está llena de portarretratos de todos los tamaños. Maripili no aparece ni en una sola de las imágenes. En ellas un hombre joven se repite una y otra vez. Agarra un marco porque lo quiere ver de cerca, ¿será hijo de Maripili? ¿O su padre? No puede serlo, no se le parece en nada. ¿Será el marido?

—¿Estás pensando en llevar al chuchillo a otro pueblo entonces? —La pregunta de Maripili le hace dar un respingo—. No te asustes, *mujé*, aquí puedes coger y mirar lo que te venga en gana.

—¿Qué querés que haga? No me deja otra opción, no se me despega… —dice mientras devuelve el portarretratos a su sitio. Quiere preguntarle por qué tiene tantas fotos del mismo hombre pero no se atreve—. ¡Y yo no quiero tener animales! —grita.

—¿*Pa* qué lo has *curao* entonces?

—¡Ya te lo dije! ¡Para que no se muriera por la herida! Mi idea era ayudarlo y que luego continúe su camino. ¡Pero él no quiere irse!

—¡No te coscas de *na*! Se nota que eres de ciudad. ¡Claro que no quiere!, los perros de esta zona, cuando te eligen, no te sueltan.

Maripili pone frente a ella la infusión. En ese momento, un maullido muy agudo y prolongado le eriza a Camila todos los pelos del brazo.

—Es el Jondo, está en el jardín de atrás, no te asustes. —Se escucha un golpe en la puerta de la cocina—. Tú ni caso, quiere que le abra, no me atrevo, que lo conozco yo bien a ese malaje, no quiero que mortifique al chuchillo. Otro día te lo presento —dice Maripili sonriendo.

Camila no sonríe, tampoco mira a Maripili.

—Me da lástima el perro, pero lo voy a tener que dejar ir, por decirlo de algún modo —dice mientras con su pulgar e índice derechos gira sin parar el anillo que se encuentra en su mano izquierda.

—¿Qué piedra es?

—¿Qué? —Camila no tiene ni idea de a qué se refiere su vecina.

—La piedra del anillo ese que llevas siempre puesto, ¿cómo se llama?

—Ah. Es un zafiro.

—¡*Joé!* Yo creía que sería un…

—¿Me das las llaves del auto? Cuanto antes, mejor.

—¿No te tomas la manzanilla?

—Cuanto antes, mejor. Dame las llaves —no puede evitar repetir. Si se queda callada, quizá su vecina la convenza para que adopte al perro.

—Toma. ¿Crees que…?

—Sí, sí, creo. En un rato vuelvo. —Y abandona la casa de Maripili.

—¡Subí! —le ordena al llegar al coche. El perro no le hace caso—. ¡Subí te dije! —le grita.

Camila siente unas ganas infinitas de llorar. Otra de las cosas que se prometió mientras se tatuaba el ave fénix fue no volver a llorar, nunca. En Buenos Aires ya había llorado por varias vidas. ¡Ni una lágrima más! ¡Ni una más!, había repetido en su interior, como un mantra, mientras apretaba los labios muy fuerte muy fuerte muy fuerte, pues la presión de la aguja en la zona del antebrazo dolía demasiado y le hubiera gustado poder llorar del dolor, pero acababa de prometerse que jamás volvería a hacerlo y lo iba a cumplir.

—¡Vamos! ¡Subí! —El perro sigue sentado sobre la tierra del *parking* y la mira con ojos de pena, como si supiera sus intenciones—. Yo sé que me entendés. ¡Subí! —le vuelve a gritar.

Más ojos afligidos y orejas gachas. Resoplando, Camila lo levanta en el aire y lo coloca en el asiento de atrás; no quiere verlo a su lado mientras conduce.

9

El perro recordó a su antigua familia durante largo rato.

La madre pasaba cada una de sus mañanas limpiando y, mientras él la seguía por toda la casa, ella le contaba historias sobre su marido.

—Roberto tiene una amante. —Y la veía echándole agua a los cuencos que la familia había usado para cenar—. Se lo he preguntado infinidad de veces, pero se pasa el día negándomelo. ¡Hasta se hace el ofendido porque desconfío de él!

Al perro le gustaba lamer del suelo el agua que a la madre se le caía, le divertía perseguir las gotas hasta conseguir tragárselas.

—¡No chupes eso! ¡Cada vez que friego los platos haces lo mismo! ¡Serás guarro! —Y le daba una palmada para alejarlo—. Me ha llegado a jurar por su madre muerta que yo soy la única mujer de su vida. ¡Mentiroso! ¡Tiene un morro que se lo pisa!

En estas ocasiones el perro ladraba varias veces. Le gustaba dar su opinión, y también, le gustaba ladrar cuando tocaban el timbre, cuando se acercaba algún vecino a la casa, el cartero, el camión de la basura o si veía algún gato merodeando en el jardín.

—¡Calla, pesado! ¿Cuántas veces te lo tengo que decir? ¡Que me vas a dejar sorda! ¡No ladres más! —La madre iba hasta el sitio donde los humanos dejan sus sobras. Él la seguía. Ella agarraba un palo largo con palitos en su punta, y a continuación, lo arrastraba por el suelo de la cocina—. Me engaña con una compañera de trabajo, es una que tiene el culo respingón y va por la vida llena de escotes. Se nota que quiere llamar la atención la muy… ¡Quita, quita! ¡Siempre en medio! ¡Sal de aquí! No quiero que pises el polvo.

La madre tenía una voz aguda y olía a cremas, a muchísimas cremas. Se las ponía a todas horas y en todas partes de su cuerpo: en los ojos, en la barriga, en el trasero, en las tetillas, en las patas de arriba y en las patas de abajo también. A él le costaba mucho respirar la mezcla de cremas que salía de la madre; aun así, prefería estar cerca de ella.

—No me quiero ni acordar del día que se me ocurrió esperar a Roberto a la salida de su trabajo. Todavía no me explico cómo se dio cuenta de que estaba escondida. ¡La que me montó! Tuvimos una bronca gordísima. —Y él la seguía otra vez al sitio donde los humanos dejan sus sobras para guardar el palo largo con palitos en su punta—. Lo que más quiero es pillarlo. Le he dicho que, si me dice la verdad, lo perdono.

La madre agarraba un bicho enorme, le tocaba un costado y este empezaba a chillar de un modo que a él le daba muchísimo miedo, casi tanto como las nubes al romperse. Se refugiaba bajo la mesa de la cocina mientras la madre y el bicho chillón se movían por todo el mullidito del salón, durante largo rato.

—¡Por supuesto que no voy a perdonarlo! —gritaba y decía otras cosas que él no era capaz de escuchar.

Siempre que tenía miedo le pasaba lo mismo: no le funcionaban bien las orejas, ni el hocico, ni los ojos. Le ocurría desde que era cachorrito. Su mamá le había ladrado que él fue el último en abandonar su panza, por eso era tan miedoso, mucho más que sus hermanos. Él no había salido valiente y fuerte como ellos.

Martita, la hija de la familia, había cambiado. Cuando la conoció le rascaba la barriga a menudo y lo dejaba dormir en su cama. Ella le permitía que la acompañara a todas partes y le hacía peinados con gomas que le tiraban del pelo. ¡Cómo se reía Martita cuando él le chupaba toda la cara! También se reía al saltarle encima para recibirla.

Hasta que un día Martita empezó a ir a un lugar horrible llamado Bachillerato. Allí encontró una mejor amiga para siempre: Loli. Y, al poco tiempo, se convirtió en otra Martita.

No soportaba que el perro perdiera pelo. Él intentaba con todo su pellejo no perderlo, pero lo perdía igual. Y ya no permitía que le lamiera toda la cara, decía que la boca le olía a muerto. Y le gritaba que sus ladridos le provocaban dolor en la cabeza. Y sus patas ensuciaban los trapos que llevaba puestos.

Aunque le regañaba, Martita era su favorita porque compartía su cena con él. Muchas veces se la daba entera, el postre incluido.

—Mi madre quiere que me convierta en una gorda subnormal, como ella, que no se entera ni de que su marido le pone los cuernos —le decía a Loli mientras él lamía el fondo del cuenco que ella le ofrecía—. ¡La odio! ¡Mi madre es lo peor que me pudo pasar!

Martita cenaba siempre en su dormitorio para que nadie viera que era la mascota de la casa quien vaciaba sus platos. ¡Qué de veces le dolieron las tripas! Los postres lo descomponían. En alguna ocasión había intentado resistirse a unas torrijas o a unas natillas, pero Martita le había gritado «¡come!», y él le había hecho caso, como correspondía.

—¡No lo puedo creer! ¡No lo puedo creer! —Escuchó el perro que Martita le contaba a Loli un día al volver de ese lugar horrible llamado Bachillerato—. ¡Paco me ha invitado a salir! ¡Estoy taaaaaaaaan enamorada! —El perro le olió una alegría diferente, una que él no le había sentido hasta ese momento—. ¡Ay, no! ¡Qué horror! ¿Qué me voy a poner? ¡No tengo ropa!

Martita le prohibió subirse a su cama. Allí puso todos sus trapos y no quería que tuvieran ni un solo pelo suyo. Él se tumbó en un mullidito cercano y la vio ponerse y quitarse trapos durante mucho tiempo mientras Loli decía sí y no. Se quedó dormido. Cuando se despertó, seguían haciendo lo mismo.

—No solo nos morreamos en el parque, fuimos a su casa y... —Martita le susurró a Loli el resto de la historia. El perro notó que Martita olía a una hierba que no estaba en el campo, ni en el jardín de la madre; había sentido su olor varias veces en el parque cercano.

Martita empezó a salir con Paco todos los días, y los olores que traía fueron cambiando, como su carácter. Le gritaba más a menudo, y ya no era por los pelos que perdía, ni por lo asquerosa que le olía la boca, él no sabía qué hacía mal. La furia de Martita siempre terminaba igual, dándole la peor de las órdenes que podía recibir: «¡Fuera! ¡Vete al jardín!».

Javier, el hijo, era el único de la familia que nunca contaba historias. Pasaba horas y horas frente a una gran caja blanca que se encontraba en el sitio donde dormía. La miraba muy fijo y movía los dedos de las patas de arriba de vez en cuando. A veces, Javier le hablaba a la gran caja blanca; otras, era la caja la que le hablaba a Javier. Eso era todo lo que la caja sabía hacer. Nunca la vio lamiéndolo, ni demostrándole su alegría; tampoco ladraba o hacía algún otro sonido cuando quería jugar. ¡Ni siquiera se movía! Al perro no le gustaba ni el olor ni la energía que salían de ella, y no entendía por qué Javier pasaba todo su tiempo con un bicho tan antipático como ese.

El padre, cada vez que lo llevaba a dejar sus sobras en el parque cercano, le contaba historias a una cajita de plástico que se ponía en la oreja.

—¡No sabes qué cuerpo tiene! Sí, sí, Carla, mi compañera de curro. ¡Me vuelve loco! Con Lidia nunca me lo he pasado tan bien, ni siquiera en los primeros tiempos de casados.

De camino al parque, el perro siempre encontraba algún olor hacia el que correr, que necesitaba aspirar de muy cerca, lo antes posible.

—¡No tires! —Escuchaba en cuanto aceleraba su marcha y, a continuación, sentía una presión que lo ahogaba—. ¡Siempre tirando! ¡Junto! ¡Vamos! —El perro dejaba de correr y empezaba a caminar mirando a su amo, quien olía a enojo, su amo no lo miraba y volvía a contarle historias a la cajita de plástico—. Te decía que Lidia está cada vez más pesada, sospecha de todo, me tiene harto. ¿Tú crees que habrá encontrado algo? No, imposible, borro todos los mensajes de Carla.

Del padre salía un olor inmundo. Se trataba de un olor que se echaba en el cuello todas las mañanas, después de quitarse los pelos de la cara. Cuando lo obligaba a subir en su caja metálica, el perro rascaba con sus patas el vidrio y, así, conseguía que su amo lo hiciera desaparecer. No soportaba ese olor en un sitio pequeño y cerrado. Entonces, podía sacar la cabeza por el agujero que aparecía y respirar los ríos, los árboles, las flores, la tierra, los frutos y los animales de fuera.

—Un día Lidia fue a la puerta de mi trabajo a espiarme. Sí, sí, como te lo cuento. Menos mal que un colega la vio por la ventana y me la señaló, estaba escondida detrás de un kiosco de helados. ¡No sabes cómo se rieron todos de mí en la oficina! Empezaron con la coña de que tenía detective privado. ¡La habría matado!

El perro ladró. Su amo no estaba yendo hacia el parque, quería avisarle.

—¡Cállate ya, hombre! No sé por qué ladra, este también me tiene harto, no para quieto, es insoportable.

El perro volvió a ladrar, se estaban alejando cada vez más del parque.

—Si no me voy de mi casa no es porque me falten ganas, a Lidia no hay quién la aguante… No me voy porque no tengo fuerzas para empezar de cero, a mis cincuenta tacos… Nunca me tendría que haber casado con ella. ¡Te he dicho que te calles! —Y al animal se le cortó el jadeo por un momento, el tirón que sintió en el pescuezo fue mucho más fuerte de lo habitual—. ¡Deja ya de tirar! ¡Hoy no vamos al parque!

El perro recordó a su antigua familia durante largo rato. Y recordó también aquella tarde cuando el padre abrió la puerta de su caja de metal ruidosa. Y él se bajó. Y esperó a que su amo bajara, para seguirlo donde fuera.

Pero su amo no bajó. Y vio su caja metálica alejarse.

Él se quedó donde estaba. Pasaron varios minutos.

No se movió. Media hora.

Sentado, atento, rígido. Una hora.

Ladró varias veces. Al llamarlo regresaría.

Un día entero permaneció en la estación de servicio abandonada que estaba al lado de la carretera.

Hasta que se dio cuenta de que no volverían a buscarlo.

Olfateó el aire con todas sus fuerzas, pero no encontró ningún rastro, no tenía ni idea de cómo llegar hasta ellos.

Aun así los buscó. Caminó, corrió, olfateó y trotó.

Y rompió bolsas de basura, y les robó comida a los gatos, y se comió el pan de las palomas.

Y no le importaba romper bolsas, robar comida, el frío por las noches, el miedo que sentía cuando las nubes se rompían, el picor que le producían esos bichitos que corrían por todo su cuerpo, ni esos otros que se le agarraban al pellejo clavándole unos pinchos. Lo que sí le importaba, y mucho, era estar solo, no escuchar sus historias, no sentir sus calores.

Y Camila acaba de hacer lo mismo que el padre, tanto tiempo atrás.

Pero ella no es como él, ella volverá a buscarlo.

El perro mira el cielo y en él encuentra varios puntitos de luz. Tiene hambre y hace frío. No se moverá; se quedará donde está el tiempo que sea. La llama con su ladrido. Aúlla. Ella vendrá.

10

¿En qué estaba pensando cuando se dijo que renacería en otra mujer? ¡Hasta llevaba un símbolo de eso que creyó que sería y no era! ¿Cómo había podido tatuarse un ave fénix?

«¡Sos lo peor! ¡Sos lo peor de lo peor!», se grita Camila en el coche mientras llora como se juró no volver a llorar. Y todo por un perro, por uno que luego de once meses y cinco días había conseguido hacerla reír con uno de sus asquerosos lametazos, y le había hecho sentir una llamita de amor, tan minúscula como la de un fósforo. Y ella le había hecho al perro lo peor que le podía hacer: lo había dejado en una rotonda, a veinticinco kilómetros de donde ella vivía para que él no pudiera encontrarla. Y el animal moviendo su cola cual helicóptero cuando le ordenó que bajase, y él bajó, y hasta quiso lamerla. Y no puede olvidar la cara del perro en el retrovisor mientras se hace más pequeño, y más pequeñito, y más aún.

Se prometió que no lo miraría por el espejo, otra de las tantas promesas que no se cumplió. Y el perro sentado, quieto, viendo el coche alejarse, ¿qué pensaría? ¿Cómo era capaz de hacerle algo así?, pensaría.

Seguro que ya lo habían abandonado alguna vez, o varias. Y ella también lo abandonaba en definitiva, y decepcionaba al perro, y a Luca, y a sí misma por decepcionarlos.

Camila empieza a llorar mientras le grita que se baje, llora mientras ve al perro empequeñecer en el retrovisor, llora mientras conduce de vuelta, cuarenta minutos de trayecto plagado de curvas por la sierra, llora en el *parking* de su pueblo, llora mientras camina hasta la casa de Maripili.

—¡Ay, madre mía de mi vida! ¿Lo has hecho?

—¿A vos qué te parece? —Es todo lo que le dice, le da las llaves del coche y se va, llorando.

Llega a su casa a las siete y media de la tarde. Hace un buen rato que atardeció. No puede evitar pensar en el perro. ¿Tendrá frío? ¿Se habrá movido para buscar refugio? ¿Qué va a comer? Ya no es su problema, tiene que olvidarlo. Ella no está para cuidar a ningún ser vivo, apenas puede consigo misma. Hizo bien, él se las arreglará solo, como hasta ahora, es un luchador, un superviviente, se le nota. El perro es todo lo que ella no es, porque ella es una falluta, una persona a la que jamás hay que amar si no se quiere salir lastimado.

No prepara la cena. No devuelve las llamadas de su madre, ni las de sus hermanas. Tampoco lee sus mensajes. No se quita la bufanda ni el gorro. Se acuesta en el sofá y llora hasta que le duelen los músculos de la barriga, se le ponen tan duros que le cuesta respirar.

Se despierta a las seis de la mañana. Se quedó dormida en el sofá, aún tiene el gorro y la bufanda puestos. Sube al baño y se asusta al ver su cara en el espejo: sus ojos están muy hinchados y su nariz tiene la piel de la punta levantada, los pañuelos de papel le dan alergia y ha abusado de ellos. Abre el grifo, el agua sale helada. De repente, le viene el perro a la mente, lo ve temblando por el frío, buscando comida, flaco, con su rabito bajo y empieza a llorar, otra vez. Y ahora no llora solo por el animal, sino también por Luca, la persona que más quiso en sus treinta y ocho años. Recuerda el día de su boda, celebrada en la Catedral de Quilmes. No eran católicos, pero Camila quería el vestido blanco, la marcha nupcial y la fiesta con doscientos invitados. Luca no quería nada de todo eso, pero transigió; según él, era un pequeño precio si la recompensa era hacerla feliz. Su matrimonio duró diez años y, si por ella hubiera sido, habría durado toda la vida.

«¡Ave fénix!», grita mientras se mira en el espejo. «¡Pelotuda!, ¿creíste que ibas a renacer? Sentís el dolor, ¿eh? Sentilo bien, ¡te lo merecés!». El agua del grifo sigue saliendo helada. Camila agarra el jabón y lo pasa sobre el pájaro de tinta. Se frota el antebrazo, desliza furiosa las yemas de sus dedos de arriba a abajo. No entiende por qué no se borra, ella jamás va a renacer, ¿en qué momento pensó que podría? Frota, restriega más fuerte, y el ave fénix sigue allí. Se saca el anillo que lleva en su mano izquierda y arrastra el zafiro por el tatuaje; lo aprieta, lo hunde, presiona con mayor intensidad la piedra contra su piel, le duele, no le importa, y el ave empieza a sangrar, y sigue frotando… Entonces, se ve desde fuera. Piensa en dejarse llevar por la locura, dejarse llevar para siempre, ¿no sería hermoso?… Quizá en la locura no haya dolor… ¡Qué bueno sería si su vida se terminara en este preciso instante! Recuerda las palabras de su madre: «El tiempo lo cura todo». Han pasado horas, días, semanas, meses, pero la cura no llega. Su madre es una mentirosa, igual que ella.

Ve agua roja. El rojo es suyo. Es oscuro, un color precioso. No es la primera vez que ve ese rojo. Deja de frotar. Tiene la sensación de que una mano invisible la está frenando. Ojalá fuera valiente y se animara a continuar, hasta que todo el rojo que lleva dentro estuviera fuera de su cuerpo. No es valiente y lo sabe. La mano invisible le enjuaga la herida y le seca el tatuaje con una toalla. Se ha hecho bastante daño, aunque no tanto como otras veces. Le devuelve el zafiro al dedo anular de su mano izquierda y se lava la cara. Baja la escalera, se pone el abrigo, se calza las zapatillas y sale.

—¡Al recarajo con todo! —le dice a Maripili cuando abre la puerta.

—Hija, ¿tú estás *chalá*?, ¿has visto que son las seis y media de la mañana?

—Sí, perdoname por la hora. ¿Me prestás el auto?

Maripili le da las llaves sin preguntarle nada. Camila nota que está haciendo un gran esfuerzo por no mandarla adonde se merece. Una vez que tiene las llaves en su mano, empieza a correr. Callejea, plazoleta, *parking*; se sube al coche y conduce a mucha más velocidad de la permitida hasta la rotonda en la que dejó al perro el día anterior.

El perro no está.

11

Él le vio el agua triste en la cara al gritarle que baje de la caja de metal ruidosa, por ello sabe que volverá a buscarlo. Cuando los humanos tienen agua en la cara huelen diferente, huelen como si algo se les estuviera chamuscando por dentro.

Se sienta a esperarla. Hay mucho viento y le llegan una gran cantidad de olores nuevos; le gustaría investigarlos, pero no se va a mover, ella regresará de un momento a otro.

Cae el sol. Aparecen algunos puntitos de luz, son borrosos todavía. Al rato ve el farol que algunas noches está en el cielo.

No muy lejos empieza un pueblo. Él ya deambuló por varios, los reconoce por el olor de sus comidas, de sus plantas y de sus ancianos. Sus tripas hacen todo tipo de ruidos, le piden que vaya a buscar esa comida en la que acaba de pensar, hace muchísimas horas que están vacías, no recuerda cuándo comió por última vez. No se va a mover, sabe que ella dará la vuelta en breve.

Llega la noche, los puntitos de luz se ven claros, el farol del cielo es enorme, el viento crece, también el frío. Se enrosca al lado de un arbusto, está congelado. Además de hambre, tiene sed. Camila no va a dejar que pase la noche solo, está seguro.

Y la noche pasa. Siempre solo. Y pasa muy mal.

A las pocas horas de haberse bajado de la máquina de metal ruidosa, está entumecido del frío, le duelen las patas, y siente como si en la barriga le estuvieran clavando un pincho gigantesco. El haber comido durante varios días tan bien ahora es una contra, las tripas se acostumbran rápido a lo bueno y despacio a lo malo. Camila le había dado de comer dos veces por día, hasta saciarse cada vez. Sus tripas habían llegado a sentir dolor de tanto comer. Y ahora el dolor lo sienten porque la cena a la que se acostumbraron no ha llegado. Ayer tampoco comió. El día anterior no recuerda. No importa: ni el hambre, ni la sed, ni el frío conseguirán que se mueva.

Varias horas después no siente las patas y sigue sintiendo mucho las tripas. Ventea, el aire helado le lastima el morro. Escucha que una caja de metal ruidosa se acerca. Levanta la cabeza. ¡Es ella! ¡Es ella! ¡Es ella! Sus cuatro patas están ahora en el suelo, mueve la cola, ladra, salta. La caja metálica viene hacia él; viene, viene, viene, ¡le va a pasar por encima!, o se mueve o lo atropella. El perro sale corriendo. La caja se sube a la rotonda, va rapidísima. El olor a químico del humano que la conduce le llega al hocico. Siente el corazón golpeándole el pecho del susto, la caja metálica le ha pasado más cerca que ninguna otra en toda su vida. Ya no mueve el rabo, ni ladra, ni salta. ¡No era ella! ¡No era! ¡No!

A las cinco de la mañana el perro vaga por el pueblo. Busca dónde dormir, después de lo ocurrido, le da miedo quedarse en la rotonda. Además, sabe que ella no va a volver. Ojalá pudiera encontrar aunque sea su refugio sin techo, dormir en su camita de hojas, ¡qué bien se estaba allí! No sabe cómo volver, no siente el rastro de ningún olor de su antigua vida.

A la madrugada sigue deambulando, el pueblo es mucho más grande de lo que creía. Siente algo. Se detiene y olfatea. El viento lleva un leve olor familiar. Lo sigue. Camina y ventea, corre un poco, de nuevo toma viento con el olfato, y así, siguiendo el rastro, el olor va siendo cada vez más fuerte. Llega hasta una caja de metal ruidosa y no tiene dudas: es la de su antiguo dueño. Ventea varias veces seguidas y descubre que Roberto se encuentra dentro de un edificio cercano. Se tumba bajo la caja metálica y se queda dormido enseguida, allí el frío no es tan intenso. Sueña que le lame la cara a Camila, ella se ríe, lo ama y quiere acariciarle las orejas todos los días. Y Camila le cuenta muchas historias, y le permite acompañarla en sus paseos, y le da cuencos enormes de arroz con pollo, y también, huesos cubiertos de jamón.

—¿Dónde quieres desayunar? —Son las palabras que despiertan al perro.

El olor inmundo que se echaba el padre cada mañana en el cuello le invade el hocico. Su rabo no parece haberse dado cuenta de que todo era mentira, de que Camila solo lo quiere en su sueño, pues todavía se mueve loco de contento.

—Hay un bar que me gusta a unas calles de aquí, podemos probar a ver si está abierto —dice la culo-respingón—. Oye, gracias por esta noche, lo he pasado estupendamente.

—Gracias a ti. —Y se escuchan unos sonidos muy parecidos a los que hacía su mamá cuando lo chupaba de arriba abajo siendo él recién nacido—. Yo también me lo he pasado en grande.

—Roberto, ¿cuándo vas a hablar con Lidia? Hace meses que me prometes que…

—A lo largo de esta semana, Carla, te lo aseguro. Quizá lo haga mañana mismo —dice el padre y el perro escucha más chupetones.

La caja metálica empieza a hacer ruido y a oler mal por detrás. El perro se da cuenta de que aún está debajo de ella. Sabe que eso es peligroso, su mamá se lo enseñó cuando era cachorrito. Sale de allí rápidamente, decidido a volver a la rotonda en la que lo dejó Camila, quizá hoy sea capaz de encontrar su rastro.

—¡Para! ¡Para! —Escucha gritar al padre—. ¡Gulliver! ¡Para! —Y él se detiene.

Tanto tiempo sin oír su nombre, había olvidado por completo que lo llamaban así. Los recuerdos son cientos, le pasan como las cajas metálicas que van rapidísimas por la carretera: la hija dándole cantidades de comida y pidiéndole que trague hasta lo que él no quiere tragar, como el gazpacho o el flan; el padre hablando por teléfono escondido en el jardín; el hijo frente a la gran caja blanca viendo mujeres sin trapos en el cuerpo, echándolo, cerrando la puerta con un golpe tan fuerte que le hace doler las orejas; la madre espiando al padre en el jardín, mientras agua triste cae de sus ojos; la hija gritándole que por su culpa su cama está llena de pelos, que está harta de él; la madre diciéndole al marido que ya bastante tiene con la mierda de vida que él le da como para cuidar de un perro enfermo; el padre insultando después de salir de la consulta del hombre de azul. ¡Y él los quería tanto! Los quería con todos sus gritos y peleas, los quería incluso cuando jugaban a que él no existía.

—¡Gulli! ¡Ven aquí! ¡Ven, chico, ven!

El perro mira al padre. El padre lo mira y le sonríe. Tantos recuerdos…

—¡Ven, Gulli! ¡Aquí!

El perro empieza a correr como si lo estuvieran persiguiendo para matarlo. Se interna en el pueblo, asciende entre sus casas blancas, las calles son angostas, no pasan cajas de metal ruidosas.

Ya no corre, se siente débil, ahora camina, siempre hacia arriba. El sol no calienta porque aún es muy temprano. Dos gatos erizan sus lomos al verlo y salen disparados.

Llega al final del pueblo. Ve un camino de tierra y empieza a recorrerlo. Se siente raro, como si tuviera la cabeza llena de bichos. Aminora el paso. Le cuesta respirar. Ve frente a él una casa en ruinas. Nunca vio una así en la zona: sus paredes son verdes. En su jardín hay un castaño gigante, al que le quedan pocas hojas. Se tumba al lado del tronco, no puede dar un paso más. Cada uno de sus músculos está rígido, los siente duros como las piedras que saca del río para luego mordisquear. Le tiembla el pellejo. Le sale agua de un ojo. Le sale agua del otro. Y las primeras lucecitas brillantes empiezan a aparecer a su alrededor.

12

Al no encontrar al perro en la rotonda, Camila decide buscarlo por el pueblo. No puede haber ido muy lejos. ¿O sí puede? Si se puso en movimiento en cuanto ella lo bajó del coche, eso significa que lleva más de doce horas caminando. ¿Qué distancia es capaz de recorrer un perro en ese tiempo?

Aparca en la plaza principal y empieza su búsqueda. Ojalá tuviera alguna foto suya que mostrarle a la gente. No le hizo una sola en tres días, no quería tener ningún recuerdo de él, no quiere ver fotos de todo aquello que ya no forma parte de su vida, por eso las de Luca las borró de su teléfono, ni siquiera las impresas se salvaron.

¿Por qué el perro no podía estar donde lo dejó, hecho un rosquito, esperándola? ¿Todo le tiene que salir mal? ¿Y si no lo encuentra? Mejor no pensarlo…

Luca jamás habría hecho lo que ella hizo, llevar al perro a otro pueblo, y dejarlo ahí, tirado, como si fuera una bolsa de basura. ¿Cómo pudo? ¿En qué momento se convirtió en la podredumbre que es? Su marido va a odiarla por esto, Camila no conoce a nadie que ame más a los animales que él.

Callejea por el pueblo. Le duele el estómago; no sabe cuándo comió por última vez. De su boca sale vapor. Tiene las manos agarrotadas. Se puso lo primero que encontró sobre el piyama, y lo primero que encontró fue un abrigo que no abriga. Se sube el cuello y refugia su boca y nariz en él. Mete las manos en los bolsillos. Mientras busca al perro en los recovecos de cada callecita, le viene a la mente la vez que encontró a Luca en la cocina lleno de sonrisas mirando una caja de duraznos.

—¿No son divinos, Kimi? ¡No tienen dientes todavía! ¡Mirá! —Y agarró un cachorrito, abrió su boca y le mostró.

—¿Qué hacen estos perros acá, Luca? —Camila los contó: uno, dos, tres, cuatro, cinco. Pensó en sus pises y cacas, en sus pelos por el suelo y en las patas de sus sillas de diseño mordisqueadas. Para ella perros y gatos siempre fueron sinónimo de suciedad, de destrozos y de mal olor—. ¿Cuántas veces te dije que no quiero animales en casa? —le gritó.

—Pará, dejame que te cuente, es que no sabés lo que me pasó. Al salir del laburo escuché unos gemiditos. Me acerqué hacia el lugar donde me pareció que venían, y entonces fue cuando los vi, estaban los cinco en esta cajita, al lado de un cubo de basura. ¿Lo podés creer? —No quedaba ni rastro de las sonrisas en la cara de Luca. En muy pocas ocasiones lo había visto tan enojado—. ¡Qué mierda es la gente a veces! ¡Cómo van a dejar a cinco perritos que no deben tener ni un mes en la calle! ¡Es imposible que sobrevivan solos! —Y ella vio sus ojos celestes llenarse de lágrimas.

—Sí, sí… Entiendo todo lo que decís, pero estos perros acá no se pueden qued…

—¡Pero nada, Camila! —gritó Luca. Él jamás la llamaba por su nombre, siempre le decía Kimi. Las pocas veces que su nombre era dicho al completo, la pelea era inminente—. No los voy a dejar en la calle para que se mueran. Sé que no te gustan, pero podrías hacer un esfuerzo, ¿no?

—Habíamos acordado que animales en casa…

—No tengo ni tiempo ni ganas de discutir —le dijo sin mirarla. Agarró un cachorrito que estaba temblando y lo envolvió con una toalla—. Si te molestan tantísimo, andate unos días a la casa de tu madre, o de alguna de tus hermanas, no los voy a abandonar yo también porque vos no estás dispuesta a ayudarlos.

Camila, hecha una furia, metió algo de ropa en un bolso y se fue a la casa de su hermana mayor. Luca llevó a los cachorritos a la veterinaria, les dio leche con una mamadera durante diez días y, luego, hizo carteles con fotos que pegó en todos los negocios cercanos a su casa. Y así, uno a uno, consiguió colocarlos con buenas familias. Aunque él insistió, Camila no le permitió quedarse con ninguno. Lo único que quedó de ellos fueron una gran cantidad de dibujos hechos por Luca. ¡Qué imbécil! ¡Qué egoísta había sido! ¿Por qué no le dio el gusto? Era raro que él le pidiera algo… Tiene que encontrar al perro, tiene que hacerlo por Luca, para que él no la odie…

En las calles del pueblo solo ve ancianas baldeando sus trozos de acera; es muy temprano aún, son alrededor de las ocho de la mañana. Le pregunta a una señora que apenas se tiene en pie si ha visto a un perro y se lo describe. No lo ha visto. Le pregunta a otra anciana. Misma respuesta. Camila se mueve a paso rápido, mirando en todas direcciones. Llega a una iglesia. Frente a ella hay una panadería; está abierta. Entra y pregunta. La panadera niega, pero el viejito que está comprando el pan le dice que cuando estaba yendo a cortar leña, a primera hora, se cruzó con un perro que él jamás había visto por el pueblo.

—Aquí nos conocemos todos, y a los perros también. ¿Cómo es el que busca?

—Es negro y tiene las puntas de las patitas blancas, como si llevara medias.

—¿Medias?

—Quise decir calcetines, parece que tiene puestos calcetines blancos. Y su cola es igualita a la hierba de la Pampa. No sé cómo se llama esa planta acá, me refiero a una que parece un plumero color *beige*.

—Tú no eres de aquí, ¿no? —le pregunta el viejo mostrándole una risa a la que le quedan pocos dientes.

—No. ¿Lo vio?

—El que he visto me ha *llamao* la atención por su rabo, puede que sea el que dices —le responde el viejo con una amabilidad que ella no se merece.

—¿Hace mucho que lo vio? ¿En dónde estaba?

—Un par de horas, andaba por la parte alta del pueblo. Quise cogerlo, «¡*tate* ahí!», le dije *pa* que no se fuera, pero no me hizo caso y salió *escopetao*.

Camila le agradece y ve al viejo abrir la boca. Antes de que le haga otra pregunta abandona la panadería y se dirige hacia la parte alta del pueblo a toda prisa.

13

Gran cantidad de lucecitas brillantes se agitan a su alrededor. Agua cae de sus ojos. Sus músculos son piedras. Su pellejo tiembla más que un carrillón de viento durante un temporal. Daría cualquier cosa porque Camila le acaricie las orejas en este momento...

Recuerda a Lucky, el pastor alemán. Siempre se acuerda de él cuando tiene miedo, o cuando se le aparecen las lucecitas brillantes.

La historia de Lucky era la favorita de todos. Su mamá se las ladraba a él y a sus hermanitos cada noche de tormenta, cuando los seis se refugiaban bajo unas chapas que olían a gallinas y a huevos. Las noches de tormenta eran horribles. ¡Qué miedo sentían! Lloraban con cada nube que se rompía y aullaban al ver las chispas alargadas en el cielo. Intentaban meterse dentro de la barriga de su mamá, pero, por mucho que presionaban contra su pellejo blando, los ruidos y las chispas seguían allí. En esos momentos, su mamá les ladraba historias para que se tranquilizaran. Y lo conseguía, porque ella tenía un ladrido plácido; tenía el ladrido más hermoso que él escuchó jamás.

Lucky había nacido en un lugar llamado Criadero. Al cumplir dos meses de edad, sus hermanitos empezaron a ser elegidos por humanos y ya no volvieron a la caja de palos en la que vivían todos juntos. Uno a uno desaparecieron, hasta que solo quedó él. Y Lucky cumplió cuatro meses. Cinco. Cumplió siete. Y él continuaba allí.

Sus hermanitos y él quisieron saber por qué Lucky no se iba con los humanos. Su mamá les ladró que había nacido incompleto, por eso nadie lo quería comprar. Ninguno entendió cómo era un perro incompleto. Vieron unas chispas alargadas que caían desde las nubes al suelo. ¡Cómo aullaron! Justo antes de que cayera otra chispa, más grande que la primera, su mamá se puso de pie y les pidió que la miraran con atención.

—¿Cuántas patas tengo? —les ladró.

—Cuatro —ladraron los cinco al unísono.

Su mamá les pidió a ellos que se miraran las patas y les preguntó cuántas tenían.

—Cuatro —ladraron otra vez todos al mismo tiempo.

Su mamá levantó una de sus patas delanteras y la estiró. Aunque una nube estalló cerca, ellos estaban mudos, sentían una gran curiosidad.

—Lucky nació sin esta pata. —Y su mamá la sacudió—. Él tenía solo tres.

Los cachorros gritaron, y no fue por miedo. «¿Podía correr? ¿Y saltar? ¿Sentía dolor donde no estaba la pata? ¿Sus cachorritos nacerían incompletos como él?», ladraban los unos sobre los otros. Su mamá les pidió que se calmaran. Si no lo hacían, no continuaría con la historia. Aunque tenían un montón de preguntas, cerraron sus hocicos.

—Cuando Lucky cumplió nueve meses sus dueños lo llevaron a la Perrera. —Fue lo siguiente que escucharon.

Los cinco se pusieron a llorar como si una chispa alargada les hubiera caído al lado. Su mamá les había explicado hacía no mucho que jamás tenían que dejarse llevar allí, ese lugar era lo peor que le podía pasar a un perro. Ella lo sabía bien, había estado dentro.

—Lucky consiguió escapar —ladró su mamá y saltaron contentos aunque las nubes seguían sonando furiosas—. Pero enseguida se enfermó, muy grave. Primero le salió agua por la boca, luego se le hincharon las tripas y, por último, sus sobras duras empezaron a ser líquidas y rojas. Dejó de buscar comida, no tenía fuerzas. Y ya no pudo andar.

El perro y sus hermanitos temieron lo peor. La mayoría de las historias de su mamá eran tristes, a los animales que no encontraban humanos que los cuidaran les pasaban un montón de cosas horribles. Algunas veces no habían querido escucharla, pero su mamá había insistido en que lo hicieran, las historias que les ladraba podían salvarles la vida.

—Lucky estaba tumbado al costado de un camino cuando una mujer se le acercó y le habló en un idioma que él nunca había escuchado. Margot era su nombre, eso fue lo único que entendió. La mujer lo metió en una caja metálica y lo llevó a su casa. Le dio medicinas, le preparó comidas y le rascó mucho la panza. A los pocos días estaba perfecto. La mujer lo adoptó y lo quiso como si él tuviera cuatro patas —ladró su mamá y todos movieron sus rabitos, se sentían felices por Lucky, ni caso le hicieron a las pelotas de hielo que en ese momento golpeaban las chapas bajo las que estaban refugiados.

Para él la historia de Lucky es la más hermosa del mundo; el perro encontró una mujer que lo curó cuando se sentía mal, y no le importó que fuera incompleto. Nadie es como Margot. Ni su antigua familia, ni Camila. No volverá a acercarse a ningún humano, ¿qué sentido tenía?

Al perro le lloran los ojos a chorros ahora, y su pellejo tirita, y sus músculos son duros como los troncos, y la cantidad de lucecitas brillantes aumenta, y aumenta, y aumenta, y es tan grande, que ve blanco…

No sabe cuánto tiempo ha pasado. Se da cuenta de que sus músculos ya no están tan rígidos, los ojos se le están secando, y las lucecitas van disminuyendo, hasta desaparecer por completo. Levanta la vista, no recuerda dónde está, y en ese momento, le llega al morro un sabor que él detesta: a óxido. Entonces, siente la primera arcada. Haciendo un gran esfuerzo se pone de pie. Y vomita, tres veces. Después de vaciarse intenta echar a andar, tiene que buscar comida, hace demasiado tiempo que no les da nada a sus tripas. Le falla la energía, no consigue caminar más de dos pasos. Le duele cada pedacito de su pellejo, y sobre todo, le duele la soledad.

Se tumba al lado del castaño gigante. Quizá tenga suerte y ya no vuelva a levantarse.

14

Camila empieza a insultar en el momento en el que sale de la panadería. No sabe si el perro que vio el viejo es el perro que ella busca. De todos modos, aunque lo fuera, el viejo lo vio hace dos horas. A saber dónde estará. Quizá esté escondido, o puede que a estas alturas esté en otro pueblo, o que lo haya pisado algún coche. Jamás olvidará la imagen del animal en el retrovisor, mirándola mustio; empequeñeciendo, desapareciendo…

Llega a la parte alta del pueblo, y allí, encuentra un camino de tierra. Empieza a recorrerlo. Ve una casa en ruinas a lo lejos, le llama la atención el que sus paredes estén pintadas de verde. Todas las casas de la zona son blancas. Camina hacia ella. Se detiene, su móvil está sonando.

—¿Lo has *encontrao*? —le pregunta Maripili.

—No. El perro no estaba donde lo dejé ayer.

—Normal, han *pasao* más de doce horas.

—Ya sé —le dice Camila fastidiosa.

—Pregunta a los viejos si lo han visto, en los pueblos ellos lo saben *to*.

—Es lo que hice, uno me dijo que cree haberlo visto a primera hora.

—Hazte a la idea…

—Sí, sí. —A Camila se le caen varias lágrimas. Se vale de su llanto mudo, es una experta en llorar sin que la persona que está al otro lado de la línea se dé cuenta—. ¿A qué hora necesitás el auto?

—A las doce menos cuarto.

—Estaré por ahí antes del mediodía entonces.

—A ver si hay suerte y encuentras al chuchillo.

—A ver… —dice y cuelga.

Camila mira la pantalla de su teléfono: son casi las nueve. No cuenta con mucho tiempo para encontrarlo, a las once a más tardar tiene que abandonar ese pueblo si quiere llegar al suyo a tiempo para que Maripili pueda ir a trabajar. Si en un par de horas no lo localiza tendrá que olvidarse del perro. Para cuando Maripili vuelva a prestarle el coche, a eso de las ocho de la noche, el perro podría estar en Galicia.

Llora con congoja; el pensar en no volver a ver al perro le recuerda que hace once meses y diez días que no ve a Luca. ¿Tanto tiempo pasó ya? ¡Cuánto lo echa de menos! Está tan sola, tan lejos de Buenos Aires, tan amargada. El perro la había hecho reír y ella lo había abandonado; ¿cómo se le ocurría al animal arrancarle una carcajada?

No está bien de la cabeza, se da cuenta ahora; ha dejado toda la medicación psiquiátrica hace dos meses, quizá ese sea el motivo.

Después de tatuarse el ave fénix, recién llegada a Madrid, tiró en el inodoro hasta el último antidepresivo y ansiolítico. Renacería como una mujer sin químicos en su cuerpo. Si no los apartaba de su vida, no sería renacer de verdad. Y ella quería ser otra, quería dejar de ser una Camila atiborrada de medicamentos, dejar de ser una pastillita para no sentir, otra pastillita para no pensar, y esta última para no recordar.

Empezó a conocer lo que era la vida sin medicación psiquiátrica a los pocos días de haberse instalado en su pueblo. No era agradable, pero por lo menos era real. El psiquiatra le advirtió que no podía dejar las pastillas de un día para el otro. «Interrumpir la medicación de manera radical es lo peor que podés hacer», le dijo. Pero ella creyó que nada podía ser peor.

Sigue llorando, no tiene sentido que siga buscando al perro. Levanta su cara mojada y se pierde en el paisaje: la sierra brilla bajo un cielo azul despojado de nubes. Si por ella fuera, se quedaría todo el día contemplándolo. En Buenos Aires no hay montañas, jamás se imaginó que en un futuro viviría rodeada de esas formaciones. Es mejor que se dé la vuelta, está segura de que no lo va a encontrar, son infinitos los sitios en los que el perro puede estar luego de tantas horas. Que Luca la odie, ¡total!, hacerle algo más a estas alturas… Haber abandonado al perro no es nada en comparación con lo que… ¡No! Mejor no ir por ahí, se prometió no entrar en ese camino y, por lo menos en este momento, lo va a cumplir.

Al apartar la mirada de la sierra le llama la atención un castaño gigante, uno que se encuentra en el jardín de la casa verde. ¿Cuántos años tendrá? Su tronco es espectacular, debe tener varios cientos de años. ¿Hay castaños en Buenos Aires? No recuerda haber visto ninguno. Allí hay jacarandás, hay palos borrachos y hay ceibos. Los primeros son hermosos en primavera, plagados de campánulas lilas que en pocos días caen, alfombrando calles y avenidas bonaerenses con sus colores violáceos. Los segundos tienen unas espinas gordas en el tronco, no le gustan porque no se los puede abrazar. Los últimos son sus favoritos, sus flores rojas, como gajos de sangre, siempre la han maravillado.

Le saca una foto al castaño gigante con su móvil. La mira en la pantalla; la foto no capta su majestuosidad. Se acerca un poco y le saca otra. El castaño sigue pareciendo un arbolito del montón. Ahora Camila está mucho más cerca, el castaño ocupa toda su pantalla, sus ramas tienen unas formas rarísimas, nunca vio algo así, ojalá pudiera compartir su visión con Luca, él sabría apreciar la magia de ese árbol, él también abrazaba a todos los que le gustaban. Consigue hacerle una foto en la que no se lo ve tal cual es, pero se lo ve imponente. Para haberla hecho con el móvil, la imagen no está mal. Descubre al lado del árbol una especie de mancha negra. Amplía la pantalla hasta llegar al máximo permitido, y aparece una forma que podría ser un…

Empieza a trotar hacia el castaño, el corazón le suena como un bombo, dentro de la boca tiene un desierto. Si fuera él, ya habría levantado la cabeza, o estaría yendo hacia ella.

Camila corre, acelera, se acerca más y más y más… ¡Sí! ¡Es él! Ha visto una de sus patas, ¡y tiene medias blancas! «¡Tofi! ¡Tofi!», le grita, acaba de decidir que ese será su nombre. Y grita con mayor intensidad sin dejar de correr hacia él.

El perro no se pone en pie. No levanta la cabeza. Ni siquiera se mueve.

15

Las lucecitas brillantes lo dejan exhausto. Cada vez que se le aparecen le provocan ese estado. Se duerme profundamente a los pocos segundos de haberse tumbado al lado del árbol gigante.

Sueña que está con Lucky en el río. Margot les tira piedras. Los dos corren detrás de ellas. Aunque Lucky es incompleto, se mueve tan rápido como él. Aparece su mamá con cuatro perros gigantes, blancos y negros. ¡Son sus hermanos! No se le parecen en nada. Tienen el pelo largo y brillante. Cada uno lleva una pata de jamón sobre su lomo. Al perro se le hace la boca agua, está muerto de hambre. Se acerca a su hermano mayor, va a robarle un trozo de jamón. Su hermano le gruñe y le muestra los colmillos. Se asusta y sale corriendo. Llega hasta su hermana. Cuando está a punto de morder su pata de jamón ella se le abalanza y lo revuelca por el suelo. Empiezan a caer gotas, las nubes se rompen, las chispas van y vienen por todo el cielo. Tiene miedo. Margot grita. Su hermana lo embiste de nuevo, está furiosa. El perro busca a su mamá, la ve en el río, bebiendo. La llama, ella no se gira. Su hermana está por revolcarlo otra vez, intenta escapar, no puede, se esfuerza, no es capaz de dar un paso. Baja la vista y se da cuenta de que no tiene patas. Margot grita cada vez más fuerte. Lucky ladra y se le caen varios trozos de jamón del hocico, es tanta la cantidad que se forma una montaña. Él empieza a arrastrarse hacia ella, lo único que quiere es comer. Los gritos de Margot retumban en su cabeza, está repitiendo sin parar una palabra que él no conoce. Alza las orejas. La voz de Margot se parece a la de Camila. Escucha con atención, sigue sin tener idea de qué le está diciendo. La ve a lo lejos, borrosa, siempre ve así en sueños: Camila corre hacia él. ¡Qué triste se sentirá al despertarse! Ella vuelve a gritar algo que él no entiende. Él se levanta y empieza a correr en su dirección, descubre que puede hacerlo aunque no tiene patas; no le importa si se trata de un sueño, es mejor tenerla allí que no tenerla. Llegan el uno al lado del otro, el perro no quiere despertarse, ojalá este sueño durara por siempre. Camila se agacha, tiene su cara llena de agua, pero no huele a agua triste, tampoco huele como si algo se le estuviera chamuscando por dentro, es otro aroma el que se desprende de su pellejo. El perro le lame el agua de las mejillas, la saborea. Ella no intenta impedirle que la chupe. Él empieza a ladrar valiéndose de unos aulliditos continuos, es su forma de cantar. ¡Está tan contento! ¡No está soñando!

«¡Menos mal que te encontré! ¡Qué feliz se va a poner Luca!», dice Camila y él le regala más aulliditos. Ella rodea una de sus orejas con su mano, la cierra y la desliza hacia abajo. El perro mueve su rabo en redondo y se pone en dos patas. Camila se ríe y él le ve todos los dientes por primera vez. «Te voy a llamar Tofi, ¿te gusta?».

Cuando vivía con su otra familia, el padre lo llevaba casi todas las tardes a un parque cercano. Allí conoció a muchos perros, ninguno con ese nombre.

Ladra dos veces. Si a ella le gustan esos sonidos para llamarlo, a él también.

16

—¡Qué guay! ¡Has encontrao al chuchillo! ¿Dónde estaba? —le pregunta Maripili.

—Tuve muchísima suerte, lo encontré de pura casualidad. Justo cuando estaba por darme la vuelta, en lo alto del pueblo, me llamó la atención un castaño enorme, le saqué una foto, ¡y lo vi en la pantalla! ¿Lo podés creer? Estaba durmiendo al lado del árbol.

—¡Ven acá *pacá*! —le dice Maripili al perro, quien está pegado a las piernas de Camila. El animal se acerca y la vecina le rasca la cabeza. Él mueve la cola y le lame la mano—. ¡Está *pa* comérselo!

—No sabés lo contento que se puso al verme, más que ladrar, parecía que estaba cantando.

—Un perro te cambia la vida, ya verás. Yo ahora no tengo por los *jodíos* gatos, pero ni sé cuántos tuve.

—Para mí es el primero. Nunca me gustaron los perros.

—¿En serio? ¿Y gatos has *tenío*?

—Tampoco.

—¡Me has *dejao esnortá*! —dice Maripili y Camila sonríe. Otra frase más que apuntará luego en su libreta de expresiones andaluzas—. Yo no sé qué haría sin animales en casa.

—En Buenos Aires siempre viví en un departamento. Allá la vida no es como acá.

—¿Un departamento es un piso?

—Sí.

—Mi hermana siempre me habla maravillas de tu tierra, ya te he dicho que estuvo en su luna de miel. ¿Y tú por qué te has ido? —le pregunta Maripili con la misma soltura con la que le pediría si le puede traer tomates cuando vaya a la compra. En este momento, tan cercano a la alegría, lo último que Camila desea es recordar por qué se fue.

Varias imágenes se cruzan por su cabeza. Aprieta los labios, no quiere llorar, aún menos adelante de su vecina. Piensa en Luca. Aprieta más fuerte.

—Me fui porque la vida en Buenos Aires es un caos. ¡Mil gracias por el auto! Ya sé que te desperté esta madrugada, no sabés cuánto te agradezco que me lo hayas prestado —dice para cambiar de tema.

—No es *na*. Me alegra haber *colaborao* para que este chuchillo tenga una buena vida. —Maripili le rasca el lomo. El perro se tumba sin dejar de mover el rabo—. ¡Pero por favor! ¡Me lo como con patatas! —Y lo acaricia con vigor.

Se escucha un bufido. El perro se pone de pie de un salto y se esconde detrás de Camila.

—¡Pero Chuli! ¡Que me estás asustando al nuevo integrante del pueblo! —grita Maripili y coge al gato en brazos—. Mira sus lorzas —lo pone panza arriba—, tiene *pa da* y *regalá*, más que un gato, parece una vaquilla. —Y se ríe.

—Deberías ponerlo a dieta —sugiere Camila.

—Cualquiera se atreve a quitarle las albóndigas a este, miedo me da. —Le rasca la barriga riéndose.

—Bueno, me voy, por hoy demasiado estrés para Tofi. Además, estará muerto de hambre.

—¿Toffee? —pregunta Maripili alargando la «e».

—Tofi —la corrige Camila.

—¿Te refieres al dulce ese que es inglés? ¿O es francés?

Camila se arrepiente en el acto de haber compartido con ella el nombre elegido. Maripili y sus benditas preguntas.

—No. Tofi es una golosina argentina, es un chocolate relleno de dulce de leche.

—¡Madre mía! ¡Quiero uno! —grita riéndose—. ¿Y por qué has elegío ese nombre?

Si pudiera, Camila se iría sin responderle. No puede hacer eso, Maripili es la única persona que tiene en su vida hoy en día. Sabe que su vecina no tiene malas intenciones, ella es así, lo pregunta todo.

—Es lo primero que se me ocurrió —responde porque no quiere decirle la verdad: es la golosina favorita de Luca.

Una vez en su casa, Camila le prepara arroz con pollo. Parece que Tofi no hubiera comido en una semana: vacía tres platos en menos de cinco minutos. «Más vale que te compre pienso, con lo mucho que comés, me vas a tener todo el día cocinando para vos», le dice mientras lo ve devorar. El perro saca la cabeza del plato, ladra dos veces y la vuelve a meter.

Cuando termina de comer, Camila pone una manta vieja en el suelo y lo coloca allí. Ella se sienta en el sofá. Dos segundos más tarde, Tofi está a su lado. «Vos acá no. Vos en el suelo», le dice y lo baja. Él se vuelve a subir. «En el sofá no. ¡Tofi, abajo!». El perro no le obedece. Camila lo agarra y lo devuelve a la manta.

Cuando ella le habla, él la mira fijo y mueve la cabeza, a veces la inclina hacia la izquierda, a veces hacia la derecha. Tiene la sensación de que el perro entiende el castellano mejor que un español. Tofi se sube de nuevo al sofá. «¡Bajate!», y el perro la mira con su cabeza inclinada hacia la izquierda. Está por volver a abrir la boca cuando él apoya el mentón sobre sus muslos moviendo el rabo como un limpiaparabrisas. Una ola de afecto la recorre de arriba a abajo. Se esfuerza por resistirla, no le gusta lo que está sintiendo, no debería, no se lo merece.

«Está bien, te dejo que te quedes al lado mío, pero solo por hoy, eh». Camila le estruja una oreja. El perro suspira y se pone panza arriba. Ella siente que los ojos empiezan a arderle, la nariz se le llena de líquido. «A Luca le encantaría pintarte», le dice mientras llora.

17

Tiene las tripas repletas de comida y Camila está a su lado. Es feliz. Duerme durante varias horas seguidas como en sus buenas épocas, cuando era cachorro.

Sueña con el momento en el que Martita lo encontró. Hacía horas que lloraba, llamando a su mamá. No entendía por qué ella no volvía a darle su calor, su líquido tibio y sus lametazos. Estaba congelado, tenía hambre y ansiaba la cercanía de sus hermanos, nunca había estado sin ellos hasta ese momento.

Se despierta. Baja, bebe agua y vuelve a subirse al sofá. Camila está dormida. Se pega a ella. Recuerda el primer día en el que Martita le prohibió la entrada en su dormitorio. «¡Estoy hasta las narices de tus pelos por todas partes!», le gritó y lo llevó al jardín. Martita ya no olía a alegría como cuando la había conocido. «¡De ahora en adelante vas a dormir aquí!», y se fue, dejándolo solo.

A los pocos días, el padre de la familia colocó en el jardín una caja de madera con techo que tenía un mullidito dentro. Jamás dormiría ahí, prefería tumbarse bajo la mesa donde comían todos los domingos. Pero una noche escuchó a las nubes romperse y vio chispas alargadas en el cielo. Sintió pánico. Se metió en la caja de madera con techo, se escondió bajo el mullidito. Ni el padre, ni la madre, ni Martita, ni Javier salieron a invitarlo dentro de la casa.

Deseó que su mamá estuviera allí para ladrarle alguna historia. Esa noche sus músculos fueron piedras por primera vez, y vio las lucecitas brillantes, y le llegó el sabor a óxido. Al día siguiente le ocurrió de nuevo lo mismo. Y al siguiente.

—El veterinario no tiene ni idea de por qué tiembla, ni de por qué vomita luego —escuchó que Roberto le decía a Lidia—. Cree que es nervioso. Hay que hacerle una tomografía computarizada, un análisis de sangre y no sé cuántas cosas más.

Como ninguno de los dos le gritó «¡fuera!» señalándole su caja de madera con techo en el jardín, el perro se tumbó sobre el suelo de la cocina. Casi no tenía fuerzas para moverse.

—¿Y todos esos estudios cuánto cuestan? —preguntó Lidia. Cada vez que se ponía nerviosa, las cremas le olían con mayor intensidad. ¡Cómo le costaba respirarla en esos momentos!

—Muchísimo. Solo la tomografía son alrededor de cuatrocientos euros.

—¡Pero por el amor de Dios!

—El veterinario dice que tiene que ser algo de la cabeza y que sería mejor consultar un neurólogo. Me ha recomendado uno que atiende en Granada.

—¿Cuánto cuesta la consulta?

—Ochenta euros.

—¿Qué dices? ¡No podemos pagar eso por un perro!

—Tendremos que pag…

—¡No es más que un animal, Roberto! Vamos a decirle a la niña que se ha escapado y…

—¿Estás loca? —Roberto empezó a caminar de un lado para el otro. El perro le olió la indecisión.

—¿En serio pagarías tanto dinero por un perro? Vete tú a saber qué tiene, ¿y si es contagioso? La niña se va a llevar un disgusto si lo ve temblando, es muy desagradable el estado en el que se pone.

—¿Pero cómo lo vamos a…?

—¡Seamos prácticos, Roberto! Yo no tengo tiempo para ocuparme de un animal enfermo, tú no estás nunca en casa, y ya sabes, Javier y Marta van a su puta bola. Lo mejor es quitarnos este marrón de encima.

—¿Tú te das cuenta…?

—No es negociable, Roberto. ¡Quiero al perro fuera de esta casa! —gritó Lidia y el olor a todas sus cremas le cortó al perro la respiración—. Fuiste tú quién le permitió a la niña quedárselo cuando lo trajo, sabiendo que yo no quería. ¡Ahora te ocupas, cabrón!

—¡A mí no me hables así! ¡Estoy harto de tus gritos! Yo no voy a…

—¡No nos vamos a dejar esa pasta en un animal!

Siguieron discutiendo largo rato. El perro se quedó dormido debajo de la mesa de la cocina. Estaba seguro de que Roberto jamás le haría caso a su mujer.

18

Salen de paseo. Ella saca fotografías, él va pegado a su lado. Camila está preocupada, piensa que no será capaz de cuidar al perro. ¿Qué va a hacer con él cuándo tenga uno de esos días en los que no consigue levantarse de la cama? Sabe que muchas veces esos días se convierten en varios días…

—Quizá me equivoqué, Luca —dice en voz alta.

—Lo hecho, hecho está —le diría él.

Camila se sienta a comer una mandarina en su piedra favorita; ahora lleva una para ella y una para Tofi. El paisaje le parece tan hermoso como la primera vez que lo vio. ¡Qué diferente es la vida rodeada de naturaleza!

Luca y ella habían salido muy pocas veces de la ciudad de Quilmes, donde ambos habían nacido y se habían criado. En Quilmes no había montañas, ni ovejas, ni casas que fueron hornos de pan, ni vistas a pueblos blancos, ni castaños gigantescos.

Sería tan feliz en este pueblito con Luca…

Se arrepiente por no haberse animado a abandonar Quilmes con él. ¡Qué de cosas habían dejado para más adelante! Habían vivido con un miedo absurdo; miedo a renunciar al trabajo para empezar de cero en otra parte, miedo a alejarse de la familia y amigos, miedo a salir de su mundito quilmeño. ¿Cuántas veces habían soñado con ir al sur de Francia? ¿Cuántas veces habían pospuesto su sueño hasta tener el dinero suficiente, el coraje suficiente, las garantías suficientes de que todo saldría bien?

Camila decide alejarse del pasado, su cabeza está yendo por rumbos que sabe que no le conviene recorrer.

«¿Querés mandarina?», le pregunta a Tofi mientras empieza a pelarla. Él ladra dos veces. Ya no tiene dudas de que el animal entiende cada una de sus palabras. No recuerda un solo perro que le haya gustado en toda su vida. Este le gusta, quizá porque está segura de que Luca estaría enamorado de él. «Sos muy lindo», le dice y el perro inclina su cabeza hacia la derecha.

Camila le da un gajo de mandarina, come ella uno, le da, come, uno para él, otro para ella. Pela la segunda mandarina, y al darle un gajo, el perro no lo agarra despacito con su boca como hizo con los anteriores. «¿No querés más?», le pregunta. Tofi no le responde. Se da cuenta de que está raro, rígido; tiene las orejas hacia atrás en vez de paradas como las suele llevar, su mirada se encuentra perdida y no pestañea. «¿Te sentís mal?», le pregunta. El animal tiembla, ve que empieza a caer líquido de sus ojos. Aunque nunca tuvo perro, está segura de que su comportamiento no es normal. «¡Tofi!», le grita. El perro no la mira, sigue con los ojos extraviados y abiertos, cada vez más rígido, temblando sin parar. «¿Qué te pasa? ¡Por favor, no me hagas esto! ¿Qué tenés?». Piensa en lo peor, porque desde que Luca no forma parte de su vida es la única manera en la que le sale pensar. «¡Tofi!», vuelve a gritar. «Por favor, por favor, Tofito, ¿qué te pasa?».

A Camila empieza a faltarle el aire, una sudoración helada le baja por la espalda. No sabe qué hacer, está asustada. Intenta controlar su respiración, no lo consigue. «¡Tofi!», vuelve a gritar entre resoplidos. El perro apenas temblequea ahora, ella no ha dejado de acariciarlo en ningún momento. Ve que se pone de pie. «¿Estás bien!? ¿Qué te pasó? ¡Me vas a matar de un infarto!», le dice, aún tiene el aliento entrecortado. El perro da dos pasos y vomita todos los gajos de mandarina.

Camila lo envuelve con su abrigo, lo coge en brazos y corre

hasta la casa de Maripili. Por suerte su vecina hoy no trabaja y le presta su auto. Diez minutos más tarde los dos llegan al pueblo grande.

—Lo que viste pueden ser muchas cosas —le dice el veterinario—. Vamos a sacarle sangre, a ver qué encontramos. Por cierto, ¿qué nombre le has puesto?

—Tofi.

—Como el caramelo —afirma el veterinario.

—No. En Argentina hay un chocolate relleno con dulce de leche que se llama así.

—¿Chocolate y dulce de leche todo en uno? —pregunta riéndose—. ¡Menuda gochada! —agrega y abre una jeringuilla.

Tofi se deja sacar sangre, y mientras esperan los resultados, Camila piensa que no se puede tener más mala suerte en la vida que ella. Se odia. ¿Acaso no tiene ya suficientes problemas? Por supuesto que un animal callejero va a tener alguna enfermedad. ¿A quién se le ocurre encariñarse de un perro adulto, mal nutrido, lleno de pulgas, lastimado y roñoso? Solo a ella, a una tarada como ella.

Si Luca la viera, preocupándose por un perro... No la reconocería... Ella misma no se reconoce, ni comprende a qué está jugando, lo único que sabe es que el perro la necesita, y ella necesita ayudarlo.

—La analítica da bien, está todo normal. No te preocupes, puede haber sido una tontería, o quizá temblaba por el frío. Déjalo estar. Si ves que le vuelve a pasar, me lo traes y barajamos opciones, ¿vale?

—Sí —dice y repara en el color de ojos del veterinario: son verdes, muy claros. Tienen algo que le recuerdan a los de Luca, aunque los de su marido son celestes.

—Lo que vamos a hacer es vacunarlo.

—Me parece bien —responde y desvía la mirada, no consigue mantenérsela.

—Y tú decías que no podías meterlo en tu casa... —comenta el veterinario y ella lo ve riendo otra vez.

—No, no podía, claro que no podía cuando te lo dije —le replica Camila y enseguida se arrepiente por cómo acaba de hablarle.

El veterinario pincha a Tofi, dos veces.

—Es increíble este perro, ni siquiera intenta resistirse. —Y le acaricia el sitio donde acaba de pincharlo.

—Sí, es relindo.

—¿Y tú de qué parte de Argentina eres?

—De Buenos Aires.

Desde que llegó a España, rara vez dice que es de Quilmes, si lo hace le suelen preguntar dónde se encuentra su ciudad. Ella prefiere simplificar, menos preguntas.

—Tienes un acento muy bonito.

—Gracias.

Camila detesta que le halaguen el acento. En realidad, hoy por hoy no le gusta que le halaguen nada.

—Te has portado muy bien —le dice el veterinario al perro y le da varias chuches que él devora mientras mueve el rabo en círculos. El veterinario se ríe. Tofi le lame la mano—. ¡Qué majo es! —Y le rasca la cabeza—. Veo que la herida está perfecta.

—Sí, la tiene bárbara. ¿Cuánto es? —pregunta Camila, necesita salir de allí cuanto antes.

—Nada.

—¿Cómo que nada? ¡No puede ser! ¿Y la vacuna? ¿Y la consulta?

—Cortesía de la casa. Me gusta la gente que ayuda a los animales de la calle. —El veterinario le sonríe—. Por cierto, me llamo Rafael. ¿Y tú?

—Camila. Insisto en que me cobres.

—Que no, esta vez no, la próxima. Tómalo como un regalo de mi parte para Tofi.

—Bueno… Gracias por todo entonces —dice seria. Baja al perro de la mesa y se dirige veloz hacia la puerta.

—Tengo pensado ir a Buenos Aires en mis próximas vacaciones. ¿Te importaría quedar un día de estos a tomar un café para que me des algunos consejos? También querría saber dónde compro un tofi de esos que mencionaste antes.

—Hace muchísimos años que no vivo allá —miente—. No te sabría aconsejar buenos lugares donde comer ni qué visitar. Es mejor que busques información en Internet. El chocolate con dulce de leche lo podés comprar en cualquier kiosco, hay uno por cuadra.

—¿Cuadra?

—Así llamamos a las calles. Buenos Aires está llena de kioscos, en todos venden tofis. Gracias, Rafael. —Y antes de que él diga algo más, ella sale por la puerta, sin darle la mano para despedirse.

«¡Menos mal que no es nada!», le dice al perro durante el camino de vuelta. «Lo único que me falta es que estés enfermo. ¡Qué susto me diste! Todavía me dura».

A la semana, Camila descubre que Tofi no puede subir al sofá, aunque ella le insiste. E, incluso cuando tira sobre los almohadones trocitos de queso, no consigue hacerlo saltar.

19

«¡Subí!», le ordena Camila. Él quiere obedecerla, lo intenta varias veces, pero sus patas se niegan a dar el salto.

Nada le gusta más que estar a su lado en el sofá, mientras ella mira alguna de sus cajitas de papel. Si Camila está cerca, él se siente como en la mejor época de su vida: cuando vivía con su mamá y hermanos.

El perro escucha pedirle de nuevo que suba al sofá. No le hace caso. Ella insiste. Él lo intenta, varias veces. No lo consigue. «Me voy a poner a limpiar, la casa parece un chiquero, me muero del asco. Vos no me sigas, quedate acá tranquilito», le dice y lo coloca cerca de la caja que da calor, sobre un trapo.

No se hace una bola sino que se tumba de costado, se siente protegido, el calor que lo envuelve le recuerda el de su mamá. Piensa en la primera vez que todos salieron de su refugio de chapas. Su mamá les ladró que no se alejaran de ella y que siempre estuvieran atentos a las cajas de metal ruidosas, era importante no despistarse, una distracción los podía matar. En esa primera salida el perro le hizo caso en todo a su mamá. Y en la segunda. Y en la tercera. Pero, en la cuarta, él se sentía con más energía que nunca: quería correr, saltar, explorar. Eran tantos los olores que le llamaban la atención, los ruidos, las plantas, los animales diferentes a él que había por todas partes… Por alejarse un poco para investigar no pasaría nada.

Corrió detrás de un aroma y descubrió algo que lo maravilló: un montón de agujeros en la tierra. Metió su hocico en uno y aspiró. Los seres que vivían allí dentro olían exquisitos. Rascó y rascó con sus patitas, quería agarrar uno, quería jugar. Les ladró para llamarlos. Pero ellos no quisieron jugar con él, ninguno salió.

Escuchó a su mamá aullándole que volviera a su lado en ese instante. Hizo lo que le pedía. ¡Qué enojada estaba! Su mamá le ladró que se había alejado demasiado y que había hecho algo terrible: desobedecerla. Él le ladró disculpas. Ella dio por terminada la salida y todos regresaron al refugio de chapas que olían a gallinas y a huevos. Esa noche, su mamá le explicó que los seres orejudos que vivían en los agujeros se llamaban conejos y eran deliciosos. Lo complicado era pillarlos, corrían más rápido que el agua del río.

En la siguiente salida su mamá le prohibió que se alejara. Él fue directo a la zona de los agujeros. Al acercarse, todos los orejudos se metieron rápidamente en los orificios de la tierra. Solo uno salió corriendo hacia otro lado. Era pequeño, podría alcanzarlo con facilidad. Empezó a correr detrás de él. Y corrió, corrió, corrió. Cada vez que estaba a punto de atraparlo, el orejudo hacía un movimiento que lo salvaba. Además, se había equivocado: el conejito era ligero como el viento esos días en los que avisa que las nubes empezarán a romperse en breve. Cuando el orejudo se metió en el agujero de un árbol, se dio cuenta de que había hecho todo lo que su mamá le había ladrado que no debía hacer: se había alejado, distraído y desorientado. ¡Estaría furiosa! Ladró varias veces, pero su mamá no apareció como esperaba. Siguió ladrando, largo rato. ¿Por qué no iba a buscarlo? Aulló. Lloró.

Empezó a andar, tenía que encontrar a su mamá y a sus hermanitos. Se asustó: por mucho que olfateaba el aire los olores de su familia no le llegaban al morro. Continuó caminando aunque no reconocía lo que veía, los aromas tampoco le eran familiares. Llegó a un sitio que nada tenía que ver con las chapas bajo las que dormían. Sintió miles de perfumes nuevos pero no se atrevió a investigarlos. Nunca había pasado frío hasta ese momento. Se puso a llorar. Una persona se le acercó; no era la primera que veía, su mamá le había mostrado varias a lo lejos. Se dejó agarrar, no tenía fuerzas para huir. Al llegar a un nuevo refugio llamó a su mamá. Esperó. Volvió a llamarla, varias veces. Entonces, Martita lo subió a su cama. El calor que salía de su pellejo lo hizo sentir bien y dejó de llorar.

«¡Tofi, vení para acá!», escucha. Se sobresalta. «¡Subí!». Gira su pescuezo y ve a Camila señalándole el sofá. Estaba tan metido en sus recuerdos que creyó que era Martita quien le daba la orden. Se da cuenta de que la caja que da calor está fría, los palos que Camila metió hace un rato en su interior ya no están. «Dale, Tofi, ¡arriba!», le insiste. Él se levanta del trapo, se acerca al sofá y pone todo su empeño, lo que más quiere es obedecerla. No puede saltar. Lo vuelve a intentar. No lo consigue, sus patas no le responden.

Camila lo mira, pero no le habla. La huele rara. Le parece que es tristeza, pero al poco se da cuenta de que no lo es, se trata de un aroma que no le sintió hasta ahora.

20

—Estoy muy preocupada —le dice Camila al veterinario—. Lo primero que noté, hace unos días, es que no podía subir al sofá. Es rarísimo, porque no termino de decirle que puede subir, que él ya está arriba. Le encanta el sofá. —Se rasca la nuca y continúa—: Luego vi que en el paseo no me seguía pegado.

—¿Qué quieres decir?

—Él no se separa más de diez centímetros de mí —explica mientras se sigue rascando la nuca—. Y estos últimos días, se queda detrás, es como que quiere seguir mi ritmo, pero no puede.

—Vamos a revisarlo.

Camila no entiende por qué Rafael habla en plural cuando solo está él en el consultorio, de todos modos, le gusta su manera de hablar. Mientras el veterinario sube a Tofi a la mesa metálica y toca cada una de sus patas, lo ausculta y le toma la temperatura, ella lo observa con detenimiento; Rafael está absorto en la exploración del perro, es imposible que note su mirada. No puede evitar compararlo con su marido. Lo primero que nota es que tiene unas pocas canas, como Luca. Las arrugas de los ojos le sientan bien, tendrá treinta y muchos, más o menos la edad de Luca. Sus uñas están impecables, y las lleva bien cortadas, igual que Luca, un maniático de sus manos, cientos de veces le escuchó decir que ellas son la carta de presentación de una persona. Sus dientes son parejos, como los de Luca, a quien le costaron cuatro años de ortodoncia. Mide más o menos lo que mide Luca, alrededor de un metro ochenta.

Hace muchísimo tiempo que no observa a un hombre. Se odia por estarse fijando en otro.

—¿Y? —pregunta Camila todavía rascándose la nuca. Rafael hace un buen rato que le está tocando al perro la parte cercana al rabo.

—A mí me parece que es lumbago. Cuando le toco aquí, parece dolerle. —Y señala unas vértebras—. Mira su reacción. —El perro da un pequeño respingo al apretarle esa zona.

—¿Cómo se cura? —Camila quita su mano de la nuca y nota que bajo sus uñas hay sangre. Rápidamente esconde los dedos detrás de su espalda.

—Vamos a darle un analgésico.

Rafael tiene una actitud distante, no le sonríe en ningún momento. Quizá esta vez ella aceptaría tomar un café con él. Por supuesto que no está pensando en nada amoroso, accedería por el simple hecho de charlar con alguien que no sea su vecina. Si él tiene pensado ir a Buenos Aires en sus próximas vacaciones, podría recomendarle lugares estupendos que a un turista le llevaría mucho tiempo descubrir. También podría pedirle a Rafael que les lleve algún regalo de su parte a su madre y hermanas, sabe lo preocupadas que viven por ella. Y lo que más le gustaría es encargarle que le traiga unos cuantos tofis, extraña esa golosina más que a su familia. Y un dulce de batata con chocolate también le encargaría. Y unos alfajores de maicena. A Camila se le llena la boca de saliva. Decide proponerle tomar algo cuando termine de trabajar, ¿por qué no?

—Le vas a dar esta medicación cada ocho horas. Debería mejorar. Me lo traes en caso contrario —dice sin mirarla, está escribiendo la receta.

—Estaba pensando…

—¿Pagas en efectivo o con tarjeta? Perdona, ¿has dicho algo?

—Efectivo.

El analgésico no solo no mejora el andar del perro, sino que el animal empeora. Dos días más tarde, el perro apenas si puede dar unos pasos.

Transcurre otro día y, al levantarse del sofá, al que él ya ni siquiera intenta subirse, Camila ve algo que la horroriza. Es evidente que Tofi está mucho más enfermo de lo que creía: ¡el perro se ha hecho pis encima!

21

Jamás le había pasado algo así. Él está bien educado, sabe que tiene que dejar sus sobras fuera. Pero de repente le vinieron ganas y, antes de llegar a ladrarle a Camila para que lo lleve a la puerta, estaba empapado. Ella no le regañó; de todos modos, le olió el enojo. Agachó la cabeza y no se atrevió a mirarla. «Ya vas a estar bien», le dijo y la caricia que vino a continuación lo tranquilizó un poco.

Camila le quita todas las sobras líquidas que tiene sobre su pellejo. Lleva a la cocina el trapo en el que duerme y lo pone sobre uno que huele a flores que no existen en el campo. La ve limpiar el suelo. Lo acerca a la caja que da calor y lo vuelve a acariciar. «Descansá», le dice y se sienta en el sofá, tiene una cajita de papel entre sus manos.

Se queda dormido.

Ella lo despierta y le mete una pequeña bola dentro del morro. Él la escupe. «Por favor, te lo tenés que tomar, es el remedio». Tiene un sabor asqueroso, por ello, en cuanto Camila vuelve a apoyar la bolita sobre su lengua, la escupe. «¡Tragá!», le ordena y obedece. «¡Muy bien, Tofi!», y lo premia con un trocito de delicia. Lo huele, lo lame un poco, no se lo come. Esto es algo nuevo para él: sus tripas no soportan la comida. «¿Me lo vas a despreciar? ¿En serio? ¡Si a vos te encanta el queso!». Él ladra dos veces y vuelve a rechazar el trocito de delicia.

Camila regresa al sofá. Él se enrosca en el trapo que huele a flores que no existen en el campo.

Recuerda los lametones de su mamá una tarde en la que el cielo se volvió opaco, gris, negro y las nubes empezaron a romperse una detrás de otra. Sus hermanitos estaban todos dormidos, él era el único con los ojos abiertos. Tembló: acababa de ver una gran chispa alargada. Entonces, su mamá empezó a ladrarle bajito una historia, no quería que los otros cachorros se despertaran.

En la época en la que su mamá vivía en la calle con el mendigo conoció a un perro de la mejor raza del mundo: un *border collie*. Ella estaba en la puerta de uno de esos lugares donde los humanos consiguen comida, tumbada al lado de su dueño, cuando lo vio por primera vez. Él caminaba al lado de una mujer y de su cogote salía una correa. Quisieron saludarse, pero la mujer se los impidió tirando de la cuerda. Al día siguiente lo volvió a ver. Su pelaje blanco y negro brillaba, tenía músculos fuertes y llevaba las orejas paradas. Una vez más quisieron olerse, pero la dueña del *border collie* tiró fuerte de su cogote y no pudieron acercarse.

Hasta que una mañana la mujer dejó a su perro enganchado en el pico de metal que se encontraba en la puerta del sitio donde los humanos consiguen comida. Su mamá se acercó, vivía sin correa, y pudieron olfatearse todo lo que quisieron. Los olores del *border collie* enseguida le gustaron. Ella le ladró que se llamaba Clío. Él le ladró Quijote.

Empezaron a verse a diario. El rato en el que Quijote esperaba a su dueña enganchado en el pico de metal era el mejor momento del día para Clío. Su amo ya casi no se levantaba del cartón; ella le lamía la cara, le ladraba y hasta le apoyaba las patas en el pecho, pero solo conseguía gruñidos por su parte. Ella intentaba avisarle que su enfermedad le olía más fuerte, pero su amo no la escuchaba, ni siquiera le hablaba, solo quería dormir. Los olores de Quijote le gustaban cada vez más, y le llegaron al pellejo varias sensaciones que nunca había tenido.

Una madrugada, Clío notó que a su amo la enfermedad le olía diferente. Ladró con todos los ladridos de los que fue capaz. Se acercó una persona. Ella se alejó, solo su amo podía tocarla. Se escondió detrás de unos cubos de basura, se sentía protegida, y a la vez, podía ver a su amo.

Llegó una máquina llena de luces anaranjadas dando alaridos. Vio que metían a su amo dentro. Él no la llamó para que lo acompañara. Clío se quedó detrás de los cubos. Su amo le había repetido miles de veces que los seres humanos eran lo peor que tenía el mundo, ella no debía confiar en nadie.

Pasó la noche junto a los cubos de basura, sin saber si tenía que esperar a su amo allí o ir a buscarlo. Al día siguiente vio que un hombre se le acercaba, y vio que tenía una cuerda. Clío salió corriendo a toda velocidad. Estaba asustada, lo único que quería era encontrar a su dueño, volver a dormir junto a él en el cartón. A las pocas calles sintió en el aire un olor agradable, por su pellejo empezaron a corretear miles y miles de hormiguitas. ¡Era el olor de Quijote! Decidió seguir su aroma, él era un *border collie*, la raza más inteligente del mundo: él le ladraría qué hacer.

«¡Dejá de llamarme y de mandarme mensajitos a cada rato! ¡Me tenés recontrapodrida!», escucha ahora. Los gritos de Camila hacen desaparecer a su mamá y a Quijote de su mente. Su irritación le llega al morro. «¡Te dije que me dejes en paz, mamá!», grita más fuerte. Él bosteza e intenta ponerse de pie para estirarse. No lo consigue. En el medio de un segundo bostezo siente ganas de dejar sus sobras, no puede esperar, ¡tiene que salir ya! Mira el sofá, Camila no está. En la cocina tampoco la ve. Levanta las orejas y la trufa y así sabe que ella se encuentra en la parte alta del refugio. La llama, necesita que lo lleve a la puerta cuanto antes. No puede aguantar; ladra, ladra, ladra. «¿Qué es este quilombo? ¿Por qué estás ladrando así?», le pregunta asomándose por las escaleras. Él gime y baja las orejas. «¿Qué te pasa, Tofi? ¿Por qué llorás?». Ella desciende y lo acaricia; él sigue gimoteando. «¡Qué olor!», grita Camila y enseguida descubre lo que hizo. ¿Cómo fue capaz? ¡Qué vergüenza! No puede hacer más que llorar. «¡Mirá cómo estás! Te voy a tener que bañar».

Ella lo sube en brazos, lo mete en el cuenco gigante y le echa ese líquido repugnante que ya conoce. Él no opone resistencia. Incluso, se deja embestir luego por el bicho de viento caliente.

Camila lo baja en brazos y lo lleva a visitar al hombre que huele a chuche de salmón y a gato castrado.

22

—Está claro que no es lumbago, el medicamento ya le tendría que haber hecho efecto y, por lo que veo, está peor, no camina ni un paso.

—Mucho peor. Yo nunca tuve perro pero alguien me dijo que tienen que estar muy mal para hacer sus cositas dentro si están educados. ¡Y este no sabés lo educado que es!

—Sí —dice Rafael ausente. Mientras, ausculta al perro, le toma la temperatura y lo revisa—. Vamos a hacerle otra analítica. Estoy empezando a pensar que sea algo neurológico…

—¿Qué me querés decir con eso?

—Que podría estarle fallando algo en la cabeza. Pero, para saberlo, tendríamos que hacerle estudios que aquí no le podemos hacer.

—¿Qué tipo de estudios? —pregunta Camila mientras se rasca la nuca con fuerza.

—Un TAC, por ejemplo. Tendrías que ir a alguna clínica veterinaria en Granada, te puedo recomendar una que es de mi confianza. Si quieres los llamo yo para ver cuándo se lo pueden hacer.

—Gracias.

—Te aviso que no son estudios baratos. Un TAC ronda los cuatrocientos euros.

—¡¿Qué?!

—Es la única manera de ver qué tiene.

Rafael le saca sangre a Tofi y se va a otra estancia para analizarla. Camila se queda sola en el consultorio, esperando el resultado. Ruega que en el análisis de sangre se vea algo y tenga fácil solución. ¿Por qué se permitió volver a sentir amor por un ser vivo? Es mucho mejor no sentir nada por nadie, es miles de veces mejor porque no se sufre.

Tofi aún está sobre la mesa; con una mano se frota la nuca, con la otra le acaricia el lomo al perro. Él no mueve el rabo. No solo no puede caminar, tampoco lo ha visto rascarse con sus patas traseras. Le da una pena enorme. ¡Cuatrocientos euros! ¡Un solo estudio! ¿Y si tuviera que hacerle más? No sabe cuándo se sentirá con fuerzas para volver a trabajar, tampoco sabría de qué, no cree que un pueblo tan pequeño como el suyo ofrezca muchas posibilidades. ¿Y si llamara a su exjefa e intentara recuperar su antiguo trabajo? Sería en vano, imposible que Ana le perdone el que haya abandonado un gran proyecto de un día para el otro. ¿Cómo no pensó que tener perro no es solo darle de comer? ¿Está dispuesta a gastarse todo ese dinero en un animal que tiene hace tan pocos días? ¿Y si se lo gasta y de todos modos él se..?

—La analítica da bien. —Rafael acaba de entrar en el consultorio—. ¡Te has lastimado! —dice y le señala la mano derecha.

—¿Qué?

—¡Tienes sangre en los dedos!

Camila mira su mano derecha y ve que sus dedos índice y corazón están rojos.

—No es nada.

—¿Cómo que no es nada?

—Tenía una cascarita y me la arranqué, ni me duele.

—Déjame que te mire.

—¡No! —grita. Si él mira su nuca, se va a dar cuenta de que le mintió; ella siempre lleva su pelo suelto para que nadie vea las lastimaduras.

—Vale, perdona, no quería molestarte.

—No me molestás, es solo que no es nada.

—¿Llamo a la clínica para pedir cita entonces?

—Sí, le voy a hacer los estudios que me digas, quiero que se cure.

Rafael coge el teléfono y, a los pocos minutos, consigue una cita para el día siguiente a la mañana.

—Lo tienes que llevar en ayunas, no le des agua tampoco. Toma, aquí te he apuntado la dirección. —Rafael le da un papel—. Lo van a sedar con anestesi…

—¿Qué? ¿Lo tienen que anestesiar?

—Sí, para que el TAC salga bien el animal tiene que estar muy quieto, la única manera de conseguirlo es durmiéndolo con anestesia general.

A Camila se le seca la boca, siente palpitaciones.

—Te has puesto pálida. ¿Estás bien? —le pregunta Rafael.

—No.

Las paredes, la mesa, Tofi, las luces del techo empiezan a derretirse. Luca está a su lado y se ríe como si estuviera viendo una película de Chaplin. Ella también se ríe, sin parar, se le nubla la vista, tiene los ojos húmedos. Se le va a correr el rímel, no es la primera vez que le pasa el reírse tanto con Luca que le duele la panza y le quedan dos aureolas negras alrededor de los ojos.

—¡Camila! ¡Camila!

¿Quién grita su nombre? ¿Luca? ¡Sí, es Luca! No, no es su voz. Siente un olor desagradable bajo su nariz. Es alcohol. Se da cuenta de que se encuentra en el suelo. Ve dos ojos verdes, muy cerca de ella: son de Rafael.

—¿Tofi?

—Está aquí, no te preocupes. Te has desmayado.

—No me di cuenta.

—Ya veo —dice y le sonríe de un modo amigable. Su sonrisa es tan abierta que le dan ganas de contarle todo lo que oculta, hasta la última de sus mentiras—. Si quieres, te puedo acompañar a hacer el TAC mañana —le ofrece Rafael.

Camila no le pregunta si para acompañarla tiene que cerrar la veterinaria o alguien lo reemplaza. No le pregunta si siempre acompaña a todas sus clientas a hacer este tipo de estudios. No le pregunta si la oferta se la está haciendo porque siente lástima por ella. No le pregunta nada. Pero en su interior le agradece infinito, no se siente capaz de llevar al perro a Granada, de esperar los resultados, de recibir malas noticias estando sola.

Sabe que Tofi tiene algo muy grave. A ella no le puede pasar nada bueno.

23

«Dale, comé un poco», le pide Camila. Él no tiene hambre. «Aunque sea tomá agua, unos sorbitos, hacé un esfuerzo» y le acerca un cuenco. Tampoco tiene sed. Cierra los ojos y apoya la cabeza en el suelo. Antes le encantaban las pelotitas secas que ella le ofrece, ahora no las puede tragar. Lo único que quiere es dormir.

—Deja, deja, lo llevo yo —escucha y el olor de Rafael le llega al morro.

Se asusta, sabe lo que va a suceder. Camila se acerca y lo envuelve con un trapo. Él ladra, y gime, no quiere ir, se quiere quedar en ese refugio, con ella. Rafael lo coge en brazos y, al poco, siente un aire fresco en sus orejas.

—¿Cuánto se tarda hasta Granada?

—Con suerte, en una hora y media estaremos por allí.

—¡Ufff! ¡No veo el momento de sacarme este peso de encima! —dice Camila y el perro le siente olor a cansancio.

Lo meten en la máquina metálica de Rafael, en la parte de atrás. Ladra y llora, quiere rascar la puerta pero sus patas no le hacen caso. La máquina hace ruidos, se pone en marcha y él piensa en su mamá: le gustaría ser valiente como ella. Siente miedo, Camila lo está llevando otra vez a la rotonda y eso es lo peor que le puede pasar. Su mamá había podido sobrevivir sin su dueño porque era una perra fuerte, pero él no lo es. Muchas veces su mamá le ladró su historia y él siempre la había escuchado con atención. Aquel día en el que la máquina de luces anaranjadas desapareció con su amo dentro, Clío sintió el rastro de Quijote. Lo siguió hasta que encontró al *border collie* en un jardín, detrás de unos palos de metal. Se dieron unos cuantos lengüetazos a través de los agujeros que había entre los palos y se pusieron los dos a ladrar por la alegría de haberse reencontrado. «¿Qué pasa?», preguntó la dueña de Quijote desde la puerta. «¿Y esa perra? ¡Quijote, ven aquí! No la chupes, tiene un aspecto espantoso, a ver si te contagia algo. ¡Aquí! ¡Ahora!». Quijote no se movió. «La perra me suena… ¡Ya sé! Es la del indigente que está siempre en la puerta del supermercado. ¡Quijote! ¡Aquí!», ordenó la mujer por tercera vez. El *border collie* siguió pegado a los palos de metal, ladrando sin cesar. La mujer atravesó el jardín hasta llegar a su lado. Clío también ladraba. «¡Callaos!», y ladraron los dos más fuerte. «¡Quieto!», le gritó la mujer a Quijote y abrió la puerta. «¡Vete! ¡Vamos! ¡Vuelve con tu dueño!», le gritó a Clío y empezó a caminar hacia ella moviendo los brazos para todos lados. Rápidamente Quijote adelantó a su dueña y llegó a la acera. En ese momento, Clío y el *border collie* salieron corriendo como si acabaran de escuchar un petardo. Corrieron y corrieron y corrieron, hasta que Clío ladró que no podía correr más. Vieron un bosque. Olieron un arroyo y fueron hacia él. Bebieron felices: Clío porque ya no estaba sola, Quijote porque era libre, como lo había sido durante gran parte de su vida.

—¿Podés parar? —escucha que pide Camila.

El perro nota que la máquina de metal ruidosa va más lenta. Recuerda que su mamá le ladró que ella nunca se había subido en una, le daban miedo. Cada vez que le pasaban cerca, Clío les ladraba y les mostraba los dientes como si fuera una perra rabiosa.

—¿Por qué quieres que pare? ¿Pasa algo? —pregunta Rafael.

La máquina metálica se detiene. El perro levanta la trufa y aspira el aire que entra por un pequeño agujero cercano a él: no reconoce los olores que le llegan. Empieza a temblar debido al miedo, no quiere volver a la rotonda, ni vivir solo, él es tan feliz con Camila…

—Quiero bajar a Tofi, ya sabés, como no controla.

La puerta se abre. Él gimotea y baja las orejas.

—¡No! ¡No! —grita Camila y dice varias palabras que él sabe que no son buenas. Nunca la olió tan enojada. No la mira, continúa gimiendo.

—¿Qué ha pasado?

—Se hizo pis, ¡dentro del auto! Perdoná, ya no sé qué…

—Tranquila, luego lo limpio. No te preocupes, tengo fórmulas mágicas para estos accidentes —dice Rafael mientras lo saca de la máquina.

En cuanto lo apoya en un mullidito cercano él empieza a ladrar. No puede dar un solo paso pero puede gritar con todas sus fuerzas. ¡Lo van a dejar ahí! Ladra más fuerte, aúlla, le ruega a Camila que no lo abandone. Él sabe que sus sobras van fuera, no las va a volver a dejar salir donde no corresponde. Sabe que tiene que comer todas las pelotitas secas que ella le da, va a esforzarse. Será un buen perro, lo promete, lo promete, lo prome…

—¡Pobrecito! ¿Ladrará por el dolor? ¡No lo puedo ver así! —dice Camila, y huele el agua triste que empieza a salir de sus ojos.

Ella regresa a la máquina metálica y cierra la puerta. Él continúa aullando y ladrando para que vuelva. Camila ni siquiera se gira, le sigue cayendo agua de los ojos que limpia con un papel. Deja de ladrar, se da cuenta de que no sirve de nada, ella está jugando a que él no existe. La mira y la aspira por última vez.

—Veo que te has vaciado en el coche —escucha.

Rafael lo coge en brazos, camina unos pasos y lo acomoda una vez más en la parte de atrás de su máquina metálica.

—Ya falta poco para llegar a Granada, Tofi —le dice Camila—. Sé que no te gusta viajar en auto. Vas a ver que en menos de lo que pensás estamos en casa con una solución para tu problema. —Y la ve soplando en el papel, su cara está mojada.

¡Camila no lo ha abandonado! Ella acerca su mano para acariciarlo y él consigue lamérsela. No sabe por qué su rabo no se mueve pues pocas veces se ha sentido tan feliz como en este momento. Ojalá su mamá y Quijote hubieran tenido la misma suerte que él.

24

—Tiene dos hernias en las lumbares —dice la neuróloga mientras les muestra a Rafael y a Camila las imágenes del TAC—. Aquí están. —Y las señala con un bolígrafo.

—¿Qué significan? —pregunta Camila.

—Son las hernias las que lo tienen paralizado. Hay que operarlo, cuanto antes.

—¿No podría ser alguna…?

—No. Son las hernias —asegura la neuróloga interrumpiendo a Rafael—. Mi secretaria te está haciendo un presupuesto —dice mirando a Camila—. Se tendría que quedar internado después de operarlo, en principio dos días si todo va bien, si no, un poco más.

Camila paga por el TAC y por la consulta con la neuróloga lo que a ella le parece una fortuna. Esa cifra es minúscula comparada con la que ve al abrir el sobre en el que se encuentra el presupuesto de la operación de las hernias de Tofi.

—Por tu cara imagino que te habrán pasado una pasta —le dice Rafael riéndose. Camila tiene la mirada clavada en el papel, lo aprieta fuerte entre las manos. Rafael se lo quita y lee. Se le borra la sonrisa—. ¡¿Qué?! ¿Dos mil trescientos euros la operación más noventa euros por cada día ingresado? ¡No puede ser! Quédate aquí, voy a hablar con la neuróloga.

Camila se sienta en la sala de espera. Tofi duerme, todavía no se ha recuperado del todo de la anestesia general que le pusieron para hacerle el TAC. Está hecho un rosquito sobre ella. De vez en cuando abre un ojo y saca la lengua. Le da una pena enorme, le genera ternura y ganas de protegerlo, pero, a su vez, no puede creer que a ella le esté pasando esto. La operación cuesta gran parte de los ahorros de toda su vida. En realidad, eran los ahorros de ambos, de ella y de Luca. Tantos años, juntando peso sobre peso, comprando los pocos dólares que podían cada mes; no era fácil ahorrar en Argentina, el dinero nunca rendía. Ambos trabajaban mucho, demasiado y, luego de casi diez años, todos sus ahorros sumaban cinco mil euros. ¿Cómo va a gastar media década de sacrificios en un perro callejero?

—Me ha dicho la neuróloga que ese es el precio, es una operación costosa porque lleva varias horas y en quirófano se precisa un anestesista, otro veterinario y un ayudante.

—Lo pago —dice Camila sin levantar la vista de Tofi.

Luca lo pagaría, él haría cualquier cosa por salvarle la vida a un animal, él diría «solo es plata, papelitos sin importancia».

—Vale. Voy a decirle que nos dé fecha, cuanto antes lo operen, mejor.

Camila acaricia la cabeza del perro y llora. Usa su llanto mudo, lástima no poder convertirlo en invisible. Odia que la vean llorar, y hay varias personas en la sala de espera. Todos la miran.

—Escucha, va a salir todo bien, no te preocupes —le dice Rafael. No lo vio volver, se habría secado las lágrimas, no quiere que él la consuele.

—Sí, sí, ya sé —dice y se levanta rápidamente con Tofi en brazos—. ¿Te dio fecha para la cirugía?

—Pasado mañana a las once. Lo tienes que traer en ayunas, por supuesto.

—Así lo haré. ¿Vamos?

Salen a la calle y, mientras caminan hacia el coche, Camila siente una sensación rara en su cuerpo. Sabe lo que es, no es la primera vez que le pasa y no suele hacerle caso: es una intuición.

Cuando ella tenía ocho años, una noche de verano, sus padres prepararon una gran cantidad de panqueques y les pidieron a sus tres hijas que se sentaran en la mesa del jardín. A Camila y a sus hermanas les encantaban los panqueques, sus padres les permitían comerlos en contadas ocasiones. Camila se sentó en la mesa y empezó a llorar: estaba muy angustiada, sabía lo que les dirían a continuación. Sus padres le pidieron que parara de llorar y ella les obedeció. Entonces, la madre anunció que habían decidido divorciarse. Las tres hijas se pusieron a llorar. El padre les preparó un panqueque a cada una, bien cargado de dulce de leche, y con esto consiguió que sus hermanas se calmaran enseguida. Pero ella no paró de llorar, y se negó a probar los panqueques que se moría de ganas de comer. Sus padres le dijeron que no era algo tan grave, muchas parejas se divorciaban y ello no significaba que la querrían menos. Aun así siguió llorando, toda la noche, y a la mañana siguiente, y por la tarde. Le apareció fiebre y un gran sarpullido en la espalda. A la semana, su padre se fue de casa y su madre la llevó al psicólogo. Todo lo que tenía que hacer era jugar con él mientras le hacía preguntas, y también crear cuentos con unos dibujos que le mostraba. Luego de pasar varias horas con el psicólogo, escuchó que el hombre le decía a su madre que ella era una niña hipersensible y muy intuitiva. A esa edad no entendió qué quería decir eso, lo entendió cuando se convirtió en adulta. Había tenido muchas intuiciones aunque nunca les había hecho caso. Con Luca tuvo una, y como una idiota se rio de ella. Todavía no se perdona por no haberla escuchado, duda de que algún día lo haga. Y ahora está teniendo otra intuición, una que le dice que no opere al perro.

—¿A vos te parece que operando a Tofi se va a curar? —le pregunta a Rafael, están en el coche, saliendo de Granada.

—Yo me fío de esta neuróloga. Le he derivado varios casos y, hasta ahora, siempre ha acertado en su diagnóstico. Sí que me cuadra el que pudiera estar postrado por las hernias.

—No sé por qué, es difícil de explicar, pero tengo la sensación…

—¿De qué?

—No me hagas caso.

Rafael lleva a Camila y a Tofi hasta su pueblo. Él vive en el pueblo grande, a seis kilómetros, el mismo en el que tiene su clínica veterinaria.

—Escríbeme o llámame si necesitas algo —le dice Rafael cuando llegan al *parking*.

—Sí, sí. Siento mucho el pis en el asiento, no sé cómo…

—Ningún problema, tú tranquila. —Apaga el coche.

—Muchísimas gracias por todo, Rafael.

—De nada, mujer. Para eso estamos —le dice sonriéndole. Ella hace un esfuerzo y le devuelve la sonrisa.

Piensa que Rafael es un encanto de persona, y encima, se parece tanto a Luca… No solo en lo físico, sino en su manera relajada de hablar y en lo mucho que sonríe y en… No tiene que pensar en ese tipo de cosas, se lo prohíbe.

—¿Vos conocés alguna otra neuróloga de tu confianza por casualidad? —se decide a preguntarle mientras baja del coche. Rafael también lo hace.

—Sí, ¿por?

—Creo que me gustaría tener una segunda opinión antes de someterlo a la operación.

—Me parece una buena idea. Pero ten en cuenta que eso significa pagar otra consulta.

Camila agarra a Tofi del asiento de atrás, el animal no se resiste a estar en sus brazos.

—Lo único que quiero es salvarlo. A esta altura la plata me da igual.

—Te paso su número en un mensaje lo antes posible.

El rostro de Rafael está cubierto de rayos de sol, quizá ese sea el motivo por el cual sus ojos verdes son más claros que de costumbre. Camila piensa que son hermosos, incluso más que los de Luca.

—No sabés cuánto te agradezco por haberme acompañado.

—Ha sido un placer.

Rafael da la vuelta al coche y se acerca a ella, se acerca demasiado para su gusto. No sabe qué intenciones tiene. ¿Debería alejarse? ¿Estará pensando lo que no es? Entonces, ve que le rasca la cabeza a Tofi. El perro, con desgana, le lame la mano.

—No te preocupes, está grogui por la anestesia, es normal —le dice como si le hubiera leído la mente, a ella le preocupa que Tofi esté aún adormilado.

—¡Ah! ¿Cuándo es que vas para Buenos Aires? —le pregunta Camila mientras se aleja dos pasos, la cercanía de Rafael la incomoda.

—Mi vuelo sale de Madrid el diez de enero.

—¡Uf! Preparate para el calor, Baires es como estar dentro de un horno en esas fechas… Mucho peor que un horno…

—Me gusta el calor. Además, no creo que en Baires —y sonríe al usar su misma manera de llamar a la ciudad— el calor sea peor que en Andalucía.

—Luego te voy a pasar algunos lugares que no te podés perder.

—Pero la otra vez me dijiste que hace muchísimo que tú no vives allí y…

—Sí, bueno, no es tan así eso… —Por estas cosas es por las que Luca le diría que no hay que mentir: porque en algún momento uno se olvida de que mintió y queda en evidencia—. En realidad, vivo en España hace dos meses y medio. La otra vez, cuando me preguntaste si te podía aconsejar, no tenía ganas de hablar.

—Si me pasas sitios chulos que visitar y dónde comer, se agradece.

—Te paso, sí. Gracias de nuevo, Rafael. Y no te olvides del número de la…

—No me olvido, en diez minutos lo tienes.

Esa misma tarde Camila saca una cita con otra neuróloga para el día siguiente. Ya es hora de que empiece a escuchar a su intuición.

25

La mujer de verde le toca una pata trasera, luego otra, lo tumba de costado y le pide que se levante, le coloca un farol en los ojos, le mete algo frío en las orejas, le apoya un cacharro en el pecho, pone un dedo frente a él y lo mueve de izquierda a derecha, de derecha a izquierda.

—Ya he terminado con la exploración física —le dice a Camila pasado un buen rato—. Le voy a hacer una analítica.

El perro sabe que en breve le van a clavar un pincho. Quizá esta vez no sea un buen chico y muerda.

—Ya le hicieron un análisis de sangre y dio bien.

—Lo sé. Rafael me pasó los resultados. Quiero mirarle otra cosa, algo puntual que hasta ahora no se ha contemplado.

Camila accede. «De perdidos, al río», se dice. A Maripili le escuchó esta expresión y enseguida la anotó en su cuadernito. No tiene muchas esperanzas, está allí por la estúpida intuición que tuvo, una que parece que lo único que quiere es hacerle gastar dinero, porque la consulta con esta neuróloga cuesta casi el doble que con la otra. «Solo es plata, papelitos sin importancia», se repite y piensa en Luca.

El perro no muerde cuando le clavan el pincho, ganas no le faltan; huele a Camila tan triste, que decide dejarse hacer todo lo que ella quiera.

La consulta concluye y la mujer de verde les pide que esperen afuera. Camila lo coloca sobre sus piernas en una sala donde hay dos gatos que maúllan sin parar. Por suerte, ninguno le está maullando a él, sino que se están maullando cosas de gatos entre ellos.

De repente se da cuenta de que tiene ganas de dejar sus sobras líquidas, tiene muchísimas ganas. Intenta bajarse de las piernas de Camila, no puede, se pone nervioso, ladra varias veces. Camila lo mira pero no lo entiende lo rápido que él necesita. Vuelve a ladrar. «¡Tofi, no!», grita y las dueñas de los gatos se giran hacia ella. Lo apoya en el suelo y se pone de pie. «No pasa nada, quedate acá un momento que ahora vengo». Los gatos dejan de maullar y mueven sus bigotes. ¡Se están riendo de él! Los odia, les partiría el pescuezo a dentelladas si pudiera. Camila vuelve rápido y le limpia sus partes traseras con un papel mojado. Ve más movimiento de bigotes, él agacha la cabeza. Camila se aleja con el papel en la mano. Regresa a los pocos minutos oliendo aún a sus sobras líquidas. «Ya lavaré el pantalón luego, sé que no podés aguantar», le dice. Ella no vuelve a colocarlo sobre sus piernas como le gustaría, lo deja en el suelo. Pasa mucho tiempo hasta que la mujer de verde los llama.

—El problema no son las hernias. No está postrado por ellas —dice la neuróloga cuando regresan a la consulta. Camila la mira asombrada, no sabe si ponerse contenta o a llorar. La cara de la mujer no expresa si lo que acaba de decirle es bueno o malo—. O sea, las hernias están, se ven claras en el TAC que has traído, pero no le afectan. Me di cuenta en cuanto lo revisé.

—La otra neuróloga no tiene dudas de que hay que operarlo, me aseguró que son las hernias las que le impiden caminar y dice que si no…

—No camina por la atrofia muscular que tiene.

—No sé qué me estás diciendo.

—Ha perdido mucha masa muscular. Ven, toca. —Y la neuróloga coloca la mano de Camila sobre una de las patas—. ¿Notas el poco músculo que hay?

—Yo no noto nada raro —dice sin dejar de palpar a Tofi para

ver si siente lo que la neuróloga le está intentando mostrar—. Es el primer perro que tengo, no sé cómo debería tener las patas.

—Están muy débiles, es algo espectacular el poco músculo que tiene. Imagino que no está comiendo.

—Nada. Hace varios días que no consigo que trague ni lo que más le gusta: el pollo. —Camila hace una pausa y, por fin, se atreve a hacer la pregunta que quiere hacer—: ¿Qué es lo que le pasa? ¿Se puede morir?

—Tofi tiene toxoplasmosis.

Se asusta. Miles de veces escuchó esa enfermedad, siempre le dio pánico, era peligrosa para las embarazadas, y ella intentó estarlo varias veces. ¿Qué significa en un perro? Viendo lo mal que está, ¿qué dudas hay de que es algo muy serio?

—¿Cómo se cura? —pregunta Camila mientras se rasca la nuca.

Contiene el aliento, su pulso está acelerado. ¿Y si la neuróloga le dice que es una enfermedad mortal? Se le encoge el corazón, no soportaría perder a Tofi.

El perro no entiende qué pasa. Camila huele a miedo y a herida. Ella no lo mira, tampoco lo acaricia. Se tumba en el suelo, se siente más cansado que esos días en los que no encontraba nada que robarle a los gatos o a las bolsas de basura.

—Se cura con un antibiótico.

—¿Y la operación? —pregunta Camila sin pensar en lo que le acaban de decir. Mira una de sus manos y se da cuenta de que tiene sangre bajo las uñas, se ha rascado la nuca demasiado fuerte, no se pudo controlar. Lleva las manos detrás de su espalda.

—No hay que operar. Como te he dicho antes, las hernias no son el problema. Puede que Tofi las tenga hace tiempo y puede que jamás le causen dolor. O puede que sí se lo causen en un futuro. Ahora mismo no las está sufriendo. Es la toxoplasmosis la que lo tiene postrado.

Un ligero temblor recorre el cuerpo de Camila. Es por la palabra toxoplasmosis. En un primer momento Luca también le tenía miedo a esa enfermedad. Pero se había puesto a investigar y había concluido que solo era cuestión de tomar ciertas precauciones cuando estuviera embarazada. Luca siempre encontraba el modo de protegerla, y ella se había hecho adicta a esos cuidados que ya nadie le otorgaba.

—¿Cómo puede ser que la otra neuróloga me haya asegurado que…?

—Todos los días se hacen malos diagnósticos.

—¿Es un antibiótico especial? ¿Caro?

Con la suerte que tiene, está segura de que será un medicamento específico y costará una fortuna.

—¡Qué va! No creo que cueste más de cinco euros la caja.

—¡Menos mal! —dice aliviada. De todos modos, estaba dispuesta a pagar los dos mil trescientos euros de la operación de las hernias, no tiene lógica que le preocupe el precio de un medicamento. Mueve una mano para acariciar a Tofi, pero enseguida recuerda la sangre bajo sus uñas, no quiere que la neuróloga la vea. Se contiene y deja la mano escondida—. ¿Cómo se pudo haber contagiado la toxoplasmosis?

—Comiendo heces de gato. Me has dicho que cuando lo encontraste estaba en la calle, ¿verdad?

—Sí.

—Al comer del suelo, que es lo que suelen hacer los perros callejeros, puede haberse comido un trozo de hez de gato, de uno infectado, claro.

—¿Y yo me la puedo contagiar? —quiere saber Camila, es lo que Luca preguntaría en este caso.

—Tranquila, a menos que comas heces de gato, no te vas a contagiar —le responde la neuróloga riéndose.

Camila no se ríe. Debería hacerlo, le acaban de dar excelentes noticias. Sin embargo, siente muchas ganas de llorar. Si hubiera tenido el hijo de Luca que ella tanto quería tener…

26

Dos días después de que Camila le empiece a meter en el morro una bolita por la mañana y otra por la noche, empieza a sentir hambre. Como sigue sin poder caminar, ladra. Camila le acerca un cuenco de arroz con pollo. Al tragar el primer bocado sus tripas se vuelen locas, ¡qué hambre tienen! Camila no le permite que lo vacíe. «Te va a hacer mal si comés mucho de golpe», le dice y le quita el cuenco. «En un ratito te doy más», y le acaricia una oreja. Se siente feliz aunque su rabo no lo demuestra, sigue sin moverse. Ojalá su mamá lo viera: ¡ha encontrado una humana a la que amar! ¡Y la humana lo ama a él!

Al tercer día se siente mucho mejor. Está tumbado al lado de la caja que da calor mientras Camila limpia el refugio. Hace horas que ella está limpiando. Escuchó sonar largo rato su cajita de plástico, pero no la vio llevársela a la oreja como otras veces. La ve ir y venir, la ve agachada, la ve estirada, sobre una silla, va a la parte alta del refugio, vuelve, agarra el mullidito grande y sale al jardín. ¿Qué hace? ¿Se va sin él? «¡Estás de pie!», grita Camila al entrar. «¡Qué bien, Tofi! ¡Ya te podés parar!», y se acerca para acariciarlo. Él le lame una mano, ella sonríe. ¡Qué exquisito huele su gesto!

Al quinto día Camila le grita y le grita a la cajita de plástico que se pone en la oreja. Nunca la había escuchado gritar así. Huele a tristeza, como cuando la conoció.

—¡Te dije que no, mamá! ¡Dejame en paz! —Y tira la cajita al sofá.

La escucha hacer un ruido raro, no ve su cara porque está de espaldas a él pero huele el agua triste que sale de sus ojos. Él va a lamérsela y así ella se sentirá mucho mejor. «¡Estás caminando!», dice Camila, acaba de girarse. «¡Estás caminando!», repite y le siente un poquito de alegría.

A la semana ha conseguido dejar sus sobras fuera. Las duras y las líquidas, las dos pudo dejar en el jardín. «Muy bien», le dice ella con poco entusiasmo y continúa gritándole a la cajita de plástico.

A los diez días empiezan a salir de paseo por las mañanas. Tiene que andar con cuidado para no clavarse en las patas las bolas de pinchos que hay por todas partes. Le asombra que dentro de esas bolas se encuentren las castañas que Camila algunas veces comparte con él. ¡Cuánto le gustan!

El día número once Camila todavía le mete la bolita de sabor asqueroso en el morro por la mañana y por la noche. Ya no le molesta tragarla, se ha acostumbrado. Ese día, durante el paseo, a él se le aparecen las lucecitas brillantes.

27

Camila entra en su casa con Tofi en brazos. Está preocupada. Durante el paseo estaba sacando fotos, Tofi iba pegado a sus piernas como siempre, cuando en un momento se dio cuenta de que él no la seguía. Se giró y lo vio tumbado al lado de un castaño, a unos pocos metros. Al acercarse notó que temblaba, también le lloraban los ojos. Pensó que sería por la ola de frío que está recorriendo la zona, ¿o podrían ser temblores provocados por la toxoplasmosis? Lo tapó con su abrigo y, en menos de dos o tres minutos que le parecieron horas, el animal dejó de temblar. Luego, Tofi se puso de pie y vomitó. A ella los antibióticos le descomponen el estómago, quizá a él le pasa lo mismo. Lo llamó para que la siguiera, pero no lo hizo. Estaba raro, parecía confundido. Lo cogió en brazos y emprendió la vuelta a su casa.

Acaba de colocar a Tofi sobre un almohadón, lo ha tapado con una manta. Está dormido. Solo se ve su cabeza que asoma de un revuelto de felpa roja. La imagen le recuerda a un dibujo de Luca, uno que había hecho en primer año del colegio secundario, durante la clase de Biología. Luca se lo regaló, y un día en el que él no le permitió que se copiara de su examen de Matemáticas, ella rompió el dibujo en su cara y lo tiró a la basura. Él dejó de hablarle hasta segundo año por este motivo.

La casa está helada. Camila se arrodilla frente a la chimenea.

Mete una pequeña bola de papel, dos piñas, varios palos medianos y tres de los troncos más grandes que tiene. Enciende un fósforo y lo echa. Cuando el papel se consume, la chimenea se apaga. «Siempre igual», dice con una voz apenas audible. Mete más papel, por arriba del montón que forman piñas, troncos y palos. Este se quema en pocos segundos y la chimenea continúa tan gélida como la casa. Camila insulta, el perro se despierta y va rápido hacia ella. «No, no, quedate en tu almohadón, tapado como estabas. No quiero que vuelvas a temblar como en el paseo», y lo reconduce a su improvisada cama. Tofi da tres vueltas sobre sí mismo y se tumba, pero no se duerme, está observando cada uno de sus movimientos. «Si Luca te conociera le inspirarías miles de dibujos, esos ojazos que tenés le encantarían, y tus orejas tan expresivas también», le dice mientras saca de la chimenea todo lo que metió antes. Pone dos bolas grandes de papel bien prensado, las piñas al costado, los palos y los troncos encima. Enciende un fósforo.

Luca amaba pintar. Cree que fue en quinto grado cuando empezó a dibujar animales, los perros siempre fueron sus favoritos. Fue por aquella época cuando su padre lo apodó Picasso. A su madre le hizo gracia la ocurrencia y también comenzó a llamarlo por ese sobrenombre. Se unieron sus abuelos, sus tíos, sus hermanos, y al poco tiempo, hasta en la escuela todos lo llamaban Picasso, incluidas las maestras y la directora.

La chimenea se ha vuelto a extinguir. Camila le pega una patada a un tronco y se hace daño en el dedo meñique. Grita, tiene el rostro colorado, le gustaría ahorcar a la reconchudísima chimenea. Tofi ladra. «No te asustes, no pasa nada. ¡Es que no sabés la bronca que me da que no encienda! ¡Cada vez que la quiero prender me pasa lo mismo!». En su casa horno de pan la chimenea es la única calefacción que hay, necesita encenderla si quiere caldear un poco el ambiente, no puede dejarla apagada como le gustaría. Hasta ahora la encendió lo mínimo y necesario por el mucho trabajo que le cuesta, pero el invierno ya está instalado, tendrá que empe zar a usarla a diario. Y pensar que la chimenea fue una de las cosas que la convenció a la hora de alquilar esta casita… ¡Qué tarada!, ¡cómo se equivocó! La chimenea llena de polvo los muebles y el suelo, el quitar sus cenizas le parece tedioso, tiene que cargar la leña y, como si esto fuera poco, le cuesta muchísimo encenderla.

Camila mete más papel, más piñas, más palos, más troncos. Fósforo. Mira las primeras llamas y piensa que Luca tendría que haberse dedicado a la pintura, tenía talento, además, era lo único que él quería. Pero ella no lo había apoyado. Se merecía que él ya no formara parte de su vida. Se lo merecía porque era una egoísta, y una materialista. Luca estaba dispuesto a vivir una vida sencilla a cambio de dedicarse a lo que amaba. Ella no. Ella quería tener un amplio departamento en una urbanización con pileta, un coche cero kilómetro, muebles de diseño, ropa de marca y la última tecnología.

La chimenea se apaga por cuarta vez. Camila empieza a llorar, siente que la odia como nunca odió a otro objeto en toda su vida. La insulta, le grita, la patea, hasta que se da cuenta de que Tofi la mira con ojos de susto. Está por acercarse a él cuando golpean a la puerta.

—He *escuchao* gritos mientras subía las escaleras, ¿estás bien?

—Hola, Mari. Estoy desesperada, así es como estoy. —Y Camila llora como una niña pequeña.

—¿Qué ha *pasao*? ¿Es el chuchillo? —pregunta y busca al animal con su mirada—. Pero si está ahí, y se lo ve bien. ¿Qué tienes? ¿Un disgusto familiar? ¿Estás enferma?

—No, no es eso… No puedo encender la chimenea.

—¡Madre mía del amor hermoso! ¡Qué susto me has *dao*, *mujé*! ¿Y por tan poca cosa te has *convertío* en una Magdalena? —le pregunta riéndose.

—Tofi está congelado el pobre, lleva muy mal la ola de frío. Y yo también. Se está peor acá dentro que fuera. ¡Y no la puedo prender! ¡No puedo, Mari! ¡La reputa carajo!

—Relaja, que no es *pa* tanto. Yo te la enciendo en *na*, ya verás.

Maripili se arrodilla frente a la chimenea. Camila se seca las lágrimas. Tofi no se mueve de su sitio.

—Las piñas que has puesto están cerradas, no sirven —dice su vecina. A continuación rebusca en un cubo cercano, agarra una piña y se la muestra a Camila—. ¿Ves? Bien abiertas, este tipo de piñas tienes que usar *pa* encender.

—Yo echo las cerradas y prenden.

—Sí, cuando la chimenea está encendida —le responde muerta de risa. Camila se da cuenta de que jamás vio a Maripili de mal humor. ¿Cómo hace para ser así?

—No sabía…

—¡Hija! *Pos* claro que no hay quien encienda este tinglao que has montao, está *to* mal colocao. *Ademá*, los palos están *tos* verdes. ¡Y los troncos están húmedos! —Y su vecina se ríe como loca.

—¿A quién se le ocurre que la única calefacción de una vivienda sea una chimenea? ¿No puede haber una estufa normal y corriente? ¿A vos te parece…?

—No seas quejica. Si es *mu* fácil. Mira, yo te enseño y ya verás tú que en dos o tres días vas a encender la jodía chimenea a *to* meter.

—Bueno —dice Camila por no contradecirla, sabe que ella jamás podrá encenderla rápido, quizá debería ir a algún pueblo cercano a comprar una estufa eléctrica. Pero, ¿y la factura de la luz?, no se puede permitir pagar una fortuna por calentar la casa, la leña es barata, por lo que le han dicho mucho más que la luz.

—Lo primero, metes papel, así, poco arrugado. —Maripili hace una bola sin apretarla demasiado—. Cerca del papel, o encima, pones dos o tres piñas, como te he dicho, escoge las que estén bien abiertas. Sobre las piñas, colocas los tronquitos más finos que tengas, asegúrate de que estén secos. El truco está en cómo lo colocas *to*, ¿ves?, como si fuera una pirámide. Y tienes que dejar huecos.

—¿Huecos?

—Sí, no lo metas *to comprimío* como has hecho antes, tiene

que haber un poco de espacio, es como en las relaciones, *pa* que el fuego no se ahogue —le explica divertida. A Camila no le hace ni pizca de gracia su frase—. Primero enciendes esto y, cuando veas que ha *agarrao*, en ese momento echas el primer tronco grande. ¿Has *entendío*?

—Sí.

—Pues ahora hazlo tú —dice Maripili y empieza a quitar todo lo que metió.

—¡No! ¡No la desarmes! Encendela, la próxima vez ya la…

—Es mejor que lo hagas tú, si te lo hago yo no vas a aprender. ¡Venga!

No puede creer lo que acaba de escuchar. Luca se cansó de decirle las mismas palabras de su vecina. A Camila nunca le interesó aprender a hacer las cosas que no le gustaban, para eso tenía a Luca, él las haría por siempre. Porque ellos funcionaban así: Luca insistía para que aprendiera y, ante sus reiteradas negativas, él terminaba accediendo a hacerlas. Hasta que Luca no las hizo más y ahora tiene que ocuparse ella, y no quiere, pero debe, no puede dejar que su perro se congele porque ya no tiene a Luca para encenderle la chimenea.

—Primero el papel y arriba las piñas, ¿no? —le pregunta a Maripili mientras elige las más abiertas.

28

Camila está hablando mucho y rápido, pero no con él. Cuando ella le habla lo mira, y ahora no lo está haciendo. La ve moviéndose de un lado para el otro en el sitio del refugio donde los dos comen.

—No me rompás los quinotos, mamá —escucha el perro—. No te respondo las llamadas, ¡porque no quiero hablar! ¿Es muy difícil de entender? ¿Lo podés respetar? —grita.

No le gusta cuando la gente grita, los gritos le huelen siempre mal. Y lo ponen nervioso. Y, cuando se pone nervioso, le vienen unas ganas locas de morder algo, lo que sea.

—¡Te dije mil veces que no! No te pienso dar mi dirección. ¡Dejá de perseguirme por una vez en tu vida! —grita Camila más fuerte que antes.

El perro ve una cajita de papel sobre el sofá. Se acerca a ella y empieza a mordisquear despacio el cartón de una de sus puntas. Escucha otro alarido de Camila, y al poco tiempo, le llega el olor horrible que se desprende de esas estridencias. Arranca un trocito de cartón, y otro. Mastica. No le gusta el sabor. Escupe. Arranca un trocito más. Está empezando a relajarse.

—Sí, mamá, sí, estoy tomando la medicación psiquiátrica, no te preocupes. ¡Ay, basta! ¡No! ¡Basta te dije!

Coloca la cajita de pie entre sus patas. Descubre que el papel que se encuentra dentro del cartón es de lo más apetecible. Corta un pedacito con sus dientes, corta dos más, y tres.

—¡Mamaaaaaaaaá! ¿De verdad vamos a seguir con esto? ¡Cortala, querés!

Muerde, mastica, escupe, clava colmillos, arranca, despedaza. Ya no escucha a Camila, está poseído en la labor de eliminar la cajita de papel, no va a parar hasta hacerla desaparecer por completo. Es feliz en su tarea, no sabe por qué no empezó antes. Hacía tiempo que no se sentía tan relajado.

«¡Tofi, no! ¿Qué estás haciendo?». Levanta la cabeza y ve que Camila viene corriendo hacia él. Le saca la cajita de entre sus dientes. «¡Mirá cómo dejaste el libro! ¿Qué tenés en contra de la literatura?, ¿eh?». Ella le habla como si estuviera enojada, pero él se da cuenta de que no huele a enojo. «Si no querías que lea a Saramago me lo podrías haber dicho, no hacía falta que lo destroces», le dice. Ve que apoya la cajita de papel sobre el sitio en el que ella come. La ve buscar diferentes objetos. La ve sentada curando a la cajita que él lastimó. Él no se mueve del sofá, sabe que hizo algo malo, aunque no entiende de qué se trata. Después de un buen rato, Camila la coloca en el muro, al lado de muchas otras cajitas de papel. «¡Perro anticultura!, eso es lo que sos», le dice sonriendo y le rasca la cabeza. Le gusta ser eso, porque viene con caricia. A ver cuándo tiene la suerte de encontrar otra cajita.

Camila regresa al sitio en el que ambos comen, bebe agua y agarra dos mandarinas.

«¡Vamos, Tofi!», y él va corriendo hacia la puerta donde ella se está poniendo un trapo en la cabeza, otro en el cuello y dos en las patas de arriba. «Espero que no pases frío en el paseo, es horrible este clima pero tenemos que salir igual. Quizá debería comprarte un abrigo de perro». Ladra una vez. Martita solía ponerle uno de esos sobre el pellejo. Él lo odiaba, incluso se negaba a caminar. Ella insistía y hasta lo llevaba arrastrando si él se ponía firme. A Martita le encantaba ponerle trapos, cuando hacía calor tampoco se libraba de ellos.

Camila abre la puerta y él sale al jardín. No deja allí sus sobras líquidas, espera a estar en el sendero que conduce al pueblo vecino, sabe que, si lo hace en esa zona, ganará otra caricia.

El viento helado le agita los pelos. Le gusta el frío. En realidad, le gusta desde que vive con la panza llena y duerme cerca de una caja que da calor, antes el frío no le gustaba.

La cajita de plástico de Camila hace ruido, todo el tiempo. Ella camina a paso muy rápido y huele a nervios. Él se detiene para dejar sus sobras duras, ella no lo espera. Ve su espalda, escucha su voz.

—Hola, mamá. Perdoname por haberte cortado antes, es que te ponés muy pesada, siempre con la misma cantinela de la medicación. —Se escucha un largo silencio—. No empecemos de nuevo, si te atiendo no es para volver a discutir. No. ¡No!

El perro da unos pasos después de haber dejado sus sobras duras y enseguida se da cuenta de que no puede andar al ritmo que desea. Camila se está alejando, ahora grita, y él no la puede alcanzar.

—No tengo por qué darte explicaciones de lo que hago o dejo de hacer con mi vida. Creo que ya soy bastante grandecita para…

Sus patas y su pellejo están rígidos. Quiere ladrar pero no puede. Tiembla. Sus ojos se humedecen.

—Hacé lo que quieras con mis muebles, con mi ropa y con todo lo que dejé en Quilmes si te complica taaaaaanto la vida. Por mí, tirá todo a la calle, desde que llegué a España que te lo estoy diciendo.

Ve las lucecitas brillantes. Su pellejo deja de temblequear. Se incorpora. Vomita. Hace un esfuerzo y anda hacia ella.

—Lo que quiero es encontrar algún tipo de paz, es mi único deseo ahora mismo. Si no lo entendés, es tu problema. Tirá todo. Bueno. Hacé lo que quieras, no te lo voy a repetir. ¡No! ¡Basta! Te dejo, mamá, estoy muy ocupada. Chau, otro día hablamos, sí, sí, chau.

«Esta mina se cree que el mundo gira alrededor de ella y de sus necesidades». Camila no lo mira mientras habla. «Cree que sus hijas tenemos que hacer lo que ella dice que hay que hacer. Que conmigo no cuente. Está loca si piensa que voy a volver a Quilmes, para que me rompa las pelotas a más no poder con que rehaga mi vida. ¡Dale, Tofi!, caminá un poquito más rápido, parece que estuviera paseando con mi abuela».

Él se siente agotado, pero acelera la marcha, no quiere volver a quedarse atrás.

29

Cuando llegan del paseo le ordena a Tofi que se tumbe sobre su almohadón. Camila se cambia de ropa y se pone a limpiar la casa. Lo necesita. Siente que barriendo, fregando, aspirando y lavando luego es ella quien queda un poco más limpia, más ligera. Suele durarle poco esa sensación. Entonces, vuelve a limpiar.

Comen. Ella, una ensalada porque no tiene ganas de cocinar. A Tofi le sirve pienso. Le da placer verlo comer después de su larga inapetencia, llegó a desesperarse al no conseguir que tragara ni un bocado. Por suerte parece recuperado de la toxoplasmosis. Se siente satisfecha por haberle hecho caso a su intuición. Espera de ahora en más escucharla más seguido.

Luego de limpiar toda la casa y de ventilarla, se dispone a encender la chimenea. Coloca el papel, elige las piñas, corrobora que los palos estén secos. Consigue un fuego duradero al segundo intento; mucho mejor que otras veces. Serán los consejos de Maripili.

Decide leer un rato. La lectura siempre fue su pasatiempo favorito. Lo único que trajo con ella de Buenos Aires fueron libros y ropa que no le sirve para la sierra, como tacos altos, pantalones elastizados y pulóveres, ropa que ha decidido regalar en cuanto pueda comprarse prendas amplias y cómodas.

Mira la estantería donde colocó los libros. Se decide por uno de sus favoritos, uno que leyó muchísimas veces y sabe que leerá muchas más: *Historia de cronopios y famas*, de Cortázar. Le vendrán bien las risas que el libro va a obsequiarle, unas cuantas veces en el pasado se valió de él para levantar su ánimo.

Al abrir el libro algo cae al suelo. Lo levanta. Es un marcapáginas en el que hay un perro pintado en acuarela, se trata de un dibujo hecho por Luca. Su marido se tomó el trabajo de plastificarlo. A Camila se le llenan los ojos de lágrimas. Supone que él lo metió allí para que ella lo encuentre de sorpresa algún día, él sabía cuánto amaba ese ejemplar. Lo gira, y en la parte trasera del marcapáginas, encuentra un *Kimi te amo*. Se sienta en el sofá, aprieta fuerte el marcapáginas entre sus manos con cuidado de no arrugarlo. Deja el libro, sabe que ya no podrá leer. Se recuesta y Luca empieza a deambular por su mente. No lo echa como suele hacer, le permite que se pasee cuanto se le antoje.

Recuerda su primera cita formal, aquella que luego tomarían como fecha de aniversario. La tarde previa, Camila se probó cinco vestidos frente a su hermana mayor. Tardaron largo rato en decidir cuál se pondría. Andrea le aconsejó uno holgado de gasa, color verde veronés. Camila quería llevar uno rojo, ceñido al cuerpo y escotado. Ganó su hermana después de preguntarle si buscaba marido o amante. Camila deseaba lo segundo pero dijo querer lo primero. No tenía sentido discutir, sabía que Andrea pensaba igual que su madre: «En Quilmes nos conocemos todos, no es recomendable ser una suelta con un candidato que promete». Su madre había pasado años adoctrinando a Camila y a sus hermanas en las desventajas de ser una suelta, siendo una suelta lo peor que se podía ser para sus ojos. Sus dos hermanas habían salido bien amarradas, la única suelta de la familia resultó ser ella, aunque su familia no sabía que lo era, se las había rebuscado para ocultarlo porque en Quilmes la gente hablaba, y no poco.

Luca la pasó a buscar puntual por la puerta del edificio en el que vivía. Al verlo, Camila se arrepintió por no haberse puesto el vestido rojo. Estaba hermoso. Si los códigos quilmeños y familiares se lo hubieran permitido, le habría comido la boca allí mismo, esa habría sido su cena: Luca llevaba una camisa blanca a cuadros de colores pasteles, un *jean* Levi's que parecía confeccionado especialmente para él y zapatillas de cuero, de una marca que a Camila le encantaba. Se había afeitado y se había puesto gel en el pelo. Cuando él le dio un beso en la mejilla, ella le sintió un perfume dulce y fresco.

Fueron a cenar a un restaurante en el río de Quilmes. Camila aún no podía creer el haber aceptado salir con Picasso, una parte suya todavía lo veía como su compañerito de primaria y secundaria; otra parte lo veía como un hombre adulto de lo más atractivo.

Se sentaron en una mesa pegada a una amplia cristalera, desde ella podían contemplarse las mansas aguas del Río de la Plata y el reflejo de las luces del muelle.

—Buenas noches. Les dejo la carta así van viend… —Y la moza se quedó callada. En ese momento los dos la miraron y se dieron cuenta de que quien estaba frente a ellos era Marcela: ¡La exnovia de Luca!

—¿Qué hacés acá? —le preguntó Luca.

—Trabajando, como ves —respondió Marcela sin apartar sus ojos de Camila. No les dio las cartas en la mano, sino que las dejó sobre la mesa y se fue enseguida.

—Nos va a escupir la comida —dijo Camila en cuanto Marcela se alejó. Luca la miró serio y ella pensó que su intento de gracia había estado fuera de lugar.

Marcela también había sido compañera suya del colegio, era la típica chupamedias que siempre sabía todas las respuestas de los profesores. Camila era exactamente lo contrario, por eso jamás habían congeniado.

No tenía ni idea de por qué Luca y Marcela habían roto, solo sabía que se habían separado hacía unos pocos meses y que habían estado juntos desde la fiesta de egresados del colegio secundario, durante casi cinco años. Habían sido una de las parejas quilmeñas con más posibilidades de llegar al altar, corrían rumores de que incluso se habían comprometido.

—¿Trajiste la Hepatalgina? Vayámosla tomando desde ahora porque nos va a escupir tanto la comida, tanto, que no tengo dudas de que nos va a hacer mal al hígado —dijo Luca y empezaron a reírse como locos.

—¡Claro que la traje! Nunca falta en mi cartera —comentó Camila mientras Luca mordía un grisín. Ella se agachó, y a los pocos segundos, gritó—: ¡Mirá! —Y le mostró un pequeño frasco.

—¡Nooooooooooo! ¡No te lo puedo creer! ¡A vos sola se te ocurre llevarla! —dijo Luca soltando una carcajada, y otra.

—Antes o después de las comidas, ¡Hepatalgina! —dijeron los dos al unísono haciendo referencia a la famosa publicidad del digestivo.

¡Cómo se rieron! Y ya que estaban, tomaron cuarenta gotitas de Hepatalgina cada uno en un vaso lleno de agua.

Camila odió a su hermana varias veces durante la cena. ¿Por qué le había hecho caso? El vestido verde veronés no le permitía coquetear como a ella le habría gustado. Le era necesario un escote que bajarse un poco cuando las citas iban bien, o una pollera que subirse. Estaba orgullosa de sus piernas, se mataba trabajándolas a diario en el gimnasio. Además, se las bronceaba una vez por semana en la cama solar. Le gustaban sus pechos, siempre y cuando los llevara dentro de un corpiño *push-up* con aro, así parecía tener una buena cantidad, la suficiente para que el hombre de su interés no le pudiera quitar los ojos a su escote. Se arrepentía por haber accedido a ponerse un vestido por debajo de las rodillas, y encima, holgado. Se sentía insegura sin ninguna parte de su cuerpo a la vista con la que poder seducirlo.

Durante el plato principal Camila y Luca recordaron viejas épocas. Hablaron de maestras, profesores y de compañeros, del viaje de egresados y de los dibujos que él le había dejado tantas veces en quinto grado de la primaria dentro de su carpeta. Él le confesó que a sus diez años había estado enamoradísimo de ella. Camila le pidió disculpas por haber roto en su cara cada uno de sus dibujos.

—¿Te acordás del berrinche que hiciste cuando en primer grado la maestra nos sentó juntos? —le preguntó Luca mientras comía canelones de espinacas y ricotta.

—¡Como para no hacerlo! ¡No me quería sentar con un varón! —dijo Camila y se llevó un ñoqui con pesto a la boca—.Yo me quería sentar con Jorgelina. No sé por qué se empeñó la tarúpida de la maestra en sentarnos por orden alfabético. La odié. Y a vos también te odiaba.

—¿Por? —preguntó Luca y bebió vino. Fue él quien lo había elegido, a ella le encantó que pidiera el Cabernet Sauvignon más caro que había en la carta.

—Porque no me prestabas tus lápices, ¿no te acordás?

—¡Sí! ¡Es verdad! ¡Porque vos me rompías todas las puntas! ¡Eras más bruta!

—¿Bruta yo? Bruto vos y brutas todas esas porquerías que pintabas —gritó haciéndose la ofendida.

—No te permito, eh. Una cosa es que te metas conmigo, otra muy distinta es que te metas con mi arte —le dijo riéndose.

Camila notó que Luca no la miraba como ella quería que la mirara, la miraba con ojos de amigo campechano y no con ganas de querer comérsela con el ansia con la que se estaba comiendo sus canelones.

—¡Ay, por favor! ¡Esos perros que pintabas en la escuela! ¡Qué cosa espantosa! Pesadillas me provocaban te juro…

—Te lo dije en su día, eran perros cubistas. Ojalá el verdadero Picasso estuviera aquí cenando con nosotros, él te explicaría estupendamente lo que estaba intentando conseguir.

—¿Asustar a la gente?

Luca se rio y bebió vino.

—Yo te asustaría, pero, por lo menos, no te robaba. Que no sé si te acordás la de lapicitos que me afanaste en primer grado.

—Eso no es verdad, lo hablamos muchas veces durante la primaria, y durante la secundaria también, y ya te dije que yo no fui.

—No tengo dudas de que eras vos quien me robaba mis hermosos Faber Castell de colores. Reconocelo, no hace falta que lo sigas ocultando.

—Por vez mil ciento dos, te repito que yo no te los robé —le aseguró Camila.

—Te prometo que te perdono si me batís la posta, es que llevo años con la intriga.

—¡Qué pesadito estás! Lamento comunicarte que te quedarás con la intriga, no tengo nada que confesar —mintió. Aunque hablaban de algo que había sucedido hacía dieciocho años, Camila jamás le diría la verdad.

—Dale, ¿por qué te cuesta tan…?

—¿De postre quieren algo? —los interrumpió Marcela, no la habían visto acercarse.

Camila la observó con disimulo y sintió lástima, se dio cuenta de que la exnovia de Luca lo estaba pasando mal, tenía los ojos rojos, quizá hubiera ido al baño a llorar.

—¿Compartimos un postre? Estoy muy llena para comerme uno entero.

—Sí, yo también.

—¿Te gusta el flan con dulce de leche? —le preguntó Camila.

Lo bueno del vestido verde veronés, al ser holgado, era que podía comer lo que quisiera, no tenía que preocuparse porque se le notara la panza luego; el vestido rojo no le habría permitido esos excesos.

—Le encanta —respondió Marcela—. Dulce de leche con flan en realidad es lo que le gusta.

—Uno entonces —dijo Camila.

—Bien cargado de dulce de leche —pidió Luca sonriéndole a Marcela. Ella lo fulminó con la mirada.

—Y con mucha crema chantillí —agregó Camila.

—Ok. —Marcela los dejó solos.

—Sí que conoce tus gustos —dijo Camila riéndose.

Se moría de ganas de preguntarle por qué se habían peleado, pero no se animó. Muchas veces se había cruzado con ellos por las calles de Quilmes y siempre le pareció que estaban muy enamorados. No recordaba quién le había contado que Marcela era celosa, alguien la había visto montándole unas lindas escenitas a Luca.

—Espero que en la cocina no tengan veneno para ratas… Batiéndolo bien quizá tenga más o menos la textura de la crema chantillí.

Camila se rio con ganas. La manera en la que Luca decía las cosas le hacía mucha gracia. Con él descubrió lo que era sentirse realmente relajada en una cita. Y, por primera vez en la noche, no le importó haberse puesto el vestido verde veronés.

—Callate, callate que ahí viene —le dijo a Luca quien estaba enumerando los ingredientes del flan que en breve compartirían: escupitajos varios, agua del Río de la Plata, mondongo de vaca… Jamás pensó que Luca podía ser tan divertido, no recordaba que fuera así en el colegio, y a ella, si había algo que le encantaba en un hombre, era que tuviera sentido del humor.

—¡El flan! —dijo Marcela.

Ninguno de los dos esperaba lo que sucedió a continuación. Luca ni siquiera intentó echarse para atrás. A Camila no le dio tiempo a procesar lo que estaba pasando. En menos de lo que dura un abrir y cerrar de ojos el flan estaba sobre la camisa blanca a cuadros de colores pasteles de Luca.

—Con mucho dulce de leche y mucha crema chantillí. —Escucharon, y Marcela desapareció de sus vistas corriendo.

Se miraron sin decir nada. Luca pasó con sus dedos los trozos de flan de su camisa a un plato. Luego empezó a quitarse el dulce de leche y la crema con una cuchara. Agarró una servilleta de tela y le echó agua mineral. Camila estaba haciendo un esfuerzo descomunal por mantenerse seria. Lo vio restregar la servilleta contra la enorme mancha marrón y blanca. Pensó que necesitaría como mínimo una docena de servilletas húmedas para quitar los restos; en el baño se limpiaría mejor, pero se quedó callada.

—Qué querés que te diga —y Luca dejó la servilleta sobre el

mantel, con cara de resignación—, hubiera preferido ser envenenado a tener que tirar esta camisa, era mi favorita. —Y Camila estalló de risa.

Ella se enamoró en esa primera cita. Luca con el tiempo le confesaría que él se enamoró en la siguiente.

30

El olor a agua triste le llega al morro. Levanta la cabeza y ve a Camila tumbada en el sofá. Se acerca y le lame una mano. «¡Ay, me asustaste!», grita. A continuación, le dice algo hermoso en un tono más bajo: «Vení, subí acá conmigo». Da un salto y está sobre ella. Le quiere chupar la boca, pero Camila le agarra el hocico y no se lo permite. «Vos enseguida te pasás con las confianzas. Esta mañana te vi comer cacas de ovejas, espero entiendas la poca gracia que me hace el que me las restriegues por la jeta». Camila le sonríe, ya no sale agua triste de sus ojos.

Los dos pasan toda la tarde en el sofá. Aunque tiene hambre, él no se mueve de su lado. En una de sus manos Camila tiene un plástico alargado. Cada vez que abre los ojos, ella está mirándolo.

Sueña con su mamá, con Quijote y con un montón de jabalíes gigantes, que se acercan corriendo, sus patas hacen un ruido ensordecedor al tocar la tierra. Los jabalíes le bufan. Él escarba, quiere hacer un agujero donde esconderse. Le hacen fffuuu más fuerte y lo acorralan. En vez de ayudarlo, su mamá y Quijote huyen. Los jabalíes le muestran ahora unos colmillos filosos: ¡se lo van a comer! Siente pánico. Ladra, pero los cerdos peludos no retroceden. Se despierta y, en cuanto se da cuenta de dónde está, el miedo desaparece y vuelve a ser feliz: Camila duerme a su lado, el plástico alargado se encuentra sobre su pecho.

Odia tener sueños feos, a él le gusta soñar con huesos de jamón y con Lucky.

«¡No, Luca! ¡No!», grita Camila. Tiene los ojos cerrados. Le lame la cara, ella no se despierta.

También le gusta soñar con el momento en el que su mamá le ladró que él era mitad *border collie*, la mejor raza del mundo.

Cuando el día se va, Camila se levanta, deja el plástico alargado sobre una mesita que está cerca del sofá y se dirige al sitio del refugio en el que comen. Él se acerca a olisquear eso que ha dejado: huele a un químico que no conoce. Agarra el plástico con su morro y se lo lleva al sofá. Se tumba y lo pone de pie entre sus patas. El olor le llama la atención. ¿Qué gusto tendrá? Lo lame. No sabe a nada. Vuelve a lamerlo. No distingue bien. Quizá si arranca un trozo…

«¡Ni se te ocurra!», le grita Camila y la ve acercase corriendo. No entiende qué pasa. Ella le quita el plástico alargado que huele raro y lo mete dentro de una cajita de papel que saca del muro. «Es el único dibujo que tengo de Luca, no te voy a permitir que le hagas lo mismo que a Saramago». Él sigue sin entender, solo quería mordisquearlo un poquito.

Aparece el farol en el cielo. Cenan. Ella se vuelve a tumbar en el sofá. Lo invita a subir y no puede creer su suerte: en vez de irse a la parte alta del refugio como cada noche, Camila no se mueve de allí. De nuevo, se queda dormida con el plástico alargado en la mano.

«Uy, me duele todo», dice Camila en cuanto se despierta. Él ladra varias veces, tiene muchas ganas de salir. «Este sofá es incomodísimo. ¡Ay, la espalda!». Ella se levanta, él detrás. Camila sube las escaleras, él intenta seguirla. Se cae del tercer escalón. Gime. «Son muy empinadas para vos, ahora bajo, Tofi. Me lavo los dientes y nos vamos de paseo, esperame ahí». Ladra y llora, cuando no la ve tiene miedo de que desaparezca para siempre. Sigue ladrando.

«Ya está, ya está», dice Camila y la ve bajar hacia él. «¿Viste que no me fui a ninguna parte? No sé por qué te ponés así cada vez que me alejo».

Salen de la casa. Se meten en el sendero que va al pueblo vecino. Él encuentra unas riquísimas cacas de ovejas. Se come tres. «¡Tofi, no!», escucha cuando está por engullir la cuarta. La deja. Se acerca a Camila en busca de una caricia por haberla obedecido. «Es una chanchada eso que hacés, no sabés el asco que me da», y ella no lo toca. Intenta lamerle la mano pero Camila le vuelve a gritar. Se da cuenta de que se quedó sin la caca y sin el mimo. La próxima vez quizá le convenga elegir la caca.

La cajita de plástico de Camila está sonando. La escucha hablar, cada vez más fuerte, y más, y ahora grita. No le gusta la cajita esa, cuando Camila la tiene en la oreja, huele diferente.

Se siente raro. Empieza a andar más lento. Está rígido. Y tembloroso. Y no puede avanzar. Y las lucecitas brillantes es todo lo que ve.

31

—¡Es increíble! ¡Estoy meada por una manada de elefantes! ¿Cómo puede ser? Decime, ¡¿cómo?! —grita Camila. No le importa si en la sala de espera hay gente a la que puede estar asustando—. ¿Qué digo? ¡Meada por veinte manadas de elefantes, no por una!

—¿Qué ocurre, Camila? —pregunta Rafael.

—Ayer estábamos dando el sexto paseo juntos desde que se quedó postrado, él iba caminando bastante bien, cuando de repente me di cuenta de que no solo no me seguía, sino que se había quedado paralizado en su sitio. Me acerqué, ¡y tuvo un episodio como el que te conté la otra vez!

—¿Te refieres a cuando lo viste temblando, que luego vomitó?

—Sí. Pero esta vez fue mucho más espectacular. Horrible. Estaba completamente ido, temblaba un montón, le lloraban los ojos también. ¡Pobrecito! Se te partía el alma de verlo. No sabía qué hacer, no me miraba al llamarlo, no dejaba de tiritar aunque lo tapé con mi campera, así que me senté a su lado y ahí me quedé. Al ratito volvió a la normalidad, se puso de pie y vomitó.

—¡Qué putada!

—¡No me digas! —Se quedan callados. Camila se da cuenta de su error—. Perdoná, Rafael, no me la quiero agarrar con vos.

Estoy muy nerviosa. No me recuperé todavía del susto de cuando se quedó postrado, que ya estoy metida en otro quilombo. ¿Quién me mandó? ¿Quién carajo me mandó?

—¿Qué?

—¡A quedármelo! ¡Cómo me arrepiento!

—Tranquilízate, puede que no sea nada.

—Pero si la otra vez ya lo revisaste por este tema, hasta le hiciste una analítica y me dijiste que quizá había sido algo puntual. Está claro que no lo es… Estos episodios algo tienen que ser. ¡Quién recarajo me mandó!

—Vamos a mirarlo. Tú tranquila, cuanto más calmada estés, mejor para él.

Camila no le responde, porque, si lo hace, lo va a mandar a un lugar bien argentino, o a alguno peor. ¿Cómo mantenerse calmada? Lo único que quiere es que la dejen en paz. Luca, el perro, su madre y hermanas quienes cada vez la llaman más y más, aunque ella no quiere hablar. ¡Todos la tienen harta!

—¿Le notás algo?

—Nada raro, no —dice Rafael con un tono de voz que algo oculta, Camila se da cuenta.

—Decime la verdad, lo que sea.

—Te estoy diciendo la verdad.

—No te creo.

—Camila, perdona que me meta en tu vida, pero te veo…, te veo muy agitada por decirlo de algún modo. Aparte del perro, ¿te pasa algo?

—No, es Tofi, que me tiene a mal traer. Lo único que quiero ¡es salvarlo! —grita y empieza a llorar.

—Ven. Siéntate. Toma un poco de agua. —Rafael le pone un vaso lleno en la mano—. Vamos, un sorbo. Ahora respira profundo, venga, hazme caso.

Camila intenta beber, Rafael y Tofi están borrosos, las paredes se derriten, el suelo tiembla, ve blanco, blanquísimo…

—¿Dónde estoy? —pregunta al volver en sí.

—En una clínica veterinaria que queda muy lejos de tu país de origen —le dice Rafael sonriendo.

—¿Y Tofi? —pregunta y el perro ladra cerca.

—Veo que no tengo que responderte. ¿Te sientes con fuerzas para levantarte?

—Sí, ya se me pasó. ¡Qué papelón! Es la segunda vez que me desmayo en tu consultorio.

—No te mortifiques por eso. Quizá deberías ir al médico o a…

—No, no, estoy perfecta —lo interrumpe. No piensa volver a meter en su cuerpo nada de lo que un médico u otro profesional le receten, se lo ha jurado—. ¿Qué tiene el perro, Rafael? —se atreve a preguntarle mientras acaricia al animal.

—La verdad es que no lo sé. Para mí que es algo nervioso.

—¡Qué lo parió! O sea, esto significa que otra vez tendré que llevarlo a la neuróloga, ¿no?

—Sí. Seguramente lo primero que le hará sea una resonancia magnética, de la zona de la cabeza.

—¡Fantástico! Así me dejo otros quinientos euritos en un perro que seguro se muere.

—¿Qué dices? No hay por qué pensar eso, no…

—¿Cuánto te debo?

—Nada, nada.

—¡No puede ser nada! —grita—. Cóbrame como corresponde. ¿No me cobrás la consulta por lástima? Te la puedo pagar sin problema, además, ya te…

—Escucha, no sé a qué te refieres con la lástima, no te cobro porque te estoy derivando a otro veterinario.

—Pero igual deberías cobrarme la consul…

—No es nada, en serio. Han sido diez minutos y no te puedo dar una solución.

—Bueno. Gracias. —En tres pasos Camila se encuentra en la puerta. Siempre que está ansiosa, se mueve muy rápido.

—Con lo que sea avísame, por favor.

—Sí, sí.

—Camila, si necesitas que te acompañe, llámame, puedo hacer un hueco…

—No lo necesito.

—Camila.

—¿Queeé? —dice fastidiosa mientras se gira.

—Tienes sangre bajo las uñas de los dedos.

Esconde sus manos y sale sin despedirse de Rafael. Hay tres personas fuera, un perro pequeño, uno grande y un gato negro dentro de un transportín. La gente la mira. Seguro que escucharon todo. Le importa la mismísima nada. Al entrar en el coche ve que tiene seis llamadas perdidas en su móvil: una de su hermana mayor, tres de su madre y dos de su hermana menor. «¡Pesadas! ¿Por qué no me dejan en paz? ¡Qué manía con llamarme! ¡Pesadas!», repite sin parar mientras conduce hasta llegar a su pueblo.

32

Camila nunca pasó una Nochebuena sola. Esta es la primera en sus treinta y ocho años.

Se siente más ansiosa que de costumbre y tiene miedo. La cita con la neuróloga en Granada es en tres días. Serán malas noticias, esta vez seguro que lo serán, la suerte que tuvo al conseguir curar al perro cuando se quedó postrado no le puede durar.

Mira a Tofi. Está hecho un rosquito cerca de la chimenea. No parece el mismo que vio cinco veces convulsionando en los últimos días. Es algo espantoso el estado en el que se pone, cómo mueve sus patas en el aire, con la mirada perdida, y su cuerpo temblando con violencia aunque ella lo cubra con su campera, su bufanda y hasta su pulóver. Siente por el perro una pena infinita. Y también la siente por ella.

De pie en la cocina empieza a tomar un plato de sopa. Llamarla sopa no es correcto, en realidad, es un polvo con agua hirviendo. Se quema la lengua. Revuelve con su cuchara y sus pensamientos se diluyen en el remolino de líquido verdoso. ¿Qué hace en el sur de España? Sola, perdida, sin ganas de nada. ¿No sería mejor estar perdida y sin ganas de nada, pero rodeada de su familia?

Recuerda por qué se fue: en Quilmes se estaba ahogando. En esa ciudad todo la hacía pensar en Luca. Hizo bien en poner la mayor distancia que pudo, o se iba o no sabe qué hubiera hecho…

Se le llenan los ojos de lágrimas mientras el segundo trago de sopa baja por su garganta. Todavía está muy caliente, luego le arderá la boca. No le importa, continúa tomándola. Daría años de su vida por una Nochebuena más al lado de Luca. Su ausencia le quema millones de veces más que la sopa.

Suena su móvil. Mira la pantalla: *Andrea*, lee. Ve una foto de su hermana mayor con su hija. La foto es reciente, no puede creer lo mucho que ha crecido su sobrina. Prefiere no atenderla, deja que el teléfono continúe sonando. Luego de un buen rato se corta. ¡Por fin! Y vuelve a sonar. No responde. Le entra un mensaje: *Atendeme, solo te quiero saludar, por favor.* Su teléfono suena de nuevo.

—Hola, Andre. Bien, bien. Gracias. Feliz Nochebuena para vos también. Acá son las nueve. Sí, cuatro horas más que allá.

Hace un esfuerzo por sonar como no se siente. Su hermana mayor siempre se portó muy bien, la menor también. A día de hoy aún se preocupan por ella. Tiene una linda familia. Se equivoca. Tenía una linda familia, sin Luca no tiene nada.

—Sí, sí. Mandales besos a Mariana, a mamá y a los nenes. Te dejo que me estoy yendo a casa de unos amigos y llego tarde. Sí, amigos españoles. Sí, la gente acá es divina. Estoy mucho mejor. Besitos, chau, chau. —Y corta dejando a su hermana con otra pregunta en los labios.

Se sienta en el suelo junto al perro y lo acaricia. Llora. Aunque no tiene necesidad, se vale de su llanto mudo, no quiere despertarlo. El perro le lame una mano, le lame la otra, desarma el rosquito que forma su cuerpo, se pone en dos patas y apoya las delanteras en los hombros de Camila. Ella sonríe mientras las lágrimas le caen con mayor intensidad: lo único que tiene en la vida es un perro con toxoplasmosis que no sabe por qué convulsiona a menudo.

Le da otro sorbo a la sopa, ahora está helada, igual que ella. No ha encendido la chimenea, no tiene leña, no se preocupó de ir a comprar y sigue sin tener ni siquiera un pequeño radiador eléctrico. El frío es intenso y está entrando por los huecos de puertas y ventanas. Su casa horno de pan es muy vieja y la reforma no se ha hecho con buenas calidades, a juzgar por el mucho aire que dejan entrar los cerramientos. Va hasta la entrada y agarra del perchero un gorro y una bufanda. Se los pone. «¿Qué estás haciendo?», le grita al perro cuando se gira, tiene su cabeza metida dentro del cubo de basura. «¡De ahí no se come!», le dice y rellena su cuenco con pienso. Tira la sopa, ni ganas de calentarla. Se sienta en la mesa de la cocina a comer un trozo de chocolate, en algún sitio leyó que es bueno para combatir el frío. Sin lugar a dudas es la peor Nochebuena de toda su vida.

En Buenos Aires su familia estará en este momento en la pileta, su hermana menor tiene una en su casa. Y en unas horas cenarán cosas riquísimas. Las fiestas siempre las pasaban todos juntos en el chalet de Mariana. A Luca le divertía tirar a alguno de sus cuñados a la pileta en algún momento de la noche, o a los dos. Y los cuñados luego lo tiraban a él, mientras forcejeaba pidiendo que le permitieran quitarse el celular del bolsillo. Todos los años el mismo *show*, acompañado de un buen asado, hecho por Luca. A él le encantaba ser el asador oficial de la familia, pasaba horas preparando el fuego y cuidando luego con gran esmero aquello que había echado a la parrilla. Él mismo era quien servía las mollejas, los chorizos, las morcillas y los riñoncitos en su punto justo. Por supuesto que sabía cómo le gustaba la carne a cada uno. «Para vos, Andre, este pedacito de vacío bien cocido. Para vos, Marian, esta entrañita que hace muuu. Para mi suegra favorita, una tira de asado chamuscada. *Pour toi*, Mamie, un bife de chorizo dorado por fuera, jugoso por dentro». Alguien decía «¡un aplauso para el asador!», y entonces, aplaudían un buen rato, chiflaban y gritaban. Luca agradecía y sonreía imitando a algún cocinero famoso, con el delantal aún puesto. Todos lo amaban, Luca era el alma de las fiestas. Los hijos de sus hermanas se lo disputaban para jugar. Y siempre era el único hombre de la familia dispuesto a morirse de calor para hacer de Papá Noel y repartir los regalos a los sobrinos.

Camila no lo pasaba tan bien como Luca en esos eventos, de hecho, odiaba ir a la casa de su hermana, porque cada vez que iba encontraba algún mueble nuevo, o una heladera de dos puertas con dispensador de hielo, o el último secarropas por calor del mercado. Desde que entraba hasta que salía, no paraba de envidiar la casa de Mariana: enorme, lujosa, con un gran jardín, pileta, sala de juegos y una habitación para cada uno de sus tres hijos; era la casa exacta que ella quería tener y no podía porque su marido no era tan exitoso como el de su hermana. Por eso, se tenía que conformar con vivir en un departamento.

La última Nochebuena que pasaron juntos discutieron antes de llegar al chalet de Mariana. No recuerda por qué fue, sería una tontería. Luca y ella no discutían por cosas importantes, solían hacerlo por motivos menores que Camila rápidamente convertía en mayores, y se ofendía, y hasta dejaba de hablarle durante varias horas. ¡Qué de veces debería haberle pedido disculpas a Luca y no lo había hecho!

Los ladridos de Tofi la sacan de la pileta de Mariana y la devuelven al horno de pan en el que vive hoy día. No tiene idea de por qué ladra. Tofi está sentado frente a ella, mirándola fijo, su cabeza inclinada hacia la izquierda. Quizá solo quiera atención. Se da cuenta de que en su cuenco no queda ni una bolita de pienso.

«¿Querés que te dé tu regalo de Navidad?», le pregunta mientras se levanta de la mesa. Él ladra dos veces. «En Argentina los regalos se abren a las doce de la noche, imagino que acá también, pero a esa hora espero estar durmiendo». Camila va hasta la heladera y, en cuanto empieza a abrir la bolsa, ve a Tofi en dos patas a su lado, dando pequeños saltos, como si bailara. «Tomá, no hace falta que me hagas más fiestita, es para vos», y le da un hueso de jamón que el charcutero le guardó especialmente para ella, es uno muy generoso en carne. Piensa que si Luca la viera cuidando de un perro se volvería a enamorar de ella.

Abandona la cocina y se dirige al salón. Tofi se queda allí, con su hueso entre las patas. Lo lame, lo muerde, arranca trocitos, los traga y vuelve a clavar sus dientes. Es la primera vez desde que lo adoptó que no está pendiente de ella, que no la sigue.

Mira sus libros, abre *Historias de cronopios y famas*, agarra el marcapáginas que Luca pintó para ella y se sienta en el sofá. Lo observa. ¡Qué raros son los perros de Luca! No sabe si el dibujo le gusta o le parece horrible.

Camila se tumba en el sofá y se tapa con una manta, aún lleva el gorro y la bufanda puestos. Le gustaría que Tofi estuviera allí con ella, le encanta sentir su calorcito cerca. Sabe que si lo llama vendrá corriendo, pero no lo hace, deja que disfrute de su hueso. Aprieta el marcapáginas contra su pecho y recuerda la vez en la que Luca decía haberse enamorado de ella: fue durante su segunda cita, noche que Camila había marcado en el calendario de su mente como una de las más felices de toda su vida.

Al salir del restaurante en el que Marcela echó a perder la camisa blanca a cuadros de colores pasteles de Luca, él la acompañó hasta la puerta de su edificio. Camila fue todo el camino rogándole a algún ser superior, al cual pocas veces le rogaba, que Luca la besara. El ser superior hizo oídos sordos a su pedido, porque Luca se fue con el mismo beso en la mejilla con el que había llegado.

—¿Querés ir el jueves a la capital a ver la última película de Pixar? —le preguntó él antes de irse.

—¿Cuál?

—*Los increíbles*. Me encantan los dibujos animados, soy como un niño, no me lo digas que ya lo sé.

—Dale, vamos. La animación es uno de mis géneros favoritos —mintió. Ella nunca miraba ese tipo de cine.

De nuevo, la pasó a buscar puntual. Seguía oliendo a fresco y a dulce. A Camila le costaba creer que le gustara tanto Picasso, su compañero de primaria y secundaria, a quien nunca había mirado con los ojos con los que lo miraba ahora. Al contrario, durante todos esos años le había parecido un raro, en el mal sentido de la palabra. Quizá por lo mucho que a él le gustaba pintar, Luca solía estar en otro mundo. Las maestras lo regañaban, lo ponían en penitencia, lo mandaban a dirección, y él seguía y seguía dibujando en las clases de Matemáticas, de Lengua o de Ciencias sociales. Con los profesores también tuvo problemas, se llevó no pocas amonestaciones por este motivo.

Recorrieron veinte kilómetros por la autopista y se metieron en un cine de la avenida Corrientes. Compraron un balde XL de pochoclos dulces y dos gaseosas. Luca propuso sentarse en la última fila, dijo que veía mejor desde el fondo de la sala. Camila estaba segura de que él quería sentarse ahí para poder hacer lo que era lógico hacer en el cine: besarse y toquetearse sin ser vistos. Durante las casi dos horas que duró la película, Luca no apartó los ojos de la pantalla ni un segundo. Además, no le dio descanso a los pochoclos. Lo habría matado. Nunca había visto que alguien fuera capaz de acabar con un balde XL, sin embargo, él lo había conseguido.

Cuando salieron del cine Luca dijo que la pondría en su *Top Ten* de películas de animación favoritas. Camila no entendió por qué le había gustado tanto, pero dijo estar de acuerdo con su parecer. Caminaron largo rato por la avenida Corrientes. Ella tenía hambre, estaba tan nerviosa esperando el beso que nunca llegó, que ni había tocado los pochoclos. Por suerte, él propuso entrar en una pizzería. Pidieron varias porciones de fugazzeta rellena y fainá. Tomaron cerveza Quilmes, para hacer honor a su ciudad, por supuesto que no podían consumir otra marca.

Mientras comían, bebían y charlaban, Camila solo podía pensar en la enorme atracción que sentía por Luca, las ganas de que la besara, aunque él tuviera la boca grasosa, o los labios con espuma de cerveza, le daba igual. Estaba sorprendida de sí misma.

Cuando terminaron de comer, ella fue al baño y él pagó la cuenta. Le gustó ese detalle. Aunque insistió en darle su parte, él no aceptó. Salieron a la avenida Corrientes. La temperatura de la noche era perfecta. A lo lejos Camila vio el obelisco iluminado. El olor de Luca le llegó más intenso, se dio cuenta de que su cuerpo estaba muy próximo. Por suerte se había puesto sus tacos más altos y no había entre ellos una gran diferencia de altura. Luca le dio un beso rápido, imperceptible, fue en realidad un roce de labios. Él llevó una mano a su cuello y lo acarició. A Camila se le erizaron los pelos de la nuca, le encantaba que le tocaran el cuello. Y otro roce de labios. Él sonrió al alejarse y ella se dio cuenta de que estaba jugando. Los ojos de Luca la encandilaban más que los cientos de luces de la avenida Corrientes, sus ojos eran una de las cosas que más le atraían de él, pocas veces había visto un celeste tan cristalino como el suyo. Otro roce de labios. Entonces, ella lo besó de verdad.

—¿Qué hacemos? —le preguntó Luca al separarse.

—Ni idea…

Camila no podía decirle lo que realmente quería, estaba esforzándose por no ser una suelta, pero le estaba costando horrores. Ojalá Luca le propusiera ir a un hotel alojamiento, ella se moría de ganas.

—¿Querés ir a tomar un helado? —sugirió Luca.

—Bueno —respondió y se odió, en ese momento no le podían interesar menos la frutilla al agua o la crema americana congeladas.

—Vení, vamos a Cadore, está acá no más, me encanta esa heladería porque te ponen un copete de crema chantillí arriba del helado si lo pedís.

—¿Un copete de crema como el que te puso Marcela la última vez? —preguntó Camila.

Luca se rio y ella se sintió en las nubes. Se dio cuenta de lo mucho que le gustaba ser la responsable de su risa.

Llegaron a Cadore en cinco minutos. Ella se pidió un cucurucho de sambayón y dulce de leche. Luca pidió un vasito mediano de durazno y banana split. Se tuvieron que sentar en el cordón de la vereda, la heladería era muy pequeña y dentro no había sitio.

—A mí lo que realmente me gustaría… —empezó a decir Luca.

—¿Qué?

Él se quedó callado. Ella volvió a su helado, hacía mucho tiempo que no tomaba uno. Se sintió culpable por haber roto la dieta, no debería haber comido pizza, tampoco debería haberse pedido un cucurucho, tendría que haberse conformado con un vaso pequeño. Pensó que lo compensaría al día siguiente quedándose una hora más, o dos, en el gimnasio. Y, de repente, sintió en sus labios un beso sabor durazno. Se le estremeció el cuerpo. Y un deseo voraz le subió desde los pies hasta la cabeza.

—Dame un poco de sambayón —dijo Luca y lo lamió de su cucurucho—. ¿Puedo decirte lo que estoy pensando? —le preguntó y, sin esperar a que ella asintiera, continuó—: Me gustaría ir a un telo.

«¡Por fin!», habría gritado Camila. Sin embargo, se obligó a decir lo que sabía que correspondía en estos casos.

—Es un poco pronto, recién es nuestra segunda salida, me parece que… —Y Luca la volvió a besar.

Ella se dejó ir en su beso, aunque también se contuvo. Le habría encantado que le diera igual lo que pensaran su madre, sus hermanas y Quilmes al completo.

—Tenés tantas ganas de ir como yo —le dijo Luca sin dejar de mirarle la boca—. ¿Por qué no?

—Porque no quiero que pienses que soy fácil, que soy una suelta, como diría mi madre —le confesó y se arrepintió de su honestidad en cuanto se quedó callada.

—¿Por qué voy a pensar eso? ¿Acaso las mujeres no pueden tener las mismas ganas que nosotros?

—Sí, pero no está bien visto.

—A mí eso me parece una pelotudez.

—Explicáselo a mi madre, te invito una tarde de estas a casa y le das tu opinión —dijo ella riendo.

—¡Hecho! ¿Cuándo me invitás a tomar la leche? ¿Te acordás la vez que hicimos el trabajo práctico de Física en mi casa? En tercer año fue.

—No, fue en cuarto.

—Tenés razón, teníamos a Portas de profesor, fue cuarto año. Me acuerdo que merendamos leche con vainillas y que te mostré mis cuadros.

—Esos hermosos perros tuyos…

—La ironía sobra —dijo Luca haciéndose el serio.

—Siempre fuiste un excéntrico, más que el verdadero Picasso. Solo te faltaba comprarte el palacete en Francia.

Luca soltó una carcajada y ella tocó el cielo nuevamente. Además de descubrir lo que era estar relajada en una cita, con Luca descubrió la alegría de que alguien se riera con naturalidad de cualquier tontería dicha por ella.

—¿Te comenté que me compré un palacio hace poco? El mío está en Chascomús, me gusta más esa zona que Francia si te soy sincero, las bolas de fraile son mucho más ricas que los *croissants* —dijo poniendo tonito francés.

—Qué bien te está yendo pintando perritos, ¿no?

—Me va genial, Picasso era un poroto al lado mío.

Se rieron. Y se quedaron callados. Los helados se habían acabado hacía varios minutos. Camila volvió a mirar el obelisco, había soñado muchas veces con subir hasta su punta y mirar por la ventanita que allí se encuentra. No sabía si eso era posible.

—¿Vamos?

—Sí, dale. Dejame que me ubique… Ah, sí, ya sé: el auto está a cuatro cuadras, para allá. —Luca señaló.

—Me refiero a si vamos al telo, conozco uno cerca, podemos ir caminando —se atrevió a decir Camila.

Su madre, hermanas y todos los habitantes de Quilmes podían pensar de ella lo que quisieran.

33

Camila lo coloca en el asiento delantero de la máquina ruidosa. Él escucha un clic. Tira pero no se puede soltar. Ladra y rasca la puerta. «Ya sé que no te gusta estar acá dentro, pero tenemos que ir a Granada, es por tu bien. Si te tranquilizás, mucho mejor», le dice. Él vuelve a ladrar y a rascar con más fuerza. «¡Basta, Tofi! ¡Vas a dejar toda la puerta marcada y no es mi auto! Te bajo el vidrio, ¿te parece?».

La máquina hace un ruido parecido a un gruñido y empieza a moverse. Saca su pescuezo por el agujero que le hizo Camila y un viento suave empieza a rozarle las orejas y los morros. Le llega un olor que le llama la atención. Dirige su mirada hacia él y a lo lejos ve un *border collie* corriendo detrás de una gran cantidad de animales lanudos. ¡Qué pelaje tiene! ¡Qué presencia! ¡Qué ágil es! ¡Cómo lo respetan los lanudos! Por algo la suya es la mejor raza del mundo.

Mira al *border collie* hasta que desaparece en una curva. Recuerda a Quijote. Sabe que él también vivió así. Su mamá le ladró cuando era cachorrito que la mujer que lo llevaba con una correa no era su dueña. Su verdadero amo había sido un pastor. Durante años había salido todas las madrugadas con él y con cientos de lanudas, había pasado los días enteros subiendo y bajando, corriendo y saltando. A Quijote le encantaba cuidar lanudas, aunque tenía que regañarlas a menudo, eran unos animales muy desobedientes.

Un día, Quijote esperó a su amo en la puerta del corral como todas las madrugadas, esperó hasta que el sol llegó muy alto. Pero su amo no apareció. Fue a su refugio y encontró la puerta cerrada. Apoyó sus patas delanteras en el metal que sobresalía y empujó hacia abajo varias veces. No pudo abrirla. Encontró un agujero en el muro, y dando un salto, pudo entrar. Su amo estaba en el suelo y olía diferente. Se acercó y le lamió la cara. El pastor jamás le habría permitido esas confianzas. Ladró y volvió a lamerlo. Su amo continuó acostado. Le puso una pata encima. No se movió. Quijote atravesó el agujero del muro en sentido contrario y corrió hasta el refugio más cercano. Ladró sin parar y consiguió lo que quería: que el hombre que allí vivía lo siguiera.

No volvió a ver a su amo en pie, tampoco a las lanudas.

La hija de su amo se lo llevó a vivir con ella a un refugio en el medio de un pueblo. Pasaba todo el día en un pequeño jardín rodeado por unos palos de metal. Su nueva dueña solo le permitía salir dos veces por día, siempre con una correa en su cogote y junto a ella.

Se escapó varias veces, pero la libertad nunca le duró mucho tiempo, la hija de su amo o alguna otra persona lo encontraban y lo devolvían al jardín rodeado de palos. También lo encontraron la vez que se escapó con Clío.

«Meté la cabeza, voy a subir a la autopista y es mejor cerrar el vidrio», le dice Camila. Él le hace caso y el viento deja de rozarle el morro y las orejas.

Da tres vueltas en el asiento y se tumba haciéndose una bola. Sabe que van a un lugar lejano llamado Granada y que tendrá que pasar largo rato dentro de la máquina metálica. También sabe que durmiendo se llega más rápido.

Tiene un sueño horrible: está en un parque cuando aparece un pomerania con dos moños rosas en los pelos de la cabeza. Él le gruñe, odia a ese perro más que a los gatos y a los jabalíes juntos. Entonces, el pomerania le ladra que él no es mitad *border collie*. Y se lo repite, y se lo repite, y se lo repite.

«¡Tofi, despertate! ¡Ya estamos en Granada! ¿Viste qué rápido?». Ladra una vez. A él el viaje se le ha hecho eterno.

34

—Está atontado por el sedante, pero está bien.

La neuróloga coloca a Tofi en los brazos de Camila. En esta clínica no le pusieron anestesia general para hacerle una resonancia magnética, sino un gas que lo adormila durante un rato.

—¿Cuándo está el resultado?

—En breve te llamo, voy a mirar la resonancia ahora mismo, a ver qué encuentro.

Camila se sienta en una sala de espera de enormes ventanales, Tofi está entre sus brazos. A través de ellos se ve un día tan gris como su mente. Va a empezar a llover en breve. Nunca se sintió tan sola como en este momento. No lleva bien la resolución de problemas. Para ello siempre estuvieron su madre y sus hermanas. Y luego, estuvo Luca. Está acostumbrada a que la cuiden, a que la mimen, a que la malcríen y le aguanten todos los caprichos. Pero ya no más, ahora solo se tiene a sí misma para resolverse y soportarse, y muy bien no se soporta, al contrario. La mayoría del tiempo no tiene ganas de estar consigo misma, pero no encuentra la manera de poder escapar de su piel.

Escucha un trueno. El perro tiembla. «¿Tenés miedo?», le pregunta y lo aprieta contra su pecho. Lo ha envuelto en una manta y lo tiene como si fuera un bebé, el que tanto quería tener con Luca, el bebé que nunca tendrá, lo sabe. Sin Luca no será madre, hace tiempo que lo ha decidido. Otro trueno. Se da cuenta de que ella también está temblando, y no es por frío. ¿Y si Tofi tiene un tumor en la cabeza? ¿Y si le quedan pocos días de vida? Seguro que tiene algo malo; las veces que lo vio con la mirada completamente perdida, temblando, con los ojos chorreando agua tienen que significar algo pésimo. Si Tofi se muere va a quedarse otra vez completamente sola. Debería haberle insistido más a Luca para tener un hijo. ¿Por qué no le rebatió las dudas que él tenía?, ¿por qué no lo convenció? Ahora tendría alguna compañía... Se pregunta si el miedo a estar sola es una buena razón para tener un hijo... Quizá uno de los motivos que había deteriorado su matrimonio era su obsesión por ser madre; Luca estaba harto de sus muchos reproches, de sus prisas porque ella ya no era joven, de las comparaciones con sus hermanas, madres de tres hijos cada una, de sus...

—Camila, por aquí, por favor —dice la neuróloga y su mente regresa a la sala de espera de enormes ventanales. Cuando se levanta, cree que se va a desmayar. Agarra al perro con todas sus fuerzas y da un paso, y otro, y otro más, y consigue llegar hasta el consultorio.

—¿Qué tal? —es todo lo que se atreve a preguntar mientras se sienta frente a la veterinaria. Pone a Tofi en el suelo y él se tumba sobre sus pies.

—En la resonancia no se ve nada —dice la mujer sin apartar la vista de la pantalla de su computadora. Camila siente cómo le llega el aire a los pulmones por primera vez desde que entró en esa clínica—. Las analíticas que se le hicieron están bien.

—Algo tiene, los temblores le están dando cada vez más a menudo.

—Yo lo que creo, por descarte, pues como te he dicho todos los estudios dan bien, es que tiene epilepsia idiopática.

—¿Y eso qué significa? —pregunta mientras se quita, pone y gira el anillo de su mano izquierda.

—Que Tofi es epiléptico, pero no te puedo decir la causa.

—No sé si lo que me estás diciendo es bueno, es malo...

—Es lo mejor dentro de lo que podía ser. Por los síntomas que me habías descrito, en un primer momento pensé en un tumor cerebral. Por suerte, tumor no hay —dice la neuróloga sonriendo. Camila la imita—. La epilepsia se trata, y hasta puede que en algún momento sus ataques sean esporádicos. Ahora lo que necesito es reducirlos. Por lo que me has dicho, está teniendo ataques muy a menudo, ¿verdad?

—Sí, la semana pasada tuvo uno al día durante cuatro días seguidos. Antes de ayer tuvo dos, uno por la mañana y otro por la tarde, el segundo fue mucho más largo e intenso, una cosa espantosa —explica y ya no juega con el anillo, su mano ahora está rascando con intensidad su nuca.

—Quiero probar con una medicación que me gusta mucho porque no tiene los efectos secundarios del fenobarbital, que es lo que se suele usar en estos casos. El fenobarbital quizá sea más efectivo, pero es muy malo para el hígado. Aquí te apunto el medicamento, vas a empezar por cien gramos cada doce horas. Viene en pastillas, las tienes que partir.

—¿Todos los días?

—Sí, va a tener que tomar medicación de por vida —dice la neuróloga mientras escribe una segunda receta. Al terminar, se la extiende—: Y esto también, son microenemas, por decirlo de algún modo, le vas a poner uno cada vez que tenga un ataque.

—¿Por atrás? —pregunta Camila como si le estuviera prohibido decir la palabra culo.

—Es un pequeño enema como te he dicho antes. Es diazepam, o sea, valium, por ese nombre seguro te suena.

—Sí, lo conozco —dice y piensa en la vez en la que se tomó unos cuantos. Su madre y sus hermanas se llevaron un buen susto.

—Le introduces la cánula en el ano, es importante que no aprietes hasta que esté bien colocada, luego presionas para que ingrese el líquido, y sin soltar, la extraes. —La veterinaria le muestra cómo hacerlo valiéndose de un envase vacío.

—¿Y para qué se pone?

—Para que el perro se relaje. Es importante que cuando le esté dando un ataque de epilepsia se tranquilice.

—¿Y si me pongo nerviosa y no le puedo poner el valium pasa algo?

—No, pero es mejor si lo consigues. Cuanto más tranquila estés tú durante sus ataques, mejor para él.

Es un buen consejo, si fuera capaz de hacerle caso…

—Me resulta difícil estar tranquila cuando lo veo en ese estado.

—Intenta trabajar tus nervios, los perros lo perciben todo, y la epilepsia está muy relacionada con el estrés. En la medida de lo posible evita que sufra situaciones estresantes, como cambios bruscos, o ir a sitios que tú sabes que lo incomodan.

Camila piensa en que a Tofi lo estresan muchísimas cosas: entrar en un auto, el Chuli, el timbre, el que ella suba a la parte alta de su casa y lo deje solo, ¡cómo ladra en esas ocasiones! Parecería que el perro está relajado únicamente cuando los dos están en el sofá y ella tiene una mano sobre él.

—¿Se puede morir por la epilepsia? —pregunta en una voz tan baja que a ella misma le cuesta escuchar.

—No pienses en eso, no te sirve a ti, ni le sirve al perro. Tu trabajo cuando él tiene un ataque es ponerle bien el medicamento por vía rectal. Te repito: es muy importante que el perro se relaje.

—Lo intentaré.

—Una última cosa: cuando se estabilice, o sea, cuando la medicación haga efecto y no tenga tantos ataques como ahora, hay que castrarlo. Un perro epiléptico es mejor que lo esté, para que se altere menos.

—Nunca tuve perro, ni había pensado en ello. ¿Lo tengo que traer acá?

—No, lo puede castrar cualquier veterinario. Es una operación muy sencilla y barata, no cuesta más de doscientos euros.

«Será barata para vos», piensa Camila. Más adelante verá con Rafael si él lo puede castrar, quizá no le cobre un precio tan alto.

Paga la resonancia y la consulta. El dinero está empezando

a preocuparle y no se siente con fuerzas para volver a trabajar. ¿Cómo pudo haberse gastado la tercera parte de sus ahorros en un perro de la calle? No se lo explica.

«Menuda joyita me llevé con vos, eh», le dice a Tofi en el coche. El perro ladra dos veces. «Veo que no entendés la ironía», y le estruja una oreja.

35

Van en la máquina de metal ruidosa. Están volviendo del lugar lejano llamado Granada.

Durante un rato ella le permite sacar la cabeza por el agujero de la puerta. ¡Qué de olores! Muchísimos de los que le llegan al morro no los ha sentido jamás. Cuando Camila le dice que meta la cabeza porque va a subir a la autopista, empieza a aburrirse. Se queda dormido.

—Te prohíbo que les des mi número, mamá. —El perro se despierta—. Me da igual si me quieren saludar por las fiestas, no se lo des.

Camila resopla y huele a sudor. Tiene una cajita de plástico en la oreja.

—Me van a poner una multa por ir hablando mientras manejo. Esperá que pongo el manos libres, que no estoy como para tirar la plata en multas.

El perro ve que apoya la cajita de plástico en el asiento y la toca.

—¿Por qué decís eso? ¿Tenés plata para comer? ¿Necesitás que te envíe…?

—No necesito nada. Mamá, te quedó claro que no quiero hablar con ellos, ¿no?

—Pero, Camila, ¿cómo no les voy a dar tu teléfono? Por favor, hija, ¡son tus suegros! Te quieren mucho y…

—¡Te dije que no quiero hablar con ellos! Ya sé cuánto me quieren y me adoran, ¡pero yo no quiero hablar con ellos!

—¿Y qué les voy a decir? Ya bastantes excusas me inventé en Nochebuena, no puedo ahora otra vez…

—¡Mamá! Escuchame, como les des mi teléfono te juro que te mato. Me importan tres pelotas que sean mis suegros y me amen con pasión.

—No seas boca sucia, ¡querés! Son tus suegros, Camila, y te conocen de toda la vida, sos como una hija para…

—¡Ya no son mis suegros! Deciles la verdad, que es que no quiero hablar con ellos, o mentiles, no me importa, pero mi teléfono no se lo das.

—No te reconozco, estamos todos muy preocupados por vos. Camila, por favor…

—Estoy divinamente, dejá de hacerte mala sangre por mí.

—¿Y la medicación la…?

—Ya me lo preguntaste la otra vez, y ya te dije que la estoy tomando, mamá.

—No lo parece, te noto alterada, desde que empezamos a hablar estás gritando, hija, ¿vos no habrás dejado la medi…?

—Uy, la Guardia Civil. Te tengo que cortar.

Camila no solo huele a sudor, también a enojo. El perro ve que lleva una de sus manos a su cogote. Sabe que, cuando hace eso, luego huele a herida. Ladra, varias veces.

«¿Qué te pasa?». Él vuelve a ladrar. «No te entiendo». Ella le acaricia la cabeza con la mano que hasta hace un segundo estaba en su nuca. Él le lame la sangre.

36

—Pues *na*, a darle la medicación y a meterle el valium por el culete cuando le dé un ataque —dice Maripili riéndose. Camila acaba de contarle lo que le dijo la neuróloga de Granada.

—No me hace la más mínima gracia —comenta seria y le devuelve las llaves del coche.

—¡Ríete, *mujé*! Lo bueno es que ya sabes qué tiene y no se va a morir de ello. Eso es lo que importa, ¿lo has *pensao*?

—Ufff, ¡toda la vida dándole dos pastillas por día!

—¿Lo vas a abandonar?

—Y no sé, estaba pensando que…

—¿Estás tonta o qué te pasa?

—¡Te estaba cargando, che! Claro que no lo voy a abandonar, menos que menos a estas alturas.

—Entonces acepta que esto es lo que hay, el chuchillo tiene epilepsia y aquí no pasó *na*. Por cierto, hablando de animales chuchurríos, he *invitao* a Rafael a la cena de Nochevieja.

—¿En serio? ¡Pero si me dijiste que íbamos a estar solas! No tengo ganas de estar con gente, Mari, y…

—¡No es gente! Es Rafael, solo viene él. Anteayer le llevé a la Farruca, que no paraba de vomitar, pobrecita mía, y me dijo que no había hecho planes para Nochevieja, tenía intención de pasarla solo. ¿Cómo no le voy a decir que se sume a nosotras?

—No sé si tengo ganas de estar con…

—Pues ya lo he *invitao*. Dile tú que no te apetece su compañía, y que se quede solo en casa. —El mal humor de Maripili es notorio, es la primera vez que Camila la ve en ese estado—. ¡Manda huevos! Con todo lo que ha hecho ese muchacho por ti. No sé por qué eres tan asociable, es que a veces te pasas tres pueblos.

—Está bien, está bien, que venga. Es macanudo Rafael, no es él, soy yo, no me gusta estar con gente que no conozco.

—¡Con nadie te gusta estar! Hasta conmigo eres borde muchas veces. Perdona, pero te lo tenía que decir.

Maripili se abanica la cara con la mano, está colorada. Le gusta la sinceridad de su vecina y, a la vez, le duele. Ella no quiere ser así, pero ya no sabe ser de otro modo, no sabe cómo volver a ser la que era antes.

—Tenés razón. Perdoname. Estoy pasando por un pésimo momento, es por eso que…

—No me des explicaciones, no pasa *na*. Perdona tú, no debería haberte dicho lo que te he dicho.

—No hay problema con Rafael, que venga a la cena, está todo bien, en serio.

—*Pos* eso, *arreglao* entonces. Me voy a hacer un mandaíllo al pueblo grande, ¿necesitas que te traiga algo? —le pregunta mientras cierra la puerta de su casa.

—No.

—Me piro, que quiero volver rápido *pa* limpiar y acomodar, que lo tengo *to* a retortero —dice Maripili y Camila sonríe. Otra frase para su cuadernito.

37

El perro la observa. Está tumbado al lado de la caja que da calor. Camila se está poniendo unos trapos, y se los quita, y se pone otros distintos. Le recuerda a Martita antes de su primera cita con Paco.

«¿Qué te parece este pantalón?», le pregunta Camila y él ladra dos veces. «¿Y este vestido qué tal me queda?». Ladra dos veces. «¿Te gusta esta pollera?». Él ladra dos veces. «¡Todo te parece bien a vos! Tu consejo no me resulta muy fiable. ¡Qué más me da la ropa!», y la ve llevar todos los trapos que se puso y quitó varias veces a la parte alta del refugio.

Abandona su cucha y, en pocos pasos, se encuentra en el sitio en el que ambos comen. El cubo de basura está fuera. Cada vez que ella lo ve metiendo su morro dentro le grita que no coma de ahí y, a continuación, lo hace desaparecer dentro de un mueble que él no puede abrir por mucho que lo intente. ¿Cómo no va a comer de un cubo que tiene un montón de cosas comestibles? Nunca entenderá a los humanos, a veces piden cosas imposibles de obedecer.

Mete el hocico en el cubo, aspira y sabe que al fondo hay un trocito de delicia. Intenta llegar a él con su morro, imposible, hay muchas verduras que no le interesan por arriba. Saca varias hojas de lechuga marchitas, saca una cáscara de banana y unas cuantas de pera; sigue sin llegar al trocito. Si el cubo estuviera inclinado quizá podría llegar a él. Le da una patada y lo derriba. Olfatea. El trocito de delicia sigue en el fondo. Con las patas delanteras la tarea se le facilita mucho. Escarba y saca más lechugas, una verdura que no conoce, un papel con aceite, un cuscurro de pan; lo engulle, ¡qué felicidad! Saca el recubrimiento de los huevos, un trozo inmundo de brócoli, algo blando, blanco y suave que no sabe cómo se llama, una miga; la devora. Saca unas flores secas, un limón podrido, más flores secas. ¡Y por fin llega al trocito de delicia! Tiene moho. Decide que no le importa. Se lo zampa.

«¡Tofi! ¿Qué estás haciendo?». Menos mal que ya lo tragó, no se lo puede quitar. Martita le abría la boca cuando no quería que se comiera algo que él acababa de robar y, en un segundo, le metía los dedos y le dejaba los morros vacíos. Otra de las raras costumbres de los humanos, robarle comida a un perro. Ve a Camila acercándose rápidamente hacia él, no le siente olor a alegría. «¡Mirá cómo me dejaste la cocina!», y agarra el palo largo con palitos en su punta que está detrás de la puerta de entrada al refugio. «No te entiendo, no podés tener hambre, ¡si te di de comer hace nada!». Él le ladra sus explicaciones y ella lo manda callar.

Vuelve a su cucha y se queda dormido. Se despierta. Camila está haciendo el ruido que hacen los humanos cuando lloran. Levanta la cabeza. No la ve. Para las orejas. Está arriba. Él no puede subir solo a esa parte del refugio. La última vez que lo intentó se cayó de la escalera y se golpeó tan fuerte que decidió no volver a probar. Ladra. Ella no baja. Vuelve a ladrar. «¡Callate!», le grita. Ella sigue llorando, él ladra más, no va a parar hasta que baje y se deje chupar toda la cara. «¡Tofi, basta! ¡Dejá de ladrar! Ahora bajo». La ve aparecer con la cara cubierta de agua triste. Va hacia ella con una de las muchas piedras que le ha robado al río en la boca, y se la deja al lado. «¿Querés que te la tire?». Él ladra dos veces. «¿Pero cómo te voy a tirar una piedra dentro de casa?», le pregunta riéndose. ¡Por fin consiguió cambiarle el olor! «Cuando vayamos al mercadillo del pueblo grande, te voy a comprar algún juguete, te lo prometo. Andá a dormir, andá. Me quedo acá abajo, que tengo que terminar de cocinar».

Vuelve a tumbarse al lado de la caja que da calor. Él está en el sitio que Camila llama salón y desde ahí se ve el lugar donde ella le prepara el arroz con pollo, no hay muros que le tapen la vista. Se adormila. Camila le está hablando. Abre los ojos y descubre que no es a él a quien le habla, sino a la cajita de plástico que está en su oreja. Otra vez huele a tristeza.

—Lo voy a pasar con mi vecina, que es una mina recopada, y con un amigo de ella. Sí. No. Sí. ¡No me digas eso, Mara! ¿Quién dijo que las fiestas hay que pasarlas en familia? ¡Pero por favor! ¡No empecés con la cantinela de siempre! ¡Mariana! ¡Basta! No te quiero escuchar. ¡Marianaaaa!

Silencio. La cajita de plástico se encuentra sobre el sitio donde Camila come. Otra vez agua en su cara. El perro se levanta y le lame la mano. «No te preocupes. Cada vez que hablamos terminamos así. Ella no entiende que esté acá, en el culo del mundo, sola. En realidad, ella no entiende nada». Camila agarra un papel, se lo acerca a la nariz y sopla. «Es mi segunda fiesta de Año Nuevo sin Luca. De la del año pasado no me acuerdo de nada». Silencio y más agua en su cara. El perro se pone en dos patas, las de adelante llegan a la barriga de Camila. «¿Pero qué es esto? Bajate, dale, ya sabés que no me gustan tus patas encima mío, que cuando tenés barro me ensuciás toda la ropa». El perro las baja y se pone panza arriba. «¡Qué payaso que sos!», y ella sonríe.

Al rato vuelve al lado de la caja que da calor. Está por dormirse cuando la voz de Camila lo despierta.

—Perdoná por haberte cortado el teléfono, Mara. Ahora estoy acá, lejos de ustedes, sí, pero me está haciendo bien. Necesito que aceptes que esto es lo que elegí y que dejes de recriminármelo cada vez que hablamos. Yo también te quiero. Sí, sí, también te extraño. Que pasen un buen fin de año. Disfruten la pileta por mí. Gracias, vos también. Chau.

Ella sube la escalera. Él no soporta no verla, ¿por qué se aleja tanto? Aúlla. Ella lo calla y sigue estando muy lejos. Al rato baja. Es la primera vez que la ve caminar sobre unos palitos. «Vamos, vos venís conmigo, me da miedo dejarte acá y que tengas un ataque de epilepsia. Espero que a Maripili no le importe encerrar al Chuli para que no te bufe y te estrese».

38

—¡Qué guapa te has puesto! —grita Maripili al abrir la puerta de su casa—. ¡Llevas tacones! Y hasta te has *pintao* las pestañas. ¡Vas hecha un pincel! Pasa, pasa, el Jondo y el Chuli están *encerraos* en el jardín de atrás *pa* que no molesten al chuchillo, imaginé que vendría contigo.

—Gracias. Hasta que se estabilice prefiero tenerlo vigilado. —Camila apoya tres recipientes sobre la mesa de la cocina. Tofi no se separa de sus piernas—. Traje platos típicos argentinos que se comen en estas fechas: vitel toné, pionono salado y ensalada Waldorf.

—¡Pero qué maravilla! No me suena haberlos probado…

—Este es carne cortada muy fina, con una salsa de atún, anchoas, alcaparras y mayonesa —explica señalando el vitel toné—. El pionono es como una especie de bizcochuelo finito que se enrolla. Lo rellené con jamón cocido, palmitos y salsa golf. Y la ensalada tiene…

—No he entendido los ingredientes del *pionino*.

—Pionono —la corrige Camila—. Al jamón cocido ustedes lo llaman jamón York. Los palmitos son…, no sé bien qué son la verdad, vienen de la palmera, son largos, blancos…

—Creo que no los he *comío* nunca.

—La salsa golf es salsa rosa, nosotros la llamamos así.

—Vosotros los argentinos *to* lo tenéis que llamar de otro modo —dice Maripili riéndose.

—¡Qué le vamos a hacer! Somos gente muy original. —A Camila le hace gracia su propio chiste—. La ensalada Waldorf tiene nueces, manzana, apio, pasas de uva y mayonesa.

—¡Qué pintaca! —grita Maripili cuando Camila termina de quitarle la tapa a los recipientes—. Nos vamos a poner como el Quico. Yo he *preparao* huevos rellenos y flamenquines. Hay arroz con leche de postre, y *pa* más tarde, tengo polvorones, pestiños, roscos de vino y turrones.

—Espero que me hayan salido bien los platos, hace muchísimo que no los hago, puede que haya perdido la mano.

—¿Y eso?

Camila no le responde. Prefiere callar que eran los platos que solía llevar a las reuniones familiares, a las que durante diez años fue siempre con Luca.

—¡Qué boluda! No traje nada para tomar…

—*Pa* eso estoy yo, *pa* pensar en *to*. ¡Mira!

Maripili abre la nevera. En primera fila se ven dos botellas de cava.

—Ufff, nunca tomo champán, me empeda demasiado.

—¡Hoy es Nochevieja! ¡Alegría, abuela! —grita Maripili—. Unos traguitos de más no le hacen mal a nadie.

—Es que el champán no sabés lo mal que me…

—Calla, calla, no seas aguafiestas. Anda, abre la puerta que ha *sonao* el timbre.

Camila se dirige a la puerta, Tofi la sigue pegado a sus piernas. «Deberías adquirir un poquito de independencia, ¿no?», le dice y antes de abrir le hace una caricia en la cabeza.

—¡Hola! —Rafael lleva una bolsa en cada mano, asoman varias botellas.

Cuando él le da dos besos ella siente su perfume: es muy suave, afrutado, le encanta.

—Vení, pasá. —Camila se hace a un lado para permitirle que entre en la casa.

Rafael sí que va echo un verdadero pincel. Está acostumbrada a verlo con su uniforme azul de veterinario, al que no le encuentra diferencia alguna con un piyama. Al sacarse el abrigo le impacta el verlo vestido con un pantalón negro y una camiseta grisácea ceñida al cuerpo. No creyó que tuviera tan buena forma física. Sin el ancho piyama parece otra persona.

«Vos tumbate acá», le ordena Camila a Tofi y lo coloca sobre el felpudo que se encuentra al lado de la puerta de entrada.

—No he traído comida —le dice Rafael a la anfitriona mientras le da dos besos—. Me sabe fatal venir con las manos vacías.

—Entre *to* lo que trajo la argentina, que se lo ha *currao*, y lo que he hecho yo, podemos comer una semana. Con la bebida es más que suficiente —dice Maripili y hace saltar el primer corcho de cava de la noche. El corcho pega contra el techo y cae sobre Tofi. Los tres ven que el perro se pone de pie dando un salto exagerado.

Brindan y beben. Camila ve a Tofi moviéndose inquieto por la cocina. Lo tranquiliza y lo reconduce al felpudo que esta noche le servirá de cama.

Comen hasta sentir que sus estómagos van a reventar. Charlan a los gritos. La música suena fuerte, bailan varios temas. Hace un año y veinte días que Camila no se siente así. Hace todo ese tiempo que no bebe una gota de alcohol. A la segunda copa de cava, está muy alegre. A la quinta, está muy borracha.

—Les voy a contar algo, pero que no salga de acá, ¿puede ser?

—Hombre, claro, de aquí no sale nada —dice Rafael, se le nota que está intentando disimular su borrachera.

—*Pos* sí *mujé*, puedes confiar en la *mejó* vecina que has *tenío jamá* —dice Maripili mientras rellena su copa.

—Yo maté a mi marido.

—¡Y yo al mío! —grita Maripili para sumarse a la broma.

—¡Y yo! —dice Rafael muerto de risa.

39

Algo le golpea el lomo. Da un brinco y apoya sus cuatro patas en el suelo. Está asustado, no sabe qué es lo que le ha golpeado. ¿Un arañazo del Chuli? Se gira pero no ve al gato. Va hacia Camila. «No pasa nada, es un corcho, ¿ves?», y ella le muestra una especie de hongo. A continuación lo acompaña hasta el mullidito en el que estaba antes de asustarse. «Acostate acá», le ordena. De la boca le sale un olor asqueroso. Le hace caso; da cuatro vueltas en el lugar y se tumba, quiere volver a sus sueños. Le encanta cuando en ellos su mamá le pasa su enorme lengua por todo el pellejo. Ojalá pudiera saber qué fue de ella, ojalá volviera a escuchar sus plácidos ladridos… Recuerda el día en el que su mamá ya no les quiso dar su líquido tibio, y empezó a desaparecer durante muchísimo tiempo. Cuando volvía, solía hacerlo con muy poca comida, que ellos devoraban en segundos. ¡Qué hambre tenían! ¡Qué de veces su mamá les ladró la historia de Lucky!: si ellos encontraban un humano que los amara, como el perro incompleto que ella tan bien había conocido, jamás pasarían hambre. Ahora sabía que tenía razón, porque desde que estaba con Camila él jamás había estado hambriento. ¿Y su mamá? ¿Tendría a alguien que le diera de comer o seguiría tan hambrienta como cuando él se perdió?

Se queda dormido. Se despierta. No sabe cuánto tiempo ha

pasado. Olfatea el aire: Camila huele rara. No se trata solo del olor del líquido asqueroso que está bebiendo. Ve que Camila habla y se mueve sin parar por todo el salón. Maripili y Rafael están sentados en el sofá mirándola. Los dos huelen a preocupación.

—¡Uy, uy, uy! ¡Faltan quince minutos para las doce! —grita Maripili—. ¡Y aún no hemos preparao las uvas!

—¿Qué uvas? —pregunta Camila.

—¿En Argentina no coméis uvas a la medianoche?

—No.

—¿Y qué coméis?

—Nada. A las doce nos damos un beso, brindamos y ya está.

—Qué *saboríos* sois, ¿no? —dice Maripili mientras trae de la cocina un bol lleno de pelotitas verdes.

—No sé si me estás diciendo algo bueno o malo.

—*Saborío* significa soso —le explica Rafael—. Tú verás cómo lo interpretas. —Y se ríe.

—¿Pensás que somos sosos porque no comemos uvas a las doce?

—Estoy de cachondeo, *mujé* —responde mientras hace tres montoncitos verdes—. *Vamo* a poner la tele, ¿no?

—A mí me da igual —dice Rafael.

—¿La tele para qué? —quiere saber Camila.

—*Pa* escuchar las campanadas de la Puerta del Sol y así tomarnos las doce uvas como la tradición manda.

—¡Síííí! —grita Camila—. ¿Qué canal pongo?

El perro no consigue volver a dormirse, y no es por lo alto que hablan los tres, por lo fuerte que se ríen ni por la caja del salón que suena a todo volumen. Es el olor de Camila lo que lo intranquiliza, a cada momento más intenso.

Se escuchan varios tintineos seguidos. Ve a los tres llevándose al morro una tras otra las pelotitas verdes. Comen más rápido que él cuando lleva mucho tiempo sin comer. Camila se atraganta dos veces. Maripili tose.

—¡Feliz año nuevo! —dice Rafael.

—¡Feliz año *pa tos*! —grita Maripili—. *Vamo* a brindar, acercadme vuestras copas. —Y una a una rellena las tres.

El perro nota que Camila no levanta el cuenco que tiene en la mano como Rafael y Maripili. Tampoco sonríe como ellos. Parece una piedra. Antes de verla, huele el agua que en breve cubrirá su cara.

40

—¿Qué te pasa? —le pregunta Maripili a Camila al darse cuenta de que está llorando.

—Mi marido… —Camila llora más fuerte.

Maripili y Rafael se miran, ninguno de los dos abre la boca ni para beber de la copa de cava que tienen en la mano.

—Tienes una borrachera de padre y muy señor mío —se atreve a comentar Maripili.

—Estoy mamadísima, sí, ¡culpable! —grita Camila riéndose con la boca muy abierta mientras le siguen cayendo lágrimas—. ¿Quieren que les cuente algo?

—Te acompaño a casa, Camila. Dormir te va a sentar bien —le aconseja Rafael.

—Nooo, ¡*ma* qué dormir! ¡Si es retemprano! Sentate, ponete cómodo. —Le da un trago a su copa—. Y vos, que siempre estás preguntando de todo, ahora vas a saber… —dice mirando a Maripili.

—Hija, tú no estás bien —la interrumpe su vecina—. Ven, *vamo* al baño que te voy a echar agua fría en la nuca y luego te voy a preparar un café.

—Id vosotras al baño que yo lo preparo —dice Rafael, se levanta y entra en la cocina.

—¡Que no! ¡Estoy bárbara! No necesito ni aguas ni cafés. Me

siento mejor que nunca —grita Camila y se bebe de un trago todo lo que queda—. Poneme un poquito más —le pide a Maripili y le extiende su copa.

—Ya está bien, ya has bebido bastante por hoy. ¡Vaya *tajá* que llevas!

—¡Y *amiqué*! —grita Camila riéndose—. ¿Viste qué bien hablo el andaluz? Dale, servime un poquito más.

—Hija, déjalo ya, que el Rafael se va a asustar. Venga, vamos a la cocina a tomar un cafelito. —Maripili le agarra la mano.

—Mucho mejor si Rafael se asusta. ¡Que me tenga miedo! Todo el que pueda, porque soy peligrosa —grita.

—Shhh, ssshhhhh. ¿Has *perdío* la chaveta? ¡Baja la voz!

—Me siento mal, creo que…

—*Vamo* al baño, ven.

Vomita como cuando era adolescente y se emborrachaba con sus mejores amigas por las calles de Quilmes. Vomita como cuando ella y Luca apostaban a quién aguantaba más tequilazos por una cena, o por la limpieza de la casa; ella siempre perdía, ni una sola vez había podido ganarle. Vomita como cuando se tomó una botella entera de Fernet junto con un montón de ansiolíticos y de antidepresivos.

—En seguida vas a estar *mejó* —le dice Maripili mientras le sostiene el cabello—. Échalo *to*, que no te quede *na* dentro.

Al salir del baño Tofi está en la puerta. En cuanto la ve le salta encima, hace el helicóptero con su rabo y le lame la mano. Camila no tiene fuerzas para hablarle, ni para agradecerle por su amor incondicional, porque es el único ser en todo el mundo que la quiere sin preguntarle o pedirle nada. No es como su madre, que la acribilla a preguntas cada vez que ella accede a responderle alguna de sus cientos de llamadas; ni como Andrea, que a diario le sugiere en algún mensaje que estará mucho mejor si vuelve a Buenos Aires; ni como Mariana, que le envía correos electrónicos con contactos de psicólogos y psiquiatras, con enlaces de páginas de autoayuda y con títulos de libros que debería leer. ¡Que se metan las preguntas, las sugerencias, los psicólogos y la autoayuda en el orto! ¡Sí, bien bien bien adentro de sus ortos! Se ríe sola de su idea, mañana les dirá a cada una lo que se merece.

—El café —le dice Rafael cuando entra en la cocina y le extiende una taza.

—Ufff, odio el café, me desvela, además, me pone la cabeza a mil.

—Toma algunos sorbos por lo menos, te va a sentar bien —insiste Rafael. Camila se lleva la taza a la boca porque no quiere ser un problema para ellos también. Al fin y al cabo, les ha arruinado la Nochevieja a dos desconocidos. Se nota que ambos la quieren ayudar. ¿Por qué la gente es buena con ella cuando ella es tan mala persona?

41

Escucha a Camila haciendo un ruido raro, uno muy parecido al que hacía Martita después de comer. Algunas veces, Martita se comía todo lo que su madre le daba, el postre y el pan también. En esas ocasiones, no le convidaba ni a una miga, devoraba como si llevara días sin comer. Luego decía que le dolía la panza, iba al sitio donde los humanos dejan sus sobras y él escuchaba ese mismo ruido.

Se levanta del mullidito y encuentra el olor de Camila detrás de una puerta cerrada. Maripili está con ella. Rasca la puerta pero no le abren. Se tumba al lado y espera. Camila sale después de un rato; no le habla ni lo acaricia como a él le gustaría. Le siente un olor desconocido por él hasta ese momento: es el olor de sus tripas.

Rafael le dice que se vaya a dormir. Él se queda donde está. Rafael le repite la orden. Él vuelve al mullidito.

No quiere dormirse mientras Camila huela como huele, prefiere estar despierto.

Escucha a un perro aullar a lo lejos, su aullido le recuerda a Astor, el malamute de Alaska que siempre tenía calor. Se pone nervioso. Escucha otro aullido, es idéntico al de Astor, debe ser un perro de su misma raza. Junto con los nervios le aparecen las ganas locas por morder. Ve una pantufla. Se levanta, la coge con su morro y se la lleva al mullidito. Empieza a mordisquearla despacio mientras recuerda la peor tarde de su vida, una en la que él todavía se llamaba Gulliver. Roberto lo sacaba a diario por aquella época porque en el parque siempre los esperaba la culo-respingón. Esa tarde, en el parque estaban Astor y Estrella. Él quería jugar, Estrella también, pero Astor estaba acalorado aunque el verano se había ido hacía bastante tiempo. Por mucho que sacaba su lengua, no conseguía refrescarse. Estrella y él le insistieron para que corriera, jugar de a tres era más divertido. Astor se negó. Siguieron insistiendo y Astor ladró que no, que no, que no. Empezaron a saltarle encima para que se animara. Hasta que en un momento el malamute se enojó y les aulló que él no era ni Galgo ni *border collie* como ellos, él no tenía tanta energía, y estaba desesperado por el calor.

—Yo no veo un *border collie* por ninguna parte —escucharon. Se giraron y vieron a Marlon, un pomerania repeinado que ellos odiaban porque nunca quería jugar a nada. En esta ocasión llevaba un gran moño rojo en los pelos de la cabeza.

—Yo soy mitad *border collie* —ladró él orgulloso.

—Eso no es verdad. Ella es galga —y Marlon señaló con su morro a Estrella—, él es un malamute de Alaska —y señaló a Astor—, y tú eres un chucho callejero, ya quisieras tener una uña de *border collie*.

Gulliver se le echó encima. Estrella le ladró que no lo mordiera, era muy pequeño y lo podía lastimar; Astor le aulló que lo zurrara sin piedad porque un pomerania no merecía llamarse perro.

La dueña de Marlon intervino, lo cogió en brazos y se acabó la pelea.

—Tú no eres mitad *border collie*, ¡eres un chucho! —le ladró Marlon desde los brazos de su dueña.

Gulliver le gruñó que mentía. Él era mitad...

—Yo no miento. ¡Tú eres un perro mil leches! —le ladró más fuerte Marlon mientras se alejaba.

Todos los perros que se encontraban cerca, menos Estrella y

Astor, empezaron a ladrar como si estuvieran atados a una valla, también vio a algunos panza arriba restregando sus lomos en el mullidito verde de lo divertidos que estaban. A partir de ese día, en el parque dejó de llamarse Gulliver, a partir de ese horrible día empezaron a llamarlo el Mileches.

El perro ve a Camila con un cuenco en su mano, el olor del líquido que hay en él no le desagrada como el que estaba bebiendo antes. Mueve el rabo porque ya nadie lo llama el Mileches. Ahora su nombre es Tofi y no tiene que sufrir al repeinado de Marlon en el parque. Le gustaría volver a ver a Astor, también a Estrella... ¡Qué hermosa era esa galga! ¡Qué pis exquisito tenía! Estrella era una perra para jugar toda la vida, era la perra más...

«¡Tofi, ¿qué hiciste?», le grita Camila y se acerca corriendo. «¡Ni siquiera es mi pantufla!», le vuelve a gritar, coge los restos de material peludito y se aleja de él. Se había relajado, pero los gritos de Camila lo han puesto otra vez nervioso, le vuelven las ganas locas de morder. Se levanta y se acerca al sitio donde están todos. Ninguno le hace caso. Ladra. Lo echan. Sale. Mira a su alrededor y enseguida encuentra algo que le calmará los nervios. Lo coge y se lo lleva a su mullidito.

42

Hace que bebe café. Camila odia el café. En un momento en el que Rafael y Maripili no la están mirando, lo tira en la pila de la cocina y enjuaga la taza rápidamente para que crean que se lo ha bebido.

—Siento mucho lo de la pantufla, te compro otras en cuanto vaya al mercadillo de los sábados, te lo prometo.

—¡Mira que dices *patochás*! Que no, que no, ya te he dicho que no es necesario.

—Insisto en comprar…

—Déjalo, anda. Si eran unas pantuflas de los tiempos de Maricastaña.

A Camila le hace gracia la expresión. Se ríe de ella hasta que se le caen las lágrimas; aunque vomitó, sigue borrachísima, le encanta cómo se siente.

—Del tiempo de ñaupa, diríamos nosotros. O más vieja que la escarapela.

—Vosotros los argentinos lo llamáis todo raro, te lo he dicho antes con la salsa esa…, la rosa, ¿cómo era?

—¡La salsa golf!

—¿A quién se le ocurre ponerle el nombre de un deporte a un aderezo? ¡Solo a los argentinos!

Los tres se ríen. Si por Camila fuera, se tomaría unas cuantas copas más, de lo que sea, en este momento le da igual lo que le sirvan. O no, es mejor irse y llamar a su familia. Mira la hora, su madre, hermanas, cuñados y sobrinos estarán cenando, son las nueve y media de la noche en Quilmes, para ellos aún no cambió el año. Va a llamarlos, se siente con ganas de decirles un montón de verdades, ya es momento, este es uno bueno además, antes de que termine el año de todos ellos y recién comenzado el suyo.

—Me voy a ir yendo para casa. Gracias por todo —le dice a Maripili.

—No es *na, mujé*.

—Yo también me voy. Si quieres te acompaño —le propone Rafael.

Su ofrecimiento la sorprende. Camila tuvo unos cuantos amoríos antes de ponerse de novia con Luca, y no es tonta: sabe que cuando un hombre te quiere acompañar a casa lo que en realidad quiere es meterse en tu cama. Rafael le gusta, ¿por qué no? Además, el alcohol siempre le exacerba las ganas. Hace tanto tiempo que no siente un cuerpo desnudo a su lado, tantos meses que no la tocan, que no la besan, que su piel no se regocija con nada. Las verdades a su familia pueden esperar hasta mañana.

—Si me acompañás mejor, no me vaya a perder —le dice a Rafael riéndose mientras agarra el gorro y la bufanda.

—Paso un momentito al baño y te acompaño.

—Dale. Voy saliendo, te espero afuera. —Necesita que el aire fresco le dé de lleno en la cara cuanto antes—. ¡Tofi, vamos! —Y ve a su perro ponerse de pie. En ese momento, sobre el felpudo en el que estaba acostado, descubre algo que la horroriza.

—¡Ay, madre mía! ¡Cómo la ha *espachurrao*! —grita Maripili, está pegada a Camila, la estaba acompañando hasta la puerta.

—¡No lo puedo creer! ¿Qué voy a hacer con este perro? ¿Qué hiciste, Tofi? —grita Camila.

El animal baja las orejas y mete el rabo entre las patas. Las mira a ambas con ojos de no entiendo por qué me están riñendo.

—Pobre Rafael —dice Maripili.

—Sí, pobre Rafael —repite Camila.

—¿Pobre por qué? —pregunta Rafael—. ¡Noooo! —grita.

—Por eso —dice Maripili.

—¿Cómo pudo…? —pregunta Camila.

—Poniéndose en dos patas y cogiéndola de la mesilla —dice Rafael mientras se agacha y empieza a recoger trozos de euros del felpudo. Maripili y Camila se arrodillan y lo ayudan.

—Te lo pago —ofrece Camila.

Lo único que le falta, casi no tiene dinero y su perro rompe el ajeno. Lo que está viendo es literalmente tirar el dinero a la basura.

—No hace falta —dice Rafael—. Son solo setenta y cinco euros. El problema es el DNI. —Y les muestra un rectángulo de plástico todo mordisqueado. Maripili, al verlo, suelta una carcajada.

—Perdona, lo siento, no te hace gracia, lo sé —dice Maripili esforzándose por ponerse seria.

—Mirad: os presento mi nuevo carné de conducir. —Rafael lo muestra.

Los tres se ríen unos cuantos minutos. El plástico del carné está agujereado y deformado.

—Más que un perro, lo que tengo es una de estas máquinas que hay en las carnicerías para picar carne, no sé si acá existen. Él pica billeteras, euros, tarjetas, como tenga tiempo, hasta las monedas te convierte en mil pedazos —dice Camila divertida.

La travesura tiene su gracia, en realidad la tiene porque no es su billetera.

—Tofi me ha dejado indocumentado. A ver cómo hago para renovar todo, aunque no creo que necesite ni el DNI ni el carné para mi viaje.

—¡Es verdad! ¡Te vas a Argentina en unos días! —grita Maripili.

—Por suerte el pasaporte lo tengo en casa y no llegó a las fauces de un perro destrozador llamado Tofi. —Rafael sonríe y le rasca la cabeza al animal—. Lo importante es que no se tragó nada, eso sí sería un problema. Hay perros que se tragan lo que rompen, este parece que no, ya veis que los pedazos están.

—¡Menos mal! —dice Camila, no había caído en ello hasta ahora—. Yo te pago los trámites, y los euros te los…

—No pasa nada, todos tenemos animales, todos hemos sufrido este tipo de accidentes. ¿Vamos?

—Sí, dale. Chau, Mari. —Se dan besos y abrazos.

—Adiós. ¡Ir por la sombra! —dice Maripili riéndose y abandonan su casa.

Aunque hace mucho frío, caminan despacio. No se hablan, ni se miran. A ella le gustaría que él se le acercara en este preciso instante y la sorprendiera con un buen beso de lengua. Le gustaría que metiera sus manos por debajo de su ropa, y que la acariciara; primero la barriga, luego la espalda, los pechos, y que vaya bajando, bajando, hasta tener un orgasmo mirando las estrellas. Con Luca habían jugado muchísimas veces a Disfrutando al aire libre. Habían jugado en las playas de Angra dos Reis, en el jardín de su tía Josefa, en Cancún, en el parque Lezama y en el Río de la Plata.

—Espero que puedas dormir —le dice Rafael, están en la puerta de la casa de Camila—. Como nunca bebes café, quizá te cueste conciliar el…

—¿Querés pasar?

Su pregunta le parece obvia, sabe que él está ahí para acostarse con ella.

Camila abre la puerta y entra. Se saca el abrigo, el gorro y la bufanda y los tira en una silla. Camina unos pocos pasos y llega al salón. Entonces, se da cuenta de que Rafael sigue en la puerta.

—Me voy. —Lo ve de pie sobre el felpudo en el que antes dormía Tofi.

—¿Qué hacés en la puerta? —Camila se le acerca, mirándolo muy fijo. Él le mantiene su mirada tan verde, tan intensa, preciosa. Está decidida, si él no da el primer paso, lo dará ella. Nunca tuvo que iniciar un encuentro amoroso, pero en este momento se cree capaz—. Hace mucho frío para estar fuera, es mejor que entres —le dice.

Lo agarra del brazo, lo mete en su casa horno de pan y cierra la puerta con una patada. Rafael es bastante más alto que ella, pero hoy se puso tacos. Calcula que puede llegar a su boca; por suerte, todavía no se ha descalzado. Se acerca e intenta besarlo. Él da un paso hacia atrás.

—Me voy, tan solo quería asegurarme de que llegaras bien —le dice Rafael, abre la puerta y sale.

¡No le puede estar pasando esto! Tiene ganas de salir corriendo detrás de él. Tiene ganas de suplicarle que se quede a dormir con ella, que por favor le haga una o dos caricias, las necesita más que nunca. Tiene ganas de gritarle que no le cuesta nada hacerse pasar por Luca, aunque sea quince minutos. Tiene ganas de alcanzarlo en el *parking* del pueblo, antes de que se suba a su auto, para jugar con él a Disfrutando al aire libre.

No se atreve a salir. Él la ha rechazado, le ha dejado en claro que no quiere nada con ella. ¡Qué pelotuda! ¿En qué momento pensó que él estaba interesado? ¡Qué vergüenza!

Agarra al perro en brazos, lo sube al dormitorio y lo mete bajo sus sábanas. Lo abraza tan fuerte que tiene miedo de lastimarlo. Llora hasta que se queda dormida.

Duerme muy mal. El alcohol, además de aumentarle la libido, le provoca pesadillas. Está en Quilmes, en el cumpleaños de su hermana mayor. Brindan. Aparece un monstruo en el salón, es tan alto que su cabeza toca el techo, va cubierto con una túnica negra y en donde tendría que haber ojos hay un vacío. Su madre y hermanas gritan y salen corriendo. Luca le tira un cuchillo, el monstruo lo esquiva. Ella se esconde. El monstruo saca su lengua y se la clava a Luca en el pecho. Ella sonríe.

43

¡Camila lo mete en su cucha! ¡No lo puede creer! ¡Qué feliz es! Miles de veces quiso dormir allí, pero jamás consiguió subir la escalera. ¡Y ahora puede chuparle toda la cara si quiere mientras ella duerme! No lo hace, se queda dormido enseguida.

«¡No puede ser! ¡No puede ser!», grita Camila. Se despierta. No está hablando con él, tampoco con la cajita de plástico. Tiene los ojos cerrados y jadea. «Dejame, mamá. ¡Dejame en paz! ¡No me toques, Mariana! ¡Fuera! ¡Quiero estar sola!», grita cada vez más fuerte.

¡Qué bien duerme! Al lado de Camila no siente ni miedo ni frío. Ella jamás permitiría que se le acerque un jabalí, ni el Chuli. En la parte de abajo del refugio no duerme mal, pero pegado a Camila duerme mucho mejor.

Él se despierta antes que ella. Tiene hambre, también sed, muchísima sed. Podría beber del cuenco enorme en el que los humanos dejan sus sobras, en su antigua casa siempre bebía de ahí cuando se olvidaban de ponerle agua. Prefiere no moverse y esperar.

Cuando Camila se despierta hay rayos de sol por todas partes: en el suelo, en los muros, en la cucha. Él sigue ahí, quieto, esperando. Camila huele diferente. Al principio no sabe a qué, luego se da cuenta de que huele a vergüenza. Es la primera vez que le siente ese olor.

«¿Qué hacés acá?», le pregunta cuando él le lame la cara para darle los buenos días. «En mi cama no quiero que…». Se calla. Se sienta en la cucha. «Ah, sí, te subí yo, ahora me acuerdo». El perro ladra dos veces. «Que no se te haga costumbre, eh. Ayer no quería dormir sola, por eso te traje conmigo». El perro ladra una vez. «¡Se me parte la cabeza en mil pedazos! Tengo una resaca horrible», dice mientras se levanta y se pone un trapo largo sobre el trapo que lleva puesto. «¡Y encima creo que no tengo ibuprofeno!».

Hace frío en el refugio. Él ladra varias veces. Camila lo ignora, está buscando algo. No aguanta más la sed. Camina unos pasos y se pone a beber del cuenco enorme en el que los humanos dejan sus sobras.

«¿Qué estás haciendo?», le grita. «¡Qué asco!», y Camila lo echa hacia atrás. En su otra casa también le regañaban cuando bebía de ahí, no entiende por qué no lo dejan, es un agua muy fresquita y limpia. «Ay, perdoname, Tofito. ¡No te puse agua ayer al acostarnos! Estarás muerto de sed. Vení, vamos para abajo», y lo coge en brazos.

Come y bebe hasta que le duelen las tripas. En su otra casa le ponían un poco de comida, una vez por día. Camila lo deja comer todo lo que él quiere, solo tiene que ladrar y ella le rellena el cuenco con unas pelotitas secas que huelen a gallina.

Camila está poniendo palos dentro de la caja que da calor cuando llaman a la puerta. Él ladra para avisarle, varias veces. «Sí, ya sé, ya voy, no ladres más».

—¡Me quiero morir! —Es lo primero que dice Camila al abrir.

Él sabe que esa frase no es verdad. La primera vez que se la escuchó a Martita se asustó muchísimo y la persiguió por toda la casa para asegurarse de que no se muriera aunque ella quisiera. Por suerte, Martita no se murió en esa ocasión. Siguió repitiendo esa frase, sobre todo cuando se peleaba con Paco. Y no pasó nada. Hasta que él descubrió que era una frase con trampa, una que no significa lo que dice. A los humanos les gusta hablar así a veces, algo más que él jamás entenderá de ellos.

—¿Pasó algo grave? —pregunta Maripili mientras apoya varios cuencos sobre la mesa.

—¡Ayer me quise levantar a Rafael! ¡Qué papelón, Mari! ¿Cómo se me ocurrió?

—¿Qué quieres decir con levantar?

—Que le tiré los perros.

Se asusta, echa las orejas para atrás: quizá Camila lo tire a él también si es capaz de tirar a otros perros. Maripili abre un cuenco, y otro, y un tercero. Él olfatea el aire, el aroma que sale de ellos hace que sus temores no sean tan importantes como lo es comer lo que contienen. ¡Qué bien huelen!

—No sé si estoy entendiendo lo que me quie…

—¡Intenté acostarme con él, Mari! ¡Y él me rechazó!

Suspira aliviado y relaja las orejas: es una frase con trampa, Camila no lo va a tirar. Se sienta y mira los cuencos. Babea.

—¡Qué vergüenza! Te juro que no me suelo empedar así.

—Te has puesto como las Grecas.

—¿Quiénes?

—Justo a ti te vengo a decir esto. —Maripili se ríe—. Las Grecas fueron famosas en los años setenta, eran dos hermanas que cantaban y se ponían de droga hasta el culo.

—Hacía muchísimo tiempo que no bebía alcohol, y se ve que…

—¡A mí plin! No hace falta que me des explicaciones, *mujé*, que un pedal se lo coge cualquiera.

—Lo peor es que no me acuerdo de gran parte de la noche, no sé qué hice ni qué dije.

—¿No te acuerdas?

—No.

—Pues has *soltao* una gracia que nos ha *dejao acojonaos*.

—¿Qué dije? —pregunta Camila y el perro le huele el temor.

—Que mataste a tu marido.

Antes de abrir la puerta Camila olía a vergüenza. Ahora, le viene al morro su aroma a tristeza. Los humanos son complicados de entender, además de sus frases con trampa, sus cambios de olores a veces son demasiado rápidos para él.

44

Camila no sabe si pedirle a Maripili que le cuente qué más dijo sobre Luca, no sabe si cambiar de tema o si decirle que les estaba gastando una broma y quería ver cómo reaccionaban. Por el modo en el que se lo acaba de contar, Maripili no parece haberle dado importancia.

—¿Qué hay en los tápers? —pregunta Camila.

—Te he traído de todo un poco, ha *sobrao* mucha comida de anoche.

—Gracias —dice y piensa que las sobras le vendrán bien a su resaca, para variar, no tiene ni pizca de ganas de cocinarse—. ¿Qué más dije, Mari? Decímelo todo.

—*Namá*.

—¿Nada más? ¿Estás segura? Sé que cuando me mamo digo muchas pelotudeces, seguro que dije algo…

—No has dicho *namá*, te lo prometo. Nos hemos puesto con las uvas, y luego tuve que acompañarte a echar la pota y ya no se habló *ma* del tema.

—¡Noooooooo! ¡Es verdad! Me había olvidado de que vomité en tu casa. ¡Pero qué papelón! ¡Tengo una calesita en la cabeza! Perdoname, Mari, ahora me acuerdo, vos me sostenías el pelo, y…

—Que no pasa *na, mujé*. Déjalo ya.

—¿Rafael sabe que me descompuse?

—*Pos* sí.

—¡Con razón! ¡Y yo queriéndolo besar! —grita Camila. Siente una vergüenza enorme, no solo por el rechazo de Rafael, sino por lo que dijo y por haberse emborrachado de ese modo adelante de gente con la que no tiene confianza.

Muchísimas veces había bebido de más estando con Luca, y muchísimas veces habían discutido porque él odiaba verla en ese estado. Cuando ella bebía, la discusión en breve estaba garantizada. Pero por lo menos Luca la conocía. Que su marido la ayudara a vomitar era una cosa, que lo hiciera su vecina era otra muy distinta, y que su veterinario tuviera que soportar sus avances con olor a vómito ya era el colmo.

—No te mortifiques *ma*. Él iba fino también, a lo *mejó* ni se ha enterao.

—Ojalá —dice Camila aunque está segura de que Rafael se acuerda perfectamente. No hace falta conocerlo demasiado para darse cuenta de que él es un hombre centrado, que piensa las cosas antes, no es como ella.

—Es raro, porque tampoco se te veía muy *alicatá* anoche.

—¿*Alicatá*?

—Borracha.

—Usás cada palabra —dice Camila riéndose—. Sí, lo sé, disimulo superbién cuando estoy escabiada.

—¿Y tú me dices a mí que uso palabras raras? —Y Maripili es quien se ríe ahora.

—Aunque esté escabiadísima, me dijeron que parezco en perfecto estado. Y al día siguiente no me acuerdo de nada.

—¿Tampoco de las gracias de tu chuchillo?

—No, ¿qué gracias? ¿Qué hizo?

—Ha *destrozao* una de mis pantuflas, pero eso no es *na*…

—¿Hay más?

—Me alegra que no recuerdes la billetera de Rafael. —Maripili suelta una carcajada, y suelta muchas más—. ¡Es que me troncho!

Me estoy acordando de los trozos de euros por el suelo… —Y no puede continuar, se le caen las lágrimas mientras se agarra la panza.

—¡Ay, por favor! —Camila se gira hacia Tofi. Está sentado mirando fijamente los tápers que están encima de la mesa, se parece a una escultura que tenía su abuela en el jardín—. ¿Cuántos euros rompió?

—Setenta y cinco, los ha *dejao* igualito al confeti de carnaval.

—¡Cómo se ríe Maripili! Camila se contagia—. El dinero no es *na*, tienes que ver cómo quedaron el DNI y el carné de conducir.

—No sé qué voy a hacer con este perro.

—Reírte. *Pos yastá*, el chuchillo es así, *to* los animales hacen sus trastadas.

Camila ve a Maripili acariciando a Tofi. Le gustaría parecerse más a esta vecina a la que hace solo dos meses que conoce que a su familia, a la cual hace treinta y ocho años que conoce. Camila sabe de dónde sacó su manera de ser: de su madre. Ante cada problema, grande o pequeño, desde que tiene memoria escuchó a su madre quejándose, insultando o gritando. Y ella es igual.

—Te dejo que esta noche viene mi hijo.

—¿*Tenés* un hijo? —pregunta Camila y ya no le quedan dudas: todas las fotografías que Maripili tiene en su salón son de él.

—Sí, vive en Madrid. Yo quería que viniera en Nochebuena, pero no pudo ser, la tenía que pasar con la familia de su *mujé*. La Navidad también la tuvo que pasar ahí, y la Nochevieja. Hoy iba a venir a comer, pero me ha escrito diciendo que al mediodía no llega, *pa* cenar parece que sí.

—¿Viene solo?

—¡Qué va! Con su *mujé*, ella es como una sanguijuela, la lleva siempre prendida. —Camila se ríe con ganas—. Tú ríete, que la que sufre a la *malafollá* esa soy yo.

—Por suerte, si vive en Madrid, no la tenés que ver mucho —le dice para incitarla a que siga hablando, Maripili no es consciente de lo graciosa que es, ni de lo mucho que su lenguaje nutre al cuadernito de Camila. *Malafollá* es otra palabra que irá a parar a sus páginas.

—No verla a ella es no ver a mi hijo.

—¿Por?

—Porque él no hace *na* sin su *mujé*. —A Maripili se le llenan los ojos de lágrimas. Camila se arrepiente de haber preguntado, con lo contenta que estaba hace unos minutos—. Hasta hace dos años, mi hijo vivía en Granada. Yo lo veía *tos* los fines de semana, él venía aquí, le encantaba este pueblo... Conoció a la *malafollá*, y en solo tres meses consiguió llevárselo *pallá, pa* Madrid.

—Y bueno, ya sabés que un pelo de concha tira más que una yunta de bueyes.

—Tiran más dos tetas que dos carretas —dice Maripili y las dos se ríen un buen rato—. Qué le *vamo* a hacer, *mejó* reírnos, ¿no? Es lo que mi hijo ha *elegío*, lo tengo que aceptar.

¡Qué no daría porque su madre pensara así! Y dejara de llamarla cada día, para preguntarle qué hace tan lejos de Quilmes, y cuándo vuelve, y qué dosis de pastillas está tomando, y con quién habla de sus problemas. ¿Por qué no le podía tocar una madre como su vecina?: risueña y tolerante.

—¿Vos qué decís? ¿Le mando un mensaje a Rafael para disculparme por lo de anoche o hago como que aquí no pasó nada?

—Yo que tú no me comería el coco. Te lo he dicho antes, *pa* mí que ni se acuerda.

A Camila el consejo de Maripili no la deja convencida. Mientras almuerza huevos rellenos y vitel toné, le envía un mensaje a Rafael disculpándose si dijo o hizo algo que no correspondía. También, se disculpa por los destrozos de su perro.

Antes de acabar su comida de Año Nuevo, recibe respuesta: «Disculpo a Tofi solo si me dejas que te invite a cenar». Sonríe. Siempre le gustaron los hombres con sentido del humor.

45

Camila le da un cuenco lleno de carne con una salsa que huele a pescado. «Tomá, vos que no habrás salido de Andalucía, es vitel toné, así probás algo argentino», le dice. Él lo devora y decide que la comida argentina le gusta mucho.

Sus tripas están contentas con su nueva vida. Él también es feliz: ya no tiene que soportar la soledad y hace varios días que no se le aparecen las lucecitas brillantes, ¿qué más puede pedir? Dormir, claro que sí.

Va a su cucha, da cinco vueltas en el lugar y se tumba en ella. ¡Qué a gusto está! Le pica la cabeza. Se rasca. Una de sus patas se le enreda en los pelos, tira, se arranca un mechón. Se sigue rascando.

«Dejame que te mire». Camila se sienta a su lado y empieza a toquetearle la zona de detrás de las orejas. Le encanta que lo toque, allí y en cualquier parte. «¡Tenés rastas!», le dice sonriendo. No sabe lo que son. Ella se levanta, va al sitio donde los dos comen y vuelve con algo metálico. Él se pone de pie de un salto y se aleja.

«Es una tijera, vení, olela». Camila se la acerca al morro y él la olfatea con desconfianza. No huele a peligro. Ella le acaricia la cabeza, y las orejas, y poco a poco vuelve al trapo del que se levantó. Escucha unos ruidos raros. Camila le está haciendo algo en el pelaje, como no le duele, se deja.

«Mirá qué lindas tus rastas», y le muestra unos cuantos pelos amontonados. «Las voy a guardar de recuerdo».

Camila saca una cajita de papel del muro, pone los pelos dentro y vuelve a colocar la cajita donde estaba. Otro comportamiento humano de lo más incomprensible: si el pelo amontonado no se puede comer, ¿para qué guardarlo?

A la tarde Camila lo deja salir solo. A veces ella huele a triste y no quiere pasear. En esas ocasiones le abre la puerta para que salga a dejar sus sobras donde más le guste. Si está con ánimo, va al sendero que comunica con el pueblo vecino o se da una vuelta por el pueblo. Si está sin ánimo, deja sus sobras en el jardín.

Al principio, Camila abría la puerta y él no quería salir, tenía miedo de que no lo dejara volver a entrar en el refugio. Luego se dio cuenta de que todo lo que tiene que hacer es ladrar frente al refugio y Camila hace desaparecer la puerta para que él pueda regresar a su cucha. Ya no tiene miedo de que ella lo deje fuera.

Le gusta volver de los paseos que da solo con algún regalo para Camila. Los elige con cuidado, no le sirve cualquier cosa, ella se merece lo mejor, le quiere agradecer por las pelotitas de gallina que le da cada día y por sus caricias en las orejas.

Una vez, le regaló un pájaro que había dejado de respirar hacía bastante tiempo. Olía exquisito, por eso lo eligió.

Otra vez, le dejó a Camila en el mullidito de la entrada un sapo seco. Su forma aplastada le gustó para jugar, sabía que ella la apreciaría también.

Hoy le trae una lagartija de regalo. No respira pero está fresca, le ha costado no comérsela.

A veces tiene la sensación de que a Camila no le gustan sus regalos. Ella no huele a alegría al verlos. Y no le acaricia la cabeza como él espera. Tampoco le dice palabras cariñosas. Quizá sea porque sus regalos son pequeños. A lo mejor un día pueda dejarle un gato, o un jabalí…

46

Acepta la invitación de Rafael para cenar. Se arrepiente a los diez segundos. Escribe un mensaje diciéndole que prefiere cancelar. Lo borra. Escribe otro: «Perdoná, había olvidado que esta noche tengo otro plan». No es creíble. Lo borra. «Te aclaro que entre nosotros no puede pasar nada porque estoy casada». Lo borra. Es más fácil ir a cenar con él que inventar una mentira.

Le entra un mensaje de su madre, solo ve el comienzo: *Hija querida: Espero que este año te traiga la paz que...* Lo quita de la pantalla deslizando un dedo hacia la derecha. No necesita leerlo al completo, sabe lo que su madre le desea, sabe lo que todos en su familia le desean, y ella también se lo desea. Ojalá fuera desear, *et voilà!*: realidad.

Tiene muchos mensajes en el móvil. Por el cambio de año le han escrito sus hermanas, la mayoría de sus amigos de Quilmes, sus cuñados, las compañeras del trabajo que tenía antiguamente, incluso su exjefa. Descubre que también le han escrito sus suegros. Siente que la furia le crece dentro, se le convierte en fuego, le explota en cada vena.

¡¡¡Te dije que no les dieras mi número!!!, le escribe a su madre. *Siempre igual vos, ¡es mucho más importante el qué dirán que lo que yo te diga que necesito!*

Decide darse una ducha, para enfriarse. Sube al perro y lo mete en el baño con ella. Está paranoica con que tenga un ataque de epilepsia y no verlo. Cuando sale, ve que su madre le ha respondido: *Insistieron en que te querían saludar. No pude decirles que no querés saber nada de ellos. No entienden que vos …* Deja de leer y tira el móvil sobre su cama. Hace frío, tiene el pelo mojado, solo una toalla cubre su cuerpo. Agarra la almohada y empieza a pegarle, y le pega más fuerte, y más; deja en ella meses de furia, de odio, de rencor, deja todo eso que siente contra sí misma. Le pega a la almohada valiéndose de sus dos puños, le da con uno, con el otro, uno, otro, y grita, y llora, y golpea. Se le cae la toalla. Tiene los pies sobre el suelo helado. Su espalda está empapada, lleva el pelo por la cintura y le chorrea agua. Sigue golpeando, más y más. Hasta que se da cuenta de que está por golpear al perro, no sabe en qué momento ha subido en la cama, y se ha puesto delante de la almohada. Lo abraza, le da besos en la trufa, lo estrecha muy fuerte. El perro no se aparta aunque ella lo está mojando, y puede que lo esté molestando con su ataque de amor.

Camila envuelve su cuerpo con una bata; nota que se siente más liviana, le parece que parte de la rabia que llevaba dentro se hubiera evaporado.

Mira el único armario que hay y piensa qué va a ponerse. Toda su vida planeó con detenimiento las prendas que llevaría en cada una de sus citas. Se arrepiente de la ropa que trajo de Quilmes. En su valija metió una gran cantidad de vestidos, tres pares de zapatos con tacos de ocho centímetros, varios pantalones elastizados y cuatro pulóveres. Cada una de esas prendas es un error si se vive en la sierra. No cree que los vestidos le sirvan ni cuando llegue el verano; la mayoría son largos, de gasa o de telas muy delicadas para andar por un sitio como aquel. Con tacos altos no puede ir ni al *parking* de su pueblo; las calles son empinadas y todas están empedradas. Los pantalones elastizados le resultan incómodos, se siente presa en ellos, y ninguno tiene algo tan práctico como un bolsillo. Los pulóveres son de lana fina, abrigan poco y se le viven enganchando con cuanta rama de arbusto se cruza en su camino.

Tiene pendiente el regalar toda la ropa que trajo y comprarse unas pocas prendas útiles; siempre prevaleció la estética a la comodidad, pero eso se acabó, ya no le importa cómo la vean los demás, desde que llegó a España le da exactamente igual. Ha dejado de depilarse, tampoco se quita los pelos de las cejas. No se pinta las uñas, ni se cubre la cara con kilos de maquillaje como en Quilmes. Y hace también algo que jamás creyó que sería capaz de hacer: ya no tiñe su mechón de canas, el que le salió a sus veinte años y se tiñó religiosamente cada quince días desde entonces, porque no soportaba ver ni un solo milímetro de pelo blanco asomando.

Camila se pone un pantalón, un pulóver y las únicas zapatillas que tiene; se las compró al llegar a Madrid, en Quilmes jamás habría ido ni a la esquina en zapatillas. No se mira en el espejo. Agarra al perro en brazos y desciende las escaleras. En la puerta, mientras se pone la campera, recuerda que no se ha desenredado el pelo luego de lavárselo. Lo hará cuando vuelva, si es que tiene ganas.

47

«Vos venís conmigo, es mejor si me acompañás», le dice Camila y él la sigue. Atraviesan el jardín, ven a Maripili limpiando su balcón, callejean por el pueblo. «¡No te lo comas! El pan es para las palomas», le grita Camila cuando pasan por la puerta de la señora Mercedes. Engulle un trozo. «Te dije que no te lo comas. ¡Dale!». Camila se gira y continúa bajando por la callejuela. Él aprovecha para zamparse dos trozos más de pan. «¡Tofi!», y le huele el enfado. Siempre que encuentra comida en la calle, en vez de unirse a él y compartirla, Camila le grita. «¡Tofi! ¡Vamos!». Muy a su pesar deja el pan y la sigue. Llegan a la plazoleta, caminan un poco más y están en el *parking* del pueblo. Antes de verlo al lado de su máquina de metal ruidosa, el perro huele a Rafael. Le gusta el olor a chucherías que de él se desprende, y también le gusta su energía: es clara y tranquila.

—¿Vienes con guardaespaldas? —pregunta Rafael riéndose.

—Sí, traje a Tofi, espero que no te importe. No lo dejo nunca solo, me da miedo que tenga un ataque de epilepsia y no estar con él.

—No me molesta, al contrario. —Rafael le rasca la cabeza—. En mi casa están mis perras, tengo dos.

—¿Vamos a tu casa? —pregunta Camila y el perro le huele la transpiración. No suele sudar cuando hace mucho frío como hoy.

—Sí, me encanta cocinar. He preparado mi receta estrella, creo que te va a gustar. ¿Vamos?

Además del sudor, el perro le huele las dudas. Ella no responde ni se mueve. Él se acerca a un tronco para dejar sus sobras líquidas. Se aleja otro poco y, al lado de un castaño, deja sus sobras duras.

—Camila, ¿vamos?

—Sí, sí. ¡Tofi! —escucha y corre hacia ella.

Al llegar a su lado le pide que suba a la máquina de metal ruidosa. Él no sube. Ella insiste. No sube. Ella lo coge y lo mete dentro a la fuerza. Él le gruñe. Es la primera vez que lo hace, no quiso, le salió solo. Odia esas máquinas, no quiere volver a subirse en una en lo que le queda de vida, ¿por qué no pueden ir caminando? «¿Me estás gruñendo a mí?», le pregunta Camila y le huele el desconcierto. Le lame la mano para pedirle perdón.

—Nunca lo había escuchado gruñir —le dice Camila a Rafael mientras se sube en el asiento de adelante.

—Los perros van mostrando su verdadero carácter con el tiempo.

—¿Qué me querés decir?

—Por lo general, cuando metes en casa a un perro abandonado, o de la perrera, al principio son más sumisos, se podría decir que no son ellos mismos. Al pasar el tiempo van cogiendo confianza y empiezan a mostrarse tal cual son.

—¡Espero no llevarme una sorpresa! ¡Mirá si luego se convierte en un perro como Cujo!

—¿Quién?

—Cujo, el perro horrible de la novela de Stephen King.

—No la leí.

—Cujo es un san bernardo gigante que se contagia la rabia y se vuelve asesino. Te aseguro que si leés el libro que te digo, dejás de ser veterinario, acojona que lo flipas, como dirían ustedes.

Rafael se ríe. Camila también. Al perro le llega un leve olor conocido. Se estará confundiendo, no es posible que sea. El olor es cada vez más intenso. Y más. Ventea varias veces. Sí, es, ahora está seguro, es el aroma que recuerda. ¡Es su olor!

—Ya llegamos —dice Rafael.

Camila le abre la puerta y él baja a toda prisa. Cruza el jardín corriendo. Se detiene frente a la puerta. Su olor es inconfundible. ¡Es ella! ¡Es ella! ¡Y está del otro lado!

—¡Tofi! ¿Pero a este perro qué le pasa? Jamás salió corriendo así. ¡Vení para acá! —le grita.

—Déjalo. Puede que haya olido a mis perras.

—¡Miralo! ¡Está rascando la puerta! Espero que no te deje marcas.

—Si las deja, no pasa nada.

Camila y Rafael se acercan despacio. Quiere que corran y que abran ya la puerta que los separa. La escucha ladrar del otro lado. Ella lo ha reconocido también. Él le ladra que creyó que no la volvería a ver. Ella le ladra que no sabía qué había sido de él. Él le ladra que después de…

—¿Qué es este quilombo? —le pregunta Camila.

—Tú nunca antes has tenido perro, ¿no?

—No, este es el primero. Y creo que me estoy acordando por qué nunca me gustaron. Cuando ladran así, me ponen frenética.

—Los perros ladran, es su especialidad —dice Rafael y le sonríe.

El perro tiene ganas de morderlos, ¡siguen sin abrir la puerta! Se pone a saltar en el metal que sobresale, necesita entrar cuanto antes.

—¿Qué hace? ¿Está queriendo abrir la puerta?

—Sí parece, sí —dice Rafael entre carcajadas.

Rafael abre y se ven. ¡Por fin! ¡Qué hermosa está! Él le huele el trasero, ella huele el suyo, se olfatean la boca, se mueven el rabo el uno al otro. Ella agacha su cabeza mientras arquea su lomo y eleva sus partes traseras: lo está invitando a jugar. Él acepta encantado. Empiezan a correr por toda la casa. Estrella es incansable y, aunque él ya no es el que era, no se puede resistir a jugar con su antigua amiga del parque.

48

En el *parking* se entera de que no van a ir a un restaurante. Rafael le propone cenar en su casa. Camila tenía otra idea en mente. Quizá él está pensando lo que no es. Ella tiene ganas de cenar con él porque siente curiosidad, nada más. Es verdad que borracha habría hecho cualquier cosa… Por suerte, no pasó nada entre ellos. Y ahora lo que quiere es charlar, quizá encontrar un amigo en Rafael. Si va a su casa, no tiene dudas de que él intentará algo. ¿Y cómo va a hacer para irse si encima ella está yendo sin auto? No solo lo va a tener que rechazar, sino que le va a tener que pedir que la lleve a su pueblo, seis kilómetros son muchos para caminar por la noche. Y van a tener que recorrer el camino del pueblo grande al suyo de mal humor. Tendrá que cambiar de veterinario. Y no hay otro en esa zona, él es el más cercano, va a tener que ir a una pequeña ciudad que está como a media hora. Ufff, qué boluda, si era tan fácil decirle «no, gracias, no puedo cenar», y asunto solucionado.

—Camila, ¿vamos? —escucha por segunda vez. Accede.

Le ordena a Tofi que suba al auto. No quiere. Insiste. No hay caso. Lo obliga. Él le gruñe. Se asusta, jamás le escuchó ese sonido. ¿Sería capaz de morderla? A ver si el perrito no va a ser tan dócil y tranquilo como creyó.

En el camino se siente cómoda con Rafael, él parece un hombre sencillo. Lo que más le gusta es que se ríe con facilidad. Camila siempre fue la payasa de su familia, luego lo fue de Luca. No sabía que todavía podía divertir a alguien con sus ocurrencias, se ve que puede, porque Rafael le ríe varias bromas.

Cuando llegan a la casa, Tofi parece poseído. No solo se baja del coche corriendo, sin mirar atrás para ver si ella viene como siempre, sino que salta y ladra sin parar. Entran y empieza a jugar con una de las perras de Rafael. Nunca lo vio así de excitado.

—¡Estrella! —grita Rafael—. ¡Para! —Estrella no le hace caso.

—¡Tofi! ¡Basta! —le ordena Camila y su perro sigue corriendo.

—Son felices así, que corran —dice Rafael mientras los ve tirar los almohadones del sofá al suelo.

Camila piensa que cuando Tofi estaba postrado habría dado cualquier cosa por verlo correr, y ahora que lo está viendo correr no lo está disfrutando. Su eterna manía de querer controlarlo todo, Luca siempre le recriminaba eso, le decía que tenía que fluir con la vida y no forzarla para que las cosas fueran como ella quería.

—No hace mucho que me dieron a Estrella —le comenta Rafael y le da una copa de vino—. La tenía una clienta mía que la rescató de una muerte segura. Por desgracia, mi clienta se enfermó y se vio obligada a buscar a alguien que la adoptara. Buscó durante bastante tiempo, los galgos no son muy requeridos. Estrella es buenísima, me dio lástima y me la quedé.

—¿Cómo que la rescató de la muerte?

—El primer dueño de Estrella la tenía para las carreras, y parece ser que...

—¿Qué carreras?

—De galgos. A mucha gente le encantan esas mierdas, porque apuestan. Hay tipos como el dueño de Estrella que tienen perros para hacerlos correr, se sacan un pastón. Y cuando el perro les deja de servir porque se lesiona o se empieza a poner mayor, ¿tú qué crees que hacen con él?

—¡Ay, no! Ni me lo digas, prefiero no saber.

—Mi clienta encontró a Estrella atada a un árbol, en el medio del campo. Quizá el tipo la llevó ahí para ahorcarla y no se atrevió.

—¿Pero quién hace algo así?

—Mucha más gente de la que crees. Estaba lesionada, tenía una pata mal, ya no servía para correr. Este tipo de gente no está dispuesta a alimentar y cuidar de un perro que no les deja dinero. Los suelen ahorcar. Por algún motivo este no se atrevió y ahí la dejó. Tú imagínate, morir así…

—¡No! —grita Camila con los ojos llenos de lágrimas. Piensa que a Luca le horrorizaría esta historia. En Buenos Aires nunca escuchó hablar de carreras de galgos, ¿será porque allá no existen?

—Cambiemos de tema, no quiero que te amargues, se nota que eres sensible. —A Camila le gusta que él haya notado su sensibilidad, aunque es uno de sus peores defectos—. Mira qué bien está Estrella ahora, y es feliz, que es lo único que importa. ¿Cenamos?

—Sí, estoy muerta de hambre. Me dijiste que tenías dos perras, ¿dónde está la otra?

—¡Uy, Frida! —grita Rafael y Camila lo ve abandonar el salón corriendo. En pocos segundos vuelve: una *schnauzer* gris de gran tamaño está pegada a sus piernas—. La dejo en mi dormitorio cuando no estoy en casa, no me fío de lo que pueda hacer.

—Hola, Frida —le dice Camila y se acerca para acariciarla. La perra le gruñe.

49

Cuando Rafael deja salir a Frida del sitio donde estaba encerrada, el perro se acerca a saludarla. Ella le muestra los dientes. Él se aleja. Está tan contento por el reencuentro con Estrella que no insiste en acercarse para olerla. Frida se sube al sofá y los mira correr de un lado para el otro. Ellos le huelen la envidia, igual siguen jugando. Cada vez que le pasan cerca, Frida les gruñe.

Aunque Estrella no está cansada, ni siquiera agitada, dejan de jugar: él le ladra que necesita beber agua y descansar un rato. No tiene la energía que tenía antes de no poder caminar. Beben y se tumban uno al lado del otro sobre el mullidito grande del salón. La *schnauzer* sigue mirándolos desde arriba. Le ladran para que baje y se tumbe con ellos. Ella les enseña los colmillos y empieza a mordisquear un almohadón.

—¡Frida! —grita Rafael.

En pocos minutos la perra ha convertido el almohadón en miles de trocitos de algo parecido a la espuma del río.

—¿Qué pasa? ¿Mordió a Tofi? —pregunta Camila y llega corriendo a su lado.

—No, no te preocupes, no es agresiva con otros perros, lo es con los objetos —dice Rafael riéndose—. Mira cómo ha dejado el almohadón. ¿Por qué has hecho eso? —le dice Rafael a Frida. El perro huele que no es verdadero enojo el que siente, está fingiéndolo—. Regañarla no sirve de nada, si lo sabré… Me ha destrozado la casa.

—Pero esta es una perra adulta, ¿no son los cachorros los que lo rompen todo? Aunque pensándolo bien, Tofi no es cachorro y también rompe cosas, que se lo digan a tu billetera si no, ella sabe bien de qué estamos hablando, para su desgracia.

Rafael suelta una carcajada. Lo que a Camila más le gusta de él es lo fácil que es hacerlo reír.

—Imagino que lo de Tofi es aburrimiento, o estrés, o también podría ser ansiedad.

—O anticulturismo.

—¿Qué?

—Tofi es un perro anticultura. Me destrozó un libro de Saramago y otro de Kundera. Y le saqué un dibujo de la boca justo cuando estaba a punto de romperlo. Le gusta despedazar la cultura, es así, tendré que asumirlo. Y estoy empezando a sospechar que también sea un anticapitalista, viendo cómo dejó los euros de tu billetera…

Rafael se ríe. A Camila sus ojos verdes rodeados de las arrugas generadas por la risa le parecen preciosos.

—Lo de Frida no es ni anticulturismo ni anticapitalismo. Ojalá lo fuera —dice Rafael y es Camila quien se ríe ahora.

—¿Y qué es entonces? —le pregunta divertida.

—Ella tiene graves problemas de conducta, por eso rompe sin parar, entre otras cosas. Cinco veces la devolvieron al refugio en el que colaboro, ¡cinco! Y cada vez volvía peor.

—¿Cómo que la devolvieron? —Camila ya no se ríe.

—La adoptaron cinco veces, y al ver que no podían con ella, que no conseguían educarla, la devolvían. Y de nuevo a su jaulita. Se me partía el corazón cada vez que la encontraba de nuevo en el refugio.

—¿Pero vos en el refugio trabajás?

—Trabajo pero no me pagan. Todos estamos ahí intentando echar un cable, no sobra el dinero, al contrario, falta. Sobrevivimos gracias a las donaciones. Yo me ocupo de castrar, voy un día a la semana y opero.

—¡Ah! Ahora que lo decís, la neuróloga me dijo que tengo que castrar a Tofi cuando se estabilice.

—Esperemos un mes más y, si sigue sin tener ataques como hasta ahora, lo castramos.

—Me da no sé qué el castrarlo, la verdad, que no tenga cachorritos…

—Lo entiendo, pero tienes que pensar en esto: los refugios están hasta arriba de animales. Las perreras, lo mismo. En esta zona de España, tú lo sabes bien, hay un montón de perros abandonados en las calles. ¿No crees que es coherente el dejar de traer más perros al mundo por lo menos hasta que los que ya están aquí tengan un hogar?

—Viéndolo así…

Camila nota que Rafael le gusta, y no se trata solo de lo físico, sino que le gusta la personalidad que le está descubriendo. No quiere que le guste nada de él, no se lo va a permitir.

—Volviendo a Frida, que te interrumpí, me dijiste que la devolvieron varias veces.

—Sí. Y vi complicado el que la volvieran a adoptar. Cuando a la gente se le comentaba que había estado en cinco casas, en seguida la descartaban, se daban cuenta de que es una perra complicada. Por eso me la traje. Estoy esperando la visita de un amigo que es adiestrador y etólogo, me dijo que vendría a pasar unos días aquí conmigo, para ayudarme con la perra, a ver cómo puedo educarla. Que rompa todo en casa es lo de menos, el problema grave es que muerde a los niños.

—¡No!

—Tú no sabes las broncas de padres que me han caído. Por lo general la llevo con correa, pero la semana pasada estaba dando un paseo en la sierra, y como no había nadie me atreví a soltarla; la pobre necesita correr, oler, ir a su aire, ya sabes… De repente veo que a lo lejos viene una pareja con tres niños. No me dio a tiempo a atarla, se fue directa a por el niño pequeño, llegó a hacerle sangre. Los padres me echaron la bronca.

—Seguro que tu amigo te ayuda.

—Eso espero.

—¿Vos le pusiste el nombre?

—Sí, la primera vez que entró en el refugio. No sabíamos cómo se llamaba, tendría un año más o menos, la encontramos en el jardín, la echaron por encima de la valla. Luego hicimos la valla más alta, porque se convirtió en una costumbre el tirarnos animales por arriba. Le puse Frida porque me encanta la pintora mejicana.

«¡A Luca también!», piensa Camila.

El perro sabe lo que es ser abandonado y creyó que se moriría de tristeza. Frida vivió eso mismo cinco veces. Se sube al sofá y se tumba a su lado. La perra echa las orejas hacia atrás y le gruñe. Él no se aparta. Le muestra los dientes. Él se queda donde está. Frida le da un mordisco al aire, le está diciendo que se aleje, el sofá es solo suyo. Apoya la cabeza, lo va a tener que morder si quiere que se baje. Frida empieza a romper el único almohadón en buen estado que queda. Él la mira sin moverse.

50

No puede creer que Rafael también ame a Frida Kahlo. Después de Pablo Picasso, era la pintora favorita de Luca. Él decía que nadie plasmaba el sufrimiento en un cuadro mejor que ella. Cuando se casaron y se fueron a vivir juntos, Luca le dijo que podía comprar los muebles que quisiera, poner las plantas que le gustaran, colgar tapices, espejos y fotos; él solo le pedía que le dejara sitio para tres cuadros, necesitaba verlos a diario. Camila accedió y Luca puso una reproducción de *Las dos Fridas* en el comedor, *Mujer con perro*, de Picasso, en su dormitorio, y otro pintado por él durante su luna de miel en la cocina.

La cena está exquisita. Rafael cocina mucho mejor de lo que esperaba. Aunque se siente nerviosa, consigue beber solo una copa de vino, no quiere que Rafael vuelva a verla borracha. «Sos muy desagradable cuando te ponés así», le decía Luca cada vez que se pasaba con el alcohol. Ella odiaba esas palabras, le daban ganas de beber más aún, y con mayor frecuencia.

Todavía recuerda la última vez que un hombre cocinó para ella, fue Luca, por supuesto.

—¡Aquí lo tenemos por fin! Mi amigo del alma: Don pastel de papas —dijo poniendo una gran fuente sobre la mesa.

El pastel de papas era una de las comidas favoritas de Camila, sabor de su infancia, su *nonna* paterna lo hacía cada domingo. A

Luca no le salía como a su *nonna*, pero se notaba el esfuerzo que le ponía.

—Está muy rico —le dijo ella al probar el primer bocado, y le acercó su copa para que le echara vino tinto.

—¿No podés cenar un día con agua? —fue la pregunta que arruinó la cena.

Ella se sintió atacada. ¿Por qué no podía tomar una copita de vino mientras comía? ¿Por qué él la andaba controlando como un jefe desconfiado? ¿Por qué tenía que sentirse mal por beber un poco luego de una larga jornada de trabajo?

El pastel de papas de su plato terminó en la basura. Solo se salvó el primer bocado, ese que ya estaba en su esófago. Camila, furiosa, vació el contenido del plato para darle una lección a Luca, para que la próxima vez tuviera más cuidado con lo que le decía.

Luca se enojó como pocas veces.

—¡Cómo vas a tirar la comida así! ¡Parecés una pendeja malcriada! —le gritó—. No puedo creer que prefieras una copa de vino a una cena hecha por mí.

Esa noche durmieron separados. Camila fue quien insistió en dormir en el sofá. Él no creía que fuera para tanto, hasta le pidió disculpas. Ella sabía que lo hacía sin sentirlo realmente, se había disculpado porque Luca odiaba irse a dormir enojados.

¡Qué imbécil! Mientras come el plato que le sirvió Rafael, Camila piensa en lo diferente que podría haber sido esa última vez que Luca cocinó para ella. Podría haberle alabado el pastel de papas mucho más, y no haberle dicho un simplón «está muy rico». Al fin y al cabo, llevaba su trabajo, y le salía mucho mejor que muy rico. Podría haberle dicho que por supuesto que una noche ella podía beber agua. Podría haber vuelto a su cama y podría haberle pedido disculpas por haberse comportado mal, y podría haberlo acariciado, y besado, y abrazado, y dicho cuánto lo quería, y podría haberlo aspirado, y agarrado tan fuerte que nada ni nadie se lo habría podido quitar.

—¿Te gusta? —le pregunta Rafael.

—Está espectacular. ¿Qué es?

—Potaje viudo.

—Me estás cargando, ¿así se llama? —Y se ríe, la broma le parece divertida.

—Es un potaje sin carne, por eso el nombre. Soy vegetariano.

—¡Qué bien! Te envidio. Yo lo intenté un montón de veces, pero en Baires es imposible ser vegetariana, lo típico son los asados cuando alguien te invita a su casa, ustedes la llaman barbacoa.

—¡Es verdad! Vosotros coméis mucha carne. ¿Crees que cuando esté de vacaciones en Buenos Aires me resultará complicado comer?

—No, para nada, hay otro montón de opciones. La pizza es típica y está buenísima casi en todas partes. Además, se come mucha pasta, luego te anoto los platos que no te podés perder, como los sorrentinos, los canelones y los agnolotis. Y también, hay gran variedad de empanadas y de tartas sin carne.

—Pero si la tarta es dulce, ¿por qué dices que la hay sin carne?

—La tarta en la que vos estás pensando, nosotros la llamamos torta. Las tartas en Argentina son saladas, quiches las llaman los franceses.

—Ah, sí, aquí hay quiches también.

—Pero acá no tienen la variedad que tenemos nosotros.

—Es verdad, vosotros todo lo tenéis exagerado. —Rafael se ríe.

—¿Y un potaje qué es? En Argentina no hay de eso.

—Es un guiso. Este tiene garbanzos, puerros, pimientos, espinacas y otras verduras. Le he puesto también un par de huevos, unos espectaculares que me regala una clienta, son de sus gallinas.

—¡Qué lujo! —Camila se siente afortunada porque alguien ha vuelto a cocinar para ella. Y, a la vez, siente que una argolla le está oprimiendo la garganta—. Me tenés que dar la receta. Está buenísimo, cocinás muy bien.

—Muchas gracias. ¿Te sirvo vino?

—No, solo agua, por favor.

La argolla hace un poco más de presión en su cuello. Daría cualquier cosa por poder volver el tiempo atrás. Pero no puede. La asfixia la culpa que siente. Durante mucho tiempo no quiso verla y metió la culpa debajo de la alfombra, como si fuera un montoncito de basura. Pero desde que está en España la ve de cerca, la culpa le respira en su propia cara: los últimos meses trató muy mal a Luca, le hizo escenas por todo, le gritó, no valoró ni uno solo de sus buenos gestos, como ese pastel de papas que con tanto amor él había preparado para ella.

—¿Estás llorando? —le pregunta Rafael.

—Perdoname, ¡qué vergüenza!

—No pasa nada, en serio. ¿Me lo quieres contar?

—Me vino a la cabeza la última cena que Luca cocinó para mí…

—Toma. —Rafael le da un pañuelo de papel—. ¿Luca era tu marido?

—¡Luca *es* mi marido! —dice ella.

—No quise…

—Perdoná, Rafael, en serio, vos sos un buen tipo, se nota, pero yo estoy pasando un momento muy de mierda, y no sé cómo salir de esto, me siento tan… —Y Camila se calla porque el llanto no le permite seguir hablando.

Rafael se levanta de su silla, se acerca y hace algo que no espera: la abraza. Ella se conmueve. No recuerda cuándo fue la última vez que alguien la sostuvo así. Quizá haya sido Luca. Se trata de un abrazo plácido y confortable, en el que siente que nada malo puede sucederle.

—No tengo ni idea de qué te ha pasado, Camila, pero quiero que sepas que, si necesitas hablar, puedes contar conmigo.

—Gracias —le dice, y pasados unos segundos, se desprende del abrazo, aunque le gustaría quedarse en él un mes entero.

—Hice natillas de postre, les he puesto galleta. ¿Quieres unas?

Camila nota en la sonrisa de Rafael las ganas de que las pruebe, de que le gusten, de ponerla un poquito contenta con ese gesto dulce que él creó para ella.

—Sí, me encantan las natillas —miente.

51

Estrella le ladra que está aburrida y abandona su cama. El perro se encuentra tumbado en el sofá y preferiría dormir, pero se levanta. Huele que Camila está comiendo algo que a él le gustaría probar. Se acercan a sus dueños. Reciben la orden de que vuelvan a su sitio.

El perro regresa al salón, está por tumbarse cuando ve que Estrella se mete por un pasillo. La sigue. Al final hay una puerta. Con un pequeño salto, Estrella mueve el metal que sobresale y la abre. Salen a un mullidito verde enorme. Estrella agacha la cabeza y levanta su trasero, él hace lo mismo y empiezan a jugar. Corren, saltan, se tiran el uno arriba del otro. El mullidito está húmedo y frío, está cayendo agua del cielo, en gran cantidad. Corre detrás de Estrella y es el perro más feliz de toda Andalucía. Escuchan tres ladridos. Frida los está llamando. La ven donde termina el mullidito, en el muro. Se acercan. Tierra vuela por el aire, tierra y agua caen de abajo para arriba y de arriba para abajo. Él empieza a escarbar junto a Frida. No huele ningún orejudo, pero igual rasca con sus uñas como si lo hubiera. Estrella se une. Una nube se rompe. Se siente seguro con sus amigas, su pellejo no tiembla de miedo como lo haría si estuviera solo. Una chispa alargada. Ellas escarban con mayor intensidad, él también.

—¡Tofi!

—¡Estrella! ¡Frida!

Se detiene y se gira hacia Camila, cae tanta cantidad de agua del cielo que no le permite oler si está alegre o enojada. Sus amigas no tuercen sus pescuezos hacia Rafael, siguen tirando tierra hacia arriba como si no lo hubieran escuchado. ¿Se puede ignorar una orden? Parece que sí.

—¡Vení para acá!

Ahora sabe que está enojada. Empieza a trotar hacia Camila, Frida le ladra que vuelva. No sabe para qué lado ir. Estrella lo llama. Va hacia sus amigas. Frida está en el hueco que los tres escarbaron, restregando su lomo en una tierra tan húmeda que es casi líquida.

—¡En el barro no! ¡Frida! ¡No!

Frida sale del hueco y se mete Estrella.

—¡Tofi! ¡Vení para acá inmediatamente!

Frida y Estrella ladran. Él salta en el hueco. ¡Qué fresquito está! ¡Qué bien huele la tierra húmeda casi líquida! Se rompen más nubes, ve chispas. ¡Cómo le gustan las tormentas! ¡Qué divertido! Estrella le salta encima, sale del hueco, Frida se mete dentro, ellos detrás.

—¡Se acabó la fiesta! —Y Rafael agarra a Estrella del collar que tiene en el pescuezo.

—Me voy a empapar por tu culpa —le grita Camila, quien está tirando de su pata hacia afuera del hueco. Su enojo huele intenso.

—¡Tú también! —Rafael engancha a Frida con su mano libre. Él no huele como si estuviera enojado de verdad, aunque suena como tal.

52

—¡Nunca me había desobedecido así! ¡Mirá cómo te pusiste! —le grita a Tofi. Él agacha la cabeza y, a su vez, mueve el rabo—. ¡Contenta me tienes!, como diría Maripili. Y sí, es irónico por si no lo tenés claro.

Los cinco se encuentran en un porche que está en el jardín. Camila está empapada, tiene los pies congelados y su enfado roza la amargura.

—¿Pero tú has visto a estas dos? —dice Rafael muerto de risa. No hay un solo milímetro de piel en el que sus perras no tengan barro.

—No me hace nada de gracia.

—Tener perro es esto también, es aguantar que te destrocen la billetera y que hagan este tipo de cosas. Te puedes reír o te puedes cabrear. Y qué quieres que te diga, yo prefiero reírme, total, el barro se lo voy a tener que quitar igual.

—No los podemos meter así en la casa —dice Camila muy seria.

—No, me lo van a poner todo perdido. Vamos a tener que darles un agua. Ven.

Rafael conduce a Camila a un baño con ducha que está en el pasillo, cerca de la puerta de salida al jardín.

—Cierra —le pide después de que los cinco estén dentro—,

que ya me las conozco. Como no cierres, en un descuido se van otra vez al pozo. Dentro de ese mueble hay toallas viejas, coge tres, por favor.

—Ya las tengo.

—¿Tofi cómo lleva el baño?

—Más o menos.

—Vamos con Estrella primero entonces, a ella le encanta. A Frida no le gusta que la meta en la ducha, ya verás la que monta. —Y Rafael se ríe.

—No sé cómo hacés para tomarte las cosas tan bien —dice y se agacha para ayudarlo a quitarle el barro a la perra.

Camila piensa en Luca. Él también vivía los inconvenientes, incluso las pequeñas desgracias, muy diferente a ella. Cuando las cosas no salían como ella quería, o alguien no se comportaba como ella esperaba, se enojaba, y no poco. «Tenés que aprender a gestionar mejor tus frustraciones», era una de las frases que Luca le había repetido decenas de veces. «Tenés que aprender a aceptar que las personas son como son y no como vos querés que sean», y siempre se reía. Ella solía irse furiosa a otra habitación, incluso a la calle, dando un portazo. ¿Qué era eso de aceptar que su madre era una insoportable que vivía diciéndole lo que tenía que hacer? ¿Cómo iba a aceptar que su jefa le dijera que algo bien hecho estaba mal hecho? ¿Cómo iba a permitir que alguien le tocara bocina injustamente o se le metiera en su carril de mala manera sin insultarlo o hacerle algún gesto? Miles de peleas habían tenido por ese último motivo. «Enojarse por cómo manejan los demás es lo más absurdo que hay», le repetía Luca. Camila odiaba cuando él le decía ese tipo de cosas, era necesario que ella le gritara a la gente lo que se merecía.

—¡Camila!

—¿Me estabas hablando?

—Que si me puedes pasar la toalla. Ya he terminado con Estrella.

—Tomá.

—¿En qué estabas pensando?

—Pavadas. ¿Frida o Tofi ahora? —pregunta y ve a Rafael secando a su perra enérgicamente.

—Tu perro mejor, Frida para lo último, tiene tela, ya verás.

A Tofi no le gusta que le echen agua, pero se deja. Camila no puede creer la cantidad de barro que cae de su pelaje, ¿cómo se puede haber ensuciado así en tan poco tiempo? Desde luego le habría convenido tener un gato, son muchísimo más limpios que los perros.

—Me parece que ya está —le dice Rafael.

—Todavía tiene tierra, ahí, en la pata de…

—Está limpio. Yo lo veo bien.

No tiene la suficiente confianza para explicarle que limpio no es suficiente, ella necesita que todo esté impecable. Cuando llegue a su casa quizá lo vuelva a bañar como desea. Rafael ha insistido en que no era necesario echarles champú por un poco de barro, ella se lo habría puesto. Le permite a Tofi salir de la ducha y él se sacude con todas sus fuerzas.

—¡No! —grita Camila mientras Rafael se ríe—. ¡Me empapó!

—Qué graciosos son cuando se quitan el agua así.

Camila finge una sonrisa. Luca también se reiría. Se llevaría bien con Rafael, se harían grandes amigos probablemente. Los dos aman los animales, la naturaleza, a Frida Kahlo, son sencillos y se ríen con facilidad.

—¿Por qué estudiaste veterinaria? —Camila tiene a Tofi entre sus brazos mientras Rafael lo seca con la toalla.

—Toda la vida me fascinaron los animales. No elegiría ser ninguna otra cosa en este mundo. Mi padre tiene un bufete de abogados y tú no sabes la de broncas que hemos tenido cuando se enteró de que yo no seguiría su carrera. Dale la vuelta. —Camila gira al perro para que Rafael pueda secarle las patas traseras—. Yo tenía claro que prefería pasar hambre haciendo lo que amo a tener un montón de dinero dedicándome a algo que no me gusta, como mi padre.

Luca estaría enamorado de Rafael a estas alturas, enamorado perdido.

—¿Y tu papá apoyó tu decisión?

—¡Qué va! Tuve que trabajar mientras hacía la carrera, no me dio ni un duro. A día de hoy sigue enfadado por mi elección —dice riéndose—. ¡Me da pena mi padre! Enfadarte porque los demás no hacen lo tú quieres te quita años de vida.

¿Será que está hablando con Luca y no se dio cuenta? ¿Puede ser que dos hombres que nacieron a diez mil kilómetros de distancia le digan lo mismo pero en distinto español?

—Ya ves, quizá mi padre no estaba tan errado: dieciocho años después de haber terminado la carrera tengo dos perras que pasan de mí, llenas de barro en mi baño. ¡Soy un veterinario cojonudo! —Y se ríe de un modo tan gracioso que la contagia. Rafael cada vez le gusta más.

Entre los dos apenas si consiguen quitarle a Frida lo grueso del barro que lleva encima. La perra se resiste, ladra, hace todo lo que puede por escaparse de la ducha.

—No la quiero torturar, vamos a sacarla. Le paso bien la toalla y ya, prefiero que ensucie la casa a que lo pase mal la pobre.

—Pero tiene todavía barro por todas…

—No importa, mira cómo se ha puesto, está hiperventilando, vete tú a saber qué se le cruza por la cabecita. —Y Rafael hace algo que a Camila la emociona: le da a la perra un beso en el hocico—. Os habéis portado muy bien en el baño —les dice a los animales y abre la puerta. Los tres salen corriendo hacia el salón.

Hace doce meses y veintiún días que no se siente como esta noche. Y no está borracha, ni bajo los efectos de pastillas psiquiátricas.

—Son las once, ¿quieres que te lleve a casa? —le pregunta Rafael.

Lo que Camila quiere es quedarse allí, con él, meterse en su cama, oler su piel, sentir un abrazo desnudo en su cuerpo.

—Sí, es tardísimo, vamos.

Los seis kilómetros del pueblo grande al suyo pasan volando. Le gustaría que el viaje durara más, la presencia de Rafael le provoca una sensación en su interior que no sabría definir con palabras, solo sabe que es positiva.

—No te olvides de enviarme por escrito todo eso que dijiste que tengo que comer en Buenos Aires —le pide Rafael.

—Sí, sí. Te voy a pasar un montón de lugares. ¿Cuándo te vas?

—En nueve días para ser exacto.

—¿Cuánto tiempo?

—Solo una semana, sé que Argentina es enorme y que hay mucho para recorrer, pero no puedo cogerme más días, estoy solo en la veterinaria, no tengo quien me reemplace.

—¿Pensás visitar algo más aparte de Baires?

—Sí, subiré dos días a las Cataratas del Iguazú, en avión por supuesto, no me he podido contener, sé que es poco tiempo, pero me muero de ganas de verlas.

Camila quisiera pedirle si les puede llevar algo a su madre y hermanas. Y también si le puede comprar algunos comestibles, como un dulce de batata o alfajores de maicena, a los cuales extraña con locura, y unos cuantos tofis.

Decide no pedirle lo primero. Tampoco le pedirá lo segundo. Cuanto menos contacto y cosas tenga cerca que le recuerden a su lugar de origen, mejor.

—Gracias por el potaje viudo, y por las natillas, riquísimo todo.

Están en el *parking* de su pueblo. Camila se pone el gorro, la bufanda y los guantes. Abre su puerta, la de Tofi y empieza a alejarse del coche a paso rápido. Tiene los ojos a reventar de lágrimas, por suerte las pudo contener ante Rafael. Siente tantas cosas dentro que la abruman y, a la vez, la alegran. Creyó que jamás volvería a desear a otro hombre, estaba equivocada. Sus guantes recogen sus lágrimas, se siente mal por lo que está pensando, Luca no se lo merece, ¡pero Luca no está! Y por mucho que lo extrañe, que le pida que vuelva a su cama, que le ruegue y le suplique, él no va a volver.

—¡Camila!

Se gira. Ve a Rafael a dos pasos de ella, no le da a tiempo a secarse las lágrimas que le han nacido en los últimos segundos. La agarra de un brazo y la acerca hacia él. Hay muy poca luz, es amarillenta, no se ve lo suficiente para que él note su llanto. La acerca más, ella se lo permite. De la boca de ambos sale vapor. Él le besa un ojo, y el otro. Una mejilla, y otra. La besa en la boca, despacio, más húmedo, siente su lengua, no besa como Luca, le gusta, es más intenso que Luca, ¿o es más suave? Su cuerpo se agita, temblequea y no se debe al clima.

—¿Quieres que me quede contigo? —escucha.

Levanta la vista y se encuentra con los ojos verdes de Rafael. No consigue articular el sí que le gustaría darle por respuesta. Camila se aparta y sale corriendo. Sabe que Tofi va pegado a ella aunque no lo ve porque las lágrimas le nublan la vista. No para de correr hasta que llega a su casa horno de pan.

53

Cierra la puerta de un golpe y echa la llave. Se seca las lágrimas con el gorro que acaba de quitarse. Deja su abrigo en el perchero. Sube y va directa al baño, necesita lavarse la cara. Le parece raro que Tofi esté callado, siempre que no la ve, la llama con sus ladridos. Se mira en el espejo y se insulta; acaba de besar a otro hombre, ha engañado a Luca, ¿cómo pudo? Abre la canilla, se moja la cara, el cuello, el pecho; el agua está helada, el frío le quema, no le importa, ¿cómo pudo?

Baja las escaleras y no encuentra a Tofi tumbado en el sofá como esperaba. Lo busca con la vista. «¿Qué estás haciendo?», le grita al verlo con la cabeza metida en el cubo de basura. Se acerca y ve en el suelo hojas de lechuga, cáscaras de manzana y banana, saquitos de té y un manojo de perejil podrido. No hay rastros de las cortezas del queso que merendó. «¡Muy mal!», le grita y Tofi echa sus orejas hacia atrás. «Sí, te portaste muy mal», repite mientras mete todo en el cubo, lo guarda dentro del mueble de la cocina y cierra su puerta. Al girarse ve a Tofi panza arriba. Camila no puede evitar reírse, está muy gracioso en esa postura que ella interpreta como una pedida de perdón. «No me vas a ablandar tan rápido», le dice y hace un esfuerzo para no rascarlo.

Se sienta en el sofá y enciende el móvil. Tiene un montón de mensajes nuevos de amigos, de familiares y de excompañeras de trabajo por ver, y lo que es peor, por responder. Algunos mensajes son largos, otros son fotos, dibujos, o vídeos. *Te deseo lo mejor en este nuevo año*, es el mensaje que les envía a todos, sin leer qué le han escrito.

La hora se ve grande en la pantalla de su teléfono; al primer día del año todavía le quedan algunos minutos. Aunque no tiene sueño, decide irse a dormir, no quiere pensar en la cena con Rafael, ni en el beso, ni en las sensaciones de su cuerpo. Empieza a subir las escaleras, Tofi ladra. «Lo de ayer fue excepcional, vos te tenés que quedar a dormir acá, no te puedo llevar conmigo», le dice. A cada escalón que sube, él ladra más fuerte. Agradece no vivir en un departamento, no tener vecinos a los que les puedan estar molestando los ladridos. «Quedate tranquilito, no podés dormir conmigo en la cama». Una vez en su dormitorio escucha que Tofi llora. Y aúlla. Y vuelve a llorar. No puede subirlo; los perros son sucios, es antihigiénico meterlo en sus mismas sábanas, ¿cómo va a dormir con un perro? Ayer estaba borracha, hoy no lo está.

Se quita la ropa, se pone el piyama y se mete bajo las frazadas. Tofi sigue llorando. Luca no lo dejaría allí, menos que menos en ese estado. Ella no es Luca. ¿Cómo pudo besar a otro? Piensa en su marido, ahora mismo lo extraña como jamás pensó que podría extrañar a alguien. Le viene a la mente una de sus salidas de los primeros tiempos, de la época en la que todavía no eran novios. Estaban tomando Fernet con Coca-Cola en Exequias, el bar de moda en Quilmes por aquella época, cuando Luca le propuso jugar a ¿Algo muy…? A ella enseguida le encantó el juego. Según él era un buen método para conocerse mejor.

—¿Algo muy rico? —le preguntó Luca.

—Un alfajor de maicena de Ramona.

—Uy, sí, los de la kiosquera del colegio, qué buenos estaban —dijo y, como ella continuó callada, agregó—: Ahora vos me preguntás a mí, o sea, vos, yo, vos, yo, respuestas rápidas y concisas.

—Ok, ya entendí. ¿Algo muy rico? —preguntó Camila porque no se le ocurrió otra cosa.

—Un tofi. ¿Algo muy asqueroso?

—El mondongo. —Ella jamás había podido pasar esa tripa que parecía un chicle salado—. ¿Algo muy asqueroso?

—¡No vale! ¡Te estás copiando todas mis preguntas! El sabor de los crayones, no sé cómo me los podía comer de chiquito. —Camila se rio—. ¿Algo muy deseado?

—Una casa con jardín y pileta, un placard lleno de zapatos, un auto cero…

—¡Respuesta corta y concisa! *Remember?* —Y Luca la miró serio.

—Uf, qué difícil. ¡Ya sé! Un anillo con una gran piedra preciosa. ¿Algo muy feliz?

—Estar acá con vos. —A ella le encantó el piropo, aunque se sintió mal por la respuesta tan materialista que acababa de dar—. ¿Algo muy raro?

—Tus cuadros de perros.

—Más rara serás vos. —Luca le sacó la lengua—. ¿Algo muy valiente?

—Pará, pará, me toca a mí —gritó Camila—. ¿Algo muy lindo?

—Un cachorrito. ¿Algo muy valiente?

—Mamie, mi abuela francesa dejando su pueblo, su casa y su familia por mi abuelo argentino. ¿Algo muy aburrido?

—Mi padre insistiéndome hasta el hartazgo para que trabaje en su empresa, diciéndome que ahí está mi futuro, que con el arte no voy a comer, que ya es hora de pasarme el mando y… Perdón, me fui por las ramas. —A Camila le gustó que lo hubiera hecho. Aunque no sabía hacia dónde iba la relación todavía, ella sentía un gran interés por conocerlo mejor—. ¿Algo muy tierno?

—Un bebé. Quiero tener tres —respondió sin pensar.

Desde que era chiquita Camila decía que tendría tres hijos, como su madre. Sus hermanas también creían que ese número de hijos era el ideal.

—Espero que no los quieras tener conmigo —dijo Luca muerto de risa.

A Camila no le hizo ninguna gracia el chiste, pero lo disimuló bien. Habían hecho el amor unas pocas veces, pero ella solía plantearse si Luca era un buen candidato para ser el padre de sus hijos o no lo era. Su hermana mayor ya tenía una hija, la había tenido a la edad que ella tenía en ese momento; su hermana menor estaba embarazada. Ambas estaban casadas, por supuesto.

—¿Algo muy placentero? —preguntó Luca.

—¡Pará! ¡Me toca a mí! Vos, yo, vos, yo, *remember?* ¿Algo muy gracioso?

—La Pantera Rosa.

—¿En serio? A mí la gata rosada esa me aburre más que una película muda.

—¿Cómo vas a decir eso? ¡La Pantera Rosa es lo más! Y desde ya te digo que me encanta el cine mudo. ¡Ah!, y no es una gata, ¡es un macho!

—¡No puede ser! ¡Si es rosa!

—¿Y qué tiene que ver? ¿De qué color tiene que ser un macho? —Y vio que Luca se reía como cuando en segundo grado la maestra les ponía dibujitos animados para premiar el buen comportamiento de la clase—. ¿Algo muy radiante?

—Tus ojos. Además, el celeste y el azul son mis colores favoritos. ¿Algo muy sexy? —preguntó porque tenía ganas de llevarse otro piropo, estaba segura de que la respuesta sería «vos».

—Una mujer acariciando o besando un animal.

—Lo decís en joda, ¿no?

—No, lo digo en serio. Para mí no hay nada más sexy que una mujer besando o acariciando un animal. Ya sé que a vos no te gustan demasiado los perros, ni los gatos, bueno, ningún animal te entusiasma, pero el juego se trata de decir la verdad y, en el mundo de Luca, mujer más animal igual sexy. —Y se rio otra vez de su propio chiste como un niño pequeño—. ¿Algo muy temido?

—Quedarme paralítica o ciega o tener un cáncer. Perdón, concisa dijiste, elijo ciega entonces. ¿Algo muy cautivador?

—Cualquier cuadro de Picasso.

Esa noche, luego de unos cuantos fernets, la pasaron en un hotel alojamiento del río de Quilmes. Recuerda la habitación, habían elegido una de temática china, tenía un gran dragón rojizo pintado sobre la cama redonda. También recuerda las risas en el *jacuzzi*, las caricias entre la espuma, los besos de gel sabor frutilla. Hasta que recuerda que no quiere recordar.

Presta atención y nota que Tofi ya no llora, tampoco ladra. ¿Por qué motivo se ha autoimpuesto que no puede dormir con su perro?, ¿de dónde sacó semejante tontería? Lo va a subir y lo va a llenar de besos y de mimos. Esta noche será la mujer más sexy de toda Andalucía, lo será para Luca.

Baja las escaleras y regresa a su cama con Tofi.

54

«Tengo que salir un rato. Vuelvo en una hora, o dos. Portate bien», le dice Camila. Ve que la puerta se abre, se cierra y escucha un clic-clic. Se baja del sofá corriendo, se acerca al metal que sobresale en la entrada y salta, la va a seguir donde sea. Salta, salta, salta. La puerta no le permite salir. Ladra pidiéndole que vuelva. Ella no aparece. Entra en pánico. ¿Cuánto es una hora, o dos? Necesita morder algo, se siente más nervioso que cuando la gente grita, Camila nunca desapareció del refugio.

Se acerca a la caja que da calor, ve una piña cerca, la despedaza en minutos. Está un poco más relajado. ¿Y si no la vuelve a oler? ¿Ya pasó una hora, o dos? Agarra un palito, lo convierte en picadillo de madera. Aúlla y gime, la llama con todos sus ladridos; ella no aparece. Va al salón, encuentra una pantufla, la muerde un poquito, se le llena el morro de pelos, los escupe. Se dirige otra vez a la puerta, la rasca, quizá así desaparezca. Por mucho que restriega sus uñas en la madera, la puerta no le permite salir. Aúlla. Ya tiene que haber pasado una hora, o dos, ¿por qué no ha vuelto? Descubre que en el sitio donde comen hay algo que le encanta morder: un tapón. Esos redondeles de plástico siempre le relajan mucho. El tapón está en una botella que apoya en el suelo. Se lo mete en el morro y aprieta con sus dientes. No sale. Mordisquea un costado, intenta sacarlo de la botella. Ni siquiera se afloja. Muerde con sus muelas, y tira, y hace fuerza, y aprieta un poco más. Consigue que el tapón salga finalmente dando un fuerte tirón, la botella se cae y su contenido se vuelca. Le gusta el olor del líquido que de ella sale. Lo chupa. Su sabor le resulta desagradable. Sigue saliendo líquido de la botella, sus patas están rodeadas de él. Se lleva el tapón al mullidito grande del salón y lo muerde un rato, vuelve al sitio donde comen, va al sofá, muerde y muerde hasta que el tapón se dobla. Baja del sofá, va viene va viene por todo el refugio, juega con el líquido de buen olor y feo sabor. Vuelve al sofá, da cuatro vueltas en el lugar y se tumba. Mordisquea el tapón con suavidad, está empezando a relajarse. Aunque su pellejo está húmedo, se queda dormido.

55

Camila aparca el coche de Maripili en la plaza principal del pueblo grande. No ha llevado a Tofi consigo adrede, quiere acostumbrarlo de a poco a que se quede solo. No se han despegado desde que lo adoptó. Le llama la atención que cuando ella va a la parte de arriba de su casa, él ladra y gime sin parar. En cuanto baja, Tofi se tranquiliza. Parecería que él necesita tenerla cerca. Una hora, o dos, son un buen tiempo para comenzar. ¿Estará bien? ¿Se habrá quedado tranquilito? ¿Y si tiene un ataque de epilepsia mientras ella…? Se pega un grito en su mente para acallarse. Seguro que su perro está durmiendo plácidamente.

Mientras camina hacia el supermercado piensa que tendría que desviarse tan solo cincuenta metros para estar en la veterinaria de Rafael. Podría acercarse y pedirle disculpas por haber salido corriendo de su beso, podría confesarle lo que oculta, podría hablarle de lo que siente por él, por Luca, por ella misma… Recuerda el abrazo tan cálido que le dio durante la cena que le preparó… Le gusta Rafael, le gusta como no pensó que le volvería a gustar otro hombre.

Sale del supermercado con dos bolsas en cada mano, se dirige a la veterinaria, es una buena hora, lo más probable es que Rafael esté solo. Al llegar mira el local desde la vereda de enfrente. A través del vidrio se ve la sala de espera. Estaba en lo cierto, al ser mediodía no hay perros, ni gatos, ni personas. La puerta de su consultorio está abierta, lo ve frente a la computadora que tiene en un escritorio. Lleva ese atuendo azul que a ella le recuerda a un piyama, le encanta verlo así vestido. Los ojos de Rafael están clavados en la pantalla, no advierte su presencia del otro lado de la calle. Camila da media vuelta y se aleja por donde llegó. ¿Qué sentido tiene hablar con él? Es mejor que no tengan ningún tipo de contacto.

Llega a su pueblo, estaciona en el *parking*, saca las bolsas del baúl, camina unos metros, cruza la plazoleta, callejea y está en la casa de Maripili.

—Qué rápido has vuelto. ¿Me has traído los…?

—Sí, tomá. —Camila le da una de las bolsas, en ella hay varios tomates maduros, una chapata y una cabeza de ajo.

—Voy a hacer salmorejo, si te quieres venir en un rato a tomarlo conmigo…

—Dale, vengo. Traigo pastaflora.

—No sé si hablas de una planta, de una medicina o de algo *pa* comer —dice Maripili riéndose.

—Lo tercero. —Y Camila también se ríe—. Es una tarta que tiene dulce de membrillo, es típica en Argentina. Hice una grande ayer.

—*Pos* sí, tráeme un poco, ya sabes que *to* lo dulce me pirra.

—En media hora, cuarenta minutos estoy acá, Mari. Chau.

—*Ta' logo.*

Antes de meter la llave, apoya la oreja en la puerta de su casa. No se escuchan ladridos, ni gemidos. Se queda unos minutos esperando. Silencio absoluto. Quizá Tofi no tiene la dependencia que ella creía. Se siente aliviada, llegó a pensar que le costaría acostumbrarlo a que se quedara solo. Abre la puerta y no lo encuentra moviendo el rabo y haciéndole fiestita como esperaba. Aunque nunca tuvo perro, sabe que es lo que suelen hacer cuando su dueña llega a casa. Lo divisa al fondo de la vivienda, sobre el sofá. «¡Hola, Tofi! ¿No me venís a saludar?». Lo ve acercarse corriendo hacia ella y, cuando llega a su lado, se para sobre sus patas traseras y apoya las delanteras en su pantalón. Ella le rasca la cabeza. «¿Te portaste bien?». Él no le responde, baja sus patas y ve dos manchas en su *jean*, parecen ser de agua. «¿Estás mojado?», y Tofi vuelve corriendo al sofá. Se quita el abrigo y lo cuelga en el perchero que se encuentra detrás de la puerta. Está yendo hacia la mesa de la cocina, para apoyar allí las tres bolsas, cuando se resbala. Se agarra de la encimera justo antes de caerse. Mira para abajo y descubre que el suelo está húmedo. ¿Se habrá roto un caño? Observa a su alrededor: está mojado debajo de la mesa, de las sillas, del horno. Abre el mueble que se encuentra debajo de la pila, no parece haber ninguna pérdida. Se agacha y toca el líquido. No es agua como creía, es grasiento. ¿Qué es? Mira para todos lados, necesita encontrar de dónde sale el líquido. Entonces lo ve: al lado del horno hay un bidón de cinco litros de aceite de oliva. Está tumbado, vacío y le falta el tapón. «¡Nooooooooooooooooo! ¿Qué hiciste?», grita y, al levantar la cabeza, ve a Tofi en el sofá mordiendo el tapón que le gustaría que siguiera en su sitio. Se acerca a él, con cuidado de no caerse, y ve que hay huellas de aceite por todas partes: en la alfombra, en el sofá, al lado de la chimenea. Toca al perro: tiene aceite hasta en la parte alta del lomo.

«¡Te voy a matar!», le grita Camila. Él le lame la mano, es una frase con trampa, Martita y Lidia se la dijeron muchísimas veces.

Ella lo sube a la parte alta del refugio y él sabe lo que se viene cuando lo mete en el cuenco gigante. No opone resistencia, huele el enojo de Camila: es el más intenso que le olió desde que ella lo invitó a vivir en su refugio. «No puedo creer lo que hiciste. ¿Vos sabés el laburo que me va a llevar quitar el aceite del suelo, del sofá, de la alfombra?», y le echa el líquido repugnante, le echa agua, y más líquido, y agua. Cuando lo deja salir del cuenco gigante, aparece el bicho de viento caliente. Esta vez, no consigue herirlo, ni matarlo, su viento le da de lleno en todo el lomo, largo rato.

Camila lo baja, lo pone sobre un trapo y le da la orden de que no se mueva. La ve ir y venir por todas partes, abrir y cerrar el agua, diferentes olores pasan por su morro. «Despúes me ocupo de la alfombra y del sofá. Vamos. Cualquiera te deja solo despúes del quilombo que armaste», y él se acerca corriendo, ella se está poniendo sobre el pellejo el trapo que significa que va a salir del refugio.

—Pensé que no venías —dice Maripili.

—No sabés cómo encontré la casa al volver del supermercado: cinco litros de aceite de oliva desparramó el perrito en la cocina y el salón.

—¡¿Qué?! —Maripili se ríe haciendo mucho ruido y le toca la cabeza. Aunque huele a gato, olor de lo más repugnante, ella tiene casi siempre una energía agradable y cristalina, y eso le gusta mucho. Se pone panza arriba para que lo rasque en esa zona también—. ¡Está *pa* comérselo!

Una vez una anciana le dijo eso mismo en el parque y él se escondió detrás de las piernas de Roberto. Otra frase con trampa, le llevó un tiempo darse cuenta de que no era verdad que se lo iban a comer.

—Te aseguro que no le ves la simpatía por ninguna parte si te encontrás la casa como me la encontré yo, no entiendo cómo consiguió sacar el tapón, cómo hizo para...

Fffuuu, escucha. Fffuuu. Y una pata le roza el morro.

—¡Chuli, no! —Y Maripili se lo saca de encima—. Lo voy a meter en el jardín de atrás con el Jondo. ¡Uy, cómo pesa!

—Más que un gato, parece una morsa —dice Camila muerta de risa.

—Es un tragaldabas que no veas. —Maripili mueve la grasa que el gato tiene en la barriga.

Las dos se ríen. Camila se acerca para acariciarlo y el animal la araña.

—¡Chuli! —le grita Maripili—. ¿Te ha hecho daño?

—No, no. —El perro huele la sangre de Camila.

Empieza a ladrarle que lo va a morder más que al tapón que

mordió antes en cuanto baje de los brazos de su dueña. El Chuli le bufa. Él se pone en dos patas, el gato le asesta un arañazo, lo esquiva, ve de nuevo todas las uñas del Chuli, él se baja y se pone de pie por otro lado, le coge el rabo con el morro, el gato chilla, aprieta sus dientes, el Chuli gruñe.

—¡Me cago en *to* lo cagable! —grita Maripili y los dos dejan de pelearse—. Hay alcohol en el baño —le dice a Camila mientras abre la puerta del jardín trasero, baja al Chuli de sus brazos y la cierra dejándolo del otro lado.

—No necesito alcohol, no es nada, en serio.

—Menos mal, tiene muy mala leche el *jodío* gato —dice Maripili—. Siéntate a comer, *ta to* preparao.

—¡Qué pelotuda! Me olvidé la pastaflora, como salí apurada… Bueno, en cuanto terminemos de comer la voy a buscar.

—A mí sin ese dulce con nombre de planta no me dejas, eh…

—¡Qué rico! —dice Camila al probar el salmorejo—. Está de toma pan y moja. —Y sonríe.

—Veo que estás aprendiendo a hablar bien el español, ya era hora.

—A ver cuándo aprendés vos.

—Me la trae al fresco —dice Maripili y el perro les escucha unas cuantas carcajadas.

A él no le gusta el salmorejo, Martita lo obligó a tomarlo en varias ocasiones. El pan que está sobre la mesa sí que le gusta. Mira a Camila para que le dé pan. No le da. Le llega al morro un olor exquisito. Mira a Maripili para que le dé pan. El olor exquisito no está lejos. Ni la una ni la otra le convida a pan. Las mira fijo. No le dan. Se va a buscar el olor exquisito. Lo encuentra rápido.

«¿Qué estás haciendo?», le grita Camila y aparta el cubo de basura de su hocico justo cuando estaba por llegar al trocito de delicia.

—No para de hacer cagadas, antes no era así.

—Los perros de la calle van cogiendo confianza, con el paso de los días empiezan a mostrar su verdadero carácter.

—Lo mismo me dijo Rafael. Pero si le doy de comer todo lo que él quiere, no puede tener hambre, ¡y siempre busca en el cubo!

—Es un perro que vivía en la calle, y ha *pasao* hambre —dice Maripili y para su alegría se le cae un trocito de pan al suelo. Camila se agacha para recogerlo. Él llega a zampárselo antes.

—Y se come todo lo que encuentra en el piso.

—Es un perro, viven *pa* comer.

Él mira fijo a Maripili, tiene la esperanza de que se le caigan más trocitos de pan.

—Otra de las que hace, es lo que está haciendo con vos: el mirarte sin pestañear mientras comés. No te quita los ojos de encima como haya algo en tu plato, o en tu boca, o en tu tenedor.

—*Dog: olweis jangry.*

—¿Qué estás diciendo, Mari?

—Te lo estoy explicando en inglés, a lo *mejó* así me entiendes.

Camila sonríe mientras él mira fijo fijo fijo una miga de pan que está en el borde de la mesa, está seguro de que en algún momento va a caer al suelo.

56

Dejando de lado los motivos, atengámonos a la manera co-
rrecta de llorar, entendiendo por esto un llanto que no ingrese en
el escándalo, ni que insulte a la sonrisa con su paralela y torpe
semejanza.

Camila está recostada en el sofá, Tofi se encuentra a su lado,
tiene la cabeza apoyada en el hueco de su axila. Con una mano
sostiene *Historias de cronopios y famas;* con la otra, el marcapáginas
que Luca metió dentro del libro de sorpresa. El perro pintado que
en él se encuentra le parece tener el mismo gesto burlón que varias
veces le vio a Tofi.

El llanto medio u ordinario consiste en una contracción general
del rostro y un sonido espasmódico acompañado de lágrimas y mocos,
estos últimos al final, pues el llanto se acaba en el momento en que
uno se suena enérgicamente.

Ha recurrido al *Manual de instrucciones* de Cortázar muchísimas veces para levantar su ánimo cuando era adolescente, se pregunta por qué no agarró el libro antes, en sus peores momentos en
Quilmes es cuando debería haberlo releído.

Para llorar, dirija la imaginación hacia usted mismo, y si esto le resulta imposible por haber contraído el hábito de creer en el mundo exterior, piense en un pato cubierto de hormigas o en esos golfos del estrecho de Magallanes en los que no entra nadie, nunca.

Camila imagina el mencionado pato y se ríe. Porque ella se ríe con Cortázar tanto como lo hacía con Luca. Y Luca también se reía con ella: le reía sus chistes, sus frases tontas, sus anécdotas. Luca solía decirle que era graciosa, que le alegraba el día, que amaba su sentido del humor; solía decírselo en los primeros años, no en los últimos… En los últimos llegó incluso a escuchar que ya no era la mujer con la que él se había casado. Esas palabras le pesan, y le duelen, y la llenan de culpa a diario. ¿Por qué lo había privado de la Camila divertida que él tanto quería? ¿Por qué ella había dejado de serlo?

Llegado el llanto, se tapará con decoro el rostro usando ambas manos con la palma hacia adentro. Los niños llorarán con la manga del saco contra la cara, y de preferencia en un rincón del cuarto. Duración media del llanto, tres minutos.

Cuando Luca y ella discutían, y se iba enojadísima de su departamento dando un portazo, ella lloraba mucho más de tres minutos de media, lloraba quince, o treinta, o más. La mayoría de las veces se quedaba en la plaza San Martín, la cual se encontraba justo enfrente a su edificio. Se sentaba en alguno de sus bancos y, mirando el monumento en honor al libertador, lloraba. Sentía bronca, le parecía que la vida era injusta con ella porque no podía comprar toda la ropa que quería, porque no podía viajar a Europa o a Norteamérica como otra gente, porque no podía cambiar el auto todos los años como su hermana menor. Sus grandes problemas estaban relacionados con el dinero, le parecía que jamás tenía el suficiente, vivía comparándose, envidiando, anhelando. ¿Y todo lo que sí tenía en aquella época? ¡Qué idiota! Todo lo que sí tenía, que era muchísimo, pues Luca formaba parte del inventario, no había sido capaz de verlo.

Varias veces Luca la fue a buscar a la plaza San Martín. Recuerda una tarde de primavera en la que habían tenido una pelea terrible mientras almorzaban y ella abandonó el departamento dando uno de sus famosos portazos. Cruzó la calle, caminó unos metros y se sentó a mirar la estatua del prócer y a llorar. Vio a Matisse y a Dalí a lo lejos. Por la plaza rondaban varios perros callejeros a los que Luca les daba de comer, solía guardar para ellos todas las sobras de sus almuerzos y cenas. Si iba a casa de sus padres, se llevaba lo que estuvieran por tirar a la basura, incluso algunas veces, iba a una carnicería cercana y les compraba algo. Aquella tarde de primavera Camila lo vio aparecer con una milanesa que había sobrado del mediodía y con varias achuras del asado que había hecho el domingo en el chalet de Mariana, porque Luca no solo era el asador oficial de la familia en Nochebuena, sino el resto del año también. Luca les había puesto nombres a los perros que rondaban la plaza. Su favorito se llamaba Quino: era un perro de gran tamaño, parecido a un pastor alemán. Camila jamás lo había tocado, Luca por supuesto que sí.

—¿Ya me perdonaste? —Fue lo primero que Luca le dijo al sentarse a su lado en el banco.

—Sabés que no —le respondió malhumorada y vio que Quino venía hacia ellos—. ¿Es necesario que les des de comer a todos estos perros roñosos?

—Es muy necesario —dijo sonriendo y lo vio abrir la bolsa en la que se encontraba la milanesa—. ¡Hola, Quino! Te estaba esperando.

El perro se acercó moviendo la cola y Luca vació la bolsa en el suelo. Camila notó que su marido se había tomado el trabajo de trocear la milanesa.

—No sé cómo te pueden gustar los perros, están sucios, llenos de pulgas, y andá a saber cuántas enfermedades tendrán.

—No sé cómo pueden no gustarte —le dijo Luca y acarició la cabeza de Quino mientras comía.

Lo habría matado, estaba furiosa porque él le había dicho mientras almorzaban que no podrían ir a Cancún como ella quería, y él ahí tan tranquilo dándole sobras a un perro mugriento.

—¡Me prometiste que este año también iríamos a Cancún! ¡Me lo prometiste! —gritó como si tuviera diez años.

—Kimi, la cosa está mal, las ventas se han parado y tu sueldo no es la entrada fuerte de nuestra economía. ¿No te parece coherente que esperemos en vez de gastarnos los ahorros en ir a vacacionar a un *resort* al que no necesitamos ir?

—No, no me parece. ¿Para qué vivimos si no podemos irnos de vacaciones, si no podemos comprarnos lo que nos gusta o cambiar el auto, si no podemos…?

—Para otras cosas más importantes, que no son materiales —dijo Luca y miró a Quino. El perro estaba sentado a su lado, claramente esperando algún chorizo, morcilla u otra achura—. Vos ya te comiste la milanesa, les tengo que dar a Dalí y a Matisse también —le explicó como si el perro fuera a entender que tenía que compartir con otros animales lo que Luca tenía entre sus manos—. ¿Los viste?

—¿Qué?

—Si viste a Dalí y a Matisse, llevás más rato que yo acá, seguro que los viste.

—¡Qué carajo me importan tus perros vagabundos! —gritó—. No, no los vi —mintió.

—A veces no te reconozco —le dijo mirándola con unos ojos tristes. Luca se levantó y se fue a buscar a los perros. Quino echó a andar detrás de él.

Camila recuerda perfecta esa discusión en la plaza San Martín, es una de las que más le pesan; no consigue olvidar los ojos celestes de Luca, tan apagados, tan decepcionados. Por supuesto que a ella le importaban mucho más otras cosas antes que Cancún, pero se había dado cuenta de que le importaban cuando ya era demasiado tarde.

Tofi se estira y ella sale de su recuerdo. Su perro abandona su axila y se tumba ahora sobre su vientre y pecho, a lo largo. Camila coloca el marcapáginas donde comienza *Preámbulo a las instrucciones para dar cuerda al reloj*, necesita liberar una de sus manos para poder acariciarlo. Él se vuelve a quedar dormido enseguida. Ella pasa su mano libre por todo su pelaje, no quedan rastros del aceite de oliva. Sonríe al recordarlo pringoso de cabeza a patas. Luca se desternillaría de risa si le contara la anécdota de los cinco litros de aceite desparramados por toda la casa.

Sin dejar de acariciar a Tofi abre el libro.

Piensa en esto: cuando te regalan un reloj te regalan un pequeño infierno florido, una cadena de rosas, un calabozo de aire. No te dan solamente el reloj, que los cumplas muy felices y esperamos que te dure porque es de buena marca, suizo con áncora de rubíes; no te regalan solamente ese menudo picapedrero que te atarás a la muñeca y pasearás contigo. Te regalan —no lo saben, lo terrible es que no lo saben—, te regalan un nuevo pedazo frágil y precario de ti mismo, algo que es tuyo pero no es tu cuerpo, que hay que atar a tu cuerpo con su correa como un bracito desesperado colgándose de tu muñeca.

Continúa leyendo el breve texto hasta llegar a su última frase, la cual le parece una genialidad:

No te regalan un reloj, tú eres el regalado, a ti te ofrecen para el cumpleaños del reloj.

Se ríe no solo de las letras de Cortázar ahora, sino de ella misma; Luca no la reconocía en sus últimos tiempos en Quilmes, ella no se reconoce ahora en el sur de España. Se ríe porque su vida es otra, se ríe porque tiene un perro, se ríe porque a Luca le gustaría verla reír, así, por tan poca cosa. Su risa despierta a Tofi, quien levanta la cabeza y le lame la cara. El aliento le huele horrible, ¿habrá comido cacas de ovejas hoy?, se pregunta mientras se deja chupar.

57

—¡Gulliver! ¡Gulli! —escucha y enseguida le llega al morro el olor inmundo que se echaba todas las mañanas en el cuello. Se gira y lo mira—. ¡Gulliver! ¡Ven aquí! —grita Roberto y él empieza a caminar en su dirección.

—¡Tofi! ¿Adónde vas? Vení para acá. —Y corre hacia Camila.

Están en la plaza del pueblo grande, en el mercadillo que allí montan los sábados. Cada vez que van, a él le cuesta quedarse pegado a Camila, son demasiados los olores que le gustaría investigar. Siente quesos, fiambres, carnes de todo tipo, verduras, frutas, arroces, aceitunas. Y no solo eso, porque en el mercadillo venden trapos de los que usan los humanos para cubrirse el pellejo, venden cueros para las patas de abajo, juguetes, cuencos y comidas para diferentes animales. En el mercadillo siempre se encuentra con una gran cantidad de gatos y perros; algunos están con sus dueños, otros van solos.

—¡Este es mi perro! —le dice Roberto a Camila.

—Se estará confundiendo. El perro es mío. ¡Vamos, Tofi!

—¡Espera! Te digo que es mi perro, ¿cómo no lo voy a reconocer? ¿Dónde lo encontraste?

—En un sendero, lejos de aquí, en otro pueblo.

—¡Gulliver! —grita Roberto y él no puede evitar el mover el rabo—. ¿Has visto? Me reconoce.

—Este perro mueve la cola por todo, eso no significa nada.

La postura de Camila mientras habla con el padre de su antigua familia no parece temerosa, pero él le huele el miedo.

—Te repito, por tercera vez, que es mi perro. Tengo su cartilla en casa, lo que pasa es que hace tiempo que no me ve.

—Cuando yo lo encontré, este animal estaba lleno de pulgas, muerto de hambre y tenía una herida enorme en la pata de atrás, de la que se habría muerto si yo no lo hubiera curado. Desde luego, no parecía tener ningún dueño.

—Se me perdió.

El perro siente ganas de morderlo. Le gustaría ser ese san bernardo malísimo que Camila mencionó hace unos días en la máquina metálica de Rafael: Cujo es su nombre.

—Ahora es mi perro. Está conmigo hace casi dos meses, usted no sabe la de cosas que…

—¡Es tu perro si yo te lo regalo! —dice Roberto levantando el tono de voz.

—A mí no me consta que sea suyo. Y, como se imaginará, no se lo voy a dar si es lo que quiere.

Camila se rasca la parte de atrás de su cabeza. A los pocos segundos, el olor de su sangre le llega al morro.

—Si yo lo quiero, me lo vas a tener que dar. —Roberto se acerca a su dueña.

El perro recuerda el día en el que su mamá mordió a un humano. Luego les dijo a él y a sus hermanitos que ellos no debían imitarla. Era su trabajo protegerlos, por eso lo había hecho. Recuerda en qué parte del cuerpo su mamá le clavó los dientes al humano, porque él la vio. Está decidido a hacerle eso mismo al padre de su antigua familia como dé un solo paso más hacia Camila.

58

No puede creer lo que le está diciendo el hombre: ¡Tofi es de él! Hace un esfuerzo enorme por parecer tranquila aunque los nervios le están carcomiendo las vísceras. ¿Y si es verdad? ¿Para qué le va a mentir? Siente una punzada en el estómago.

—Si yo lo quiero, me lo vas a tener que dar —le dice el hombre y lo ve sacar una tarjeta de su billetera. A Camila le cae fatal el tipo este. Apesta a perfume, se tiene que haber echado medio litro para oler así. Además, es un prepotente, estará acostumbrado a que nadie le pare el carro, a conseguir todo lo que desea—. Toma, mi número. —Y pone la tarjeta en su mano—. Dame el tuyo, por favor.

—No.

—¿Perdón?

—No se lo doy —le repite sin mirarlo.

—¿Cómo no me lo vas a dar?

Camila quiere gritarle que cómo se atreve a tutearla, pero se contiene.

—No tengo por qué. Yo a usted no lo conozco de nada, y no le pienso dar a un absoluto desconocido mi número personal. Le dije que no y es no.

—¿Quieres que llame a la policía?

—Llame si le parece, yo no se lo doy.

Le tiemblan las piernas y acaba de ver que tiene sus uñas llenas de sangre. Se ha rascado la nuca demasiado fuerte. Mete las manos en los bolsillos de su abrigo. ¿Y si llama a la policía y le quitan a Tofi en el momento? No tiene ni idea de qué puede hacer la policía en este caso. Quizá el hombre viva por la zona desde hace años y lo conozcan. Ella no tiene contactos, no conoce más que a una metiche y a un veterinario, es extranjera y no sabe cómo son las leyes con respecto a los animales en España. Le conviene ganar tiempo.

—La mayoría de los policías de esta zona son amigos míos. Te aseguro que no te conviene que llame. —¡Encima el tipo es un pedante! ¿Y si es verdad lo que está diciendo?—. Señorita, por favor…

—¡Señora! —lo interrumpe Camila—. Está bien. Le doy mi número y ya veremos cómo llegamos a un acuerdo.

—Me vas a tener que devolver al perro, porque es mío. Llamaremos a la policía si es necesario.

—Este perro estaría muerto si no fuera por mí. Ya le dije que lo encontré lastimado, con una herida infectada que tenía muy mala pinta. Lo llevé al veterinario y lo curé. A la semana, dejó de caminar, hasta que se quedó completamente postrado, y luego de gastarme cualquier guita en una consulta con una neuróloga de Granada y de hacerle un TAC, de ir a otra neuróloga porque no me convenció lo que me dijo la primera, y de gastar más guita aún, se descubrió que tenía toxoplasmosis —le dice sin respirar, el estómago le duele cada vez más—. Se repuso de esa enfermedad, pero a los pocos días empezó a convulsionar. Y otra vez a la clínica de neurología, donde le hicieron una resonancia, y resulta que es epiléptico. ¡Este perro es mío! —grita—. Le salvé la vida tres veces. Estoy encariñada con él, y él conmigo.

—Te agradezco todo lo que hiciste, pero nadie te pidió que lo hicieras.

Camila nunca sintió tantas ganas de pegarle a alguien en toda su vida, lo desfiguraría si pudiera, dejaría en la cara de este tipo la ira monumental que lleva dentro desde hace más de un año. Le pegaría más que lo que le pegó a su almohada el primer día del año.

—Ya veremos si es suyo… —le dice y se va.

Camina a paso rápido hasta salir del mercadillo. Gira en la calle principal del pueblo y corre hasta el coche de Maripili. Abre la puerta del acompañante, acomoda a Tofi, se sienta frente al volante y se rasca tan fuerte la nuca, que no solo levanta su piel esta vez, también se arranca pelos.

¿Cómo le puede estar pasando algo así? Empieza a llorar. Se le llena la nariz de mocos. Le duele la panza como cuando tuvo apendicitis, es un dolor que le corta la respiración. Todo el tiempo tiene una mano sobre la cabeza del perro, él no le quita los ojos de encima. Se siente agitada, se le cierra la garganta, el aire no le llega. Se esfuerza por respirar, no puede, se está ahogando. Tofi le lame la cara. Quiere decirle que pare, es peor si la chupa, pero no le salen las palabras, no consigue respirar. Lo aleja de ella con el brazo.

Su hermana Mariana sufría ataques de pánico cuando era más joven. Recuerda que algo que la ayudaba era respirar con una bolsa de papel. En el suelo del auto hay una de plástico. La agarra y empieza a respirar en ella. No tiene ni idea para qué está haciendo eso, igual lo hace. No sabe cuánto tiempo pasa hasta que su respiración se enlentece un poco. Y se modera. Y se calma. Y vuelve a la normalidad.

«Ya está, Tofi, estoy mejor, no te preocupes», le dice a su perro y se lleva un lametazo en la mano. «No nos van a separar, te lo prometo. Nunca te voy a dejar», y le estruja una oreja.

Quiere lamerle a Camila toda el agua triste que tiene en la cara. Ella no se lo permite, lo aparta. No insiste. Le llaman la atención los ruidos que está haciendo, es la primera vez que ella jadea así. Le recuerda a su amigo Astor, el malamute de Alaska, cuando tenía calor resoplaba como lo está haciendo Camila. Astor se sofocaba a menudo, incluso algunos días de invierno se lo veía moviéndose por el gran mullidito verde del parque con la lengua afuera, jadeando. A veces se tumbaba, el apoyar su panza en el frescor del verde le enfriaba el pellejo y le disminuía el sofoco.

Astor odiaba el calor, lo odiaba más que él a los gatos. Sabía a qué era debido, porque antes de que lo compraran en uno de esos lugares llamados Criaderos y se lo llevaran a vivir a un piso, su mamá le ladró que su mamá le había ladrado que su mamá le ladró que los de su raza estaban hechos para vivir en el frío. Sus antepasados habían sido muy felices en unos lugares blancos y helados, donde se dedicaban a correr largas distancias adelante de una caja de la que tiraban.

Camila sigue jadeando, ahora lo está haciendo dentro de un plástico. Los humanos no dejan de sorprenderlo con sus rarezas. Él nunca vio a Astor jadeando como ella, con un plástico en el morro. Ni a ningún otro perro, y en las épocas en las que Roberto lo llevaba al parque conoció muchos. Recuerda a Estrella corriendo en el mullidito verde y él intentando atraparla; nunca lo consiguió, ni una sola vez. Estrella siempre fue la más veloz de todo el parque, ni siquiera otros galgos le ganaban en rapidez. Entonces, le viene a la mente Marlon, porque siempre que recuerda las tardes en el parque se le aparece aquel pomerania repeinado y lleno de moños que le ladró que él no es mitad *border collie.*

Camila ya no jadea con tanta intensidad. Huele a disgusto y su energía es opaca.

Él intenta lamerle una mano, ella no la retira. «No nos van a separar, te lo prometo. Nunca te voy a dejar», le dice y le acaricia una oreja.

Tiene miedo. Mucho miedo. Tanto miedo como cuando dormía en el molino y escuchaba que los jabalíes andaban cerca. A su mamá su amo le prometió lo mismo, sin embargo, un día se dejó llevar por la máquina de luces anaranjadas que daba alaridos, y no la invitó a ir con él, ni volvió a buscarla. El dueño de su mamá no cumplió su promesa. Tiene miedo de que Camila sea como él. Los humanos tienen esas rarezas también, dicen y muchas veces no hacen lo que dicen.

—Hola, Rafael, perdoname que te moleste…

—Dime.

—Necesito hablar con vos. ¿Podemos vernos un momento cuando termines de trabajar?

—Vale. ¿Me quieres adelantar algo?

—Prefiero contártelo en persona.

Camila no quería llamarlo, pero no sabe a quién recurrir. Luego de ese beso del que escapó corriendo cuatro días atrás, se prometió que no volvería a cenar con él, incluso, se juró que cambiaría de veterinario. Estuvo a punto de romper su promesa, por suerte, no lo hizo. Tampoco respondió a ninguno de los mensajes que le envió Rafael, ni siquiera cuando leyó que estaba preocupado por su falta de respuesta.

—Pásame a buscar por la clínica a la hora del cierre, a eso de las dos. ¿Te va bien?

—Perfecto.

O Rafael le da alguna idea salvadora o pierde a Tofi. Si el tipo que dice ser su dueño tiene amigos en la policía, no le va a ser difícil sacárselo. Ella no puede entregarle el perro, hará lo que sea para que siga siendo suyo.

Camila y Tofi van a un parque cercano a hacer tiempo. Ella se sienta en un banco, él mordisquea una piña a unos metros. A los pocos minutos Tofi se la deja a los pies. Ella sabe que quiere que se la tire para él cazarla. Camila sonríe. «Qué lindo que sos, con qué poco te divertís», le dice y le hace una caricia. Él ladra dos veces. Siente un amor enorme por ese animal, ojalá no lo quisiera tanto. Jamás pensó que un perro sería capaz de ahuyentar parte de su angustia. «Traemela», le dice y arroja la piña lo más lejos que puede. El perro sale corriendo a toda velocidad con su rabo más hierba de la Pampa que nunca, lo lleva muy erguido y el viento le mueve sus largos pelos color *beige* para todas partes. Camila empieza a perderse en uno de sus pensamientos recurrentes: Luca estaría encantado con Tofi. Y se volvería loco pintándolo, lo repetiría hasta el hartazgo.

Luca le mostró sus cuadros de perros cuando estaban cursando cuarto año del colegio secundario. Tenía una cantidad considerable en el armario de su dormitorio, de hecho, había más cuadros que ropa. A ella le parecieron muy raros, los perros eran deformes, sus ojos y orejas no estaban a la misma altura, la lengua de algunos tenía forma triangular, y las patas eran cuadradas o diferentes entre sí. A Camila no le gustaron. Dudó si decirle la verdad o mentirle.

—¿Qué te parecen? —Quiso saber Luca luego de que ella se mantuviera varios minutos en silencio.

—No son *my cup of tea* —le respondió para hacerse la graciosa; hacía poco habían aprendido esa expresión en clase de inglés.

—¿En serio me lo decís? ¿Cómo no te van a gustar? ¡Si soy un genio!

—A lo mejor lo sos, pero a mí tus perros deformes me dan miedo.

—No entendés nada —le dijo ofendido—. ¡No son deformes! ¡Son cubistas! A Picasso le encantarían mis perros, estoy seguro. —Y Luca sonrió.

—No tengo dudas. Picasso amaría tus cuadros, es más, seguro que los colgaría en su *living room* —dijo Camila y se rieron durante un buen rato. A continuación, mientras tomaban leche con vainillas, se pusieron a hacer el trabajo práctico de Física.

Camila ve la piña otra vez a sus pies. La lanza al aire. Y la piña vuelve. Y ella la arroja muy lejos. Vuelve. Tofi es incansable. «No sé por qué te gusta tanto este juego», y le sigue tirando la piña hasta que de ella no queda más que un pequeño trocito. Entonces, Tofi le trae un palo. «Siempre estás bien predispuesto a jugar vos», y se lo tira y él se lo trae y ella se lo tira y él corre detrás.

Recuerda el primer día que vio a Luca: tenían seis años y estaban empezando la escuela primaria. La maestra la obligó a sentarse con él. Ella quería sentarse con Jorgelina, su amiguita del jardín de infantes. Lloró y pataleó, pero la maestra no cambió de opinión. Luca tenía el pelo rubio a esa edad y los dientes de colores. Un día los tenía verdes, otro rojos, algunos anaranjados. Dependía del lápiz que se hubiera metido en la boca. Él llevaba a la escuela una caja repleta de lápices Faber Castell; eran su gran tesoro, los cuidaba más que a ninguna otra cosa. Cuando Camila conseguía que él se los prestara, siempre se terminaban peleando porque a ella se le rompían las puntas. Hasta que Luca le dijo que no se los prestaba nunca más. Entonces, ella se los empezó a robar; le sacaba uno cada día. Su hermana mayor le descubrió los lápices y se lo contó a su mamá. Y su mamá le dio un largo sermón sobre la importancia de no llevarse a casa lo que no es de una. Además, la puso en penitencia y le dio la orden de devolverle los lápices a Luca al día siguiente. Antes de entrar en la escuela, Camila los tiró en un tacho de basura. Al llegar a su casa le dijo a su mamá que se los había devuelto a Luca y que le había perdido perdón. Fue la primera, y quizá la única, vez que su madre le dijo que estaba orgullosa de ella.

Escucha el palo de Tofi caer a sus pies. Saca su móvil y mira la pantalla. «La última», le dice porque acaba de ver que es la hora de irse.

Pasa a buscar a Rafael puntual. Al verlo siente unas ganas enormes de abrazarlo; consigue disimularlas bien. Van a un bar que se encuentra cerca de la veterinaria. Camila le cuenta lo que le dijo el hombre en el mercadillo con lujo de detalles. En ningún momento menciona el beso dado, del que ella salió corriendo. Él tampoco.

—Si el perro tiene chip, no hay nada que puedas hacer —le explica Rafael.

—¿Chip?

—El chip del perro es como el DNI de las personas. ¿El hombre no te mencionó si este perro lo lleva?

—Me dijo que él tiene una cartilla, o algo así.

—La cartilla es de papel, es donde ponemos las vacunas, es otra cosa. El chip en un código numérico que se le implanta al animal. Si un perro o gato se pierde, gracias al chip se puede localizar a su dueño.

—Pero el perro está conmigo hace dos meses casi, y yo lo curé de…

—Escucha, conozco la historia y me parece una putada lo que te está pasando. Pero si el perro tiene un chip a nombre de este señor no hay nada que puedas hacer, se lo tendrás que devolver. En esta zona muy poca gente le pone chip a sus mascotas, cuesta treinta euros y la gente pasa de pagarlo. Les suelen poner algún tipo de collar para que así se sepa que tienen dueño.

—Tofi no tenía ningún collar puesto. Y, aunque el tipo le haya puesto chip en su día, eso no dice nada. El perro estaba raquítico, y no me extrañaría que lo haya abandonado. Tenías que ver al tipo…

—El perro podría haberse perdido.

—¡Imposible! Si Tofi no se me despega. Lo llevo desde que lo conocí sin correa, ni tuve que comprar una, ¿en serio creés que se puede haber alejado tanto de su dueño como para perderlo?

—Quizá se haya escapado.

—¿Y si se escapó no puede ser que signifique que lo trataban mal?

—Pueden ser otras cosas, Camila —dice Rafael riéndose. Camila le demuestra con un gesto que no está para risas. Él se pone serio—. Entiendo que lo estés pasando mal. Pero puede que el perro se haya ido no porque lo maltrataran, sino por algo tan simple como una perra, no te olvides que Tofi no está castrado.

—No te entiendo.

—Quizá se fue detrás de alguna perra, se despistó y no supo volver. Pasa todo el tiempo.

—¿Y por qué conmigo no lo hace?

—Porque desde que está contigo las perras no han estado en celo. Tienen dos celos al año. Por lo general, a finales del invierno y a principios del otoño.

—A mí no se me iría. Estoy segura de que el tipo lo abandonó…

—Lo primero es ver si Tofi tiene chip. Yo di por sentado que no tendría cuando lo trajiste por primera vez, su aspecto era tan callejero… —Rafael se queda pensando unos segundos, tiene la mirada perdida—. Ya sé lo que podemos hacer: si no tiene chip, se lo ponemos y lo registramos a tu nombre. No es una jugada muy limpia, pero así no te lo puede reclamar.

—¿En serio?

—Que sepas que si el perro es del hombre del mercadillo, se va a cabrear. Como te he dicho, la mayoría de la gente tiene a sus mascotas sin chip, no es algo habitual el ponerlo en esta zona. Por otro lado, entiendo el cariño que le tienes. Y Tofi te ha elegido, no hay duda de ello.

Rafael le acaricia la cabeza al perro, tumbado sobre los pies de Camila.

—¿Y cómo podemos saber si tiene o no tiene chip?

—En mi clínica tengo un lector.

—¿Ah, sí? ¿Tan fácil? ¡Vamos ya entonces! La ansiedad me está matando —dice Camila mientras se rasca la nuca.

Caminan dos calles en completo silencio. Ella ruega y ruega y ruega en su interior que no tenga chip, Tofi es suyo, lo será hasta que uno de los dos se muera, no va a permitir que nadie se lo saque. Y algo más no permitirá: que Rafael vuelva a besarla. No ha conseguido dejar de pensar en él desde la cena en su casa, pero eso se tiene que terminar. Sabe que si engañara a Luca luego se sentiría muy mal, probablemente no se lo perdonaría, y la lista de todo aquello que no se perdona es demasiado larga para agregarle algo más.

Llegan a la clínica. Rafael levanta una persiana y los tres entran a la sala de espera.

—Quédate aquí un momento, agarro el chisme para leer el chip y vengo.

«Vos sos mío», le dice Camila a Tofi y él ladra dos veces. Siente miedo, también rabia. Recuerda cuando Luca le contó que un día llegó a su casa, él tenía trece años, y su madre había regalado a su gata. Según su madre, la gata viviría mucho mejor en el sitio con jardín al que la había llevado, un departamento pequeño como el de ellos no era un buen lugar para tener gatos, ni perros. Luca tardó mucho tiempo en perdonar a su madre y le costó varios meses el recuperarse de la pérdida. Camila nunca entendió que sufriera así por un animal, ahora lo entiende.

—Aquí estoy. Vamos a ver. —Rafael se acerca al perro con un aparatito que se parece al que usaban antiguamente en los supermercados para ponerle los precios a los productos.

Rafael pasa el aparato por el cuello del perro, por el costado derecho, por las orejas; ya le explicó que el chip puede estar en cualquier lado de la cabeza.

—¿Escuchas ese pitido? —le pregunta Rafael.

—Sí.

—Es el chip.

—¡No! —grita, se lleva las manos a la cara y empieza a llorar.

—Lo siento mucho —le dice Rafael y se acerca, sabe que su intención es abrazarla.

Camila se aleja haciendo un movimiento brusco. El corazón le va a mil y le flaquean las piernas.

—O sea, ¿si me pide el perro se lo tengo que dar? —pregunta y con su mano derecha se arranca un buen trozo de piel de la nuca.

—Sí.

—No se lo puedo dar.

—Está a su nombre, Camila, el perro es suyo, se llama Gulliver.

—¡No! No se lo puedo dar. ¡Vamos, Tofi!

—¡Espera! ¿A dónde vas? ¿Por qué no vamos a comer algo? Hoy es sábado, no trabajo por la tarde.

—No puedo.

—Me gustaría acompañarte en este momento, entiendo lo que sientes y…

—¡No entendés nada de lo que siento! —le grita—. Y lo de la otra noche, el beso, no se puede volver a repetir. ¡Nunca! Luca no se merece que…

—Pero Luca…

—No, Rafael. No se lo merece. ¡No se lo merece! —grita más fuerte y se rasca mientras camina por la sala de espera—. ¡No se lo…!

—Siéntate, ven, siéntate aquí conmigo —le pide en un tono de voz tranquilo, ella continúa moviéndose por toda la estancia—. ¿Puede ser que tomes algún tipo de medicación que hoy no has tomado?

—Gracias, Rafael. Perdoname, me tengo que ir.

Camila abre la puerta y sale a la calle. Mientras corre se mira las manos: tiene todas las uñas llenas de sangre.

61

Camila huele a angustia y a herida. Empieza a correr hacia la máquina de metal ruidosa de Maripili. Él la sigue y, aunque no quiere, sube cuando ella se lo ordena.

Llegan al refugio. Camila mete palos en la caja que da calor y hace una llamita que en poco tiempo se convierte en una llama mucho más grande. A continuación, ella empieza a moverse de un lado para el otro a toda velocidad. Él sabe que eso significa limpiar, la ha visto hacerlo varias veces cada día.

Se sube al sofá, desde allí puede verla ir y venir por todo el refugio. Se siente protegido y feliz. Lo primero que su mamá le ladró al poco de haber abierto los ojos fue que este es un mundo feo, en el que se pasa hambre. Para él ya no lo es, con Camila es un mundo hermoso. Él tuvo suerte, como Lucky. ¡Qué de veces cuando vagaba solo había soñado con tener su vida! ¡Y ahora la tiene! ¡Cuánto le gustaría que su mamá lo viera! ¿Dónde estará? Quizá Clío se reencontró con su amo en la puerta de uno de esos sitios donde los humanos consiguen comida, quizá una máquina de metal ruidosa la atropelló, quizá algún humano la invitó a vivir en su refugio. Lo único que espera es que no esté de nuevo en el sitio que ella más había odiado en toda su vida: la Perrera.

Su mamá les ladró a él y a sus hermanitos que allí ningún perro era feliz. La mayoría olía a pánico, otros a desconsuelo, algunos a nostalgia. Casi todos ladraban, constantemente. O aullaban. O gemían. O lloraban. Vivían en cajas de palos, en las que no se podían mover, a veces las tenían que compartir. Cuando venían humanos de visita, siempre desaparecía alguno. No sabían si ese perro iba a una vida peor o a una mejor, aunque no creían que pudiera existir un lugar peor que ese. Algunos sentían miedo cuando los humanos se acercaban a sus cajas de palos; otros sentían alegría.

A su mamá la sacó de la Perrera un hombre que la llevó a una vida mejor. Durante bastante tiempo su amo le dio de comer todos los días. En invierno dormían en una cucha blanda bajo un techo de ladrillos, y en verano iban a un sitio de aguas que al beberlas a Clío le hacían querer beber más agua. ¡Cómo se divertían metiéndose en unas ondas líquidas enormes!

Un día la comida dejó de ser abundante y su dueño empezó a oler diferente. Les gritaba a otros humanos, y también, gritaba estando los dos solos. Al poco tiempo la cucha empezó a ser dura y el techo fue el cielo. Jamás volvieron a jugar con las ondas líquidas. A Clío no le importaron los cambios, vivía mejor que en la Perrera aunque pasara un poco de hambre, y frío, y a veces estuviera mojada. Lo que sí le importó a Clío fue perder a su amo en la máquina de luces anaranjadas. Y, luego, perder a Quijote. A la semana de vivir en libertad, un hombre consiguió coger a Quijote del collar que llevaba. Ella le ladró que lo mordiera mientras se acercaba, Quijote lo intentó pero no pudo, su naturaleza no se lo permitió. «¡Tú te has escapado! ¡Yo sé quién es tu dueña!», dijo el hombre y se lo llevó. Clío salió corriendo y no lo volvió a ver. De él solo le quedaron cinco cachorritos. ¡Qué orgullosa se sentía cada vez que les ladraba que ellos eran mitad *border collie*!: la mejor raza del mundo... Hace tiempo que él sabe que es mentira, desde que Marlon se lo ladró en el parque. Ojalá ese pomerania nunca se hubiera cruzado en su camino.

«¡Abajo! Quiero sacudir la funda del sofá», le dice Camila. Ve la puerta abierta aunque hace frío, ella llena el refugio de viento todos los días. Sale y se tumba en el mullidito de la entrada. En él hay sol, se está allí tan bien como cerca de la caja que da calor. Permite que el sueño se lo lleve, quizá se convierta en un verdadero *border collie*. Escucha un ffffuuu. ¿Está soñando? Fffuuu. No, no es un sueño. Se levanta de un salto. Ve una pata con cinco uñas filosas dirigiéndose hacia su hocico.

«¡Chuli! ¿Qué hacés acá? Andá para tu casa, ¡vamos!», y Camila le muestra al gato el palo largo con palitos en su punta que hace un rato estaba arrastrando por el suelo del refugio. El Chuli tiene todos sus pelos erizados ahora, a él le da pánico cuando crece tanto de tamaño, no entiende cómo lo consigue. Camila le dice algo al gato que él no escucha, pues está aterrado, y el Chuli sale corriendo. «¿Te hizo algo, Tofito? ¿Te rasguñó?». Él ladra una vez. Ella le acaricia una oreja. «Vamos para adentro, la casa ya está bien ventilada, voy a cerrar la puerta. ¿Querés comer?».

No solo se siente protegido y feliz, siente que Lucky ha tenido mala suerte comparado con él. Mira a Camila y ladra dos veces.

62

Es el cuarto mensaje que te envío. Tienes a mi perro y quiero que me lo devuelvas. Si continúas sin responderme tendré que ir a la policía, lee Camila a las siete de la mañana, estando aún en la cama.

Se sienta y llora. Hace tres noches que no duerme. No sabe qué hacer. ¿Será verdad que a su antiguo dueño se le perdió? ¿Y si lo abandonó? ¿Y si se lo devuelve a alguien que no lo quiere o que lo maltrata? ¿Cómo puede estar pensando en dárselo?

Mira a Tofi: tiene la cabeza apoyada en su almohada. Nota que está moviendo sus cuatro patas y hace unos ruidos raros con la boca. ¿Soñará? ¿Con qué soñará? Le estruja una oreja. No se despierta, raro en él, debe estar profundamente dormido.

Le duele el pecho, la angustia le está provocando ese dolor, es una angustia que le recuerda que ha perdido todo lo que le importaba, excepto un perro, al cual puede que también pierda en breve. ¿Por qué Luca no está ahí? ¿Por qué no la ayuda a enfrentarse a Roberto? ¿Por qué no viajó con ella? Luca es perfecto para esa vida. A él le encantaría vivir en ese pueblo, en esa casita horno de pan. Por las mañanas recogerían castañas y por las tardes las asarían. En invierno investigarían sus cuerpos desnudos frente a la chimenea y en verano jugarían a Disfrutando al aire libre en la sierra, en el río, bajo los castaños. Tendrían un huerto en el jardín. Luca pintaría a Tofi hasta empacharse de sus patitas con medias blancas, de su rabo hierba de la Pampa y de su lengua afuera. Lo pintaría casi siempre cubista; con acuarelas, óleos, crayones y tintas chinas. A lo mejor un día lo pintaría surrealista y se reirían al ver un Tofi de patas delgadísimas al que le colgaría un reloj derretido de la trufa. O lo haría abstracto, y muy colorido. O puede que lo convirtiera en una imagen de cómic, le pusiera pelos azules y lo metiera en una bañera, convirtiendo a Tofi en *pop art*. ¿Por qué no se dio cuenta a tiempo de que podía tener esa vida junto a Luca? ¿Por qué no se animaron? ¿Por qué se quedaron en Quilmes y no se fueron al sur de Francia como querían? ¿De qué le sirven todas estas preguntas? Jamás tendrá esa vida y punto.

Tofi mueve sus patas más rápido. Respira raro. No sabe si está roncando o gruñendo.

—Te lo dedico, Luca —dice Camila y le da un beso en el morro a Tofi.

«Sos tan sexy ahora mismo», le diría él.

El perro sigue dormido. Camila le da otro beso. Ahora sí abre los ojos. En un primer momento no parece reconocerla. A los pocos segundos se pone de pie en la cama de un salto y hace el helicóptero con su rabo. Se le acerca y le chupa la cara. A Camila le fascina que esté tan contento solo por verla. Se ríe y la angustia se aleja unos centímetros de su pecho.

Se levanta. Tofi la sigue al baño. «No hace falta que me vigiles mientras hago mis cositas», le dice. Él no se mueve. El baño es minúsculo, apenas si entran los dos.

Baja las escaleras con el perro en brazos. Sigue sin saber qué hacer. ¿Debería devolverlo? ¿O debería pensar en ella? Se ha acostumbrado a su calor en la cama, odia la idea de volver a dormir sola. Tiembla. La casa está helada. Se acerca a la chimenea. Papel poco prensado, piñas bien abiertas, palitos secos. Espera unos minutos. Tronco que no esté verde. Y lo ha conseguido en el primer intento. Por supuesto que preferiría que Luca continuara haciendo todo aquello que a ella no le gusta hacer, pero se siente orgullosa de poder valerse por sí misma a la hora de encender la chimenea por lo menos.

«Siete mensajes de mi madre, cuatro de Mariana y dos de Andrea. Y ni sé cuántas llamadas perdidas», le dice al perro mientras mira su móvil. Le gusta hablarle, porque él la entiende y no le hace preguntas. «¿Cuándo me dejarán en paz? ¡Qué pesadas son!». El perro ladra una vez. «¿Cómo que no? Te digo que sí, ¡son unas pesadas!». El perro ladra una vez.

A lo mejor tiene razón y no es que sean pesadas, se preocupan por ella, es su manera de quererla.

Por primera vez desde que llegó a España, les responde, a las tres.

Deja el móvil. Mira a Tofi. Se da cuenta de que el perro está casi pegado a la chimenea, ¿será porque tiene frío? Se acerca y lo cubre con una manta. Tofi se levanta y se tumba encima. Ella sonríe. Le ha dejado en claro que no tiene frío.

Camila se prepara una tostada andaluza: con aceite de oliva y tomate rallado. Pone pienso en el cuenco de su perro. No tendrá hambre, no se acerca. Se sienta en el sofá a comer la tostada, él sube detrás y apoya la cabeza en sus piernas. Ella le acaricia el lomo con su mano libre. Mientras traga el último bocado toma una decisión: abandonará el pueblo, con Tofi por supuesto.

63

El padre de su antigua familia lo mete en una máquina de metal ruidosa. Camila se empieza a alejar. Rasca la puerta, con todas sus fuerzas. Roberto le grita. Rasca con mayor intensidad, quiere ir hacia Camila. Roberto le da una palmada en el lomo. Él continúa rascando. Otra palmada. Le duele. Camila está muy lejos ahora. Y desapareció. Sigue rascando, quiere bajarse, correr hasta ella. Grito. Palmada. Dolor.

Lidia lo ve y empieza a gritar, no solo a él, a Roberto también. Discuten muy alto. Se siente aturdido. Corre hacia la puerta del jardín. Está cerrada. Salta en el metal que sobresale. Consigue bajarlo, pero la puerta no se abre. Está desesperado. Le gritan. «¿Qué estás haciendo, Gulliver?». Sigue saltando. Roberto se acerca, tiene una correa en la mano. Salta más veces, salta sin detenerse un segundo. «¡Estás loco! ¡Para ya!». La puerta se abre. La atraviesa. Nunca corrió tan rápido en toda su vida, sus patas no apoyan en el suelo, se siente pájaro. Roberto viene detrás, en su máquina metálica. Sabe que es más veloz que él. No le importa. Corre, corre, corre. Escucha pitidos, son de la máquina de Roberto. Se acerca, lo está por alcanzar, la ve pegada a él. «¡Te atrapé!», grita Roberto y pone su máquina delante de él. No puede escapar. Roberto está furioso. Él tiene miedo, lo van a castigar. Se mete debajo de la máquina. Cierra los ojos, escucha los pasos de Roberto, siente su mano cogiéndolo del pellejo, lo arrastra, ¡qué miedo tiene! Y Roberto le da un beso en los morros. Y lo vuelve a besar. Abre los ojos: ¡Camila está a su lado y es ella quien lo está besando!

Baja de la cucha y la acompaña al sitio donde los humanos dejan sus sobras, le encantan los olores que allí salen de su dueña.

Camila lo coge entre sus brazos y lo lleva a la parte baja del refugio. La ve meter varios palos en la caja que da calor, y a los pocos minutos, la caja se llena de un amarillo movedizo. Él se tumba muy cerca, le gusta mirarlo. Sabe que eso es fuego, se lo explicó su mamá una noche en la que vieron caer una chispa alargada en un árbol. Su mamá les ladró a él y a sus hermanitos que el fuego es peligroso, hay que alejarse todo lo que se pueda, jamás acercarse a él. Ahora lo sabe: su mamá les ladró eso porque nunca tuvo una caja de calor, si la hubiera tenido, no tiene dudas de que el amarillo movedizo le habría encantado tanto como a él

64

ROBERTO.
ROBERTO.
ROBERTO.

En la pantalla de su móvil figuran tres llamadas seguidas suyas. Sabe que la está llamando para concretar la entrega del animal. Ella no se lo va a devolver.

Camila ha pasado otra noche sin dormir. Se sienta en la cama y mira a Tofi largo rato. Se lo ve relajado, durmiendo como más le gusta: con los morros apoyados en su almohada.

Se ilumina la pantalla. Son las 8:22 horas.

ROBERTO.

No lo atiende.

Coge el teléfono, tenemos que hablar, es el mensaje que recibe a las 8:24 horas.

ROBERTO.

El perro es nuestro y tú lo sabes. Corresponde que nos lo devuelvas. 8:47 horas.

Estamos hartos de tu silencio. Voy a llamar a la policía. 9:03 horas.

—Te tengo que pedir un favor —le dice a Maripili en cuanto abre la puerta.

—¡Qué mala cara tienes! —Es lo primero que le escucha a su vecina.

Camila se ha visto en el espejo y sabe que está ojerosa, pálida y que tiene la piel de la nariz levantada por la alergia que le provocan los pañuelos de papel, en los últimos días ha usado demasiados.

—Pasa *mujé*, me lo pides dentro.

Camila da unos pasos y está en el salón. Nota que no hay una sola prenda de ropa a la vista, los muebles están en su sitio, todo se ve impoluto.

—Necesito que me lleves con el auto a Granada.

—Siéntate.

—Estoy bien así —dice mientras se pone y se quita el anillo que lleva en su mano izquierda treinta veces en cinco segundos.

—Te noto nerviosa.

—Estoy histérica, la palabra nerviosa me queda cortísima.

—A ver, calma ante todo. —Maripili le sonríe. Camila mantiene su gesto serio—. Si necesitas el coche, puedes cogerlo, hoy no curro.

—Necesito que me lleves porque no voy a volver, por eso.

—¿Qué dices?

—Me voy. Abandono el pueblo. En Granada Tofi y yo vamos a tomar un tren a Madrid.

—¿Qué te ha *pasao*? ¿Tan de repente? ¿Tienes que volver a tu tierra? ¿Le pasó algo a tu madre? —Y a cada pregunta Maripili eleva un poco más el tono de voz.

—No, no es nada de eso. Tofi tiene dueño.

—¡¿Qué?!¿Y cómo es que no me has dicho *na*?

—Me enteré hace solo cuatro días, además, no te quería preocupar —miente. La verdad es que no tenía ganas de ver a nadie ni de hablar con nadie tampoco.

—No puede ser, si este chucho es más callejero que ningún otro.

—Parece que no. El sábado estaba en el mercadillo cuando un tipo llamó a Tofi por otro nombre. Se acercó, me dijo que el perro es suyo, que se le perdió hace varios meses, lo buscó por todas partes y no lo encontró. Y ahora no para de llamarme porque lo quiere de vuelta.

—Tú ni puto caso a lo que te haya dicho, puede ser un *chalao* que…

—No, Mari, no. Escuchame, no está loco el tipo, por desgracia —le dice con un hilo de voz y empieza a llorar—. Rafael le encontró un chip a Tofi… En realidad, se llama Gulliver. No me mires así, ojalá fuera un chiste.

Camila se sigue poniendo y quitando el anillo, mientras llora y camina por todo el salón de Maripili. Tofi la mira desde la puerta, está tumbado en el felpudo.

—¡Qué mal rollo! ¡Cuánto lo siento! —Maripili le da un pañuelo de papel. Se acerca al perro, se agacha y le acaricia la cabeza—. ¿Has *intentao* que el hombre entre en razón? ¿Le has dicho que Tofi es epilépt…?

—Sí, sí, ya le dije de todo y él lo quiere igual. Me tengo que ir, Mari, no veo otra solución. Yo a Tofi no se lo doy. No puedo dárselo. —Se seca las lágrimas y se suena fuerte la nariz. Le arde la piel por lo irritada que la tiene—. ¿Me *podés* hacer la gauchada de llevarme al tren? Ya sé que es mucho pedir, pero…

—¡Claro, *mujé*! ¿Cuándo quieres salir?

—Cuanto antes.

—¿Y tus cosas?

—Ya armé la valija, la dejé en la cocina de casa. Me lleva un minuto ir a buscarla. Y te dejo a vos las llaves para que se las des a Evelyne. Enero está pagado, quedan veintidós días para fin de mes, espero que no se enoje por no haberle avisado antes.

—Si la Evelyne se mosquea, ya me ocupo yo de calmarla. Tú tranquila.

—Gracias, Mari —dice Camila y sabe que va a perder una buena amiga. Se esfuerza por no empezar a llorar otra vez.

—Me ducho y estoy contigo. ¿Quieres desayunar?

—No. Ya desayuné. Bañate y vestite tranquila, yo te espero.

Ve a Maripili subir las escaleras. Ella y el perro se quedan solos en el salón. Le duele el estómago, no ha dejado de dolerle desde su encuentro con el tal Roberto. Lleva una mano a su nuca. Nota que tiene gran cantidad de costras. Quiere arrancárselas todas, hacerse sangre, que le duelan. Se arranca una. El perro le lame la otra mano. Se da cuenta de que no tiene que seguir, aún está a tiempo. Sus dedos pasan de las costras a la cabeza de Tofi. «¡Qué haría sin vos!», le dice. «Si hasta me avisás para que no me lastime», y le estruja una oreja. El perro mueve el rabo.

Se sienta en el sofá, Tofi sube a su regazo. Sigue moviendo el anillo, ahora se lo pasa de un dedo a otro. Recuerda la noche en la que Luca se lo regaló. Cierra los ojos y revive ese momento. Le parece estar poniéndose el anillo por primera vez, y no parar de mirarlo. Le encanta el zafiro, el azul siempre le pareció un color precioso.

—Estoy lista. —Escucha, y al abrir los ojos, ve que Maripili está bajando las escaleras. Se da cuenta de que se quedó dormida pensando en Luca—. No puedo creer que te vayas. Me has *dejao* como un alma en pena. —Se le llenan los ojos de lágrimas.

Camila se levanta y se abrazan. Se siente entre los brazos de su vecina mejor de lo que se sintió nunca entre los de su madre. ¿Cómo es eso posible?

Camila escucha la campanilla que le indica que ha recibido un mensaje. Se separa de Maripili y lo lee.

Aún no he llamado a la policía. Le he dicho a mi niña que he encontrado su perro. Está ilusionada. No le puedes hacer esto, te pido que nos lo devuelvas hoy. Por favor, entra en razón. 11:25 horas.

Camila se pone en la piel de la niña, en la del padre y en la de todos los integrantes de esa familia. Pero ¿y ella qué? ¿Qué hay de su piel? ¿Y el amor que siente por el animal? Tofi es suyo, es lo único que tiene, no le queda nada más.

—No puedo perder al perro, Mari. No puedo…

—¿Por qué no hablas con el hombre y le explicas lo mucho que te has *encariñao*? Insiste, quizá te…

—Ya lo intenté. Pero él quiere que se lo devuelva, ¡hoy mismo! No puedo dárselo, no puedo, no… —Se le cierra la garganta, le cuesta respirar, intenta calmarse—. Llevame a Granada, me tengo que ir de este pueblo, cuanto antes.

—Te veo mal, creo que…

—¡Por favor! Te suplico que me lleves.

—Venga, vamos.

—Dame un minuto que voy a buscar la valija.

Camila entra en la casita horno de pan, agarra lo que fue a buscar y, antes de cerrar la puerta, mira la cocina americana, el salón, la chimenea, la escalera empinada y la alfombra en la que Tofi se restregó como loco la primera vez que lo bañó. Le gustaría seguir viviendo allí, se siente triste por dejarla. Más triste se sentirá si pierde a Tofi, se tiene que ir, ya encontrará otra casa en la que sentirse a gusto.

¿Cómo puedes quitarle el perro a una niña?, lee Camila a las 12:03 horas. Está en el coche de Maripili, Tofi va durmiendo sobre sus piernas. Sabe que debería haberlo puesto detrás, con su cinturón de seguridad, pero necesita sentir su contacto, sobre todo en este momento.

Si la familia lo hubiera cuidado bien, no se les habría perdido. Algo habrán hecho para que el animal se pierda, con lo bueno que es. Camila está segura de que lo abandonaron, es su intuición quien se lo dice a gritos. Lo que no entiende es por qué lo quieren de vuelta. ¿Será por la niña? ¿Será que lo abandonaron y la niña sufrió tanto que decidieron volverlo a acoger? Daría cualquier cosa porque Tofi le contara su historia.

—Ahí está la estación, ¿la ves? —le pregunta Maripili. Camila está llorando hace rato, con su llanto mudo—. *Mujé*, cambia la cara, sécate esas lágrimas, ¿qué pasa?

—¡No me puedo ir! ¡No me puedo llevar al perro! El tipo este, Roberto, me dijo que su hija está contenta porque él lo encontró. —Y Camila ahora llora a viva voz, ya no se contiene.

—No llores, no sirve de *na*.

—Da la vuelta.

—¿Estás segura?

—No. Da la vuelta.

65

Siente el olor asqueroso que se echa en el cuello antes de que Camila abra la puerta.

—¡Gulli! —escucha. No tiene por qué ir hacia él, no es su dueño—. ¡Ven chico! ¡Ven aquí! —Se pega a las piernas de Camila.

—¿Usted se da cuenta del daño que le va a hacer a Tofi?

—Se llama Gulliver.

—Da igual cómo se llame. Este perro está acostumbrado a estar conmigo, es mi sombra, va a sufrir un montón si…

—Eso es asunto mío.

—¡Y del perro! —le grita Camila.

—Tranquilízate —dice Maripili.

—¡Aquí, Gulliver! —insiste Roberto. El perro no se mueve—. ¡Vamos! ¡Ahora!

—No va a ir con usted, se lo estoy diciendo hace días, él me eligió a mí como su dueña. Por cierto, ¿dónde está su hija? Me dijo que el perro es suyo, que se pondría muy contenta por haberlo recuperado, ¿y no viene a buscarlo?

—La niña lo está esperando en casa.

—Estoy flasheando, o sea, me dijo que yo no le podía quitar el perro a su hija, ¡y ella no está!

—A ver, yo te agradezco mucho todo lo que has hecho por este animal, pero de ahora en…

—Me podría dar los mil quinientos euros que llevo gastados en curarle todo lo que tuvo y en medicamentos, ya que me agradece tanto —dice Camila.

—Te los daría si…

—No me los daría, ¡y usted lo sabe!

—¡Vamos, Gulliver! —grita Roberto—. Si no vienes por las buenas, tendrás que venir por las malas.

Le huele el agua triste. Ladra. Ella lo mira. Él empieza a caminar hacia la máquina de Maripili. Camila no lo sigue. Vuelve a ladrar.

—¡Vamos, Gulliver!

—Tofi, te tenés que ir con él —le dice Camila jadeando. Su agua triste es tan abundante que le cae a él en el hocico. La traga, le gusta—. Andá tranquilito, dale, andá.

Camila le apretuja una oreja. Él ve que jadea cada vez más. No le había olido una tristeza tan profunda desde el día en que la conoció. Le lame una mano.

—¡Vamos, venga! —dice Roberto.

Camila no le da ninguna orden, se queda callada, Maripili la está sosteniendo. Él se mete detrás de las piernas de su dueña.

—No te podés quedar conmigo. —Camila jadea, y le cae agua, ya no lo mira.

—¡Vamos he dicho! ¡Cojones! —Y el perro siente un clic.

—Despacio, no lo arrastre… Si si se estresa…, tiene más más posibilidades de te-tener… un a-a-a-ataque… de epilepsia.

—Ya no es tu perro, deja de decirme lo que tengo que hacer.

—No tiene que su-su-sufrir estrés, ¿me me escuchó? ¡Despa..! —Y jadea mucho más que Astor.

El perro se da cuenta de que están tirando de él, en dirección contraria a Camila. Hace fuerza para ir hacia ella. Sin embargo, se sigue alejando. Hace mucha fuerza. Maripili le pone a Camila un plástico sobre le morro. Él tira todo lo que puede, aunque le duele el cuello.

—Deja de tirar ya, hombre. Te vienes conmigo. ¡Sube!

Ladra, ladra, ladra. Nunca ladró tanto, ni tan fuerte. Tira de la correa. Se está lastimando, le da igual.

—¡Sube! —Roberto lo levanta en el aire y lo mete en el asiento trasero de su máquina metálica. Y cierra la puerta antes de que pueda correr hacia su dueña.

66

—Respira, *mujé*, respira. —Maripili acaba de colocarle una bolsa sobre la boca—. Despacio, así, muy bien.

No puede creer lo que ve. Es un hecho, Tofi se está yendo con Roberto, ya no es su perro. Hasta último momento tenía la esperanza de convencerlo para que se lo dejase. ¡Qué idiota! ¿Por qué no se fue a Madrid cuándo pudo?

—¿Estás *mejó*? —le pregunta Maripili—. Tómate tu tiempo, tú tranquila, no tengo prisas.

El aire empieza a llegarle, muy de a poco. Por suerte sabe que los ataques de pánico no duran demasiado, perdió la cuenta de la cantidad de veces que vio a Mariana sufriendo uno. Era Luca quien solía ayudar a su hermana cuando no conseguía respirar, él tenía un don para tranquilizar a la gente. ¿Por qué no la socorre a ella? ¡Lo necesita! ¡No puede creer que se llevaron a *su* perro!

—¿Quieres que te compre un agua?

Camila hace un gesto con la cabeza. Ni quiere agua, ni quiere que le tengan lástima. Lo único que quiere es a Tofi en su vida. Y a Luca.

—Le di el perro, Mari, ¿qué hice? —Y el llanto la ahoga otra vez. Maripili le da otro pañuelo de papel.

—En unos días te vas a sentir *mejó*, fíate de mis palabras.

Qué de veces le dijeron esa misma frase con otro acento. Se la dijeron su madre, sus hermanas, sus amigos. Medio Quilmes le dijo que con el tiempo se sentiría mejor. Lo que toda esa gente no sabía es que, cuando se es una mentirosa repulsiva como ella, la vida no te permite sentirte mejor.

—Vamos, alejémonos de este lugar —le pide Camila a Maripili. Siguen en el sitio donde entregaron al perro—. No paro de ver la carita de Tofi mientras el conchudo de Roberto se lo llevaba a rastras.

—Por suerte hoy no curro. Me puedo quedar esta tarde contigo.

Camila le agradece con una mirada empapada. Maripili es uno de los seres más generosos que conoció en toda su vida. Ella no se merece sus buenos tratos; tampoco los de sus hermanas, ni los de sus suegros, ni los de su madre. Ojalá ahora mismo su madre la abrazara. Durante meses no le permitió que se le acerque, odiaba sus ganas de consolarla. ¡Pobre su madre! Tener una hija como ella no se lo desea a nadie…

67

Rasca, se arroja contra la puerta, tira, salta todo lo que le permite la correa que tiene atada. La máquina de metal ruidosa se mueve, se está alejando de Camila. El perro se tranquiliza porque se da cuenta de algo maravilloso: ¡está soñando! Está en medio de uno de sus sueños feos. Se despertará de un momento a otro.

La máquina se detiene.

—¡Abajo! —escucha.

Desciende, y al poco, le llegan al morro el olor de diferentes cremas y de una hierba que olió muchas veces en el parque. Frente a él se encuentran la madre y la hija de su antigua familia.

—¡Gulliver! —grita Martita y le rasca la cabeza. No lo hace como lo haría Camila—. ¿Dónde estaba, papá?

Sigue soñando. Ladra como loco para despertarse. Salta. La correa lo ahoga por momentos, no le importa, continúa tirando.

—¿Qué hace este perro aquí? —pregunta Lidia.

—¡Para quieto! —le grita Roberto. Se siente raro, deja de moverse de un lado para el otro—. Estaba a treinta kilómetros. Hace un poco más de dos meses lo encontró una argentina, lo tenía en su casa.

—Qué cara de loco tiene, ¿no? —dice Martita—. ¡Miradle los ojos! Los tiene muy salidos, parece que se le van a caer.

—Puede ser que... —empieza a decir Roberto.

—Uy, qué raro. Está temblando. ¿Qué le pasa? ¡Gulliver! ¡Ey! ¡Gulliver! —dice Martita.

—Hay algo que no sabéis: el perro es…

—Le están llorando los ojos, papá. ¡Qué impresión! ¡Cómo tiembla!

El perro sabe ahora que no está soñando. Las lucecitas brillantes son muchas, ve borroso, ve blanco. Escucha a Martita gritar. No escucha nada más.

—Ya está, ya pasó. —Es la voz de Roberto.

—¡Qué horror! —dice Lidia.

—Gulliver es epiléptico.

—¡¿Qué?! —preguntan madre e hija al mismo tiempo.

Olfatea el aire. No siente el más mínimo rastro de Camila. El sabor a óxido le llega al morro, el contenido de sus tripas viene detrás.

—Ya mismo estás limpiando esa guarrada —le grita Lidia a Roberto.

—¿La epilepsia se cura, papá?

—Creo que no. Hay que darle una medicación, dos veces por día. Se supone que tomándola tiene menos ataques. El estrés es muy malo para Gulliver, quizá ahora le dio porque…

—¡Lo que me faltaba! —grita Lidia.

—Me voy, que he quedado con Paco y ya llego tarde.

Martita le toca la cabeza al animal y desaparece.

—¡Eres un gilipollas! ¿Por qué coño lo has traído de vuelta?

El perro vio a Lidia muchas veces enojada, nunca como ahora. Su energía es turbia. Huele el odio que siente hacia su marido. Huele también el que Roberto siente hacia ella.

—¡A mí no me grites! ¡Me tienes harto!

—¡Y túúúú a míííí! ¡Eres lo peor que me ha pasado en la vida, Roberto!

Se aleja unos pasos del vómito y se hace una bola. Lo único que quiere es dormir, y esta vez no es por lo débil que se siente después de ver las lucecitas, sino porque tiene la esperanza de soñar con Camila.

68

—No llores *ma*. Entiendo que una se encariña, *mujé*, pero tampoco es *pa* tanto. Yo te consigo otro chuchillo en un plis.

—¡No quiero otro! ¡Quiero a Tofi! —grita Camila.

Maripili conduce. Camila va sentada a su lado; no ha parado de llorar desde que le dio el perro a Roberto. Recuerda cómo el tipo tuvo que llevárselo a rastras, tirando de su correa. Tofi no quiere vivir con esa familia, ¡quiere estar con ella! Como una idiota quiso hacer lo correcto, devolverlo por la niña. ¡Y la niña ni estaba en la entrega! ¡Cómo se equivocó!

—Tendría que haberme ido a Madrid. Soy una pelotuda, una recontrarepelotuda. —Ve que Maripili se ríe—. ¡No te rías! No es gracioso.

—Tu forma de putear *pa* mí lo es.

—¿En qué estaba pensando? ¡Si estábamos en la puerta de la estación de trenes! ¿Por qué carajo te dije de dar la vuelta?

—Has hecho bien, el perro es de ellos, te ibas a sentir fatal si te lo llevabas.

—¡Qué tarada! ¡Ellos no lo van a cuidar como yo! Luego de todo lo que viví con Tofi…

—Para de llorar, por favor. Me estás asustando.

—¡Voy a llorar hasta que se me caigan los ojos, Mari! —le grita.

—Camila, tú no estás bien… De aquí digo. —Y su vecina se

señala la cabeza—. Perdona que te lo diga… Yo no sé qué te ha *pasao*, pero deberías…

—¡Claro que no estoy bien! ¿Cómo querés que lo esté? ¡Yo maté a mi marido!

—¿Otra vez con la gracia de Nochevieja?

—No es ninguna broma.

Maripili deja la carretera y entra en un pueblo. Para en la puerta del primer bar que ve abierto. Le pide a Camila que baje. Se sientan en la terraza. Está fresco, pero hay sol.

—¿Qué os pongo? —pregunta el camarero.

—*Pa* mí una Alhambra —responde Maripili.

—¿De grifo o botella?

—Botella, la cerveza de grifo no me gusta *na*.

—Para mí un *gin-tonic* —pide Camila—. Bien cargado —agrega y el camarero desaparece. Solo están ellas en la terraza. Las calles que se ven desde donde se encuentran sentadas están desiertas.

—Cuéntame qué te ha *pasao*. Quizá te haga bien sacarlo *pa* fuera.

—No se lo podés contar a nadie.

—¿A quién se lo voy a contar? ¿A la policía? —dice y se ríe.

—Te estoy hablando en serio. Mi familia no sabe lo que te voy a contar, tampoco lo saben mis suegros. Quizá si se lo contaras a la policía me meterían presa, es muy probable.

—Me estás asustando, *mujé*.

—¿Querés que te lo cuente o no?

El camarero no llega a apoyar el vaso de Camila en la mesa. Ella se lo agarra de la mano y se bebe la mitad del *gin-tonic* de un trago.

—Sí, cuenta.

69

—Túmbate aquí —le dice Roberto y le señala un trapo en una esquina del sitio donde la familia come.

—¡No quiero al perro dentro! —grita Lidia.

—Estamos en pleno invierno, en el jardín se va a congelar.

—¡El perro en la cocina es un estorbo! ¡Si se congela fuera, no es mi problema!

—¿Cómo puedes ser tan bestia?

—¿Será que lo he aprendido de ti?

—¡Basta! —grita Javier. El perro lo olió antes de que entre—. ¡No podéis seguir así! ¿Por qué no os divorciáis de una puta vez?

—¡Métete en tus cosas! —le grita Lidia.

—Sois insoportables, todo el día discutiendo, ¡no os aguanto!

—Esta es nuestra casa, si no te gusta… —dice Lidia.

—Bueno, esta es *mi* casa, se ha comprado con *mi* trabajo —la interrumpe Roberto.

—¡Eres un capullo! ¿Y yo no he trabajado acaso criando a los niños?

—¡Ja! ¡Como si fuera lo mismo!

La energía de todos es oscura y está revuelta. Piensa en Lucky, porque siempre que tiene miedo piensa en él, y ahora tiene mucho miedo, más que si estuviera rodeado de jabalíes. Tiene miedo de no volver a ver a Camila.

Recuerda los ojos brillosos y esperanzados de su mamá cada vez que les ladraba a él y a sus hermanitos que había perros afortunados, como Lucky. Ella lo había conocido bien, porque el pastor alemán incompleto y su dueña Margot iban al sitio donde los humanos consiguen comida todos los días. Eran las épocas en las que su amo y ella vivían en el cartón.

Cuando Margot entraba, Clío se quedaba ladrando con Lucky en la puerta, así había conocido su historia, de su propio morro, no se la había ladrado nadie.

Cuando Margot salía, Clío movía el rabo porque la inglesa siempre tenía algún regalo riquísimo para ella. Margot también le daba comida a su amo. Y si lo encontraba de buen humor, intentaba convencerlo para que le diera a la perra, le decía y le repetía que ella la cuidaría bien, malvivir en la calle no era bueno para el animal. Su amo le respondía siempre lo mismo: «La perra es mi hija y mi hija vive conmigo. Nadie me quitará a mi hija». Y Margot, cada vez, se iba del sitio donde los humanos consiguen comida oliendo a amargura.

—¡Vamos, Gulliver! —escucha. No sabe cuánto tiempo ha pasado.

Se pone de pie de un salto y sigue al padre. Puede que lo esté llevando de nuevo a vivir con Camila. Mueve el rabo, levanta las orejas. Si lo mete en la caja de metal ruidosa es porque va a volver a verla.

—¡Sube! —Antes de que Roberto haya terminado de darle la orden él ya está en el asiento. Se siente feliz. ¡Va a verla en breve!—. ¡Buen chico! ¡Qué raro tú subiéndote a la primera!

La máquina se mueve, no hay agujero en la puerta, quizá por eso el olor de Camila aún no le ha llegado al morro. La máquina se detiene.

—¡Baja! —Y frente a él ve el parque. A lo lejos, huele a la culo-respingón.

70

—Otro *gin-tonic* —le pide Camila al camarero—. Un poquito más cargado si puede ser.

—Y otra Alhambra, la última, que por lo que veo me tocará conducir —dice Maripili riéndose—. A ver si te vas a poner tibia como en Nochevi…

—No, no. Te prometo que no, necesito una ayudita nada más, para sacar el coraje.

Maripili espera callada a que comience a hablar. Camila duda, está por contarle a una desconocida el secreto que juró llevarse a la tumba. Es a su madre y hermanas a quienes debería contárselo. Está segura de que jamás lo hará.

—Luca y yo salimos del cumpleaños de Andrea, mi hermana mayor, y…

—¿Luca? —pregunta Maripili y Camila se da cuenta de que jamás dijo su nombre ante ella.

—Es el nombre de mi marido. Al salir… —Camila se interrumpe, el camarero está poniendo frente a sus ojos otro *gin-tonic* servido en una copa de balón, tiene un tamaño considerable. El anterior se lo puso en un vaso de tubo—. Gracias.

—La cerveza por aquí. —El camarero la coloca frente a Maripili—. Y de tapa, dos pinchitos de tortilla. ¿Queréis picar algo? ¿Os traigo la carta?

—Yo no tengo hambre —dice Camila.

—Comes menos que un pajarito. Está bien, gracias.

Camila bebe un buen trago. El estómago aún le duele, no le importa. El *gin-tonic* tiene un sabor desagradable, está demasiado cargado. Mejor así.

—Al salir de la casa de Andrea, yo me subí al auto en el asiento del conductor. Los dos habíamos tomado alcohol y Luca me dijo que era mejor que manejara él. Yo le aseguré que estaba fresca como una lechuga, me acuerdo como si fuera hoy que usé esa frase. Él se sentó a mi lado y me dijo que prefería que la lechuga fuera su copiloto.

Camila bebe. No sabe si será capaz de contarle a Maripili lo sucedido hasta el final. Siente que la puntada en la boca del estómago es más intensa a cada momento que pasa, puede que un cuchillo no le doliera tanto.

—¿Y? —pregunta Maripili.

—Y no me moví. Me empeciné en que quería manejar. Le dije que había bebido poquísimo, que estaba lúcida y no había ninguna razón para que yo no manejara. —Camila hace una pausa—. Arranqué el auto y, en ese momento, Luca se bajó. Dio la vuelta y se acercó a mi ventanilla. Me dijo que me estaba comportando como una nena caprichosa, que me cambiara de asiento. Le dije que no. Él insistió. Yo puse primera, aceleré y lo dejé ahí, en el medio de la calle.

—¿Te fuiste?

—Sí. —Camila bebe y piensa que daría cualquier cosa por no haber hecho lo que hizo—. Di la vuelta a la manzana y lo volví a buscar.

—¿Y se había ido?

—No. Lo encontré sentado en el cordón de la vereda con el celular en la mano, estaba pidiendo un taxi. Le dije que lo cancelara y me hizo caso. Me bajé del auto, le di un beso y le pedí que me dejara manejar. Y el muy pelotudo me dio el gusto.

Camila siente un odio enorme hacia sí misma. Recuerda la mirada de Luca después de besarlo en el cordón de la vereda, su mirada de resignación. Porque la mayoría de las veces se hacía lo que ella quería. Cuando le dijo que no iba a abandonar a los cinco perritos que había encontrado al lado del cubo de basura fue una de las pocas veces en las que se hizo lo que Luca quería. ¡Y cómo se lo había hecho pagar ella luego!

—No sé si me quieres seguir contando o si prefieres…

Camila se da cuenta de que hace varios minutos que está callada. Maripili la mira con interés y con paciencia. No sabe por qué está contándole algo así a ella.

—Subimos al auto, arranqué y, al poco, me metí en la autopista. Luca empezó a contarme una conversación que había tenido con Álvaro, el marido de Andrea. ¡Cómo me hacía reír! Siempre fue muy gracioso —dice y la punzada en el estómago la atraviesa—. Imitaba la manera de hablar o de gesticular de la gente mejor que nadie. Álvaro le salía genial, clavado. Como nos caía un poco mal, siempre le sacábamos el cuero.

—¿Qué quieres decir?

—Que lo criticábamos. Álvaro es un poco tarado, es de esta gente que se cree que porque tiene plata es rebanana cuando en realidad es un gilastrún de cuarta.

—¡*Joé!* Cuando te sale el argentino… —dice Maripili riéndose. Camila no se ríe, piensa en Luca, en la maravillosa imitación que hacía de su cuñado, en lo mucho que le divertía el verlo haciendo sus gestos o poniendo su voz—. Perdona, te he interrumpido.

—Luca lo estaba imitando tan bien, y era tan gracioso lo que me contaba, que se me escapó un chorrito de pis. Quité una mano del volante y me la llevé para abajo, y habré mirado para abajo también, porque escuché a Luca gritar que levantara la vista…

A Camila se le quiebra la voz, hace un esfuerzo, siente que necesita terminar de contarlo todo, hasta el último detalle. El dolor en el estómago es insoportable.

—¡Mozo! —grita y vacía su copa de *gin-tonic*—. ¿Me pone otra, por favor?

—Aquí se le dice camarero.

Maripili le sonríe. Camila se da cuenta de que su vecina está nerviosa. Quizá no sea una buena idea contarle todas sus intimidades a una mujer que no ha salido de un pueblo perdido del sur de España. O quizá sea la persona ideal para contárselas.

—Levanté la vista y vi un camión adelante mío, muy muy muy cerca lo vi, muy.

—¿Estás bien? Te has puesto pálida, pareces un fantasma.

—Sí, sí, estoy un poco en pedo, perdoname, no cumplí mi promesa.

—No pasa *na*.

—Y me estampé contra el camión —dice sin dar más vueltas—. Fue mi culpa. Lo sé. Plena culpa mía. ¿Y sabés lo que más me jode?

—¿Qué?

—¡No me hicieron la prueba de alcoholemia! —dice riéndose—. Yo no me hice ni un rasguño, nada, ni una mínima marquita. —Y se ríe más fuerte, con la boca abierta, haciendo mucho ruido. A los dos minutos, empieza a llorar.

—Voy a pagar. Nos vamos *pa* casa.

—Hay más, Mari, no te lo conté todo todavía —dice Camila. Se nota mareada y la barriga le duele tanto que le corta la respiración.

71

Está seguro de que Roberto le quitará la soga atada a su cogote en unos minutos. Cuando lo haga, saldrá corriendo hacia Camila. No la siente en el aire, pero, si corre, en algún momento será capaz de encontrar su rastro.

El parque no ha cambiado, hasta los perros son los mismos de antes. A lo lejos ve a Astor y a tantos otros, incluso a Marlon. Solo falta Estrella.

Tira hacia el malamute de Alaska. Astor lo ve y aúlla para saludarlo. Escucha que Marlon ladra que el Mileches ha vuelto y todos los perros se ríen de él, ¡otra vez!

—¡Meses, Roberto! ¡Hace meses que me prometes que te vas a ir de tu casa! —dice la culo-respingón.

—¡Gulliver! ¡Deja de tirar!

Ladra, quiere ir hacia donde están todos los perros. Además de escaparse para encontrar a Camila, desea morder a Marlon. Antes, Roberto siempre lo dejaba libre en cuanto entraban en el parque.

—Quiero una fecha, Roberto. Y quiero que me digas si la vas a cumplir.

—No sé, Carla, ahora mismo, así, tan rápido, no te sé…

—¿Tan rápido? ¡Llevo meses esperando!

—Baja la voz, por favor, que no quiero escándalos.

El perro tira de la correa todo lo que puede. Roberto va detrás pero no lo suelta. Está yendo en dirección a Marlon, quien lo mira con atención.

—No te voy a quitar la correa, ¡deja de tirar! —escucha.

¿Por qué Roberto lo castiga así? ¿Por qué no lo suelta para que él pueda correr hacia Camila?

—Te he dicho que no tires más. ¡Vamos! ¡Junto! —le grita Roberto y siente una fuerte presión en su cuello.

Él sigue caminando hacia donde está Marlon. El pomerania ladra que el Mileches en una época se creía *border collie*. Y lo repite. Y lo vuelve a ladrar. ¡Cómo se ríen todos! Excepto Astor. El malamute está tumbado con su lengua fuera sobre el gran mullidito verde, acaban de regarlo.

—No me parece que el pedirte una fecha sea montar un escándalo, Roberto.

—Dame unos días más, Carla. No sabes la que tengo liada en casa por Gulliver.

Se está acercando a Marlon. Lo mira muy fijo con sus orejas en punta y su rabo tieso. Marlon tiene los pelos de su lomo erizados y ya no ladra.

—Me la suda si Lidia te monta un pifostio a cada minuto, Roberto.

—Te sienta fatal esa ordinariez.

Tira un poco más de la cuerda de su cuello, y de un salto, tumba al pomerania al suelo y se coloca sobre él. Le muestra los dientes y le gruñe. Consigue arrancarle un moño naranja antes de que Roberto lo aleje con un tirón de la correa. Marlon tiembla y deja de oler a champú de lavandas. Su dueña lo coge en brazos. «¡Asqueroso, te has manchado!» grita y lo apoya en el suelo. Él aprieta fuerte el moño naranja entre sus dientes mientras Roberto le regaña. Le da igual lo que le está diciendo, ni lo escucha. La dueña de Marlon se dirige a una fuente cercana y llama al pomerania. Los perros allí presentes se ríen de Marlon, quien va con la cabeza gacha hacia su dueña y se deja mojar sus partes traseras. A partir de hoy, en el parque, todos lo llamarán el Cagueta.

Él no será inteligente como un *border collie*, pero por lo menos no es tonto como un pomerania.

72

—¿Te preparo un café? —le pregunta Maripili, acaban de entrar en su casa.

—No, odio el café. Lo que quiero es una copa. Ya sé que estoy borracha, pero se me calentó el pico. ¿Tenés algo…?

—Hay ginebra en el mueble del salón. Prepárate lo que quieras, voy a sacar al Jondo del jardín, que lleva *encerrao to* el día el pobre.

Camila agarra su móvil, quiere saber la hora, ella jamás llevó ni llevará reloj de pulsera. ¡Son las cinco de la tarde! No puede creer todo lo que le pasó hoy: por la mañana se estaba yendo con Tofi en tren a Madrid. Al mediodía le estaba entregando el perro a quien ahora está segura de que lo abandonó. A las tres de la tarde, estaba borracha en el bar de un pueblo desconocido confesándole sus culpas a su vecina. Y las que no le ha dicho aún. Va a sacarlo todo, ahora no puede parar.

Ve aparecer un gato enorme, quizá sea el más grande que ha visto jamás.

—El Jondo, te lo presento —dice Maripili sonriendo—. Es malísimo, no intentes tocarlo. No te va a hacer *na* si tú no te acercas. Lo saco porque no está el chuchillo, ni se me ocurriría si no…

Las palabras de Maripili la hunden en la tristeza. Camila mira sus piernas, Tofi no está pegado detrás de ellas como lo estuvo en los últimos dos meses. Es la primera vez que su vecina puede tener a sus gatos sueltos. Aún no pasaron ni cinco horas desde que no tiene al perro, ¡y cómo lo echa de menos ya! No tiene idea de cómo hará para soportar su ausencia cuando llegue a su casa, cuando se meta en la cama, cuando se despierte de madrugada por culpa de una pesadilla. Mejor no pensar en eso. Ahora mismo, lo único que necesita, es beber.

—¿Tenés hielo?

—Sí, coge del congelador. ¿Quieres que prepare algo de comer? ¡Estoy canina!

La expresión de Maripili es nueva para Camila. Le viene a la mente cuando Tofi empezó a seguirla, lastimado y muerto de hambre. Recuerda los tres platos de arroz con pollo que devoró la primera noche que pasó en su felpudo.

—No, por mí no prepares nada.

—Así estás, en los huesos, si no comes *na*. ¿Qué has *comío* hoy, eh?

Camila no necesita una madre que le recuerde lo que no come. Para lidiar con su inapetencia ya tiene la suya.

—Después como algo en casa —miente.

Maripili pone una sartén en el fuego, saca huevos de la nevera y un poco de queso.

—¿Estás segura de que no quieres una tortilla francesa? *Pa* acompañar el trago, venga, te preparo una.

—No, gracias. No puedo pasar bocado en este momento.

Las dos se sientan a la mesa de la cocina. Camila, con su copa llena de ginebra, Maripili, con su plato caliente. El Jondo no para de maullar. El Chuli se une. Tofi temblaría si los escuchara ahora mismo.

—¿Tú has visto este espectáculo? —dice Maripili riéndose—. Así cada vez que como. ¡Tenéis pienso en el jardín! ¡Dejadme en paz! —les grita—. Siempre quieren mi comida. ¡Cómo son!

—Sí, Tofi también —dice Camila con la cabeza en otra parte. El alcohol no le está aplacando la amargura que siente como otras veces, al contrario.

—¿Me quieres contar qué le ha *pasao* a Luca?

La pregunta de Maripili la devuelve a ese pueblito blanco en el medio de la sierra alpujarreña.

—Despés de chocar contra el camión, a Luca lo trasladaron a un hospital. Lo llevaron al quirófano… —Camila bebe uno, dos, tres, cuatro tragos—. Y no salió.

—¿Quieres decir que…? —Maripili se ha quedado con la boca abierta. Camila ve un trozo de tortilla francesa a medio masticar dentro.

—Sí, eso, quiero decir que se murió.

—Lo siento mucho —dice Maripili y Camila la ve hacer un esfuerzo para tragar el trozo de tortilla—. Ha sido un accidente, no deberías…

—No, no lo fue. Yo lo maté, Mari, yo lo maté.

—Hombre, dicho así suena…

—Las cosas como son: yo lo maté. Y lo peor es que yo podría haberle salvado la vida, pero no lo hice.

—¿Qué quieres decir?

—Nada, no me hagas caso —responde porque quiere dar por terminada la conversación, está mareada y no tiene sentido el que continúe hablando de su pasado.

Camila abandona la cocina y se sirve otra copa en el salón. Escucha a Maripili hablar con sus gatos. Ojalá ella pudiera hablar con su perro en este momento, daría cualquier cosa. También la daría por hablar con Luca, por tocarlo, por reírse de alguna de sus ocurrencias o imitaciones. Vuelve a la cocina. Se sienta. No le parece que su vecina la mire con otros ojos luego de la confesión que le ha hecho. Debería odiarla, echarla de su casa, pero no lo hace.

—Camila, escucha, yo creo que lo que me has *contao* fue un accidente. ¿Qué piensa tu familia?

—Mi familia no sabe lo que te acabo de contar.

—¿Cuánto habías bebido? Porque a mí me…

—Da igual, Mari. Me voy a casa, estoy cansadísima y borracha a más no poder.

73

No sabe cuánto tiempo hace que vive con su antigua familia. Sabe que se siente como esos meses en los que no tuvo dueño: abandonado.

Martita le cuenta alguna historia de vez en cuando, por lo general sus historias tratan sobre peleas con Paco, pero no lo acaricia, ni lo deja dormir con ella. Martita siempre huele a hierba y a unos químicos asquerosos que a él le descomponen el olfato. Su novio huele igual.

Javier jamás le cuenta historias.

Lidia sí que le cuenta historias, muchísimas, y todas se las cuenta a los gritos. El aroma de las cremas que se unta en el pellejo le revuelve las tripas. Prefiere sentir frío a aspirar sus cremas de cerca, por ello, aunque a veces se congela, pasa todo el día en el jardín.

Roberto casi no está en el refugio. Suele llegar tarde por las noches, siempre oliendo a la culo-respingón.

¡Qué feliz era con Camila! Ojalá pudiera sentir sus mandarinas dulces y sus castañas asadas.

Una tarde en la que el sol ya no está, al ser invierno desaparece mucho antes que en verano, ve a Martita atravesar la puerta del jardín y dejarla abierta. Habla raro. Lo blanco de sus ojos está rojo y lo negro es mucho más grande de lo habitual.

—Paco, hijoungranpu, tú no sab lo que me hiz… —Él no le

entiende—. ¿Tú tampoc me quiers? ¡Gullivr! —dice y de su boca sale un olor inmundo.

Le lame la mano, sabe que es lo que ella necesita. No le huele ni una pizca de la alegría que le sintió cuando lo encontró siendo cachorrito.

—Me *vo* a ir de esta puta casa. —Martita entra en la cocina.

Él se pone de pie de un salto y empieza a correr. Atraviesa la puerta del jardín y sale a la calle. Ventea. No siente el olor de Camila. En la siguiente esquina tampoco. Ni en el parque cercano, al que llega después de correr unos pocos metros. Huele a Astor. Va directo hacia él. Le ladra que se ha escapado y que no encuentra el rastro de su dueña. Astor le aúlla que es mejor que vuelva a su refugio actual, ¿qué va a hacer si no da con ella? ¿Y si lo meten en la Perrera? Le pregunta si él conoce la Perrera. Astor le ladra que no, pero le contaron que es el peor sitio en el que se puede estar. A él no lo meterán allí, se lo asegura. Se despide del malamute, esta vez, para siempre, no va a parar hasta encontrar a Camila, y no va a volver a este parque, nunca. Le desea que el verano no sea muy duro. Astor le desea que no lo pise una máquina metálica durante su búsqueda. El perro se gira en dirección a la salida del parque.

—¿Dónde está Roberto? —escucha y siente que una mano le coge el pellejo del cogote. ¡Es la culo-respingón!

Intenta liberarse de su agarre, se revuelve, incluso le gruñe, pero no lo consigue. El dueño de Astor se acerca y le da una cuerda; enseguida sabe que es la del malamute, siente su olor impregnado en ella. La culo-respingón se la enrosca de un modo que lo inmoviliza: si tira se ahoga.

—Encontré a Gulliver. Solo. En el parque de siempre —la culo-respingón le dice a la cajita de plástico que tiene en la oreja.

Al rato el olor inmundo que Roberto se echa cada mañana le llega al morro.

—¿Qué has hecho? ¿Eh? ¿Qué has hecho? —le grita el padre. Él agacha la cabeza y mete el rabo entre las patas—. ¡Mal chico! ¡Malo! —Y le da dos fuertes palmadas en el lomo.

—¡Déjalo! Todos los perros hacen travesuras —dice la culo-respingón—. Ni se te ocurra volver a pegarle.

—No me vas a venir tú a decir cómo tengo que educar a mi perro —le grita.

El perro le huele a Roberto un cansancio de los que no se curan durmiendo, y mucha rabia.

—¡Qué borde eres! —dice la culo-respingón y empieza a alejarse de ellos.

—¿Dónde vas, Carla?

—No tengo por qué darte explicaciones.

Escucha a Astor ladrarle que el Cagueta acaba de entrar en el parque. Ni siquiera oler el miedo que le tiene ahora Marlon le levanta el ánimo, no pudo llegar hasta Camila y eso es lo único que le importa.

—No quiero saber nada más contigo, Roberto. No vuelvas a llamarme, ni a enviarme mensajes, ni a…

—Para, Carla, ya está bien.

—¡No paro! ¡Estoy harta! A partir de este momento, la única relación que tú y yo tendremos es laboral. No sé cómo he podido estar tan ciega.

—Pero Carla, cariño, ¿no te parece…?

—Ya no soy tu cariño, Roberto. Mételo en la cabeza porque va en serio. —Y se va.

Carla huele a un aroma que no le había sentido hasta ahora: a satisfacción.

—¡Lo que me faltaba! —dice Roberto—. ¿Y tú? ¿Qué es eso de escaparte de casa? ¿Eh?

Se siente tan triste que no tiene ni ganas de ladrarle sus explicaciones.

74

Llorar a lágrima viva. Llorar a chorros. Llorar la digestión. Llorar el sueño. Llorar ante las puertas y los puertos. Llorar de amabilidad y de amarillo.

Camila tiene entre sus manos un poema de Oliverio Girondo. Miles de veces recurrió a él, no hay otro en el mundo entero que exprese tan bien lo que siente cuando está mal.

Abrir las canillas, las compuertas del llanto. Empaparnos el alma, la camiseta. Inundar las veredas y los paseos, y salvarnos, a nado, de nuestro llanto.
Asistir a los cursos de antropología, llorando. Festejar los cumpleaños familiares, llorando. Atravesar el África, llorando.

La ausencia de Luca y de Tofi le corre por las venas como una montaña rusa. Mira el Ave Fénix tatuado en su brazo: días atrás llegó a sentir que un poquito había renacido, pero se volvió a convertir en cenizas al entregar a Tofi. Ella siempre odió los tatuajes, su madre se horrorizaría si lo viera. También odiaba los perros. ¿Cómo puede haber cambiado tanto desde que llegó a España?

Llorar como un cacuy, como un cocodrilo... Si es verdad que los cacuíes y los cocodrilos no dejan nunca de llorar.

Sabe que Rafael está en Buenos Aires. Él le envió cuatro mensajes desde el día en el que descubrieron que Tofi tenía chip. Ella no le respondió ninguno. En los tres primeros Rafael quiso saber si había devuelto a Tofi a su familia, si necesitaba hablar o distraerse y si quería que le trajera algo de Argentina. El último consistía en una foto en la que se veía una porción de fugazzeta rellena y una botella de cerveza Quilmes. Camila enseguida se dio cuenta de que la foto estaba sacada en la pizzería a la que fue con Luca en su segunda cita. Fue ella quien le recomendó ese sitio a Rafael. Podría enviarle una carita que se relame con la pizza, podría preguntarle qué tal lo está pasando, podría recomendarle que vaya a... ¿Para qué? No tiene sentido fomentar ningún tipo de relación con Rafael, lo mejor es no responderle.

Llorarlo todo, pero llorarlo bien. Llorarlo con la nariz, con las rodillas. Llorarlo por el ombligo, por la boca.

Piensa en su vida en Quilmes, lejana, tan distinta a su vida actual.

Además de Luca, tenía un trabajo: era traductora de francés. No ha traducido una sola palabra desde que Luca no está. ¿No sería mejor que regrese a Argentina? ¿Para qué seguir viviendo en este pueblo? Le quedan pocos euros en su cuenta. ¿Qué va a hacer cuando se le acabe el dinero? ¿Dejar de pagar el alquiler? ¿Dejar de comer? Esto último le da igual, desde que Tofi no está, casi no come.

Llorar de amor, de hastío, de alegría. Llorar de frac, de flato, de flacura. Llorar improvisando, de memoria. ¡Llorar todo el insomnio y todo el día!

Deja el poema de Oliverio Girondo en la mesa baja. Se levanta y agarra el libro que cobija aquello que necesita tener entre sus manos. Lo abre y las saca de entre sus hojas: son tres. Las acaricia. Las huele. Se las pasa por la mejilla y las rastas de Tofi se empapan con sus lágrimas.

75

No tiene hambre, ni sed. No quiere pasear. Gruñe cada vez que se le acercan con la bolita de sabor asqueroso que le meten dentro del morro y le obligan a tragar.

Le han puesto una cadena en el cogote y, por mucho que tira, no consigue liberarse de ella. La ha mordido hasta sentir un sabor raro. Ha ladrado sin parar llamando a Camila. Ha ladrado también para que le permitan ir a buscarla. Ni ella aparece, ni él consigue romper la cadena. Lo único que puede hacer es dormir.

—¡Te dije que no quiero movidas por un puñetero perro!

Los gritos de Lidia lo despiertan.

—No exageres, tampoc…

—Serás tú quien le dé dos veces por día la pastilla para su epilepsia, yo no se la voy a dar más. Esta mañana me ha mostrado los dientes. ¡Manda huevos! ¡Tenías que traer el perro!

—¿Sabes por qué lo he traído? ¿De verdad lo quieres saber?

Los gritos le hacen doler las orejas.

—¡Dímelo!

—¡Porque sabía que te molestaría!

—Te mataría, Roberto. Eres, eres… Mejor me lo callo. —Y las cremas asquerosas de Lidia le llegan al hocico—. Quiero que te vayas de esta casa.

—Yo no me voy a ir. Me costó mucho ganarla y comprar todas las mierdas que hay dentro.

—¿Y a mí no me ha costado criar a los niños?

—¡Y otra vez! ¿Vas a comparar ocho, nueve, diez, hasta doce horas en la oficina con preparar comidas y limpiar un poquito?

—¿A quién quieres engañar? Nunca has pasado ni pasarás doce horas en la oficina, las pasas fuera, con el pendón desorejado de tu compañera de trabajo.

Duerme muchísimas horas al día. Cada vez que se despierta, escucha gritos. Las orejas ya no le duelen, se han acostumbrado a ellos.

—¡Que no quiero comer! ¿Cuántas veces te lo tengo que decir, mamá? ¡Qué pesada eres!

—Unos bocados, por favor te lo pido, Martita, no me des guerra, ya sabes lo que ha dicho el…

—¡No! ¡Y no me llames Martita! No soy una cría.

—Marta, por favor, come un poco, hija.

—No voy a comer. ¿Me vas a obligar?

—Mira las ojeras que tienes, y estás tan delgada que un día de estos vas a salir volando.

—Eso no es verdad.

—Sí que lo es. Tienes muy mala cara, hija, ¿te estás drogando otra vez?

—¡Ay, mamá! ¡Déjame en paz! —Y se escucha un portazo.

—¡Marta! ¡Marta, abre!

Los golpes suenan durante largo rato. El perro se duerme. Javier lo despierta. Tiene una cajita en la oreja. Se duerme. Gritos del padre. Abre los ojos. Se duerme. Sueña. Gritos.

—¡Javier! Saca al perro a la acera, que mee allí, se me quema el césped del jardín si lo hace dentro.

—Estoy ocupado, mamá.

—Y yo me estoy ocupando de tender tu ropa.

—Sácalo tú luego, no puedo dejar lo que estoy haciendo en el ordenador.

—¡Javier! No me toques los cojones y saca al perro. Rara es la vez que te pido algo. ¡Venga!

Se le acerca Javier, tiene una cajita de plástico en la mano. Sin levantar la vista de ella, lo lleva hasta el árbol que está en la acera. Deja allí sus sobras líquidas. En el siguiente árbol deja las duras. Al regresar al jardín, ocurre algo maravilloso: Javier no ata la cadena a su cogote.

En cuanto Javier se mete en la cocina él corre hasta la puerta, salta en el metal que sobresale y abandona la casa. Aspira fuerte con su trufa apuntando hacia arriba. No le llega el más mínimo rastro de Camila. Está seguro de que esta vez la encontrará.

76

No puede leer. No cocina porque jamás tiene hambre. No piensa responder los mensajes ni las llamadas de su madre y hermanas. Lo único que puede hacer es limpiar.

El psicólogo que la atendía en Quilmes le dijo que ella tiene un trastorno obsesivo compulsivo con la limpieza. Por supuesto que ella no tiene eso, a los psicólogos les encantan los términos extravagantes, como tener un TOC o ser PAS, sigla de persona altamente sensible, cosa que ella también es según los profesionales de la salud mental.

Cuando vivía con Luca intentaba controlarse, él no tenía su mismo ideal de limpieza. Odiaba cuando él le decía que era una maniática. Para no escucharlo, empezó a limpiar a escondidas. También lo hacía siempre que él no estaba. Ahora que vive sola puede tener la casa como quiere. Quizá algo bueno tenga el que Luca… Se ríe de su ocurrencia, se ríe con gran amargura.

Se encuentra en el baño, fregando el plato de ducha. Es viejo y la masilla de las terminaciones está desgastada en ciertas partes. Allí es donde al moho más le gusta meterse. Por mucho que raspa con la esponja, no consigue la blancura que desea. Frota con todas sus fuerzas, no sale. Agarra un estropajo de metal, hecha un producto que la hace toser, se le van a destrozar las manos, no lleva guantes, le da igual.

Tuvo que aprender vocabulario, como cuando se estudia otro idioma. Porque en España la mayoría de las cosas para limpiar no se llaman como en Argentina. A la lavandina le dicen lejía. La rejilla se llama bayeta. El lampazo es la fregona. El repasador, paño de cocina. El escobillón en España es una escoba. La esponjita es el estropajo. La pala, el recogedor.

Frota y frota las juntas, se le quiebra una uña, frota aún más. Tendrá que comprar otro producto cuando vaya al pueblo grande, el que tiene no sirve, igual sigue restregando. No, no sirve.

Pasa al inodoro, váter en España. Echa producto por todas sus partes, echa y echa. Es fundamental que el inodoro esté bien desinfectado. Mete la escobilla dentro y la mueve de arriba para abajo, de derecha a izquierda, y al revés.

Su mente se va a aquel 11 de diciembre. Ve a Luca, ve las risas, ve el camión, no ve nada, ve blanco, ve negro, y ve la muerte.

Con un trapo limpia la tabla del inodoro, el asiento, la taza, los bordes, la cisterna, el caño que sale por detrás, los tornillos del suelo. Si supiéramos que la muerte llegará en un año, en un mes, en tres días, ¡qué de cosas haríamos diferentes! ¡Qué de cosas nos callaríamos! ¡Qué de palabras de amor le habría dicho a Luca! ¡Qué feliz lo habría hecho durante esa última cena que él cocinó para ella si hubiera sabido que nunca más le prepararía otro pastel de papas! ¡Qué beso le habría dado al salir del cumpleaños de Andrea si hubiera sabido que jamás volvería a sentir sus labios!

¿Por qué la dejó manejar? ¿Por qué Luca no la obligó a cambiar de asientos? ¿Por qué había confiado en ella? Él siempre le dio todos los gustos, el de que lo matara también…

Camila abandona la parte alta de la casa, ha terminado con el baño. Las sábanas y mantas de su cama las sacudió y las recolocó en cuanto se levantó, como cada mañana. Baja y va a la cocina. Saca platos, cubiertos, vasos, ollas, sartenes. Saca todo lo que encuentra en el mueble y lo pone sobre la mesa. Limpia el interior del mueble, los costados y la parte de arriba valiéndose de una escalera. Lava los platos, los cubiertos, los vasos, las ollas, las sartenes. Los seca asegurándose de que no quede la más mínima marca. Agradece que Luca no la esté viendo, le diría algo bastante más subido que maniática.

Piensa en lo mucho que le pesa el no haber apoyado a Luca para que se dedicara a lo que realmente quería. La culpa la tenía su madre por repetirles hasta el hartazgo a Camila y a sus hermanas que había que ser responsable en la vida, y eso se traducía en trabajar en lo que hiciera falta para poder pagar una casa. No llevaban todavía un año de casados cuando una noche Luca llegó sonriente y le dijo que tenía una sorpresa.

—¡Me ofrecieron un trabajo en una película!

Lo primero que ella quiso saber fue cuánto le pagarían.

—Lo que quiero es aprender, no me importa no cobrar al principio.

—O sea, ¿me estás diciendo que no te van a pagar?

—Nos podemos arreglar con lo que tenemos ahorrado y con lo que vos ganás con las traducciones. Lo que más quiero es tener experien…

—No me parece muy inteligente el gastarnos los ahorros. Hay que producir y no gastar lo producido.

—Esas son palabras de tu madre, Kimi —le dijo Luca riéndose.

—¿Y cómo nos vamos a comprar el departamento que queremos si no tenés un trabajo como la gente? ¡Yo no quiero seguir alquilando, y vos lo sabés!

—Y vos sabés que yo lo que más quiero es ser pintor —gritó. Luca no solía levantar la voz—. Ya que no consigo vender mis cuadros, puedo intentar dedicarme a alguna otra cosa artística, como la que me ofrecieron: ayudante del director de fotografía, y quizá en el futuro me paguen y pueda volver a pintar, y…

—¡Sé realista! ¡No se puede vivir pintando perritos, Luca! —gritó ella más fuerte—. ¡Hay que buscar un trabajo en serio! Cuando te metiste en la carrera de Bellas Artes sabías que sus salidas laborales eran escasas.

—Pero ahora puedo intentar…

—No me parece, ahora ya es tarde. ¡Tenemos 28 años!

La cena estaba arruinada, igual que aquella que se arruinaría tantos años más tarde. Arruinada por su imbecilidad, por su egoísmo, porque había creído que la vida se trataba de adquirir cosas.

A los pocos días de esa discusión, Luca empezó a trabajar en el sitio en el que toda su vida se había jurado no trabajar: en la pequeña empresa familiar que había fundado su padre hacía treinta años. Lo hizo por ella. Y no volvió a intentar meterse en el mundo del cine.

Al principio ganaba bien, y así pudieron comprar todo lo que Camila deseaba: un departamento en el centro de Quilmes en un edificio con pileta y seguridad las veinticuatro horas, un coche cero kilómetro, muebles de diseño, ropa de marca, diez días en un *resort all inclusive* en Cancún. Pero Argentina era una dama traicionera, y a ellos los había endulzado unos años para agriarlos luego, consiguiendo que ambos trabajasen más y más para mantener las mismas cosas. Luca soñaba con dejarlo todo e irse al sur de Francia, al pueblito del País Vasco en el que la abuela de Camila había nacido y del que les había contado tantas maravillas. Allí la gente tenía sus ovejas, hacía su queso, cultivaba sus verduras y recogía los frutos de sus árboles, vivía rodeada de montañas verdes y de cielos en los que las estrellas se distinguían. Luca podía estar horas escuchando las historias con fuerte acento francés de Mamie, así llamaban todos cariñosamente a la abuela de Camila. Y Mamie podía estar horas contándoselas a Luca, pocas cosas le gustaban más que hablar de su tierra natal.

«¿Por qué no nos vamos de Argentina, Kimi? ¿Qué hacemos acá? ¿Qué nos retiene en Quilmes?». Las preguntas de Luca suenan atronadoras en su cabeza mientras levanta todas las sillas y las pone sobre la mesa. Mueve el sofá, la mesa baja, la alfombra, la leña. Intenta mover la heladera, nevera en España, pero no puede, es demasiado pesada para ella sola.

Barre y, cuando termina, friega. Y vuelve a barrer porque aún hay pelos de Tofi por todas partes. Y llora, igual que en el poema de Oliverio Girondo, llora a lágrima viva, a chorros, como un cacuy…

77

Camina, corre, trota, corre, camina. Olfatea el aire. Necesita encontrar a Camila, no va a parar hasta volver a su lado. Tiene hambre, también frío. Se siente débil. Olfatea, no reconoce ningún olor. Decide seguir un sendero, huele un río, nota que tiene mucha sed. Está por llegar al agua cuando su pellejo se endurece, y sus patas, y sus orejas. No puede avanzar, se tumba, tiembla, le lloran los ojos, ve miles de lucecitas brillantes. Sabor a óxido, vómitos. Se duerme.

Cuando se despierta, el sol ya se fue. Llega a la orilla del río, bebe una buena cantidad de agua. Escucha sus tripas, están furiosas, hacía mucho tiempo que no sentían tanto hambre. Se refugia cerca de un arbusto. No sabe cuánto tiempo ha pasado desde que se escapó.

Un rayo de sol le acaricia el lomo. Se levanta de un salto, feliz, el calorcito le hizo creer en sueños que se trataba de la mano de Camila. Deja de mover el rabo al darse cuenta de que no sabe dónde está, ni cómo encontrarla.

Se pone en marcha. Tiene que echarles algo a sus tripas, le duelen. Camina bastante, corre un poco. Está débil. Ve unos cubos de basura enormes al lado de la carretera. ¡Y ve gatos cerca de ellos! ¡Allí tiene que haber algo que se pueda comer!

Cruza la carretera y va directo a las bolsas que están en el suelo.

Rompe una. Lame un plástico que sabe a salchichón. Encuentra un trozo de patata, está cruda, asquerosa, se la come igual. Mastica algo que no sabe qué es. Rompe otra bolsa. Encuentra un tesoro: una raspa de pescado. Qué suerte tuvo de encontrarla antes que los gatos.

A lo lejos viene un olor familiar. ¿Es? Aspira varias veces. Sí, es. Ventea de nuevo para saber de qué lado viene el olor. Aunque todavía le quedan algunos trocitos de pescado, deja la raspa y se esconde detrás del cubo. Escucha un chirrido: una máquina metálica ha parado de golpe.

—¡Gulliver! ¿Dónde estás? ¡Te he visto! —grita Roberto.

El perro sale corriendo, no se va a dejar coger, le pondrán de nuevo la cadena en el cogote, no puede permitir eso. Tiene que encontrar a Camila.

—¡Ven aquí! ¡Para!

Corre y se mete en un agujero que encuentra en un muro. Una vez dentro se da cuenta de que no hay techo y hay muchas plantas. Está en un refugio abandonado. Tiene que buscar cómo salir de allí, no quiere ir con Roberto, va a escapar y va a encontrar a su dueña. Recorre el sitio hasta que los músculos se le ponen duros, de sus ojos empieza a caer agua, ve cientos de lucecitas brillantes, miles, millones…

78

Atendé, por favor, estoy preocupada, hablemos solo un momentito, no te pido más, lee Camila. Es un mensaje de Andrea, en lo que va del día la ha llamado cuatro veces.

A los diez minutos otra vez suena su móvil. No descuelga. Vuelve a sonar.

Camila, me estás asustando, atendé, dale.

No quiere hablar. Nunca quiere hablar ni con su madre, ni con sus hermanas, ni con sus amigos de Quilmes. Pero no es su intención asustar a nadie, o que crean que le pasó algo malo.

—¿Cómo estás? —es lo primero que le pregunta Andrea después de descolgar, su hermana siempre va al grano.

—No muy bien, no te voy a mentir.

—Me lo imaginé. Hoy se cumple un año y dos meses de la muerte…

—Sí, sí, ya lo sé.

—Sé que lo sabés, por eso te estoy llamando.

El llanto mudo invade los ojos, la boca, la nariz de Camila. Por suerte, ni siquiera su hermana mayor es capaz de detectarlo.

—No te preocupes por mí —dice, lo único que quiere es cortar, poder llorar con sonido, gritar, gemir, hipar y congojear, aunque el verbo no exista. Quiere llorar a lo Girondo, o incluso más.

—Camila, vos sabés que no fue tu culpa. Tenés que hablarlo con alguien, ya sé que no te gustan los psicólogos, pero…

—¡No me mientas! ¡Por supuesto que fue mi culpa! Si no hubiera bebido, ¡no habría chocado! —grita y se tapa la boca con su mano libre. Acaba de confesar lo que se prometió que no le contaría a su familia.

—Escuchame, Cami, por favor, escuchame bien: no fue tu culpa. Luca sufrió un shock anafiláctico debido a la anestesia, los médicos te dijeron que del accidente habría salido con un par de huesos fracturados, nada más. No se murió por el choque.

—¡Mentira! Sí, sí que fue por el choque. —Y ahora llora haciendo ruido, no lo puede evitar.

—El shock le puede pasar a cualquiera, a alguien de veinte años, a deportistas, a gente que está bárbara de salud. A Luca le pasó eso, no se murió por el accidente, fue un cúmulo de mala suerte, no es tu culpa.

—¡Claro que lo es! ¡Todos me mienten!

—No tenemos por qué mentirte, y te digo más, ponele que mamá, Mariana y yo te estuviéramos mintiendo, pero ¿te van a haber mentido los médicos?

—Podrían… No tendría que haber manejado, había bebido, había tom…

—Habías tomado una copa de vino.

—¿Cómo sabés?

—Todos te vimos.

¿Su familia sabe que había bebido alcohol? ¿Y por qué no la culpan? ¿Por qué no la odian? ¿Por qué se siguen preocupando por ella?

—Una copa no es nada —escucha que dice Andrea—, estabas bien para manejar, habías comido un montón además. Luca sí que estaba entonado, hiciste bien en manejar vos, tenés que dejar de pensar que chocaste porque habías bebido, no es verdad.

—Yo creo que sí que fue mi… —No puede terminar la frase, llora como jamás imaginó que lloraría ante su hermana.

—Cami, escuchame: No fue tu culpa. Te estoy diciendo la verdad: No fue tu culpa.

—Yo sé que sí, sé que sí —repite varias veces.

Lo que su hermana no sabe es que ella tuvo una intuición aquel día, una que lo hubiera salvado.

—¡No fue tu culpa! —le grita Andrea.

—¿Vos creés?

Camila duda. Hace un año y dos meses que está convencida de que Luca está muerto porque ella quitó la mano del volante, y bajó la vista, y chocó contra un camión. Lo que le está diciendo Andrea se lo dijeron en algún momento, pero es como si fuera la primera vez que lo escucha.

—Sí, Cami. Yo sé que no fue tu culpa, todos lo sabemos, incluso los padres de Luca lo saben, ellos jamás pensaron que eras responsable de lo que pasó, ¿sabés por qué?

—No.

—¡Porque saben que fue un shock anafiláctico que no se pudo controlar! Los médicos no mienten. Necesitás hablarlo con un profesional, aunque estés tomando la medicación, tenés que trabajar esto, Cami. Acá hay tanta gente que podría ayudarte, ¿por qué no pensás que quizá volviend…?

—No, no, a Quilmes no vuelvo ni loca. Donde vivo hay montañas, el aire huele bien, hay animales por todas partes.

—¡Pero si a vos jamás te gustaron los animales!

—Ahora mismo Quilmes me parece…, ¿cómo decirte?… Me estoy dando cuenta de que me tendría que haber ido hace mucho, Andre. Ojalá le hubiera hecho caso…

—¿A quién?

—A Luca. Él quería…

—En Quilmes está tu familia, la gente que más te quiere, que te puede ayudar.

—Luca quería ir al pueblo de la abuela.

—¿A Siguís San Etien?

—Sauguis-Saint-Étienne —dice Camila con su perfecta pronunciación.

—Perdone usted mi mal francés, *madmuasel.* —Andrea se ríe.

Su hermana siempre fue una persona de risa fácil, incluso en sus malas épocas. No es como ella, no parecen familia.

—*Ce n'est rien.* Está usted perdonada, *madame.*

—No sabía que querían conocer esa zona.

—Sí, era el sueño de Luca.

—La abuela siempre decía que era precioso… ¿Te acordás cuánto extrañaba Mamie el campo?

—Sí, y no sabés cómo la entiendo ahora. Es tan diferente la vida en un lugar como este, no te hacés una idea. Ojalá nos hubiéramos animado a irnos, Luca sería tan feliz acá.

—Tenés que pensar a futuro y no en lo que no hiciste, o en lo que ya no podés hacer.

—Menos mal que Mamie se fue antes que él, no sabés la de veces que lo pienso.

—¿Qué querés decir?

—Agradezco que Mamie se haya muerto un mes antes que Luca y no haya tenido que sufrir su pérdida. Ya sabés, él era su nieto favorito.

—Es verdad, lo prefería antes que a cualquiera de nosotras tres. Luca la escuchaba siempre con atención, y le hacía muchas preguntas, sería por eso.

—A lo mejor, sí —dice Camila pensando en otra cosa, en lo que le gustaría confesarle a su hermana—. Andre…

—¿Qué?

—No estoy tomando la medicación que me dio el psiquiatra. Al día siguiente de llegar a España, la tiré toda al inodoro.

—¿Qué decís? ¡¡Estás loca?! Pero si la medicación no se puede dejar de un día para el otro, te puede hacer mal, te puede dar efecto rebote y…

299

—Yo lo hice.

Se arrepiente de lo que acaba de confesarle. ¿Qué creyó que ganaría? Por supuesto que su hermana la sermonearía y le diría lo mucho que se equivocó.

—¿Por qué la dejaste de tomar?

—Porque estaba hecha una pelotuda, iba por la vida como adormilada, sin ser yo misma. Además, no sentía menos dolor.

—La medicación no es para que…

—Mi idea era renacer, Andre, renacer en otra parte, donde no me conociera nadie, creí que el recuerdo de Luca no me seguiría hasta acá, o que no estaría tan presente por lo menos, no como en Quilmes. Pero me equivoqué.

—Luca ya no está, pero nosotros sí.

—No puedo volver a Quilmes, Andre, no puedo.

Cuando corta la llamada con su hermana ve que tiene un mensaje de Rafael. Decide eliminarlo sin haberlo visto. Pulsa varias veces la pantalla de su teléfono. Le queda solo un paso para borrarlo definitivamente. Se arrepiente y entra a ver el mensaje. Es una foto: Rafael, sonriente, tiene en su mano un cucurucho de helado en cuya punta hay un copete de crema chantillí. Detrás de él se lee: Cadore *gelato artigianale*. ¡Qué atractiva es su sonrisa! La mira durante varios minutos. Camila descarga la foto y la guarda en la carpeta en la que tiene todas las de Tofi.

79

Las lucecitas brillantes tardan en desaparecer. Cuando las veía estando Camila cerca no lo pasaba tan mal. Ella lo acariciaba, lo cubría con alguno de los trapos que llevaba sobre su pellejo y le decía palabras suaves, que lo tranquilizaban. Con ella a su lado no sentía miedo.

El sabor a óxido le llega al morro. Vomita, varias veces. Piensa en Lucky.

—¡Gulliver! ¡Sal de ahí! Venga, ¡ahora! —le grita Roberto.

Se tumba en una de las esquinas del refugio abandonado. No tiene fuerzas para buscar algún agujero en el muro por el que escapar. Ve el hueco por el que entró, ese no le sirve, huele que del otro lado está Roberto.

—¡Vamos, Gulliver! ¡No me toques más las narices y sal! ¡Gulliver! Te he dicho que salgas. —Y Roberto grita más fuerte.

Le duelen las orejas, es por los gritos. Los odia. Se pone muy nervioso, le vienen las ganas locas de morder. Descubre pegadas a él varias ramas de higuera. Arranca una hoja y la despedaza. Arranca otra. Envidia a Lucky más que nunca. Su mamá le ladró que Margot adoraba a su perro incompleto. Arranca varias hojas más, las mordisquea, traga algunos trozos, la mayoría los escupe. Su mamá había visto las caricias de Margot sobre el lomo de Lucky, y había escuchado las palabras agradables que le decía.

Ve un trozo de madera saltando por los aires. Ve otro. Ve a Roberto entrar en el refugio abandonado, acaba de romper la puerta. Lo ve acercarse y agarrar una de sus patas. Él le clava los dientes.

—¡Me has mordido! —grita Roberto, suelta su pata y retrocede varios pasos—. ¿Cómo me vas a morder a mí?

El perro huele su furia. Y siente el sabor del líquido caliente que ha salido del pellejo de Roberto. Se relame. Levanta la vista y se da cuenta de que su antiguo dueño se está acercando nuevamente. Él le muestra los dientes.

—¿Me vas a volver a morder? ¡Me cago en la puta!

Él no se dejará coger, nunca.

Roberto da dos pasos en su dirección, él vuelve a gruñirle. Roberto no se detiene. Le muestra los dientes, se pone de pie, sus orejas están hacia atrás, su rabo erguido, lo mira fijo, le está avisando que lo va a volver a atacar. Roberto continúa acercándose.

—No te voy a dejar aquí, Gulliver. No me voy a ir sin ti.

Se marea. Se cae. Roberto le habla. Y otra vez está rodeado por miles de lucecitas brillantes.

80

Supone que Andrea le habrá contado que ha dejado de tomar la medicación psiquiátrica, porque en las últimas veinticuatro horas su madre la ha llamado once veces. Es su récord. No puede estar llamándola por eso, Andrea no la traicionaría, ella le pidió que no se lo dijera.

Su celular comienza a sonar otra vez. Tarde o temprano tendrá que atenderla, sabe que no va a parar de llamarla hasta que lo haga. Se dice que es preferible quitárselo de encima y atiende la llamada número doce.

—Hola, mamá. —Pone el manos libres, así mientras habla puede limpiar la cocina.

—Ni sé cuántas veces te llamé, si no fuera porque Andrea habló ayer con vos, estaría preocupadí…

—Ya sabés que no me gusta hablar por teléfono.

—¿Y lo que a mí me gusta qué?

—¿Me llamaste para pelear? Conmigo no cuentes, hoy tengo la máquina de peleas desenchufada.

—Qué graciosa que sos, me mato de risa con vos.

Se quedan calladas, siempre se llevaron mejor en el silencio que en la charla.

—¿Cómo estás? —pregunta Camila cuando llega ese momento en el que empieza a sentirse incómoda en el silencio.

—Mal, muy mal.

¡Cuánto se arrepiente de haberla atendido!, ahora tendrá que escuchar la eterna perorata de su madre en la que le detallará sus sufrimientos, sus preocupaciones, sus insomnios y sus faltas de apetitos por ella.

—Espero que en breve estés mejor, mamá. Te tengo que dejar porque…

—¡Ni se te ocurra cortarme, eh! —le grita su madre—. Llevo un día entero intentando que me atiendas, no me vas a sacar de encima tan fácil.

—¿Para qué me llamás?, de sobra sabés que no quiero hablar.

—Porque sos mi hija, estás a diez mil kilómetros de distancia de toda tu familia, y estoy preocupada por vos.

—Despreocupate, mamá, estoy rebién.

—¿Rebién? ¡No nací ayer, Camila!, dejá de mentir. Además, tu hermana me dijo que dejaste los ansiolíticos y los antidepresivos.

¡Qué idiota! Andrea siempre fue una buchona, siendo chiquita ya lo era. Toda la vida le contó a su madre sus secretos, como aquella vez en la que encontró los lápices que le había robado a Luca y le fue con el chimento. ¡Andrea no había cambiado! No debería haber confiado en ella. ¡Sabía que no tenía que atender a su madre! ¡Ni a su hermana!

—Sí, los dejé, y estoy bárbara, así que vos no te hagas ningún problema que no es necesario, esas úlceras que te van a salir y que luego me vas a endilgar te las podés ahorrar, mamá.

—No me hace gracia tu ironía, Camila.

—Ni a mí el que me persigas para decirme lo que tengo que hacer. ¡Nunca más! No voy a volver a hacerte caso en lo que me queda de vida, sabelo.

—¿De qué hablás?

—Hablo de que me creí eso que me inculcaste durante años, eso de que lo importante es adquirir cosas, o mejor dicho, pelotudeces. Me creí que hay que tener un coche cero kilómetro, y un departamento *chic*, y el placard atiborrado de ropa de marca, y zapatos, y bolsos, y tecnología de punta; y también me creí que era fea si no me pintaba como una puerta hasta para ir al kiosco a comprar un alfajor —grita Camila, está temblando, tiene la escoba en la mano pero ha dejado de barrer.

—No podés culparme a mí, esas fueron tus elecciones.

—¡Esa fue tu crianza! Vos me dijiste que la felicidad estaba en comprar, en estar divina, en…

—Eso no es verdad, Camila.

—Sí que lo es. ¿O acaso vos no comprabas con la tarjeta de crédito más zapatos, carteras y ropa de la que podías? ¿Y no lo seguís haciendo acaso?

—¿Qué tiene que ver eso con…?

—Tiene que ver con que lo vi en vos, ¡y nada de toda esa bazofia te deja nada! Luca tenía razón, la vida pasa por otro lado, no por adquirir mierdas.

—Camila, por favor.

—¡Camila las pelotas! —grita y tiembla—. ¿Por qué no me enseñaste que se vive mucho más cómoda en zapatillas y sin mierdas en la cara?

—Dejá de decir malas palabras, ya sabés que no soporto…

—Y yo no soporto la cantidad de pelotudeces que me inculcaste, mamá, que no sirven para un carajo en la vida. Te doy otro ejemplo: desde los veinte años tengo mi mechón de canas, a mí no me molestaba en lo más mínimo, pero vos me insististe y me insististe para que me lo tiñera. Te hice caso y, a la poquita raíz blanca que me asomaba, me mandabas a teñirme, de un modo sutil, por supuesto.

—Las canas dan mal aspecto, Camila, y vos eras tan linda, y joven, y te salió ese mechón blanco horrible, de bruja, ¿cómo no te iba a decir que te lo tiñeras?

—¿Y tiñéndomelo dejaba de parecerte una bruja?

—¿Te das cuenta de todas las pavadas que estás diciendo?

—¿Pavadas? ¡No son importantes las canas! —grita—. Es algo que vos me tendrías que haber enseñado. Y me dediqué a adquirir, y a no ser yo, y a cagarle la vida a mi marido para que también adquiriera, en definitiva.

—¿Me vas a culpar por algo más?

—Quiero que entiendas por qué estoy enojada con vos, mamá. La vida que viví en Quilmes era la que vos querías que yo viviera, ¡y no me di cuenta! ¡Qué pelotuda fui! Luca siempre me lo decía: «Esas son palabras de tu madre, Kimi». —E imita su voz—. Y no pude ver que vivía haciendo lo que vos me habías metido en la cabeza que había que hacer. Ya no más. Ahora quiero otra vida.

—Estás muy alterada, será la falta de medicación, no creo que…

—¡La medicación es otra gran mierda y no tiene nada que ver! ¡La medicación no resuelve nada! ¿Escuchaste algo de lo que te dije?

—Es mejor que lo hablemos en otro mom…

—Me parece genial, mamá. —Camila corta la llamada.

Se da cuenta de que tiene el mango de la escoba aún entre las manos, lo tiene agarrado con fuerza. Debería barrer, fregar, limpiar para no pensar. Camina unos pocos pasos y coloca la escoba detrás de la puerta de entrada. Se sienta en el sofá. Donde sea que esté, Luca la ama con toda su alma ahora mismo. Jamás le habló a su madre como hoy, necesitaba decirle cada una de las palabras que salieron por su boca, tiene la intuición de que lo dicho la ayudará a ascender a la superficie.

Suena una campanita. En la pantalla de su móvil ve que el mensaje que acaba de recibir es de Rafael. Ella sigue sin responderle, pero espera ansiosa sus mensajes. Lo abre en el momento: Rafael está por comerse una gran porción de tarta pascualina y le sonríe con el tenedor en la mano. Con cada nueva foto, Camila siente más ganas de hablar con él, de verlo y de hacer tantas cosas que no se va a permitir.

A los veinte minutos recibe otro mensaje: son dos panqueques de dulce de leche, Rafael ha sacado la foto para que se vea bien el relleno. A Camila se le hace agua la boca y siente una enorme nostalgia de Buenos Aires.

81

Las lucecitas y el vómito lo dejan débil, pero tiene un resto de fuerzas para ladrar y aullar mientras Roberto lo mete en su máquina de metal ruidosa. No recuerda cómo lo sacó del refugio abandonado en el que se escondió antes de que llegaran las lucecitas brillantes. Rasca la puerta de la máquina y Roberto hace desaparecer el vidrio. En vez de asomar la cabeza, intenta saltar. No consigue volver a escaparse como quisiera porque Roberto lo agarra por una de sus patas traseras. «¡Para ya!», le grita y el vidrio vuelve a aparecer. Ladra y rasca. La cabeza se le llena de lucecitas brillantes.

Al despertarse no sabe dónde está. Su pellejo está apoyado sobre algo frío. Siente el olor de Roberto y uno que no sintió jamás. Levanta la cabeza y ve un hombre de blanco.

—Se llaman crisis en racimo. Me refiero a esto que me has dicho, que lo has visto convulsionar varias veces en poco tiempo. ¿Está estresado?

—Sí.

—Puede ser eso, el estrés es muy malo para la epilepsia. ¿Qué está tomando?

—Pecon creo que se llama, o algo así.

—¿Pexion?

—Puede ser.

—¿Qué dosis?

—Media pastilla por la mañana y media por la noche.

—Lo que necesito saber es cuántos miligramos toma.

—Uy, no lo sé.

—Por lo que pesa y los muchos ataques que está teniendo debería tomar cuatrocientos al día.

—Imagino que será lo que toma.

—Cuando llegues a tu casa lo miras, me llamas y me dices de cuánto son las pastillas que le estás dando. Es muy importante que la dosis sea la correcta.

El perro siente cada vez más frío, quiere salir de allí, tiene que encontrar a Camila. Se pone de pie sobre la mesa y calcula: es demasiado alta. No importa, saltará igual. Mira la puerta, la alcanzará en pocos pasos después de que sus patas toquen el suelo. Se decide a saltar. Se siente raro, sus músculos están duros. Es mejor que espere un poco.

—Ya está, Gulliver, ya ha pasado —le dice el hombre de blanco.

—Madre mía, qué mal está —escucha a Roberto—, es el tercer ataque que le veo en el mismo día.

—Le voy a agregar un fármaco, tenemos que parar estas convulsiones en racimo. Es caro y es de farmacia, pero va muy bien en estos casos.

—¿No hay algo más barato?

—Fenobarbital. Yo prefiero evitarlo, los efectos secundarios que provoca no me gustan nada. Es mejor darle lo que te digo, sobre todo ahora, para cortar los ataques en racimo.

El perro huele la indecisión de Roberto. Ve al hombre de blanco dándole un papel. Salen y Roberto le da la orden para que suba en su máquina metálica. No tiene fuerzas para resistirse y obedece a la primera. Se queda dormido. Se despierta cuando Roberto le pide que baje de la máquina. Lo mete en el sitio del refugio donde la familia come y le señala un trapo. Se tumba y sueña con Camila.

—¡Hartaaaa! —grita Lidia—. ¡No vamos a gastar ese dinero en medicinas para un puñetero perro! Tengo toda la casa llena de pelos, y…

—¿Cómo vas a tener la casa llena de pelos si Gulliver no pisa nada que no sea la cocina?

—Los pelos llegan igual, total, como no los limpias tú…

—Eres lo más quejica que he visto en mi vida.

—Te lo he dicho por activa y por pasiva, Roberto: no quiero al perro en la casa, no quiero ni barrer sus pelos, ni tener que ocuparme de darle su medicación, ni gastar un duro en él.

—Si no te gusta el perro, búscate un trabajo y vete.

—Antes muerta y tú lo sabes.

El perro mira la puerta del sitio donde la familia come: está cerrada. Varias veces saltó sobre el metal que sobresale, pero no es como el resto, tiene una forma diferente y él no consigue que haga clic para así poder estar en el jardín.

Necesita salir de allí, va a encontrar a Camila aunque sea lo último que haga, para ello tiene que conseguir que Roberto o Lidia abran la puerta.

Se levanta del trapo y camina tres pasos.

—¡Noooooooooooo! ¡Pero qué marrano! Lo mato, Roberto, te juro que lo mato. —Lidia se le acerca corriendo. Él se mete debajo de un mueble—. ¡Sal de ahí! ¡Guarro! ¡Vamos!

—Qué raro, este perro jamás…

—¡Sal! ¡Marrano! —le grita Lidia y él la huele más furiosa que la vez que le mordió un poquito una zapatilla—. Abre la puerta y que se vaya al jardín, Roberto, este perro no va a volver a entrar en mi casa en lo que me queda de vida, ¿me has entendido? Lo único que me falta, ¡limpiar su mierda!

—Vamos, Gulliver, al jardín —le dice Roberto y él sale. Corre por el mullidito verde y va directo a la puerta—. ¿A dónde te crees que vas? ¡A tu sitio! —Y le señala la caja de madera con techo que pusieron para él tanto tiempo atrás.

No se piensa meter allí. Ladra y ladra y ladra.

—¡Por favoooooooooor! ¡Haz que se calle ya! —grita Lidia desde la puerta del sitio donde la familia come—. ¡Robertooo!

—¡No grites más, Lidia! ¡Me estás volviendo loco!

Ladra, ladra, ladra, ladra, ladra, ladra, ladra.

82

ROBERTO, lee en la pantalla de su móvil. Duda si atenderlo. ¿Para qué? Él ya consiguió lo que quería. Camila corta la llamada.

ROBERTO. ¿Por qué insiste? Deja que el teléfono suene hasta que vuelve el silencio.

ROBERTO.

—¿Qué quiere? —es lo primero que dice al descolgar.

Se decide a atender solo porque el hacerlo quizá beneficie a Tofi. Seguramente la llamará para preguntarle algo de su tratamiento por la epilepsia, o quizá para que ella le dé todos los análisis que le hizo cuando tuvo toxoplasmosis, o para que le dé el TAC en el que se ven las hernias. Si le pide los estudios del perro, se los dará.

—Hola, Camila. ¿Podemos hablar?

—Lo estamos haciendo, ¿no?

—En persona.

—¿No puede ser por teléfono?

—Preferiría en persona. Me puedo acercar a tu pueblo, en una hora podría estar allí si te parece bien.

—¿Pasó algo con Tofi?

Siente su corazón golpear contra sus costillas.

—Sí y no…

—¿Me puede adelantar algo más?

—En persona, es mejor.

—Ok. Nos vemos en el *parking*, en una hora.

Lo único que espera del encuentro es saber que Tofi está bien. ¡Cómo lo extraña! Jamás imaginó que se podía querer tanto a un animal, que podía convertirse en una compañía que te da tantas pequeñas cosas. Porque lo que más la enamoró de él es su capacidad para disfrutar de algo minúsculo como una caricia, un plato de comida o una piedra del río.

Habría preferido que Tofi no se cruzara en su camino, el dolor es muy grande ahora que ya no está. Le duele el alma por las noches, cuando se acuesta sola, otra vez, y se duerme llorando, porque la falta de su calorcito le resulta insoportable. Lo que más extrañó de Luca en los primeros tiempos también fue el no sentir su cuerpo por las noches. ¡Qué fría le resultaba la cama! ¡Qué horribles los despertares solitarios!

No llega al *parking*, encuentra a Roberto en la plazoleta.

—Estaba yendo hacia tu casa, pensé que no venías.

—Se me hizo tarde.

—Gulliver se ha escapado —le dice el tipo sin ningún rodeo.

—¡¿Qué?! —grita. No puede creer lo que acaba de escuchar—. ¿Qué quiere decir con eso? —Y siente que le tiemblan las piernas, las manos, y que una furia infinita la invade. ¿Hace tan solo diez días que le entregó a Tofi y ya volvió a «perderlo»? Jamás se lo tendría que haber devuelto. Este tipo es un imbécil, no puede cuidar ni una planta artificial. ¡Diez días! A ella el perro no se le fue del alcance de su vista en dos meses.

—No me mires así, con ese odio que llevas en los ojos —le dice él

—Lo miro como se me canta el culo.

Vuelve a sentir lo mismo que cuando tuvo la desgracia de cruzárselo por primera vez: ganas de desfigurarle la cara.

—Lo hemos encontrado. Creo que se ha escapado para buscarte. Es la primera vez que hace algo así.

—¿Cómo que es la primera vez? —le dice Camila en un tono

de voz elevado—. Usted me dijo que el perro se le había perdido cuando…

—Eso no es del todo cierto. Y creo que podríamos tutearnos. —Y Roberto esboza una especie de sonrisa horrible.

—Hablá claro. No te entiendo.

Camila lleva su mano derecha a su nuca y se arranca un buen trozo de piel. No puede controlar los nervios que le produce este tipo.

—La verdad es que no se me perdió en su día, sino que lo abandoné.

—¡Lo sabía!

—Tú no tienes ni idea de cuánto me arrepentí luego. Pasé días buscándolo, pero no lo encontré. Lidia me obligó a abandonarlo. Lidia es mi mujer. No sabíamos qué le pasaba a Gulliver, tenía fuertes temblores, cada vez más a menudo, lo llevé al veterinario y me dijo que había que hacerle estudios neurológicos que costaban una pastizal. Lidia estaba hasta el moño del perro, también la niña, que fue quien lo encontró en la calle cuando era un cachorro, y yo tenía mis problemas, y el dinero, y las discusiones por el perro…

—¡Increíble! —grita Camila.

—No veía solución. No sabía cuánto dinero me costaría curarlo y tú no sabes lo pesada que es Lidia, ella no lo quería cuid…

—¿Y porque tu mujer es una imbancable le arruinás la vida al perro abandonándolo? Y no solo eso, porque vos viste que estaba bien conmigo, cuidado, alimentado. Te dije que me gasté la guita loca en él y, aun así, vas y me lo sacás, ¡mintiendo encima!

Camila no para de arrancarse costras, le late fuerte el corazón, y muy rápido, nunca le pegó a nadie, no sabe si podrá contenerse con este tipo.

—Quería fastidiar a Lidia, es complicado de explicar.

—¡Tofi no tiene la culpa de tus problemas matrimoniales! —grita.

—Vamos a tranquilizarnos —dice Roberto—. He venido a

decirte que quiero que Gulliver esté contigo, si estás de acuerdo.

Camila abre mucho los ojos, levanta las cejas. ¿Escuchó bien o su cabeza le está jugando una mala pasada? No puede ser verdad, ella no es de las que tiene esa suerte, al contrario, todo lo que puede salir bien, a ella le sale mal. ¿O quizá sí pueda ser de las que tiene esa suerte?

—¿Por qué? No entiendo nada…

—Lidia no lo quiere, mis hijos pasan de Gulliver al completo y yo no estoy en casa en todo el día. Es un buen perro, se merece algo mejor que lo que nosotros podemos darle. Y es verdad lo que me dijiste: él te ha elegido a ti como dueña, no se habría escapado si no fuera así, estoy seguro.

Camila se queda sin palabras. Por primera vez desde la muerte de Luca, siente algo muy cercano a la felicidad. De repente el cuerpo se le llena de ganas de ver a Tofi. Y de mimarlo, de verlo moviendo el rabo, de despertarse y encontrarse con su cabeza en la almohada. Se había hecho a la idea de que eso no volvería a suceder jamás.

—Lo traje conmigo, está en el coche. Si lo quieres, te lo dejo ya mismo y en la semana quedamos para poner el chip a tu nombre.

83

—¡Sube! —Y Roberto abre la puerta de su máquina metálica.

No se resiste. Le da igual donde lo lleve, le da igual si sale o no sale del jardín, le da igual comer o no comer. Hasta le da igual si Roberto vuelve a dejarlo en una estación de servicio abandonada.

—¡Baja! —escucha y hace caso.

Entran en un parque. No es el de siempre, es uno en el que no estuvo nunca. Roberto le ha puesto una correa en el cogote antes de permitirle descender de su máquina metálica.

—Corre un poco si quieres. Solo te pido que no te escapes. —Y escucha un clic: Roberto acaba de quitarle la correa.

¿A dónde va a ir? Ya no se siente con fuerzas para buscar a Camila, ni siquiera recuerda a qué olía.

La cajita de plástico de Roberto hace ruido. Ve que se la acerca a su oreja y le habla. Hay muchos olores nuevos, algunos son fuertes y le llaman la atención. Roberto le grita a la cajita de plástico. Y le grita más. Él se pone nervioso.

—¡Me estás aturdiendo! ¡Deja de chillar! —grita Roberto.

Le vienen las ganas locas de morder. Ve un arbusto, pegado a él hay un olor interesante, en pocos pasos está mordiendo lo que encuentra en el suelo, traga. Más gritos. Lame y traga.

—¡Gulliver, no! ¡Deja eso! ¿Qué estás haciendo? —Y escucha un clic. Se le acabó la libertad.

Roberto lo lleva a su máquina metálica. Se sube a la primera orden. No rasca la puerta, ya no le pide a Roberto que haga desaparecer el vidrio, le da igual. Se tumba y se duerme.

Un olor familiar lo despierta. Se incorpora. Aspira. Roberto frena la máquina, se baja y lo deja dentro. El olor se le agarra fuerte de la trufa, entonces, recuerda sus mandarinas dulces y sus castañas asadas. Sabe que Camila no está muy lejos.

Mueve el rabo y espera. Inspira y espera. Ella no viene. ¿Por qué no viene? Se pone nervioso. Necesita morder algo.

Su olor es más intenso ahora. Se pone en dos patas dentro de la máquina. Mira por el vidrio.

Ladra, aúlla, ladra, salta de adelante para atrás de atrás para adelante de adelante para atrás, ladra: ve que Camila se está acercando.

Roberto abre la puerta de la máquina y él se arroja sobre ella.

—¡Hola, Tofi! —le dice Camila y lo agarra entre sus brazos.

—¡Por Dios! Me ha destrozado el tapizado. —Escucha decir al padre—. Lidia va a poner el grito en el cielo.

Camila lo coloca en el suelo y le acaricia las orejas, también el lomo. Se pone panza arriba y ella se ríe.

—Vení, vamos a casa. Te voy a llenar de mimos hoy, quizá mañana también. —Y lo rasca como a él le gusta—. Gracias —dice Camila, su mirada fija en Roberto.

—Contigo va a estar muy bien. ¡Adiós, Gulliver! Eres un buen chico.

El perro se acerca al padre e intenta lamerle una mano.

—Mejor nos despedimos sin lenguas —le dice Roberto mientras le toca la cabeza.

84

«¡No sabés cuánto hace que no me siento tan contenta!», le dice a Tofi mientras se dirigen a su casa horno de pan. Él va pegado a sus tobillos, lleva el rabo bajo y quieto; no parece estar alegre como ella. Camila hace memoria, quiere saber cuándo fue la última vez que se sintió así. Enseguida encuentra la velada que busca: fue en la fiesta de disfraces que hizo Mariana en su chalet. Se le cruzan un par de imágenes por la cabeza que la hacen sonreír.

Una vez en su casa se da cuenta de que no tiene nada rico para darle a Tofi: no hay pollo en su heladera, ni huesos de jamón, ni algún fiambre. «Te vas a tener que conformar con unos espaguetis», y echa en un plato hondo las sobras de la noche anterior.

Dos días después de haberle entregado el perro a Roberto decidió tirar todo lo que le recordara a él: su cuenco de agua y de comida, las piedras que le había robado al río, su pelota, hasta el almohadón en el que dormía. No tiró su pienso, aunque se deshizo de él: se lo dio a un perro callejero que varias veces había visto buscando comida por los cubos de basura del *parking*.

Tofi olfatea los espaguetis y se aleja. Tampoco bebe agua del vaso que ella le ha puesto. Lo ve tumbarse al lado de la chimenea apagada, sobre el suelo. Le parece raro su comportamiento, quizá se deba al mucho estrés que ha sufrido por el reencuentro. «Vení, acostate acá, mañana te compro una cama», y extiende una toalla en las baldosas. Tofi se acerca, da tres vueltas en el lugar, y se echa haciéndose un rosquito. Camila lo acaricia largo rato y en ningún momento su perro intenta lamerle la mano. Que no quiera chuparla le parece más raro aún que el hecho de que no haya probado bocado, a él le encanta la pasta.

Decide no darle importancia y se pone a limpiar. Lo primero que hace es subir las sillas a la mesa de la cocina. La escoba que se encuentra detrás de la puerta trae a su mente otra vez la fiesta de disfraces: su sobrina mayor se había disfrazado de Bruja Mala del Oeste, parecía un calco de la de *El mago de Oz*: llevaba su piel verde, una gran nariz aguileña, un sombrero negro de punta y una escoba en la mano. No solo su sobrina se había esmerado con el disfraz, todos los invitados lo habían hecho porque se premiarían los mejores. Mariana había pasado meses organizando la fiesta, decía que sería uno de los eventos más divertidos de Quilmes de todo el año. La hizo en el enorme jardín de su chalet, decorado para la ocasión con gran cantidad de luces de colores, guirnaldas y velas. Mariana contrató el mejor servicio de *catering* de la zona y un batallón de mozos. También, contrató tres bármanes especialistas en cócteles, una banda de música cachengue y un famoso *disc-jockey*.

Camila termina de barrer la cocina y empieza a fregar los suelos. Mariana se horrorizaría si la viera limpiando, ella siempre tuvo mucama, no cree que haya tenido que limpiar su chalet ni una sola vez en su vida. Detiene el fregado y observa a Tofi: ha cambiado de postura varias veces, no parece estar cómodo. Lo ve de pie, estirándose. Y se acuesta. Se levanta, extiende sus patas delanteras, dejando sus partes traseras elevadas. Se queda en esa posición unos segundos. Y se tumba nuevamente en la toalla.

Después de fregar los suelos, Camila baja las sillas de la mesa y se dirige a la parte de arriba. Sobre su cama hay una pila de ropa que ha decidido llevar al contenedor de donaciones. En ella se encuentran todos sus zapatos de taco alto, sus *jeans* elastizados, sus vestidos de gasa y tres pulóveres. Nunca vio su dormitorio tan desordenado. Le vendría bien que su madre fuera la verdadera

Mary Poppins y estuviera allí para ayudarla a acomodarlo todo chasqueando los dedos y cantando. Se ríe sola de su ocurrencia. En la fiesta de Mariana, su madre iba disfrazada de esa niñera inglesa que Camila había adorado durante su infancia. Andrea se había puesto un traje pegado al cuerpo, de vinilo negro, una larga cola y orejas, y así, se había convertido en Gatúbela. Su hermana había elegido ese disfraz porque era la excusa perfecta para poder mostrar el lomazo que tenía a sus cuarenta años. Camila sabía que tener ese cuerpo le costaba una gran cantidad de horas en el gimnasio y dietas de todo tipo, aunque Andrea solía decir que hacía muy poquita cosa física y que comía de todo. Su marido, Álvaro, iba disfrazado de jeque árabe, y llevaba en una de sus manos un fajo de dólares. Mariana era la princesa Leia; su marido, Superman. Los otros dos hijos de Andrea se habían disfrazado de Blancanieves y de Harry Potter. Los tres de Mariana eran Cleopatra, Thor y Elastigirl. Su abuela era Juana de Arco. En la fiesta, además de la familia, había amigos y completos desconocidos. Todos iban disfrazados, por supuesto. Camila vio muchos superhéroes (Batman y Wonder Woman estaban repetidos), vio piratas, hadas, enfermeras, cavernícolas, Simpsons, esqueletos y diferentes animales. Los invitados eran alrededor de ciento veinte.

—¿Sabías que los dólares que tiene Álvaro en la mano son de verdad? —le preguntó Luca mientras ella pedía un Fernet con Coca-Cola en la barra montada en el jardín.

—¿En serio?

—Sí. No sé si viste que cada billete es de cien, tiene como tres lucas en la mano.

—¡No puede ser! Deben ser de cotillón, ¿cómo va a llevar plata de verdad?

—Como escuchás, se lo dice a todo el mundo que son dólares reales. —Los dos se rieron. Álvaro no dejaba de sorprenderlos, toda oportunidad era buena para mostrar el mucho dinero que tenía.

—Cuando Álvaro esté más en pedo le sacamos cuatro o cinco

billetitos si querés, seguro que no se da cuenta —propuso Camila y le dio el primer trago a su Fernet.

—Excelente idea, como todas las tuyas. —Luca se acercó para darle un beso.

—¡No! —gritó Camila moviendo con brusquedad su cuerpo hacia atrás—. ¡Que me arruinás el maquillaje!

Luca no insistió. Desde sus primeros tiempos juntos él le decía que ella le gustaba mucho más sin maquillaje. Pero Camila no compartía su opinión; si tenía que elegir entre sus labios pintados de rojo y un beso de Luca, elegía lo primero.

—Che, te podrías haber pedido algo más divertido que un Fernet con Coca-Cola, ¿no?

—Es la única copa que voy a tomar en toda la noche, quise ir a lo seguro.

—Siempre tan conservadora mi Kimi. —Luca se giró y le preguntó al barman—: Quisiera un cóctel, no muy dulce, ¿qué me sugerís?

—¿Un mojito? Le puedo poner poca azúcar negra.

—No, muy visto.

—¿Una caipiriña?

—Demasiado corriente.

—¿Un daiquiri de ananá?

—¿Tenés algo un poquito más original? —le preguntó Luca sonriendo. A Camila le sorprendió que, en vez de enojarse porque nada le venía bien, el barman pareciera encantado con su marido.

—¿Un Red Lantern?

—¡Eso!

—¿Lo conocés?

—No, pero con ese nombre ya me lo vendiste.

—¿Te digo lo que lleva?

—Mejor no, prefiero sorprenderme.

Luca era el polo opuesto a ella: siempre que había algo que no conociera en la carta de un restaurante, lo pedía. Le encantaba probar todo tipo de cosas nuevas, cuanto más raras, mejor. Estaba dispuesto a correr riesgos, a vivir aventuras, a hacer todo aquello que no está bien visto que hagas.

—¡Y ahora el gran momento! —escucharon, y desde la barra del jardín vieron a Mariana sobre un escenario con un micrófono en la mano—. Ya se contaron los votos y aquí tengo los resultados. Los ganadores del premio al mejor disfraz son… Pero antes: ¿saben cuál es el premio?

—Síííí —gritaron los invitados.

—¡Un fin de semana en el mejor hotel de Punta del Este! *All inclusive!* —dijo Mariana aunque los allí presentes ya lo sabían.

Su hermana había decidido dar semejante premio para asegurarse de que su fiesta fuera un éxito, sus invitados estarían motivados y se esforzarían a la hora de disfrazarse. Había dicho varias veces el premio que se daría, incluso lo había impreso en las tarjetas de invitación.

—¿Para vos quién debería ganar? —le preguntó Luca mientras Mariana continuaba hablando desde el escenario, era su especialidad el alargar los momentos en los que todos querían que fuera al grano.

—Mamie, sin lugar a dudas. Es una genia, no puedo creer que ella misma haya hecho su disfraz de Juana de Arco. Lo que no sé es de dónde habrá sacado la espada que lleva, la toqué, ¡y es de verdad! —dijo Camila riéndose.

—¡Pensé que era de plástico! —Luca también se rio—. Tu abuela es lo más, tan moderna, y divertida. Me encanta, ya lo sabés.

—¿Y vos quién querés que gane?

—Mamie también, se merece el finde en Punta del Este. Aunque el disfraz que más me gusta es el de Isabella.

—¿Elastigirl?

—Sí. Mi superheroína favorita. Además, me recuerda nuestra segunda salida: *Los increíbles*, fugazzeta rellena, helado en Cadore, telo. —Y le compartió unos cuantos recuerdos vividos dentro del *jacuzzi* al oído.

—¡Ahora sí! Basta de cháchara. Y los ganadores son… Qué

suspenso, ¿no? —dijo Mariana. Camila la miró y se dio cuenta de que su hermana se había quitado la túnica blanca que llevaba al comienzo de la noche, ahora vestía el bikini dorado de la princesa Leia con una larga pollera marrón. Incluso había cambiado de peinado: los dos enormes rodetes que habían cubierto sus orejas se habían convertido en una larga trenza. Mariana, igual que Andrea, a pesar de tener tres hijos, tenía un cuerpo espectacular—. Los ganadores son…

Ante su nuevo silencio los invitados empezaron a chiflar, a aplaudir y a silbar. Mariana se rio y alguien gritó: «¡qué buena está la princesa! ¡Mejor que la original!».

—Se hace lo que se puede —dijo Mariana sonriendo. Camila sabía que le encantaba ser el centro de atención—. Y los ganadores son…: ¡Picasso y Dora Maar!

Camila y Luca se dieron un abrazo, sin mucha efusión para que a ella no se le corriera la pintura que llevaba en la cara ni se le desacomodara el traje.

Luca había pasado varios días planificando sus disfraces. No lo había hecho por el fin de semana en Punta del Este, sino por la diversión y creatividad que implicaba la tarea. Luca se había puesto una camiseta rayada blanca y negra, una boina sobre sus cabellos teñidos de blanco, y tenía una paleta con óleos en una mano y un pincel de gran tamaño en la otra. Camila llevaba el pelo de distintos colores, su cara era amarilla, rosa y celeste, se había puesto un lente de contacto rojo y otro verde, y sus uñas eran puntiagudas y coloradas. Luca le había confeccionado un traje negro de mangas acampanadas con raras formas azules y violáceas en el pecho. Camila era el *Retrato de Dora Maar* y nunca pensó que el ir disfrazada de cuadro junto con el artista que la había pintado la haría ganar.

—No hay trampa, eh, lo prometo —dijo Mariana con una risa nerviosa mientras les entregaba el sobre que contenía el premio—. Puedo mostrarle los votos a quien desee verlos. Yo tampoco pensé que ganaría mi hermana —agregó. Camila sabía que Mariana habría preferido que ganara cualquier otro invitado, *el qué dirán* siempre fue muy importante para ella.

Luego de recibir las felicitaciones de familiares y amigos, regresaron a la barra del jardín; Luca quería probar otro cóctel. Fue un Hanky Panky quien lo deslumbró en esta ocasión. Camila pidió una Fanta naranja y Luca volvió a burlarse de lo conservadora que era. Ni lo escuchó, estaba chocha de la vida por haber ganado el fin de semana en Punta del Este y, también, porque estaba embarazada de dos meses.

Un ruido extraño la saca de la fiesta de disfraces y la devuelve al baño de su casa. Se da cuenta de que esa fue la última fiesta a la que Luca y ella acudirían juntos, sería la última vez que él la vería contenta. Otra vez escucha el mismo ruido. Detiene los movimientos de la escobilla en el inodoro y le presta atención. ¡Es Tofi! ¡Algo le pasa! Baja las escaleras corriendo y ve una pasta marrón cerca de la chimenea.

«¡Qué raro que vomites! ¿Te sentís mal?», le pregunta. «Tomá agua, seguro que te hace bien» y le acerca el vaso. Su perro se niega a beber. Ve que camina, estira sus patas delanteras y se queda en una posición rara. Se acuesta. Se levanta. Se vuelve a estirar. Se tumba.

Aunque le falta limpiar la bañera, decide quedarse en la parte de abajo, para vigilarlo. Agarra varios trapos viejos, un cubo de agua al que le echa un generoso chorro de vinagre, la escoba, la pala y una esponja. Se arrodilla frente a la chimenea. Le llevará bastante tiempo el dejarla impecable como le gusta. Agradece que Luca no la esté viendo, él le diría que limpiar una chimenea es lo más ridículo que vio, que no tiene ningún sentido porque se va a volver a ensuciar.

Camila quita con paciencia todas las cenizas. Luego, humedece un trapo en el agua y lo pasa por los ladrillos. El hollín no sale. Va a buscar el detergente. Restriega con la esponja. Los ladrillos siguen negros. Cuando se levanta a buscar un cepillo y lavandina escucha otro ruido raro. Se gira. Tofi ha vuelto a vomitar. Camila se acerca y siente asco: lo que le salió de la boca tiene la textura y el color de la caca.

A la media hora lo ve vomitando de nuevo. Decide que tiene que hacer algo. «¡Vamos, Tofi!», le dice mientras se pone el abrigo. El perro no se mueve. «¡Tofi, vení para acá!». Ni caso. Lo coge en brazos, le pide prestado el auto a Maripili y va a toda prisa hasta el pueblo grande.

85

Rafael está en la puerta, es la hora del cierre. Camila no se molesta en aparcar bien el coche. Baja, da la vuelta y desciende a Tofi.

—Hola. Ya sé que es tarde, pero…

—¿Qué hace Tofi contigo? Maripili estuvo ayer con el Jondo y me dijo que lo habías devuelto. No te he llamado para saber qué tal estabas porque…

—Lo devolví, sí, pero el tipo me lo devolvió esta tarde, hace unas horas, después te cuento bien. ¡No sé qué tiene, Rafael! Estoy preocupadísima.

—Ven, pasa.

Camila no cierra el coche con llave. Rafael se hace a un lado para que ella pueda entrar en el local con el perro en brazos.

—Vomitó tres veces, y me parece raro el color. No es el típico vómito por haber comido alguna planta, o luego de tener un ataque de epilepsia. Me da que es otra cosa.

Rafael le palpa el vientre y lo ausculta.

—¿Algún comportamiento raro?

—Lo vi varias veces con las patas de adelante estiradas, la cabeza baja y el culo levantado, no sé si sabés lo que quiero dec…

—Sí, la llamamos postura de rezo, es típica cuando les duele la tripa. ¿Sabes si ha comido algo inusual?

—¿A qué te referís?

—Comida en mal estado, o alguna otra cosa.

—Roberto me lo dio hace unas horas. Estando conmigo no quiso comer nada.

—¿Le puedes llamar para preguntarle si lo vio comiendo o metiéndose en algún sitio raro?

—Pero, ¿para qué…?

—Hazme caso y pregúntale. Vamos a tomarle la temperatura mientras tanto.

Camila sale de la consulta y hace lo que Rafael le pidió. Por suerte, Roberto la atiende enseguida.

—Me dijo que justo antes de traerlo a mi pueblo estuvo en un parque. Se distrajo un momento mientras hablaba por teléfono y, al mirar al perro, vio que se estaba comiendo una mierda. ¡Qué asco me dio! ¿Para qué me cuenta algo así este tipo? Tengo ganas de vomitar te juro…

—Es lo que me imaginé. Puede que esté envenenado. ¿Le puedes volver a llamar para preguntarle si en ese parque hay yonquis?

—¿Qué?

—Drogadictos. Estoy barajando la posibilidad de que fuera materia fecal con estupefacientes. Pasa mucho, gente que se droga, evacúa en el parque y, como los perros son como son, van y se lo comen. No te asustes, pero hay que actuar ya.

—¿Cómo no me voy a asus…?

—Sí, tiene las pupilas dilatadas, me da que estoy encaminado. Por favor, llama a Roberto.

—¿Y eso de las pupilas qué…?

—Ve a llamar, luego te lo explico.

Camila se dirige a la sala de espera y habla nuevamente con Roberto.

—Me dijo que en el parque en el que estuvo siempre hay gente drogándose —le cuenta a Rafael al regresar al consultorio.

Tofi está tumbado de costado en la mesa, quieto, tiene los ojos abiertos.

—Vamos a darle carbón activado, suele ir muy bien en intoxicaciones de este tipo.

—¿Vos creés que se puede morir? —pregunta.

Otra vez siente ese miedo horrible que sintió dos veces: cuando el perro se quedó postrado y cuando lo vio convulsionando por primera vez. Piensa en lo peor, y también, en que con Luca a su lado estos tragos serían un poquitito menos amargos. Él la abrazaría fuerte y los miedos no serían tan intensos. Y ella se dejaría besar; ya no lleva pintalabios, ni volverá a llevarlo.

—No te preocupes antes de tiempo, Kimi, no tiene sentido. Lo primero es ver cómo reacciona con el carbón activado.

¿Escuchó bien? ¿Rafael acaba de decirle Kimi? Luca es la única persona que la llama así.

—¿Cómo dijiste?

—¿Qué? —pregunta Rafael distraído. Está metiendo en la boca de Tofi un líquido negro, con una jeringuilla. El animal se resiste, se revuelve, Rafael forcejea, se nota que no le gusta.

—¿Qué nombre me dijiste?

—Camila. Cógele las patas de adelante, necesito que…

—No, no, me dijiste otra cosa.

—Perdona, pero no te entiendo. —Y lo ve rellenar otra jeringuilla con el líquido negro—. Intenta que se quede quieto, si se mueve se me caerá la mitad.

—¿Cuántas le tenés que dar? —pregunta para cambiar de tema. Habrá entendido mal, aún tiene todos los pelos de punta.

—Le voy a dar cuatro jeringuillas. Y vemos cómo evoluciona, hay que esperar un par de horas.

—Son más de las ocho. —Camila acaba de mirar su móvil—. A las diez de la noche no vas a estar acá, obviamente.

—Claro que no. Te invito a cenar algo en casa, hacemos tiempo para ver qué tal va Tofi y te cuento todo sobre mi viaje a tu tierra.

—¿Cuándo volviste?

Camila sabe perfectamente que volvió hace dos días.

—Antes de ayer. Le doy la última jeringuilla y vamos, ¿te parece, Kimi?

Está loca. Alucina. ¿Cómo puede ser que esté escuchando a Luca?

—¿Cómo me dijiste?

—¿Qué te dije? —Y Rafael la mira extrañado.

Va a pensar que está para que la internen en un psiquiátrico si insiste, es evidente que escucha lo que no es.

—Acepto ir a cenar a tu casa, pero con una condición.

—¿Cuál?

—Cocino yo.

—¡Hecho! —dice Rafael con una sonrisa que hace que se olvide de todos los motivos que tenía para alejarse de él.

86

Estrella lo recibe corriendo por todo el salón, le ladra y lo mordisquea. Él se tumba en el sofá. Enseguida aparece Frida y se echa a su lado. Estrella se sube también y lo invita a jugar levantando sus partes traseras y agachando la cabeza. Frida le gruñe a Estrella. El perro le ladra que quizá en un rato pueda correr. Estrella se acuesta en una de las varias camas que hay en el suelo.

—¿Le tengo que dar de comer? —escucha que Camila le pregunta a Rafael.

Sus tripas hacen sonidos fuertes, como cuando pasaban muchas horas vacías.

—No, vamos a esperar. ¡Ay, que me olvidaba! No te he mostrado al nuevo integrante de mi familia.

Ve a Rafael atravesar el salón y meterse en un pasillo. Escucha una puerta abriéndose y le llega un olor que le eriza el espinazo: ¡es olor a gato!

Le ladra a Estrella si el gato rasguña. Estrella se ríe. Frida también. Les ladra si el gato bufa. Las perras se siguen riendo.

Ve a Rafael atravesar el salón hacia la cocina de nuevo. Entre las manos tiene el gato más pequeño que ha visto en toda su vida.

—Se llama Baloo.

—¡Pero qué chiquitito! —grita Camila y lo agarra—. ¿De dónde lo sacaste?

—Estaba dentro de un contenedor de basura. Sí, sí, no me mires así, la gente de por aquí es más cazurra a veces. Lo he encontrado ayer, al cerrar la clínica veterinaria.

—No pasa solo acá, eh. Una vez Luca encontró cinco perritos al lado de un cubo. No tenían dientes todavía.

—Los habrá tenido que alimentar con biberón.

—Sí, durante varios días.

—¡Qué monos son a esa edad! Me flipan. Os quedasteis con alguno imagino, ¿no?

Se queda dormido.

Se despierta debido a lo mucho que le arden las tripas. Abre los ojos y a su lado ve tres Fridas. En la cama del suelo ve cinco Estrellas. Está mareado, como cuando va en la máquina de metal ruidosa y hay muchas curvas. Quiere levantarse pero no lo consigue. Vomita en el sofá.

—¡Tofi! —escucha y ve varias Camilas corriendo hacia él.

—¿Qué estás haciendo? —le pregunta Camila a Rafael. Él está agachado y tiene una mano encima de la rodilla del perro.

—Le estoy tomando el pulso —dice mientras mira su reloj—. Tiene el ritmo cardíaco disminuido, no me gusta nada.

—¿Y eso qué significa?

—Que nos vamos a Granada.

—¡¿Qué?! ¿En serio me lo estás diciendo?

—Sí. Vamos a internarlo, no me la quiero jugar. —Rafael se levanta—. Voy a por una bolsa limpia para coger el vómito, lo querrán analizar —dice y Camila lo ve pasar rápido hacia la cocina.

Ella se acerca a Tofi. Le estruja una oreja. Él no mueve el rabo ni le lame la mano como le gustaría. Le da un beso en la cabeza.

—Ni se te ocurra morirte, Tofi. Ni se te ocurra —le dice.

—Venga, cógelo en brazos.

Camila le hace caso y sigue a Rafael. Atraviesan el jardín y, cuando llegan al coche, él le abre la puerta. Ella se sienta y coloca a Tofi sobre sus piernas. El coche se pone en movimiento. Tiene miedo; en realidad, lo que siente es pánico. No se ve capaz de otro duelo, no entiende por qué le pasan este tipo de cosas. ¿Qué es lo que está pagando? Si Tofi no sale de esta…

—¡Camila!

—¿Sí?

—¿De qué parte de Buenos Aires eres? Por lo que vi cuando estuve por allí, Buenos Aires es enorme.

Sabe que Rafael le está hablando para alejarla de sus pensamientos. Es un encanto de hombre, no sabe qué haría ahora mismo si él no estuviera manejando hacia Granada para intentar salvarle la vida a su Tofi.

—De Quilmes.

—¡Así se llama la cerveza! En la foto que te envié de la fugazzeta, no sé si la has visto, me estaba tomando una.

—Sí, la vi —dice rápidamente. No quiere sacar el tema de los mensajes. Se siente mal por no haberle enviado ni una sola palabra de respuesta—. Quilmes es la ciudad donde se fabrica la cerveza, está a veinte kilómetros de la Capital Federal.

—¿Debería haber ido a visitarla?

—No —dice y se queda callada, espera que Rafael se dé cuenta de que ella agradece sus esfuerzos, pero no quiere hablar en este momento.

—¿Sabes qué es lo que más me gustó de Buenos Aires? —Camila no abre la boca, tampoco lo anima a seguir hablando con un gesto. De todos modos, Rafael continúa—: La comida. Tenías razón. ¡Qué pasada la variedad de dulces y salados que tenéis! Me he puesto las botas.

—Se come muy bien, es lo que yo más extraño.

—¡Y esos bocadillos que venden en la calle! ¿Cómo se llaman? Chopán, ¿puede ser?

—Choripán.

—Nunca estuve tan cerca de dejar de ser vegetariano. No veas el esfuerzo que me costó no comerme un bocadillo de esos —dice riéndose.

—Sánguches.

—¿Qué?

—Nosotros los llamamos sánguches, no usamos la palabra bocadillo.

—Imagino que no tienes muchas ganas de hablar. Tranquila,

en serio. Si quieres dormir, duerme. Puedo conducir perfectamente. No tengo sueño.

Camila mira la pantalla de su móvil. En ella ve que tiene mensajes de sus hermanas y de su madre. También ve que son las 22:17 horas. Acaricia la cabeza de Tofi. Su perro duerme y no parece que sienta dolor. Aunque no tiene sueño cierra los ojos. Piensa que a Tofi le encantarían la bondiola de cerdo, los bifes de chorizo, las milanesas, las supremas de pollo, los chinchulines, la tira de asado y el matambrito. Fantasea con la idea de llevarlo a Buenos Aires. Se ve sentada en un banco del río de Quilmes dándole su choripán a Tofi. A ella nunca le gustaron esos sánguches, era a Luca a quien le encantaban.

Camila recuerda aquel día especial en el que Luca le propuso cenar en el Parque de la Cervecería Quilmes, decía que allí hacían el mejor lomito completo de todo Buenos Aires.

—Yo quiero una milanesa napolitana a caballo y un chop de cerveza —pidió Camila.

—Para mí un lomito completo. Y otro chop —dijo Luca.

—¿Lo querés con huevo? —le preguntó el mozo.

—¡Por supuesto!

—Marchando —dijo el mozo mientras apoyaba en la mesa un bol lleno de pochoclos salados.

Camila no se sentía contenta, aunque creía estarlo disimulando bien. Ese día cumplían tres años de novios, tres años desde su primera cita formal, aquella en la que Marcela había dejado la camisa blanca a cuadros pasteles de Luca cubierta de flan, de dulce de leche y de crema chantillí. A ella le habría gustado celebrarlo en un lugar elegante, comiendo algo más elaborado que una milanesa; tomando un buen Cabernet Sauvignon en vez de cerveza Quilmes de barril. Y lo que más loca la tenía era que su novio no le había ni siquiera dicho «feliz aniversario». Tampoco le había dado ningún regalo, y no tenía pinta de que fuera a dárselo, no veía bolsa ni paquete alguno cerca. Ella esperaba algo que la deslumbrara, ¡tres años de novios!, el regalo tenía que ser importante a estas alturas.

Camila llevaba el reloj que le había comprado dentro de su bolso. Ella misma había envuelto su cajita en un papel verde metalizado, el color favorito de Luca.

—Hace una noche hermosa —dijo él.

Se habían sentado fuera, en una de las mesas que se encontraban sobre el césped, cercana a un árbol. Camila estaba de tan mal humor que ni siquiera el clima primaveral le resultaba agradable.

—¿Qué tal hoy en el laburo? ¿Pudiste terminar la traducción que tenías de…?

Camila dejó de escucharlo, quería gritarle qué carajo importaba el trabajo, solo importaba que él no se había acordado de que cumplían tres años de novios y que lo odiaba por no haberle regalado ni un caramelo.

—¿Kimi? *Hello!* —Y vio una mano moverse frente a sus ojos—. No me estás escuchando. —Luca se rio.

—Perdoná.

—¿Te pasa algo?

—No.

Les sirvieron la comida. Luca alabó su lomito completo como si el Gato Dumas lo hubiera preparado con todo su amor para él. No paró de decir «¡qué lo parió!, ¡no se puede creer lo que es esto!» a cada bocado. Camila comió un cuarto de milanesa, mojó tres pedazos de pan en la yema del huevo y enseguida se asqueó de las papas fritas.

—¿No querés más? ¿Vas a dejar todo eso?

—Estoy llena.

—Alcanzame tu plato. —Y pasaron quince minutos más, ella viéndolo disfrutar de la comida, enojándose más y más.

Cuando su novio terminó de comer, Camila tuvo una revelación: tenía que dejar a Luca. Él seguía pintando, creyendo que podría vivir del arte, y se negaba a meterse a trabajar en la empresa de su padre. ¿Qué futuro le esperaba a su lado? Y, encima, ¡no le había comprado nada por el aniversario! Luca no les daba ninguna importancia a los regalos, a él le daba igual si ella le regalaba un Rolex o un reloj de plástico de niño. De hecho, le gustaría más lo segundo.

—¡Mozo! —dijo Luca y el hombre que los atendía se acercó—. ¿Me puede poner lo que queda de la milanesa para llevar?

—Sí, claro.

Antes de Matisse, Dalí y Quino, los perros de la plaza San Martín, Luca ya tenía la costumbre de llevarse la comida que sobraba de todas partes. Él era feliz dándole de comer a cuanto animal callejero se le cruzara, y en Quilmes los había por todas partes.

—Y me pone otro chop, por favor. Y un flan mixto.

—Yo quiero panqueques con dulce de leche —pidió ella.

—¿En qué estás pensando? —quiso saber Luca después de que el mozo se alejara de su mesa.

—En nada.

No quería compartir sus pensamientos con Luca, ¿para qué? Lo mejor era terminar esa salida, y ya vería cómo cortaba con él por teléfono luego. Su madre y hermanas se lo habían dicho: si la relación con Luca no avanzaba, era mejor terminarla. Tenía veintisiete años, no se podía permitir perder el tiempo. Su hermana mayor ya tenía tres hijos, la menor estaba embarazada de su segundo.

—Estás muy callada, es raro en vos.

—Será que no tengo nada que decir.

—Yo sé lo que estás pensando —le dijo sonriendo—. Te estoy leyendo la mente, sabelo.

—No creo.

—Estás pensando que no me podés ver. —Ella también sonrió—. ¡Uy! Una sonrisita, la primera de la noche, *¡miracolo!* —gritó Luca.

—Estoy pensando eso, sí.

—Y también pensás cómo puedo ser tan reverendo conchudo por haberme olvidado de nuestro aniversario, ¿no?

—Puede...

—¿Cómo me voy a olvidar? —Y Luca se levantó de la silla y

fue hacia ella. La abrazó. En ese momento apareció el mozo y puso sobre la mesa los panqueques y el flan. Luca volvió a su sitio y apareció una moza con un ramo de flores. Se lo dio a Camila.

—¿Y esto? ¿En qué momento lo trajiste? No entiendo…

Era un ramo enorme de lirios, las flores que más le gustaban. Las olió largo rato, no le importó que se le enfriaran los panqueques.

—¡Me encantan! —dijo Camila y volvió a hundir la nariz en las flores.

Vio venir al mozo que los había atendido con una bolsa de papel. Se la dio. De ella sacó una caja, destrozó su papel mirando a Luca de vez en cuando.

—¡Qué lindas! —gritó al ver que eran unas botas que ella le había comentado que se quería comprar.

—No sé cómo podés llevar esos tacos, pero si te gustan…

Camila no salía ni a la esquina sin tacos altos. Estaba acomplejada debido a su escaso metro cincuenta y siete centímetros de altura, toda la vida lo había estado.

—Para mí los tacos son comodísimos. Ya sabés que odio las zapatillas, además.

—A mí me gustás petisa como sos —le dijo Luca y ella se rio por primera vez en la noche.

—Más petisa será tu…

—Ey, ey, no arruinemos la cena con tu chabacanería.

—Tomá, yo te compré esto. —Camila sacó el reloj de su bolso. Enseguida se dio cuenta de que a él le habría gustado uno más sencillo, menos llamativo.

—Muchas gracias. —Fue todo lo que le dijo, sin hacer ningún comentario sobre su famosa y cara marca.

En ese momento Camila se dijo que con el tiempo lo convertiría en un hombre más refinado, ya encontraría la manera de cambiarlo.

Entonces, vio al lado de su plato de panqueques una cajita de terciopelo. No sabía en qué momento Luca la había puesto allí. La abrió con premura y en su interior encontró un anillo.

—Es oro blanco, y la piedra es un zafiro —le explicó Luca.

Ella lo escuchó sin apartar sus ojos del anillo, no podía dejar de mirarlo, era exacto al que ella habría elegido regalarse, porque el azul era un color mágico, siempre se lo había parecido.

—¿Te querés casar conmigo, Kimi?

Levantó la vista y encontró un par de ansiosos ojos celestes. Aunque su novio no se había arrodillado al hacerle el pedido, ella se sintió la protagonista de una película hollywoodense.

—¡Claro que quiero! —gritó y abandonó su silla para abrazar a Luca.

Los temblores de Tofi la alejan de su ensoñación. Lo toca. Nota que sus orejas están calientes y su nariz reseca. ¿Significará que tiene fiebre? Gira su cabeza y ve a Rafael mirando fijo hacia adelante, concentrado en la conducción. Decide no preguntarle, sigue sin ganas de hablar; de todos modos, están entrando en Granada, en breve llegarán a la clínica.

88

Ve borroso, no sabe qué es arriba y qué abajo. Camila le habla, no le entiende. Siente sus manos sobre la cabeza, pero no la huele. Abre los ojos. Los cierra, no soporta tenerlos abiertos. Camila lo está llevando a alguna parte. Se adormila. Se despierta. No sabe dónde está. Sí sabe, en una máquina de metal ruidosa. Le parece escuchar a Rafael, muy lejos. Su mamá lo lame, las nubes se rompen, todos tiemblan. Los ladridos de su mamá lo tranquilizan, bebe un líquido tibio que es exquisito. Tiene mucha hambre, su mamá les ladra que no ha encontrado nada de comer. Él y sus hermanitos lloran. Hambre, hambre, hambre. Su mamá se va a buscar comida, pasa mucho tiempo hasta que vuelve, y no trae nada dentro del morro. Su mamá desaparece, sus hermanos también; está solo, en un sitio negro, frío, silencioso.

89

—Aquí tengo su último vómito. —Rafael le da la bolsita a la veterinaria que los atiende—. Está envenenado.

—¿Sabes con qué?

—No exactamente, pero intuyo que tiene que ser alguna droga dura. Lo han visto comerse excrementos humanos en un parque que está lleno de toxicómanos.

—¿Hace cuánto?

—A media tarde, más o menos. Le he dado carbón activado, pero a las dos horas ha empezado a vomitar de nuevo.

—Vamos a hacerle ya mismo un lavado de estómago —dice la veterinaria, coge a Tofi en brazos y desaparece.

Camila está llorando desde que entraron en la clínica. ¡Qué cruel es la muerte con ella! Tiene la sensación de que no le da respiro. ¿Cómo puede ser que la tenga rondando cerca de nuevo? «¿Por qué no te vas a otra parte de una puta vez?», le grita en su mente.

—Camila. ¡Camila! ¡Mírame!

No sabe cuánto hace que está perdida en sus pensamientos.

—Dejame, quiero llorar —dice y siente una opresión enorme en el pecho.

—Tofi va a salir de esta, tranquilízate, respira. Se hacen lavados de estómago todo el tiempo, no es nada grave. Respira, así, muy bien.

—Si se muere…

—Va a estar bien. Ven, salgamos a tomar aire.

En la calle el frío la golpea. Debe ser medianoche. Hay viento, ve las ramas peladas de los árboles cercanos moverse para todos lados. Se quedan callados, mucho tiempo. Camila tiembla constantemente, pero lo disimula. No quiere que Rafael le dé su abrigo, sabe que lo hará si se da cuenta de lo mal que su cuerpo lo está pasando. Aunque no lo conoce demasiado, está segura de que es atento y dadivoso, igual que Luca.

—¿Quieres que pille algo en la tiendita que está…?

—No, no quiero nada —dice sin mirarlo.

—Toma. —Y siente un calorcito en sus hombros.

—Te agradezco, pero estoy bien. —Se quita el abrigo que él acaba de colocarle.

—Estás temblando y yo no tengo frío, me gustaría que te lo pongas. Por favor.

Se miran. Los ojos verdes de Rafael le están diciendo que serán felices si acepta, su sonrisa también. Decide darles el gusto.

—Gracias.

Camila se pone el abrigo y se lo cierra hasta arriba. Le queda enorme, no le puede importar menos la estética con el frío que tiene. Luca siempre le daba su campera. Ella solía salir desabrigada, prefería congelarse antes que arruinar sus bonitos atuendos cubriéndolos con otras prendas. Muchas veces habían discutido porque a Luca le parecía absurdo que ella prevaleciera la elegancia al bienestar. En la fiesta de disfraces su marido también le dio su campera. A media noche empezó a refrescar y, aunque Luca había insistido, ella se había negado a llevar algún abrigo que arruinara el cuadro de Picasso en el que se había convertido. Estaba tan contenta por haber ganado el viaje a Punta del Este y por su embarazo que accedió a ponerse la campera de Luca sin ni siquiera retrucarle. La alegría le duró una semana más, hasta que encontró su bombacha llena de sangre. Tuvieron una de las peores discusiones de sus diez años de matrimonio, porque Luca no se tomó la noticia como ella.

—Estaba segura, esta vez sí que estaba segura de estar embarazada. Yo soy regular, vos lo sabés, ¿por qué no menstrué el mes pasado? ¿Por qué…?

—Kimi, un retraso lo tiene cualquiera.

—Estaba segura, segurísima.

—Quizá sea una señal —dijo él sonriéndole. Ella lo odió en su fuero interno—, y nos venga bien el esperar un tiempito, hasta…

—¡Tengo treinta y seis años! —gritó—. Si no es ahora, ¿cuándo? Andrea tuvo su primera hija a los veinticuatro, Mariana a los veinticinco, ellas tienen tres…

—¿Qué más da lo que hagan los otros, Kimi? ¿Por qué te importa que tus hermanas hayan decidido ser madres tan jóvenes? ¿No te parece…?

—Tienen tres hijos cada una, y nosotros ni miras, ¡porque vos siempre querés esperar! —gritó sin escucharlo y empezó a llorar.

—Tengo dudas, ¿qué querés que haga?, es lo que siento. Y la verdad, me alegro de que no estés embarazada, ahora mismo no sé si con la vida que llevamos, lo mucho que nos cuesta mantener lo que tenemos, quiero agregar una responsabilidad más.

—¿Cómo podés decir eso? ¡Que te alegrás de que no esté em…! —Y no pudo terminar la frase.

—Quizá me expresé mal, dejame que lo diga de otro…

—¡Salí de mi vista!

—Kimi, por favor.

—¡Andate! —le gritó y, como Luca la miraba con ojos de estatua, ella le tiró una de sus chinelas. Para sacar a Luca de su estupefacción por lo que acababa de hacer, le tiró la otra. Por fin Luca se fue y la dejó sola.

Camila no le habló durante varios días. Hicieron las paces, pero no el viaje a Punta del Este. En los tres meses de vida que a Luca le quedaban, él no la volvió a ver contenta, ella estaba obsesionada con tener un hijo y él cada vez más firme en sus dudas. Luca la vería reírse nuevamente debido a su imitación de Álvaro, justo antes de que ella chocara contra el camión.

—Entrad, por favor —escucha Camila y ve a la veterinaria que se llevó a Tofi en brazos asomada en la puerta de la clínica.

Se le aflojan las piernas, las baldosas son blandas. Por suerte, Rafael la agarra fuerte de un brazo y la ayuda a andar, le habrá visto el pánico en los ojos. Camila estaba en la sala de espera del hospital cuando el cirujano la llamó y le pidió que lo siguiera. Su madre y hermanas se pusieron de pie para acompañarla. Ella les hizo un gesto con la mano, podía ir sola, jamás imaginó que el médico le diría lo que le dijo. Recuerda que la sala en la que le dieron la noticia tenía las paredes pintadas de blanco, una camilla y un escritorio marrón oscuro. El médico le informó sin preámbulos de que Luca había muerto en el quirófano.

—Por aquí —dice la veterinaria y los lleva a un consultorio que tiene el número tres en su puerta.

«Por favor, por favor, no me hagas pasar otra vez por esto», le ruega a la muerte en su interior. «Por favor te lo pido, te lo suplico, por favor». Quizá Luca murió porque no le rogó lo suficiente.

—Le hemos hecho un lavado gástrico y un control de enzimas hepáticas.

—¿Y cómo está? —pregunta Rafael, Camila no es capaz de hacerlo.

—Sus constantes vitales están estables ahora mismo, pero no os puedo decir que esté fuera de peligro.

—¿Y cuándo sabremos algo más?

—En unas horas, hay que ver su evolución. Algunos perros salen de este tipo de intoxicaciones sin ningún problema, otros no. Hay que esperar. Si no os queréis quedar aquí, os puedo llamar cuando tenga novedades.

—Sí, mucho mejor —dice Rafael ante el silencio de Camila.

Él da su número de teléfono, la agarra del brazo y la saca de la clínica veterinaria.

—Ven, conozco un bar cercano, aquí fuera nos vamos a congelar.

No entiende por qué es tan atento con ella, por qué la ayuda, por qué la acompaña. Le gustaría abrazarlo y llorar en su pecho, dejárselo empapado; llorar por su perro, por Luca, por ella, por todo lo que dejó en Quilmes.

Lo primero que Camila nota al entrar en el bar al que la condujo Rafael es que la música está demasiado alta para su ánimo.

—Es casi la una de la mañana —dice Rafael como si le hubiera leído la mente—. Por lo menos, se está calentito aquí dentro.

—¿Qué os pongo? —pregunta el camarero.

—Un mosto —dice Rafael.

—Otro —pide Camila, aunque es un *gin-tonic* lo que realmente desea.

—Hay billares, ¿te apetece jugar? —le pregunta Rafael. Sabe que lo está mirando muy seria, no le sale mirarlo de otro modo. ¿Cómo se le ocurre que ella puede tener ganas de jugar a algo en un momento como este?—. Lo mejor que podemos hacer es distraernos. Quedarnos aquí, en la barra, llorando por Tofi no le va a hacer ningún bien, ¿sabes?

Esas mismas palabras podrían haber salido de la boca de Luca. Él vivía diciéndole que no era necesario pasarlo tan mal cuando las cosas iban mal. Pero ella no sabe cómo ser positiva, tiene ganas de gritarles a los dos.

—Venga, tú coge los mostos, yo voy a ir pillando una mesa. —Y Rafael se aleja sin esperar a que le responda. Lo odia, lo único que quiere es ir al baño de este asqueroso bar a llorar, y no salir más.

Cuando Luca murió, hizo lo mismo: se encerró y se negó a salir. Sus hermanas, su madre, sus amigos, todos le decían que le haría bien ir al cine, o a comer fuera, o a dar una vuelta por el río de Quilmes. Le dio igual todo lo que le dijeron. Nadie entendía su tristeza, su cama vacía, su sentimiento de culpa, sus palabras cariñosas no dichas ni todas las risas que le había negado a Luca en el último tiempo. Ella había pensado que sonreiría más adelante, cuando tuviera un hijo, cuando pudieran comprar otro auto, cuando la empresa del padre de Luca saliera de la crisis en la que estaba, cuando, cuando, cuando.

—¿Sabes jugar? —le pregunta Rafael, está metiendo las bolas en el triángulo.

—La verdad es que no tengo ganas.

—Camila, no nos queda otra que esperar, ¿no es mejor que hagamos algo para que el tiempo pase más rápido y la espera sea más amena?

De mala manera, agarra un taco y le pone tiza en la punta.

—¡Qué profesional! —dice Rafael sonriendo.

Ella no le responde y, sin que se haya sorteado quién comienza, Camila rompe la formación triangular de pelotas de colores. Les pega con toda la bronca que tiene dentro, les pega como si ellas fueran la muerte. Mete tres bolas. Dos rayadas y una lisa.

—¡Joder! Quizá no debería haber insistido tanto para echar un billar, voy a pasar vergüenza contigo por lo que veo.

—Elijo rayadas —dice y vuelve a pegarle a la bola blanca con su taco. Mete la número once. Tira, calcula mal y mete la bola blanca dentro de la tronera.

—Bueno, parece que por fin es mi turno.

A Rafael los dos tiros que le regala el error de Camila le cunden: mete dos bolas.

—Vamos más o menos parejos —le escucha decir a Rafael pasados varios minutos.

Ella no ha abierto la boca ni siquiera para tomar su mosto.

—Te voy a ganar —dice mirándolo muy seria. Rafael se ríe.

En quinto año del colegio secundario pasó muchas horas frente a un *pool*. Se hacía la rata del colegio para ir a jugar, en la mesa verde jamás se aburría. ¡Qué felices habían sido esas mañanas!, sin otra preocupación que la de divertirse metiendo pelotitas en agujeros.

—Como me has ganado, saco yo ahora —dice Rafael y rompe la formación triangular.

A veces Picasso estaba en esas rateadas del colegio, nadie lo llamaba Luca por aquel entonces, Camila tampoco. Las parejas de jugadores siempre se sorteaban y varias veces les había tocado jugar juntos. En aquellas ocasiones en las que formaban un equipo, nadie había conseguido ganarles, eran invencibles.

—¡Qué potra! ¡Me has vuelto a ganar! —grita Rafael, su decepción es evidente—. ¿Otra partida?

—¿No deberían ya haber llamado de la clínica? —pregunta Camila—. Pasaron dos horas, me estoy empezando a poner nerviosa.

—El que no llamen es buena señal, significa que no ha pasado nada grave de lo que nos tengan que informar. Estarán esperando para ver cómo reacciona al tratamiento, dos horas no es mucho en estos casos.

A Camila no le convence lo que Rafael le dice, pero elige creerle, no puede hacer otra cosa de todos modos. Acepta jugar otra partida. Rafael no juega mal, aunque Luca lo hacía mejor.

—¿Dónde aprendiste a jugar al *pool*? —quiere saber Camila.

—¿Al *pool*?

—Ustedes le llaman billar, nosotros *pool*.

—En mis épocas de universidad jugaba. ¿Y tú?

—En quinto año del colegio secundario. Ni sé cuántas veces me rateé para jugar. —Ve que Rafael se ríe con ganas, no sabe a qué puede ser debido—. ¿De qué te reís?

—De tu manera de decir hacer pellas. Nunca había escuchado tu expresión.

—Ni yo la tuya. ¿Hacer pellas? Pero qué cosa más rara.

—También decimos hacer novillos.

—¡Pero por favor! ¡Qué raritos son los españoles!

Rafael comete un error y mete la bola negra.

—¡Otra vez te gané! ¡No se puede creer la paliza que te estoy dando!

Si le hubiera dicho esa frase a Luca, se habría puesto como un basilisco. Las veces que había jugado al *pool* contra Picasso, habían terminado peleándose como lo hacían en la primaria por los lápices de colores. Los dos eran extremadamente competitivos y se volvían locos cuando perdían. Durante su noviazgo y matrimonio, tuvieron que tomar la decisión de no jugar jamás a nada enfrentados, para no enojarse y discutir, solo haciendo equipo podían jugar a algo.

—¡Qué putada! Se me fue la negra, sí, he calculado mal.

Le sorprende que Rafael se tome tan a bien el perder. ¿Será que los argentinos son más competitivos, o más pasionales que los españoles? ¿O será solo Rafael?

—Voy a ser generosa y te voy a dar la revancha.

—Generosidad a tope la tuya —dice Rafael riéndose. Camila esboza una sonrisa—. ¿Quieres tomar algo más?

—No.

—Prepara las bolas que me voy a pedir otro mosto.

Se siente orgullosa de sí misma, que en semejante momento de estrés esté pudiendo no beber alcohol es algo nuevo para ella. Luca le había dicho varias veces que nada se solucionaba evadiéndose de la realidad. En la época en la que la empresa familiar de Luca empezó a ir mal, y tuvieron que vender el auto, y les costaba pagar el préstamo bancario del departamento, y Camila ya no pudo comprar toda la ropa que quería, ni zapatos, ni bolsos, ni maquillajes, a ella le parecía justo que el alcohol le diera una alegría por las noches. A Luca no.

—Empieza tú si quieres. —Escucha y ve a Rafael apoyar el vaso con zumo de uva sobre la mesa de *pool*.

Camila rompe y, en no mucho tiempo, le vuelve a ganar.

—Jugar contigo es algo espantoso —dice Rafael—. Espero no te tomes a mal mis palabras, ¡pero lo es!

—Sos vos el que insistió en jugar, no yo, que conste.

—¿Otra partida? —propone Rafael.

Cuando Luca perdía, se negaba rotundamente a continuar. Las veces que habían hecho equipo y perdido contra amigos no había podido convencerlo para jugar la revancha. Rafael le parece de otro planeta, ella le ha ganado seis veces y a él no le importa seguir jugando.

—Dale, juguemos otra, si querés seguir perdiendo...

—No tengo otra cosa que hacer —dice sonriendo y ella siente ganas de besarlo.

A Camila le gusta el humor de Rafael, le gusta su manera de ser, le gusta que la esté acompañando en este momento que podría ser un infierno. Aparece Tofi en su mente. Imagina lo peor. Se obliga a dejar de pensar en él. Tiene que esperar y mantenerse tranquila; preocuparse, amargarse o llorar no van a ayudar a su perro.

—No me contaste casi nada de Buenos Aires, viniendo en el coche no tenía ganas de hablar, te habrás dado cuenta. ¿Qué otra cosa te gustó además de la comida?

—Lo anchas que son las calles, y lo majos que son los argentinos, no como otras... —Rafael se ríe.

—¿Algo más?

—Me flipó la sala principal del Teatro Colón, los conventillos de colores en Caminito, los alfajores de maicena y el barrio de San Telmo.

Camila recuerda el kiosco de su escuela en el que cada mañana se compraba un alfajor de maicena, los hacía Ramona, la kiosquera. Jamás comió otros tan ricos, no eran un mazacote como la mayoría, eran ligeros, y tenían extra de dulce de leche y de coco rallado.

—A mí me encantan los alfajores de maicena.

—¿Por qué no me pediste que te trajera?, no me habría costado nada.

—No se me ocurrió —miente. No lo hizo porque no quería tener ningún contacto con él—. ¿Te gustaron las cataratas del Iguazú?

—Te lo diré bien español: ¡Me molaron mogollón!

—¿Eso es que sí o es que no?

La expresión de Rafael es digna de su cuadernito, aunque no sabe si es andaluza.

—Significa que me gustaron muchísimo. La Garganta del Diablo es algo espectacular, no se puede creer el ruido del agua al caer, el vapor, las sensaciones que te genera…, es una emoción que te sobrecoge. No creo que te esté diciendo nada nuevo, tú la conoces, supongo.

—Sí, sí, conozco.

Camila tiene muy buenos recuerdos de las cataratas, con Luca pasaron la mitad de su luna de miel en el Parque Nacional Iguazú; la otra mitad, la pasaron en las playas de Angra dos Reis, en Brasil. Ella sintió la misma emoción que Rafael al ver el salto más grande de las cataratas, Luca también. De hecho, su flamante marido se conmovió tanto, que dijo tener la necesidad de pintarla. Camila le sugirió que comprara una postal, o alguno de los dibujos que vendían en las tiendas de *souvenirs*, para no perder tiempo. Luca le dijo que ninguna postal, foto o dibujo incluirían lo que él sentía. En esa época Camila era más comprensiva y menos mandona que en la última, y así fue que, acompañados de un termo de mate, Luca y ella dedicaron una mañana entera de su luna de miel al arte, mañana de la que surgió *Miel de Iguazú*, un cuadro rarísimo que a Camila jamás le gustó y que Luca colgó en la cocina de su departamento.

—Está vibrando mi móvil —dice Rafael y saca el aparato del bolsillo trasero de su pantalón—. ¿Sí? —Pasan tres segundos eternos para Camila—. Vale, vale, enseguida vamos para allá.

—¿Qué te dijeron? —pregunta y nota que las manos han comenzado a temblarle.

—Que vayamos a la clínica, ya hay noticias.

—¿Y no te adelantaron nada por teléfono?

—Te lo suelen explicar en persona. Vamos, quizá sean buenas noticias.

—O no, o quizá… —Y se interrumpe.

Tiene que empezar a cambiar su actitud. Decide hacerse una promesa: si Tofi se salva, va a intentar ser un poco más positiva.

90

Cuando se despierta se asusta: ¡está en una caja de palos! Quiere ladrar, pero de su morro no sale sonido. Le llegan un montón de olores desconocidos. Escucha gemidos de otros animales. También oye ladridos. ¿Dónde está? Olfatea. ¿Estará en ese sitio del que tanto le ladró su mamá llamado Perrera? Recuerda que allí había muchísimos perros. Tiene que estar en una, el olor a miedo de animal es muy intenso. Nota que le duele la pata. Ve que tiene un trapo del que sale un tubo de plástico. Intenta arrancárselo, pero no le resulta fácil, el trapo está agarrado muy fuerte a su pata. Mordisquea, largo rato, hasta que se desprende de él. El tubo termina en un pincho, y el pincho está dentro de su pellejo. Se lo quita con los morros.

—¡No! ¿Qué haces? —le grita una voz que jamás escuchó—. ¡Carlos! ¡Carlos! Necesito ayuda, hay que volver a ponerle la vía al perro de la cuatro.

Él conoce las vías del tren, una vez las vio, desde el coche de Maripili. Mira para todos lados en la caja de palos y no ve una vía de tren por ninguna parte.

—¿Qué pasa? —Y escucha otra voz que no conoce.

—El perro de la jaula cuatro acaba de quitarse la vía.

Se le acercan una mujer y un hombre. ¿Quiénes son? ¿De dónde salieron? Les gruñe, les muestra los dientes. Ve abrirse la puerta de la caja de palos, lanza mordiscos al aire, a los palos, a algo blando. ¿Por qué Camila no está ahí para ayudarlo?

—¡Ay! ¡Me ha mordido!

—¿Estás bien?

—Sí, es solo un rasguño.

Gruñe, deja sus colmillos a la vista, ladra.

—No te vamos a hacer nada —le dice la primera voz y siente que le sujetan las patas de adelante, muy fuerte.

—¡Jopé! ¡Qué energía tiene para estar intoxicado!

Se retuerce, le pasan algo por el pescuezo, escucha un clic. Gruñe como si se le fuera la vida en ello y, aunque tira mordiscos, no consigue pillar carne humana.

—¡Listo! El collar isabelino está enganchado. Ya le puedes poner la vía, que no te va a morder.

Tiene algo duro alrededor del cuello, no puede mover la cabeza como querría, ni puede lamerse el sitio en el que tenía el pincho.

—Tú cógele las patas de atrás, para que no se mueva mucho.

Le clavan algo. Aúlla.

—Ya está.

Gime y ladra. ¿Quiénes son estos humanos? ¿Qué hace ahí? ¿Por qué Camila lo abandonó? ¡Odia la Perrera! Su mamá tenía razón: ¡es el peor sitio del mundo!

—Relájate, enseguida te va a hacer efecto el calmante —escucha y el humano se va. Le ladra para que vuelva. No se quiere quedar solo, tiene miedo. Piensa en Lucky. Ladra otra vez. El hombre no regresa.

Se siente mareado. Le duelen mucho las tripas. Le pesan los ojos.

91

—Tofi está fuera de peligro —dice la veterinaria—. Os lo podéis llevar a casa.

—¡Gracias! ¡Gracias! —grita Camila y abraza a Rafael.

Él la aprieta fuerte contra su cuerpo.

—De nada. Menos mal que todo ha salido bien —dice Rafael sin soltarla.

Camila inspira hondo, lo hace por el alivio que siente, y también, porque le gusta el olor proveniente de Rafael. Ojalá pudiera quedarse abrazada a él largo rato.

—Tofi me está quitando años de vida con los sustos que me da.

Camila se desprende del abrazo y se aleja algunos pasos de Rafael.

—Lo importante es que está vivo, la pérdida de tu juventud es lo de menos. —Lo ve sonreír. Ella hace lo mismo.

—¿Os cobro? Ya he avisado para que os suban al perro —dice la veterinaria.

Camila saca su tarjeta de crédito. Espera que no sean más de quinientos euros, eso es todo lo que le queda en la cuenta, se moriría de vergüenza si le tuviera que pedir a Rafael que le preste dinero. Es la primera vez en toda su vida que no tiene a quién pedirle ayuda económica. ¿Y si no le alcanza qué va a hacer? Tendrá que llamar a alguna de sus hermanas, y escucharlas decirle que no puede seguir así, y que tiene que dejar de hacerse la fuerte cuando es débil, sin Luca ella…

—Son ciento ochenta euros —dice la veterinaria. Camila suspira aliviada. A su vez, no puede creer lo mucho que ha gastado en el perro. «Solo es dinero, papelitos sin importancia», diría Luca. Tiene que pensar de manera urgente cómo ganar esos papelitos, si no lo hace por ella, tiene que hacerlo por su perro.

Una enfermera entra con Tofi en brazos. Camila llora de alegría. Tofi tiene una venda elástica fucsia en una de sus patas y lleva sus orejas caídas, nunca se las había visto así, ni siquiera en la peor época de la toxoplasmosis. De repente, Tofi empieza patalear y se quiere tirar de los brazos de quien lo sostiene: acaba de verla.

«Pará, loco, pará, que te vas a caer», le dice y lo agarra en el aire. Lo acaricia, lo abraza y le da un beso en el hocico. Rafael también lo besa. Él intenta lamerles la cara, pero no acierta.

—Es normal, va a estar algunas horas un poco ido, se puso muy nervioso al despertarse del lavado gástrico, se arrancó la vía y hemos tenido que darle un sedante —dice la veterinaria.

Aunque Rafael se ofrece a cargar con él, es Camila quien lo lleva en brazos hasta el coche. Por suerte no está lejos. Cuando lo encontró abandonado Tofi pesaba poquísimo, ahora le cuesta cargarlo aunque tan solo sean unos metros, ha ganado unos cuantos kilos.

—¿De qué te ríes? —le pregunta Rafael.

—¿Qué?

—Te estabas riendo, no te habrás dado cuenta.

—Estaba pensando en lo mucho que pesa Tofi ahora y eso me llevó a imaginármelo rechoncho como el Chuli, con su misma panza colgante.

—Me parto de risa cada vez que veo cómo se le mueve la tripa de un lado a otro al caminar —dice Rafael.

—Y gordo como está, ¡qué ágil es! A este pobre lo persigue, le salta y le rasguña cada vez que puede. Está obsesionado con Tofi.

—Ese gato es un malaje, como diría Maripili. —Los dos se

ríen—. La clínica es muy buena pero los precios son caritos. Pensé que te cobrarían bastante menos —le dice Rafael una vez dentro del coche, es él quien conduce.

—Lo único que me importa es que Tofi sigue entre nosotros.

Camila se gira y lo ve hecho un rosquito en el asiento de atrás. Alarga su mano y le toca la cabeza. El perro no abre los ojos. Le apretuja una oreja y espera, él siempre le agradece sus caricias con la lengua, pero no la lame.

—¿Te puedo hacer una pregunta personal?

Camila no cree que haya ninguna pregunta de ese tipo que tenga ganas de responder. Sin embargo, dice que sí, no quiere ser descortés después de todo lo que Rafael hizo por ella.

—¿Por qué te fuiste de Buenos Aires?

Puede darle la misma respuesta que a Maripili tanto tiempo atrás: «La vida en Buenos Aires es un caos». No sería mentira si dijera eso.

—Mi marido murió en un accidente de tráfico, manejaba yo. —Las palabras le salen sin quererlas. Ni la mirada ni el rostro de Rafael parecen horrorizados, por ello, continúa—: Pasé mucho tiempo sedada al principio, luego, medicada. Hasta que un día tuve una intuición…

Quizá sea un error hablar sobre sus intuiciones, es un tema que siempre evita, la poca gente a la que intentó hablarle de ellas la miró como si estuviera loca.

—¿Qué intuición tuviste?

—Que si me quedaba en Quilmes me moriría. Lo sentí clarísimo.

—Yo intento escuchar a mi intuición, me esfuerzo, pero rara vez lo consigo. ¿Tú cómo lo haces?

—No tengo ni idea. Solo sé que algunas veces me vienen sensaciones muy fuertes, no sé cómo explicarlo. Por ejemplo, con Tofi, cuando la neuróloga a la que me acompañaste dijo que había que operar, escuché algo en mi interior que me dijo que no lo hiciera.

—Siempre pienso en la suerte que tuvo, tu decisión de hacer

una segunda consulta le salvó la vida. —Rafael le sonríe y ella siente que la angustia la invade—. Si lo hubieras operado de las hernias se habría muerto, porque el problema era claramente otro: la toxoplasmosis.

—Sí… —dice, pero no le está prestando atención, se da cuenta de que la angustia se ha instalado en su garganta, suele ocurrirle antes de empezar a llorar—. Con Luca también tuve una intuición, y lo que me jode a más no poder es el no haberle hecho caso —le confiesa.

Gira su cabeza hacia la ventanilla y se seca las lágrimas con disimulo. Es la primera vez que se permite hablar de ello. Cuando piensa que si hubiera escuchado a su intuición Luca estaría vivo…

—Me gustaría que me lo cuentes, si te apetece.

Camila nota que tiene ganas de seguir hablando, Rafael le transmite confianza, no tiene ni idea de por qué.

—Salimos del cumpleaños de mi hermana y yo quería manejar. Luca me dijo que prefería ser él quien llevara el auto. Yo le dije que no, y justo en ese momento sentí un escalofrío, muy intenso. Imposible que fuera por el clima, era un 11 de diciembre, hacía un calor espectacular. Quizá lo que te estoy contando… Vas a pensar que estoy loca…

—No, no, para nada, te lo prometo.

—Luego del escalofrío pensé que era mejor que manejara Luca, me acuerdo perfecto. Esa fue una intuición, pero no le hice caso, no se lo hice. —Vuelve a dirigir su rostro hacia la ventanilla.

—No tiene ningún sentido que te machaques pensando eso, Camila. Haya o no haya sido una intuición, ¿de qué te sirve?

—De nada, pero hay días en los que me resulta insoportable el pensar que, si le hubiera dado el auto, él…

—Tienes que aprender a echar esos pensamientos de tu mente, solo te van a traer malestar y no van a modificar el pasado.

—Sí. Lo sé. Estoy trabajando en ello —le dice y lo mira. Él posa sus ojos verdes un breve instante en los suyos—. Gracias, Rafael. Gracias por escucharme.

—¡Por favor! ¡Si es un placer! —Lo ve reírse—. ¿Y siempre viviste en Quilmes?

—Sí. Nací, me crie, estudié y me casé ahí. Solo salí de Quilmes para viajar, pero no te creas que mucho. Conozco las cataratas del Iguazú, un par de playas de Brasil y Cancún.

—Es curioso el que te haya dado por cruzar medio continente entonces —comenta y, otra vez, la mira fugazmente con esos ojos verdes que a ella tanto le gustan.

—El mayor cambio que había hecho en mi vida hasta venirme a España fue mudarme del departamento de mi madre a un departamento con Luca. Todavía no sé cómo me atreví a venirme sola. Mi familia seguro que pensó que duraría una semana acá, o dos, ¡y ya llevo cuatro meses!

—¿Tienes una familia grande?

—Bastante. Dos hermanas, casadas, con tres hijos cada una, y mi madre. Nos juntábamos todos muy seguido, en la casa de alguna de mis hermanas.

—¿Y tu padre?

—Murió cuando yo era adolescente.

Mientras habla no siente nostalgia por su antigua vida. De repente se da cuenta de que nunca le gustó vivir en Quilmes, era una ciudad que no le ofrecía nada realmente. En La Alpujarra ha descubierto que le encanta la naturaleza, el poder ver las estrellas por la noche, el olor de la vegetación que la rodea, los paisajes plagados de montañas, ¡incluso ha descubierto que le gustan los animales! Le duele pensarlo, pero quizá la ausencia de Luca le dio el impulso que necesitaba. Miles de veces habían tenido miedo de irse a vivir a otra parte, y ni una sola vez le habían tenido miedo a la muerte. ¡Qué idiotas! Ahora ya no había miedos, la muerte se los había llevado todos consigo.

92

Siente una presión en la cabeza, es una caricia. Le llega el olor de Camila. Ya no está en la Perrera, ella lo ha sacado de allí. Intenta abrir los ojos, no puede. Le da vueltas todo. Tiene el morro reseco, es sed. No consigue ladrar para pedir agua. Se queda quieto, con los ojos cerrados.

Se encuentra en un campo enorme, no hay alambres de los que impiden el paso. Está rodeado por un gran número de animales lanudos y sabe que su trabajo es que no se escapen ni se pierdan. «¡Tofi! ¡Tofi!», escucha. Divisa a Camila a lo lejos y corre hacia ella. La encuentra al lado de un lanudo pequeño. «Se lastimó la pata», le dice y el lanudito hace bbbeee, bbbeee, bbbeee. Camila coloca el lanudito sobre su lomo, él es un *border collie* de gran tamaño, lo puede llevar sin problemas. Camila empieza a caminar, va apoyando en el suelo un largo palo a cada paso. Él tiene que ir lento para no dejarla atrás. El pellejo de su dueña tiene muchísimas arrugas y su lomo está encorvado. «¡Tofi! ¡El corderito!», grita Camila. Él se gira y ve al pequeño lanudo saltando entre los grandes, bbbeee, bbbeee, bbbeee, con su pata perfecta. Se vuelve a girar y su mamá está frente a él. Le cuesta reconocerla: ya no se le notan los huesos, tiene los músculos fuertes y su pelaje está reluciente. Gira y aparece Lucky. ¡Tiene cuatro patas! Gira y ve a Quijote. Se dan un montón de lametazos los unos con los otros, y saltan, y corren, y juegan. Camila se ríe, dentro de su morro no hay un solo diente.

Cuando se despierta se siente mucho mejor, aunque la sed es enorme. Se da cuenta de que su rabo se mueve sin parar: el sueño reciente es el más hermoso que tuvo jamás.

93

—¿Te puedo hacer una pregunta personal? —Y Camila le sonríe.

—No sé yo —dice Rafael poniéndose serio—. Venga, va. —Y le devuelve la sonrisa.

—¿Por qué estás soltero?

—¡Joder! No te andas con rodeos tú a la hora de preguntar.

—Es que me parece tan raro que no tenga pareja alguien profesional, simpático, buen mozo, de tu edad, y encima, viviendo en un pueblito.

—¿Estás llamándome viejo por casualidad? —pregunta Rafael riéndose.

—No, no, para nada.

—¿Tú cuántos años crees que tengo?

—Cuarenta y dos.

—¡Lo has clavado! Cuarenta y dos tacos ya… ¡Qué de piropos me has dicho! —Y se lleva una mano a la cara como si sintiera vergüenza. Camila se ríe—. Me ha gustado eso de buen mozo, muy de abuela. Lo que has dicho del pueblito no lo he entendido.

—No es lo mismo la vida en una ciudad que en un pueblo. Por ejemplo, en Madrid imagino que hay una vida social importante, y se pueden hacer cursos, ir al teatro, al cine, a ver danza, a conciertos. Digamos que acá no hay muchas cosas para hacer… Por lo que vi en el tiempo que llevo, la gente lo que hace es tener hijos.

—Bueno, eso de que no hay mucho para hacer… Para mí el ocio no es encerrarme, al contrario. Aquí hay unos senderos estupendos en la sierra, hay animales por todos lados, hay tiempo para leer y relajarse. Yo he vivido muchísimo tiempo en Madrid, y no volvería por nada.

—Algo te tiene que pasar para estar soltero, no me das la vibra de gay. —Camila le guiña un ojo.

Rafael se ríe con ganas. Le encanta su facilidad para tomárselo todo a bien.

—No me pasa nada raro, ni soy gay. No me importaría serlo, eh, de hecho, ojalá lo fuera, me da que entender a un hombre no es tan complicado como entender a una mujer.

—¡Ey!, sin ofender.

—No he tenido suerte en el amor, eso es todo.

—¿Y algún detalle más que quieras compartir?

—Veo que hoy estamos en plan cotilla. Será la falta de sueño… Le voy a dar el gusto a la señora y le voy a contar algún detalle más.

—¡Qué afortunada me siento! —Y Camila aplaude.

—Estuve diecisiete años en pareja, con mi novia de la universidad. Terminamos la carrera y, a los pocos años, nos vinimos para acá. La clínica veterinaria la montamos juntos. Hace un año y medio, ella me dijo que estaba harta de la gente paleta del sur y que se quería volver a Madrid.

—¿Paleta?

—Pueblerino se podría decir. —Rafael ahora está serio. Pasan varios segundos hasta que continúa—: No me lo esperaba, creí que Marta estaba a gusto aquí, tanto como yo. Ya ves que no.

—¿Y por qué no te fuiste con ella? Si es que me lo querés contar…

—Yo podría irme a otra parte, pero no a una ciudad llena de gente, de contaminación y de tráfico, eso lo tengo claro.

—¿Vos dónde naciste?

—En Madrid. Pasé más de la mitad de mi vida allí, me crie, hice la carrera y trabajé un par de años en una clínica veterinaria del centro, conozco el ritmo loco de esa ciudad. Pero yo quiero…

Rafael baja el vidrio y saluda a un viejito que va por el medio de la calle con un bodeguero, están entrando en su pueblo. Camila no puede creer lo amena y rápida que se la ha hecho la vuelta de Granada, la hora y media se le ha pasado volando.

—Te decía que yo quiero vivir de otra manera —Rafael sube el vidrio—, sin las prisas de la capital, rodeado de gente que se ría a menudo y a la que no le horrorice tener que esperar diez minutos. Además, amo la naturaleza. La felicidad que siento con mis perras andando por la sierra es muy grande. Y en verano voy a bañarme al río casi todos los días, eso sí que es una verdadera gozada. ¿Te lo he vendido? —Y se ríe—. Me estás mirando de un modo…

Camila está sorprendida: ¡esa es la vida que ella desea vivir!

—Te agradezco tanto por todo —le dice a Rafael cuando llegan a la puerta de la clínica veterinaria. Al lado de ellos se encuentra el coche de Maripili.

—Me alegra haberte ayudado a salvar a Tofi, ¡una vez más! ¡Tiene más vidas que un gato!

—Esperemos que tenga muchas más de nueve, y que no sean tan caras como hasta ahora. —Los dos se ríen—. No dormiste nada en toda la noche, ¿vas a poder trabajar?

—Sí, estoy acostumbrado, tú no te preocupes.

—Gracias otra vez.

—Me ha gustado la conversación del coche.

—Y a mí —dice Camila.

Rafael se acerca. Ella le mantiene la mirada, sus ojos son de un verde muy claro, quizá se deba a la luz tenue de primera hora de la mañana. Rafael da dos pasos más, y lo tiene pegado. Se le estremece la piel. ¿Va a intentar besarla? Si lo hace, le va a corresponder el beso, y no va a salir corriendo, y va a decirle… Rafael acaricia a Tofi. Ella se desilusiona mostrándole una sonrisa para que no se note.

—Tengo algo para ti.

Rafael mete la mano en el bolsillo de su abrigo, ella no se imagina qué es lo que va a darle. Entonces, Camila ve algo que hoy en día le gusta mucho más que un zafiro.

—¡Muchísimas gracias! —Y le da un rápido beso en los labios.

Sabe que no debería habérselo dado, no se pudo contener, es tan hermosa la sorpresa, que el beso le salió solo.

—Me alegra que te gusten tanto.

—¡No sabés cuánto! —dice mientras mira los cinco tofis que Rafael puso en sus manos.

94

Se despierta. No sabe dónde se encuentra. Levanta la cabeza, se marea. Aspira el aire. ¡Está en el refugio de Camila! La huele cerca. Se intenta poner de pie, le flaquean las patas. Vuelve a tumbarse.

«¡Te despertaste!», grita Camila y le besa el hocico. «No sé en qué momento me convertí en una cochina. ¡Te estoy dando besos cuando tu plato favorito son las cacas!», y la escucha reírse.

No le había olido un buen humor tan intenso hasta ahora. Mueve el rabo. Consigue levantarse. Escucha los ruidos de sus tripas.

«¿Tenés hambre? Te preparé comida casera, sé que te gusta más que el pienso». Él ladra dos veces.

Camila le da de comer. Y le da varios trocitos de delicia. «Te estoy malcriando, lo sé, pero no me importa, con lo mal que lo pasé ayer cuando pensé que…». Y le da otro trocito. «¡Cómo te gusta el queso! Bueno, todo te gusta a vos, no le hacés ascos a nada».

Ojalá su mamá lo viera: ¡cuánto lo quiere la humana que él quiere!

«Tenés que descansar», le dice Camila y lo coloca sobre un trapo cerca de la caja que da calor. «Yo voy a ocuparme de nosotros, vos no te preocupes, no te va a faltar nada». Él no entiende. Estando ella cerca, ¿qué le puede faltar?

Se deja envolver por el calor que tanto le recuerda al de su mamá. Y se duerme. Sueña que está con Estrella y Frida en el río, corriendo detrás de piedras que les tira Camila.

—Puedo traducir lo que necesiten.

Se despierta. Camila no le está gritando a la cajita de plástico que tiene en la oreja como siempre.

—Lo que sea me viene bien. Sí, ya sé que desaparecí de un día para el otro, Ana… No podía, te juro que…

La ve agachar la cabeza, Camila mira el suelo, ¿le está por salir agua triste? No, no huele que sea eso.

—Textos largos también. Estoy en el sur de España. Sí, sí. ¿Mil quinientas palabras? Mañana mismo podría mandártelas a tu correo electrónico. ¡Claro! Las espero. ¡Gracias, Ana! Muchas gracias.

Camila deja la cajita de plástico sobre la mesa y mueve su pellejo de un modo raro, como si muchos bichitos la estuvieran picoteando.

«No me mires así», le dice. «Ya sé que no bailo bien, ¿a quién le importa?», y sigue moviendo su cuerpo del mismo modo. «Vení para acá a bailar conmigo», le grita. «¡Acabo de recuperar mi antiguo trabajo!». Se levanta del trapo y corre hacia ella. Se pone de pie. Camila se agarra a sus patas delanteras y los dos bailan. Ella huele a alegría cercana a la felicidad. «Gracias a vos lo recuperé, jamás me hubiera atrevido a llamar si no fuera porque te tengo que dar de comer y no me queda casi más plata en la cuenta». Él ladra dos veces y siguen bailando.

95

—Mejor, cada día un poco mejor. ¿Y vos qué tal estás, mamá?

Aunque se encuentra sentada en el sofá, Camila ha puesto el manos libres. Entre sus dedos tiene el marcapáginas que Luca metió en *Historias de cronopios y famas*. Lleva observándolo un buen rato. El dibujo del perro cubista le parece hermoso.

—Estoy bien. —Y no dice nada más. A Camila no solo le cuesta rellenar los silencios con su madre, sino que nunca sintió una gran conexión con ella—. ¿Seguís en el pueblo ese del sur de España? No recuerdo el nombre.

—Atalbéitar. Sí, todavía por aquí, pero decidí que a fin de mes…

—¿Volvés para acá? —Y Camila nota la ilusión en la voz de su madre—. Ya sabés que te podés quedar en mi casa el tiempo que quieras, o podés parar en casa de tus hermanas. Te puedo ir a buscar al aerop…

—Pará, mamá, pará, que no vuelvo a Quilmes —dice y gira el marcapáginas. Se encuentra con el *Kimi te amo*. Sonríe: Luca tenía una letra preciosa—. A fin de mes voy al País Vasco Francés. Tengo ganas de conocer el pueblito de la abuela.

—¿Y para qué vas ahí? Esa zona es muy rural y montañosa. No hay nada.

—Voy porque Luca quería ir —le dice y a continuación se escucha otro silencio incómodo.

—¿Y creés que es una buena idea ir por eso? ¿Creés que te va a hacer bien?

—Sí, mamá, lo creo, me va a hacer genial. —Enseguida se da cuenta de que no es necesario ser sarcástica, por ello agrega—: Vos no te preocupes por mí.

—Yo solo quiero que te recuperes y…

—Ya lo sé. —Camila respira hondo, dos veces, y por fin se atreve a decirle lo que hace tiempo desea que sepa—: ¿Sabés una cosa, mamá?: tengo un perro.

—¿Qué decís? ¡Pero si a vos jamás te gustaron los perros!

—Ahora me gustan.

—Con lo que ensucian, y el trabajo que dan, hay que sacarlos un montón de veces por día. Una amiga me dijo que tiene que peinar el suyo a diario, bañarlo cada mes, ¡y hasta le lava los dientes por las noches! Es algo…

Camila no la interrumpe, se queda callada y le permite que enumere todo lo malo que tiene un perro, se ha prometido no volver a cortarle el teléfono. Su madre es así, no la va a cambiar.

—¿Y cómo se llama tu perro?

Le sorprende la pregunta, no se la esperaba.

—Tofi.

—¡Como tu golosina favorita!

—Y la de Luca.

—Me gusta el nombre.

—Te dejo que tengo cosas que hacer. En estos días te vuelvo a llamar —dice porque esa promesa le suele dar buen resultado para sacarse de encima a su madre.

—Me gustaría ver alguna foto de Tofi, ¿puede ser?

Camila se pregunta quién es la mujer al otro lado del teléfono, no la reconoce. Estaba segura de que su madre despotricaría largo rato sobre su decisión de tener perro, le detallaría las complicaciones para trasladarlo a Buenos Aires, porque está convencida de que ella va a regresar de un momento a otro, y daría la conversación por terminada despidiéndose de mala manera.

—Tengo un montón de fotos, te mando alguna en cuanto cortemos. No sabés lo lindo que es; además, entiende todo, vos le hablás y él mueve la cabeza.

—¿Cómo? No sé qué querés decir.

—Cuando le hablo, él me mira muy fijo e inclina su cabeza para la izquierda, o para la derecha. Parece una persona escuchándote con atención.

—¡Qué gracioso! ¿Y de dónde lo sacaste?

—Me lo crucé en un camino y él me siguió. Lo que no es tan gracioso es que es epiléptico.

—¡Ay, pobre! ¿En serio? —grita su madre.

—Sí, pero hace ya varios días que no tiene ningún ataque, le doy medicación y parece que está funcionando.

—¡Cuánto me alegro, hija! Le pediré a la virgen de Luján que lo ayude.

Quiere decirle que no hace falta, la salud de Tofi no depende de la virgen, pero se lo calla.

—Te mando fotos. Mañana te llamo, en serio. Un beso.

—Otro, Camila. ¡Y uno para Tofi!

Corta la llamada. Se recuesta en el sofá; lo necesita. ¿Cómo puede ser que haya conectado con su madre gracias a un perro? No se lo explica.

A los pocos minutos se pone de pie y se dirige a la puerta de calle.

«¡Vamos, Tofi!», grita mientras se abriga y lo ve venir corriendo hacia ella. Descienden las escaleras que atraviesan el jardín, giran a la izquierda y se internan en el sendero que conduce al pueblo vecino.

Hace una noche magnífica. Camila mira el cielo: es plateado debido a la gran cantidad de estrellas que lo cubren. La luna es amarilla, enorme, y está más baja de lo habitual; parece un globo atado a la copa de los castaños. En Quilmes jamás vio tantas estrellas juntas, ni lunas gigantes, ni árboles que la conmuevan como en el sur de España. Inspira. ¡Qué bien huele! Vuelve a llenar sus pulmones de un aire frío, exquisito. «¡Qué rica es la naturaleza! Para algunas cosas me gustaría tener tu olfato», le dice a Tofi, quien se está comiendo algo. Se agacha y ve que se trata de una hoja de higuera.

Antes, por las noches, Camila salía a pasear con una linterna. Tenía miedo, le daba inseguridad no ver bien en la distancia: el sendero es tupido y la imaginación puede jugar malas pasadas. Por suerte la oscuridad ya no le asusta. Ni la soledad. Cuando Luca murió no soportaba estar sola; acompañada tampoco. Rechazó el ofrecimiento de su madre y hermanas de ir a pasar un tiempo a sus casas, y el mismo día del entierro volvió al departamento que durante diez años había compartido con su marido. La televisión empezó a estar encendida de manera constante, muchas veces al mismo tiempo que la radio; al acostarse ponía dos almohadas en el lado de la cama de Luca; y por el día se sentaba cerca de un oso de peluche enorme que él le había regalado cuando eran novios. El oso, vestido con la remera favorita de Luca, pasó meses a su lado en el sofá, meses frente a ella en una silla de la cocina, meses acomodado sobre la tabla del inodoro las pocas veces que se duchaba.

«Tofi, ¡no!», grita al darse cuenta de que no es una hoja de higuera lo que se está comiendo ahora. «¡Qué manía tenés con las cacas!», y lo aparta. El perro la mira moviendo el rabo. «Sé que te gustan, pero a mí me dan mucho asco», le dice y emprende la vuelta a su horno de pan.

Camila recuerda el oso enorme de peluche y se pregunta a quién estará acompañando en este momento. Un mes antes de abandonar Quilmes, lo había dejado en la calle. Aunque Tofi no le haga caso, y coma cacas, y a veces ladre hasta la exasperación, no lo cambiaría por ninguna otra compañía en el mundo entero.

96

Ladra para avisar. Mira la puerta. Ladra. «Sí, sí, ya sé, yo también tengo oídos», le dice Camila y él vuelve a avisarle que Maripili está detrás de la puerta de entrada al refugio.

—Hola, Mari. Pasá y sentate, que la comida ya está lista.

—¡Guay! Tengo *ma* hambre que el perro de un ciego.

Se acerca a Maripili, se está quitando el trapo que cubre su pellejo. Se pone en dos patas en busca de la atención que le corresponde.

«¡Tofi, no te subas!», le grita Camila.

—Déjale, *mujé*. *To* los perros saludan cuando alguien llega a casa.

—Ya vas a ver cuando un día de lluvia te salude con las patas a rebosar de barro.

—Se me ensucia la ropa y *yastá*, ¿crees que me importa? —Y Maripili le acaricia la cabeza. Cuando deja de hacerlo, él se pone panza arriba—. Parece que está *entrenao* —dice riéndose mientras se agacha y le rasca la tripa.

—Es un payaso.

—Tu chuchillo me recuerda al *border collie* de mi padre: el Quijote.

Camila pone dos cuencos sobre el sitio en el que ella siempre come. A él le sirve pelotitas de gallina en el suyo. Ni siquiera las olfatea, lo único que hace es parar las orejas.

—¿Tofi? ¿En serio?

—Mira su rabo, su trufa, y sus orejas atentas al menor ruido, es como un *border collie* en pequeñito, ¿no lo has *notao*?

—No. De todos modos, nunca fui muy perruna y no entiendo demasiado de razas.

El perro se sienta cerca de ellas; mira a una, mira a la otra, clava sus ojos en Camila, y en Maripili; Camila, Maripili. Ellas no lo miran, ni siquiera se dan cuenta de que está esperando que le conviden a un poquito de lo que están comiendo.

—¿Te gusta la polenta? La compré en una tienda de Granada que vende productos argentinos.

—*Pos* sí, *ta mu* buena. Es la primera vez que la pruebo. Y la salsa te ha *salío* estupenda.

—Hago la boloñesa tal cual me enseñó mi *nonna*. Un día te voy a hacer un pastel de papas, como lo hacía ella.

Él las sigue mirando; ellas no le dan a probar.

—Cuando quieras, *to* lo que sea comer, cuenta conmigo.

—¿Y tu papá dónde vive?

—Mi padre murió. Era pastor. Tenía una finca en un pueblo cercano.

—Lo siento, no sabía…

—No pasa *na*. Estaba muy mayor el pobre. Fíjate tú, fue el Quijote quien encontró a mi padre pachucho, *tirao* en el suelo y fue a avisar a un vecino.

—¿En serio? No sabía que un perro fuera capaz de hacer algo así.

—Sí, fue a casa del vecino y ladró sin parar hasta que consiguió que lo siguiera. Son una raza inteligentísima. Alcánzame el queso *rallao*.

—Tomá. ¿Y qué pasó con el perro de tu papá?

—Yo no me lo podía quedar por los gatos, así que mi hermana se lo llevó a su casa, pero vivía cabreada con el Quijote porque era un malaje, se le piraba del jardín cada dos por tres. Hasta que un día se lo dio a una inglesa, una tal Margot, hay quienes la llaman la *crazi* de los perros. —Camila se ríe porque Maripili dice *crazy* tal cual se escribe—. La inglesa tiene un perro con tres patas, varias veces me la crucé con él.

—¿Un perro con tres patas? Nunca vi uno. ¡Se lo tengo que contar a Rafael!

—Pero si Rafael la conoce a la *crazi* de los perros, pregúntale, la inglesa lleva a *tos* sus animales a su consulta. Ya que sale el tema de nuestro querido veterinario… —Y el perro ve a Maripili llevarse al morro el último bocado que hay en su cuenco, tenía la esperanza de que fuera para él—: ¿Qué me cuentas?

—¡No seas chusma! —dice Camila y él le huele el sofoco—. ¿Querés postre? Ayer hice un budín de pan.

—Eso ni se pregunta, ponme ración doble. Y no me cambies de tema. ¿Qué pasa con nuestro veterinario?

—No pasa nada, Mari. Somos amigos.

—¿Tú por quién me tomas?

Camila pone varios trozos de algo que huele dulce en un cuenco y se lo da a Maripili. Ella no se sirve.

—Te repito: somos amigos.

—Tú sigue así, se te va a escapar el tren.

¿Qué tren? ¿Se van? ¿Adónde van? No vio a Camila meter sus trapos en una caja con ruedas como el día que se iban a marchar, no se fueron y él terminó en la casa de su antigua familia.

—No se me va a ir ningún tren, Mari, porque ni siquiera estoy intentando agarrarlo, a ver si me entendés.

No se van, menos mal. Debe ser una frase con trampa.

—¡Qué bueno está el pan de budín! —dice Maripili y él la mira fijo, quizá a dulce sí le convide.

—Budín de pan.

—Eso. Me tienes que dar la receta. ¡Me pirra!

—Después te la anoto.

—Perdona que vuelva al tema, es que no lo puedo evitar: ¿y tú con un amigo te ves hasta las mil? No sé si te has *olvidao*, que tu amigo pasa por la puerta de mi casa cuando se va de aquí a las cinco de la mañana.

—¿Y vos qué hacías levantada a esa hora?

—Insomnio. ¿Me sirves un pelín *ma*?

—Acércame el plato que te pongo. ¿Y es necesario que mires por la ventana?

—¡Vete a tomar vientos! —dice Maripili riéndose y se lleva otro bocado de dulce al morro. Él se le acerca y la mira más fijo que antes—. Escucha, me voy a subir *pa* Madrid unos días, que mi hijo me ha *invitao* a conocer su casa.

—¡Qué bien!

—Bueno, no tan bien, tendré que ver a la siesa *manía tos* los días.

—¿Te referís a tu nuera por casualidad? —pregunta Camila riéndose.

—Sí, la *malafollá* es su otro nombre, sin ofender a mi hijo.

—Siesa *manía* —repite Camila y se ríe más fuerte—. Espero nunca hacerte enojar, Mari.

—Yo también lo espero —dice y el perro huele que en su cuenco no queda ni una miga de lo que estaba comiendo. Le hubiera gustado probarlo, a él le encanta la comida dulce—. Te quería preguntar si me puedes regar las plantas.

—Claro que puedo.

—Pero no me las dejes *toas enguachinás*, ¿vale?

—¿Qué?

—No les pongas mucha agua, que se me pudren y las cuido casi tanto como a mis gatos.

—¿*Enguachinás*? —Camila abre mucho la boca y con una mano se da palmadas en la pierna—. Se necesita un diccionario para entenderte, Mari.

—Lo mismo te digo, guapa.

Las ve reírse largo rato. Otro comportamiento rarísimo de los humanos. Que huelan tan felices cuando no se los está acariciando es algo que no puede entender.

—Y también necesito que les des de comer a mis panteras.

—Tofi seguro que está bien predispuesto para la tarea, quizá así se hace íntimo amigo del Chuli. ¿Qué decís, Tofi? ¿Vas vos a darle de comer?

¿Ha dicho Chuli? ¿Tiene que ser su amigo? Por las dudas sale corriendo y se mete bajo el sofá.

—Vení, Tofi, salí que el Chuli no está.

Ve a Camila agachada al lado del sofá. Hace lo que le pide y se lleva unas cuantas caricias en el lomo.

—Me voy. Que tengo que preparar la maleta y hacer mil cosas *ma*. Aquí te dejo las llaves de casa, en la cocina hay un saco grande de comida para gatos.

—Esperá que te pongo un poco de budín de pan en un táper.

Camila deja de tocarlo y regresa al sitio donde comen.

—¡Eres un cielo! —grita Maripili.

—Te puse unas cuantas porciones, espero que te endulcen el viaje.

Las ve juntar sus pellejos y darse chupetones. Cuando Maripili se va, él todavía está buscando el cielo en Camila, no se lo encuentra por ninguna parte.

97

Se despierta y lo primero que ve, como cada mañana, es la cabeza de Tofi sobre su almohada. «¿Cuánto hace que me estás mirando?», le pregunta. Le encanta que su perro se despierte antes que ella y se quede a su lado viéndola dormir. Luca siempre hacía eso. «Espero que hayas soñado conmigo», y le da un beso en el morro.

Camila sale de la cama de un salto y abre las cortinas. «¡Arriba, perezoso!, que en un ratito nos vamos de vacaciones. Vas a ser un perro andaluz internacional», y se ríe sola de su gracia. «De las bolsas de basura de la alpujarra granadina a los *croissants au jambon et fromage* de los pirineos vascos», y se sigue riendo. Tofi baja de la cama y la acompaña a ese baño en el que casi no caben los dos. Luca nunca entraba en el baño si ella estaba en él, lo habría matado en caso de hacerlo.

Camila saca una pequeña valija de debajo de su cama y empieza a meter ropa: dos pantalones anchos, con grandes bolsillos, un par de zapatillas impermeables, tres musculosas, cinco remeras manga corta, cinco manga larga y un cortavientos.

Mientras dobla la ropa piensa que lleva varios días seguidos sintiéndose muy bien. Quizá tenga que ver con el hecho de haber decidido irse de viaje, es algo que le debe a Luca desde hace años. Busca sus botas de montaña y su campera de invierno; es mejor ir preparada, le dijeron que puede que llueva bastante en esa zona y que haga frío. Decide que las botas las llevará puestas y la campera irá en su mano, casi no le queda sitio y no quiere cargar con más equipaje. Solo le falta meter la ropa interior. La saca de un cajón, la desdobla, la vuelve a doblar y empieza a acomodarla dentro de su valija. Nota que su mano se ha atascado: es el zafiro de su anillo, está enganchado en la rejilla de uno de los compartimentos. Lo desengancha, se lo saca y lo contempla durante unos segundos. A continuación, lo mete en el cajón de la mesita de luz. Necesita dejar de pensar en Luca de manera compulsiva, quizá el no ver su anillo de compromiso a todas horas la ayude a conseguirlo, más adelante volverá a ponérselo.

Agarra a Tofi en brazos y lo lleva a la parte baja de su horno de pan. Vuelve a subir y desciende con la valija. Desayuna una tostada con tomate rallado y aceite de oliva; su perro desayuna unas albóndigas que le regaló Maripili. Lo observa: Tofi come moviendo el rabo en redondo. Le encanta la comida para gatos. Cuando termina, ladra varias veces. «No hay más, te comiste dos latas ya, te vas a poner como el gordo Porcel», le dice y duda que Tofi sepa a qué cómico argentino se refiere.

Piensa en los libros que quiere llevar consigo al viaje. Hay dos que tiene pendientes por leer. Los agarra de un estante. Y también agarra *Historias de cronopios y famas*, es fundamental que ese libro la acompañe a conocer el pueblito en el que nació Mamie.

Tofi ladra. Y otra vez. Y otra. «Ya escuché, callate que ya voy», le dice.

Al abrir la puerta se encuentra con Rafael.

—¿Qué hacés acá? —le pregunta Camila. Siente unas ganas inmensas de besarlo en la boca, en cambio, le da dos besos en la mejilla—. ¿No habíamos quedado que nos veíamos en el *parking*? Vení, pasá.

Tofi mueve su rabo como con las albóndigas al verlo y se pone en dos patas apoyándose en sus piernas. Su cabeza recibe varios mimos de Rafael.

—Me he acercado por si necesitas que te eche una mano con el equipaje.

—No hace falta. Llevo tres boludeces en una valija pequeña.

A Camila le encanta el detalle de que haya pensado en ayudarla.

Mientras se mueve por la casa para dejarlo todo acomodado, nota que Rafael no le quita la vista de encima.

—¿Qué pasa? ¿Por qué me estás mirando así?

—Me gusta tu *look*, muy novia de Frankenstein. —Rafael le sonríe.

¿De qué habla? No tiene ni idea. Duda si reírse como si hubiera entendido el chiste.

—No sé a qué te referís.

—Al cabello recogido como lo llevas, con el grueso mechón de canas a un lado. Te pareces a la novia de Frankenstein. ¿No has visto esa peli?

—No.

Rafael saca su móvil y le muestra una foto del personaje.

—Vos sí que sabés piropear —dice Camila mientras observa la imagen—. Estoy a punto de ofenderme.

—La novia de Frankenstein es muy molona.

—No solo me estás diciendo que me parezco a la novia de un monstruo, sino también que soy molona, cosa que no sé qué significa, pero me suena bastante mal, quizá debería darte una cachetada.

Rafael se ríe. A Camila le parece una risa preciosa. Le gusta su sonoridad, los dientes que deja ver y las arrugas que forma en su rostro. Ella siempre examina con detenimiento las risas de la gente, desde que es pequeña lo hace.

—Por cierto, veo que te va lo moderno. —Camila le sonríe—. ¿De qué año es la película?

—De 1935. El cine en blanco y negro es mi favorito.

—A mí me aburre más que leer en chino mandarín.

Le escucha otra carcajada, más enérgica que la anterior.

—No sabes lo que te pierdes. —Rafael se le acerca. A ella se le pone la piel de gallina. Él le toca con suavidad la cabeza—. Es precioso —dice y sabe que se refiere a su mechón de canas.

—Según mi madre, el pelo blanco en una mujer da mal aspecto, es de bruja.

—¿Eso te ha dicho?

—Eso me decía cuando era más joven. De todos modos, si ser bruja significa ser yo misma, ¡que me quemen en la hoguera! —dice riéndose y se da cuenta de lo poco que le importa hoy día lo que piensen los demás sobre su aspecto físico—. Estoy lista, vamos si querés.

Camila agarra su valija y los tres salen. Cierra con llave y se encaminan al *parking*. Pasan por la puerta de la casa de Maripili, a esa hora estará trabajando. En su jardín ve seis gatos. La Farruca y el Chuli están entre ellos, tomando el sol. Al Jondo su vecina lo habrá dejado en el otro jardín, como siempre. Mira a Tofi, va pegado a sus piernas, llevas las orejas gachas y el rabo entre sus patas. Ve que el Chuli eriza su cola, se levanta y empieza a caminar hacia ellos.

—¡Ey! Ni un paso más —le ordena Camila al Chuli. Escucha que Rafael se ríe—. ¡Ni un paso más te dije! —repite porque el gato no le está haciendo caso, al contrario, se está acercando más rápido.

Tofi empieza a temblequear con el primer fffuuu. Con el segundo fffuuu mete su hocico entre las patas.

—A ver Chuli, no seas macarra, déjale —dice Rafael y lo coge en brazos.

—¡No puedo creer que se deje agarrar por vos!

—Me conoce, hace años que Maripili me lo trae a la consulta. Además, yo soy muy majo y los animales me aman.

Camila se ríe. Le genera ternura el verlo acariciar al gato, ojalá la acariciara a ella del mismo modo. Rafael deja al Chuli en el suelo, este vuelve a su trocito de sol, levanta una de sus patas traseras y empieza a lamerse.

Callejean, plazoleta, *parking* y están en el coche de Rafael, todos con los cinturones puestos.

—Muchísimas gracias por llevarme a Granada, no sabés cuánto…

—Te he dicho que tengo que hacer unas compras allí, no hay nada que agradecer. —El coche abandona el *parking*—. ¿En Madrid dónde vas a parar?

—En el departamento de mi primo, vive por la plaza de Lavapiés. Me quedaré ahí tres o cuatro días antes de irme para el norte. Por suerte, admite mascotas.

Camila se gira y ve a Tofi en el asiento de atrás en su postura favorita: hecho un rosco. Estira su brazo y le acaricia una oreja. Su perro mueve el rabo sin abrir los ojos.

—¿De Madrid al País Vasco francés hay transporte público? —le pregunta Rafael y ella endereza su cuerpo.

—Ni idea. Yo solo sé que mi perro andaluz es *trop chic* para viajar en colectivo, así que me lo llevo en auto. Mi primo me presta el suyo. Por lo que vi, son solo seis horas manejando.

—¿Solo seis?

Rafael la mira risueño y Camila enseguida entiende la ironía.

—No me parecen muchas, comparado con Argentina, en España todo queda cerca.

—¿Y por qué el País Vasco?

—Mamie, mi abuela, nació en Sauguis-Saint-Étienne, el pueblito al que voy. Tengo muchas ganas de ver los paisajes verdes y pintorescos de los que tantas veces me habló.

Cuando se queda callada, se da cuenta de que se está yendo de viaje por ella en gran parte, no solo por Luca. Le gusta este descubrimiento.

—¿Y cómo es que tu abuela se fue a vivir a Argentina?

—Conoció a mi abuelo en Sauguis, él había ido al sur de Francia a vender unos campos de su jefe, se enamoraron y Mamie decidió seguirlo a su país. Recuerdo que cada vez que la veía me decía: «*Ici je m'étouffe*», o sea, que se ahogaba en nuestra ciudad.

Y otra frase que repetía siempre es: «*Il me manque le vert*», que le faltaba el verde, se refería a la naturaleza. Pobre Mamie…, no sé si mi abuelo le compensó todo aquello que dejó atrás, me da a mí que no.

Camila piensa que no es una buena idea el dejar un sitio que uno ama, ni dejar de hacer algo que uno ama, por otra persona. ¡Qué de cosas había dejado de hacer Luca para complacerla!

—Me encanta el barrio en el que vive tu primo —dice Rafael justo antes de que aparezca la culpa por la vida que Luca no vivió por ella—. Mientras hacía la carrera compartía un piso en la calle Olivar, con otros tres estudiantes. Tengo muy buenos recuerdos de Lavapiés.

—Yo no tengo ninguno, la verdad. Cuando llegué a Madrid no vi casi nada, estaba superbajoneada. Solo salí de la casa de mi primo para tatuarme.

—¿El ave fénix?

—Sí, es el único tatuaje que tengo. Aunque no descarto hacerme otro.

—¿Y qué te harías?

—A Tofi. Él fue quien me hizo renacer de las cenizas en realidad.

—Sácale una bonita foto en Francia y te la tatúas y, de paso, envíamela, que me gustaría ver qué tal se lo pasa.

Camila capta la sutileza de sus palabras. Lo que le está queriendo decir es que le escriba, que comparta con él su viaje, que no se aleje aunque se aleje.

—Le voy a sacar un montón de fotos durante las vacaciones, y te las voy a mandar.

—Y ya si en alguna estáis los dos…

Camila lo mira. Le gusta Rafael, le gusta muchísimo. Estuvo a punto de invitarlo a que fuera con ellos de viaje. Agradece el haberse contenido, quizá lo habría asustado con semejante proposición luego de la única noche que pasaron juntos.

Dos días después de la intoxicación de Tofi, Camila invitó a

Rafael a cenar a su casa, para agradecerle por todo lo que había hecho por ellos. Tofi no habría salido adelante si no hubiera sido por la rapidez con la que Rafael decidió llevarlo a internar. Estaban tomando el postre, panqueques con dulce de leche, hechos por ella en el momento así los comían calientes, cuando él se acercó y le dio un beso en la boca. Ella no se lo esperaba. Quiso resistirse, pero su cuerpo no le permitió alejarse. A Camila le ardió el pecho, y el vientre, sintió el mismo deseo que la había enajenado en las primeras épocas con Luca. Y mientras besaba a Rafael pensaba que no podía hacerle eso a su marido, lo estaba engañando, tenía que rechazar a Rafael, echarlo de su casa, tenía que… Y lo siguió besando, y se sentó sobre él, y le pintó los labios con el dulce marrón, y lo lamió. Y quiso colorearle a Rafael todo el cuerpo. Pero no podía, por Luca. No podía, no podía… Sintió ganas de llorar y se apartó. Rafael fue hacia ella, la abrazó y le dijo que no había ninguna prisa. Su primer impulso fue echarlo, pero no lo hizo. Camila preparó dos infusiones y se quedaron charlando hasta las cinco de la mañana; se rieron, se contaron sus sueños de niños y se asombraron con lo diferentes que eran sus culturas en ciertos aspectos.

Esa noche soñó con Luca, fue un sueño tan vívido que al despertarse le pareció sentir su olor en la cama. En el sueño, Camila le preguntaba si era feliz. Luca le respondía que aún no; lo sería en el momento en que ella lo fuera.

—Cuando volváis del sur de Francia, os invitamos a un pícnic en la sierra.

—Ese plural no lo entiendo, ¿vos y quién más?

—Frida, Estrella y yo.

—¡Te tomo la palabra!

—Haré bocadillos para todos.

—¿Para los perros también? —pregunta divertida.

—¡Por supuesto! Para ellos haré unos que son mi especialidad: les pongo doble ración de pienso dentro del pan y varias caquitas de oveja —dice Rafael y los dos se ríen.

—Hablando de perros, hace unos días Maripili me contó algo muy loco: me dijo que su padre se descompuso, antes de morir, y que su perro fue a la casa del vecino y le ladró sin parar hasta que consiguió que lo siguiera.

—¡Quijote! ¡Qué majo es ese perro! Ahora su dueña es Margot.

—La *crazi* de los perros —dice Camila pronunciando *crazy* como lo haría Maripili.

—Es una de mis clientas favoritas. ¡Qué digo! Es *mi* favorita.

—¿Más que yo?

—Sí. No. Bueno…, sois distintas. —Y le toca la rodilla un segundo. Camila se estremece—. Margot ha cogido tantos animales de la calle desde que vive aquí que he perdido la cuenta. Ojalá hubiera más gente como ella.

—¿Cómo hace para mantenerlos? A mí Tofi casi me manda a la bancarrota, incluso ahora que volví a traducir me costaría pagar otra toxoplasmosis o epilepsia.

—Cobra una buena pensión de Inglaterra y la casa en la que vive es suya. No sabes el jardín tan bonito que tiene, es enorme. Varias veces estuve por allí, nos hemos hecho amigos. En este momento Margot solo tiene tres perros, pero ha llegado a tener más de diez. ¿Sabes que a uno le falta una pata delantera? Nació así. Lucky es su nombre.

—¡Sí!, me lo dijo Maripili.

—Es increíble verlo correr, jugar y moverse.

—¿Y por qué Margot tiene a Quijote? Creo que Mari me lo dijo, pero no me acuerdo.

—A la hermana de Maripili se le escapaba todo el tiempo, no podía con él. La hermana conocía a Margot, viven en el mismo pueblo, le contó los problemas que tenía con el *border collie* y Margot se ofreció a quedárselo, así de simple. Y, aunque parezca mentira, Quijote con ella ya no se escapa.

Camila se gira y se da cuenta de que Tofi no está durmiendo, va sentado, tiene las orejas erguidas e inclinadas hacia adelante, la mira fijo, como un alumno prestando atención.

—Margot es la versión femenina de San Francisco de Asís —dice Camila riéndose.

—Lo es. Siempre está viendo a qué animal puede ayudar. Lo último que supe fue que rescató a la perra de un indigente al que vio durante tres años en la puerta de un supermercado.

—¿Qué querés decir con que la rescató?

—Margot intentó convencer al indigente para que se la diera durante mucho tiempo, pero él siempre se negó, el pobre hombre creía que la perra era su hija. Un día al indigente se lo llevó una ambulancia, estaba viejo, y enfermo. Margot buscó a la perra por todas partes, pero no la encontró. Hasta que pasado un tiempo vio a Clío vagabundeando cerca de su casa.

—¿Clío? ¡Qué lindo nombre! —Y Camila escucha que su perro ladra dos veces.

«¿Qué pasa? ¿Te gusta el nombre de Clío?», le pregunta a Tofi y este vuelve a sacar de su pecho un par de ladridos.

—Parece que la hija del indigente se llamaba así —dice Rafael mientras aminora la velocidad, frente a ellos está la salida que los conducirá al centro de Granada.

—¿Y qué pasó?

—Margot la llamó y Clío, que siempre fue muy arisca, se le acercó por suerte. La perra estaba muerta de hambre, delgadísima.

—¿Y se la llevó a su casa?

—¿Tú qué crees? Margot tiene bien merecido su apodo. ¡Por supuesto que se la llevó a vivir con ella!

Tofi empieza a ladrar. Una vez más Camila se gira y lo mira: está de pie en el asiento de atrás, moviendo el rabo en redondo, su hocico entreabierto inclinado hacia el techo del coche. Se da cuenta de que no son ladridos, en realidad, son aulliditos continuos. Recuerda la vez que lo encontró en la casa en ruinas de paredes verdes, el día posterior a haberlo abandonado en la rotonda. Tofi está haciendo esos mismos sonidos; a ella le da la sensación de que está cantando.

Agradecimientos

Le agradezco a mi editora, Elena García-Aranda, por hacerme saber sus generosas impresiones sobre esta novela. Nunca olvidaré la emoción que sentí al escuchar tus amables palabras, querida Elena. Y, por supuesto, también al resto del equipo de Harper Collins por apoyarme en este proyecto.

A Juan Jacinto Muñoz Rengel, quien lleva más de diez años enseñándome algo tan difícil de enseñar como lo es escribir. Gracias, Juan, por tu paciencia, por tirar de mí cuando me hundo, por guiarme, y por ser, junto con Elena, quien ha conseguido que esta novela vea otras luces además de las de mi computadora.

Le agradezco al grupo de excelentes escritores que me acompaña cada semana en la Escuela de Imaginadores: Miguel, Esther, Óscar, Sierri, Ana Lía, Ismael, Bernardo, Jorge.

A Kiko Magán, quien me lee desde antes de que empezara a escribir.

A Alex Peñalba, quien me lee con esa alegría y voracidad tan suyas.

A Vanina, la mejor veterinaria de Madrid (¡qué sería de Tofi sin ella!).

A mi familia del lado de acá: Joao, Yoli, Arturo, Elena, Ana, Marta, Sol, Diego, Mabel, Maribel, Paco, Toñi, Javi, María, Cris, Jimena.

A mi Florcita, Mara, Gaby, Fer, Andre, Rita, Rocío y a toda mi familia del lado de allá.

A mi abuela, por inculcarme el gran amor y la empatía que siento hacia los animales.

A mi padre, por llenarme la vida de libros desde que aprendí a leer.

A mi madre, por su amor, su entusiasmo, su apoyo incondicional, y porque no hay otra como vos, mamuchina.

A Albert, la persona más generosa que conozco.

Y a Tofi. No tendría tantas enfermedades perrunas que contar si no fuera por él. Como te dije en varias ocasiones, Tofi querido, no necesito más material, el que me diste es suficiente, ya ves, la novela está escrita; de ahora en adelante, espero que todo lo malo que te pase sea producto de mi invención.